덫에 걸린

황우석

저자와
협의하여
인지 생략

덫에 걸린 황우석

지은이 | 고준환
펴낸이 | 一庚 張少任
펴낸곳 | 답게

초판 발행 | 2006년 4월 19일
초판 1쇄 | 2006년 4월 23일

주 소 | 137-834 서울시 서초구 방배4동 829-22호
　　　　원빌딩 201호
등 록 | 1990년 2월 28일, 제 21-140호
전 화 | 편집 02)591-8267 · 영업 02)537-0464, 02)596-0464
팩 스 | 02)594-0464

홈페이지 : www.dapgae.co.kr
e-mail : dapgae@chollian.net
ISBN 89-7574-198-2

나답게 · 우리답게 · 책답게

| 긴 | 급 | 보 | 고 | 서 |

덫에 걸린 황우석

고 준 환박사

도서
출판 답게

머 리 말

역사는 과거와 현재와 미래의 대화이다.

〈덫에 걸린 황우석사건〉(객관적 표현(〈황우석교수 연합팀 사건〉)의 진상은 무엇일까?

음모론과 사기론이 교차하는 가운데, 대한민국 국민과 세계인의 관심이 이 사건에 쏠리고 있다.

그것은 황우석 교수가 맑은 영혼을 가지고 근면 성실하며 포용력이 있어 세계제일의 생명공학자로, 국민의 영웅으로 떠 올랐다가 추락했을 뿐 아니라, 황교수의 맞춤형 줄기세포주 수립으로 수년후 해마다 300조원 이상(사이언스 및 NIH 인정)의 국부를 창출하여 민족해방통일을 가져올 수 있었고, 그 생명공학혁명은 창조적 발전으로 18세기 영국의 산업혁명을 능가하는 21세기 세계사의 혁명적 전환기가 될 수 있었기 때문이다.

나는 약 4개월간 이 사건에 함께 참여하여 연구한 결과 황박사가 2005년 사이언스 논문 제1저자로서 과장문제 등에 대하여 도의적인 책임과 인간적인 한계는 있었으나, 기본적으로 황우석 교수 연합팀 가운데, 2등팀인 제럴드 섀튼, 문신용,노성일,윤현수 박사 등이 1등인 황박사를 끌어내리고, 연구진을 흐트러뜨리며 특허권을 뺏고자 음모의 덫을 놓은 것으로 파악하였다.

그리고 그 배후에는 기술패권주의 미국, 기득권 칼텔 5개 국내세력(서울대의대 문신용 교수 중심의 K.S 세력, 미즈메디병원 노성일 이사장과 홍석현씨 일가 보광창투 등 삼성그룹, MBC PD수첩을 비롯한 오프라인 메스컴 전체, 로마교황청이 관계된 적그리스도교 세력, 황우석 영웅만들기 하다가 변심한 황금박쥐 현정권과 정치인등의 민족반역적 과학기술 복합동맹)이 있어, 그 음모의 덫을 죄어가고 있는 것이다.

이에 저자는 열린 민족주의자 황우석 교수를 살리는 길이 곧 천하대란의 허위구조를 진실의 구조로 바꾸는 의식수준 향상의 나라 살리기라고 생각하여 그 내막을 온 국민과 전세계에 알리기 위하여 이 책을 쓰게 되었다.

나는 황우석 교수와 일면식도 없었으나(황우석 교수 살리기 국민운동본부 창립 후 한차례 감격적 통화는 있었음) 경기대 상법학 교수로서 지적 재산권법이 전공분야에 포함돼 있고, 〈생명공학적 특허법제에 관한 연구〉라는 논문을 쓴 일이 있었다.

나는 환갑을 지난 나이에 이 사건을 지켜보다가, 미즈메디병원 노성일씨가 황교수를 배반하여 뒤통수를 치는 TV기자회견을 보고, 황교수와 우리 후손과 나라를 위하여, 아니 진실을 위하여 2005년 12월 19일 〈아이러브 황우석〉카페에 실명으로 글을 올리고 누리꾼인 민초들로부터 전면적이고, 열렬한 지지를 받으며 어려운 싸움에 합류하게 되었다.

분명히 말하지만, 나는 진실과 공익을 위할 뿐 아무 다른 뜻이 없다.

내 주변에서는 [이 사건의 위험성]으로 인하여 나를 말렸지만, 인생은 꿈속의 또 꿈이지만, 그럴 수 밖에 없는 하늘의 뜻이 있는 것으로 나는 느꼈다. 나는 그리스도의 십자가를 지고 황우석 교수와 함께 성불하겠다는 마음으로 진흙탕 속에 뛰어들었다. 그 진흙탕 속에 아름답게 핀 한 송이 연꽃이 되기를 염원하고, 냉가슴 앓는 벙어리의 말문이 열리기를 기대한다.

나는 우리나라가 민족대통일기로 가는 역사의 고비에서 삼국통일을 이룬 화쟁(和諍)사상의 자유인 원효스님을 본받고자 했다.

그는 거리의 성자로 탈바꿈하여 바람 부는 세상의 거리로 나가, 사람의 아픔을 어루만지고, 거친 마음의 밭에 씨앗을 뿌리는 자비보살이 되고자 했다.

나는 이 길에 들어서서 어려운 가운데서도 많은 기쁨을 느꼈다.

그것은 힘은 약하지만, 어두운 현실의 등불이 되고자 하는 순수한 민초들끼리 만나서 하늘이 정해준 동지의식을 느낄 때, 나는 과도한 칭찬을 받아 몸 둘 바를 몰랐지만, 그들 모두의 슬프도록 그립고 아름다운 눈빛이 별빛 같았다.

질경이처럼 질긴 생명력을 가진 우리 국민 대중들이여!

천하평화의 대망을 위해 건투하시고, 영원한 축복을 누리시라!

우리는 또 강대국에 의한 강압의 세계화가 아니라, 각국이 평등한 세계민주주의 속에 빛나는 문화중심국가 대한민국을 세계에 드날려야

하겠다.

사정상 일일이 출처를 다 밝히지 못한 점 양해바라면서, 함께 나아가면서 좋은 정보나 글을 제공해준 여러분과 험난한 현실 속에서 출판을 결정한 장소님 〈답게〉 출판사 사장님에게 감사의 뜻을 표한다.

끝으로 인터넷 카페에서, 〈사람이 꽃보다 아름다워〉를 노래하며 전국촛불시위현장 등에서 만나면 반갑고 코 끝이 찡하며, 가슴 뭉클했던 경험을 공유한, 황우석을 사랑하고 나라를 사랑하는 국민들에게 감사한 마음으로 이 책을 바친다.

밤하늘 흰구름에 보름달 선보이고
목멱산 아리수에 마파람 불어오매
무심한 달빛만 싣고 빈배 저어 가노라

2006년.4.5 식목일에
아하붇다 고준환

| 목   차 |

머릿말 ● 4

제 1장 황우석은 누구인가?

1. 인간 황우석 ● 10

2. 황우석교수 연구팀 ● 26

3. 존재의 법칙과 덫에 걸린 황우석 ● 28

제 2장 황우석교수연합팀의 구조와 연결세력

1. 섀튼과 미제국의 2중적 입장 ● 46

2. 문신용과 서울대조사위 및 K.S세력 ● 56

3. 노성일과 보광창투 및 삼성그룹 ● 101

4. 윤현수와 한양대의대 3인방 ● 123

5. 안규리와 정진석추기경 및 로마교황청 ● 128

제 3장 체세포복제 배아줄기세포 원천기술 ● 138

제 4장 사이언스게재 논문과 특허권

1. Science 논문

    A. 2004년 논문 ● 144

    B. 2005년 논문 ● 146

2. 체세포유래 배아줄기세포 특허권 ● 150

제 5장 MBC PD수첩과 KBS 추적60분 ● 164

제 6장 변심한 황금박쥐 정권과 정치인들 ● 189

제 7장 골리앗과 다윗의 싸움

  1. 얼간이 황까언론과 누리꾼 황빠언론 ● 201

  2. 전국촛불집회시위와 두명의 열사 ● 238

  3. 황우석교수살리기 국민운동 ● 251

  4. 검찰수사 중간발표 ● 278

제 8 장 황우석의 진실과 부활 ● 293

〈부록〉

1. 황우석 교수 기자회견문 (전문) ● 297

2. 고준환 〈생명공학적 특허 법제에 관한 연구〉 ● 307

제 1장
황우석은 누구인가?

1. 인간 황우석

소의 순한 눈망울을 닮고, 맑은 영혼을 느끼게 하는 인간 황우석!
(좌·우 시력도 모두 2.0)

5살 무렵부터 소와 친해 소와 평생을 함께 하겠노라고 결심 약 50년 간 소와 함께하며, 우리 이웃들의 삶을 기름지게 하고자 했고, 계룡산 자락 견우소년은 자라서 난치병환자등 인류의 고통을 덜어주는 줄기세 포연구로 18세기 영국산업혁명을 능가하는 21세기 생명공학 혁명으로 세계 역사의 흐름을 바꾸면서 하늘높이 날다가 추락한 과학자 황우석!

문화력인 세계 제4의 물결을 선도하다가 마녀사냥식 재판을 받은 황 우석!

그는 언제 그의 고향부락이름 계룡(谿龍)처럼, 만리운(萬里雲)타고 푸른 하늘을 다시 날 수 있을까?

황우석(黃禹錫)은 1952년 12월 15일(음력. 10. 29) 충남 부여군 은산면 홍산리 477번지 계룡부락(파래골)에서 3남 3녀중 다섯째로 태어났다.

그는 찢어지게 가난한 농부의 자식으로 태어나 5살 때 부친을 잃고, 어머니의 지극한 사랑 속에 소와 함께 자랐다.

황우석의 모친은 중병든 시아버지를 모시고, 다른 사람의 송아지(배냇소)를 빌려가지고 키워서 새끼를 낳았을 때 그 송아지를 받아 생활하는 한우소작으로 6남매를 키웠다.

삶이 아니라 살아내고 견디어 내야하는 처절함이었다.

소는 진실하고 우직한 어머니의 자식이었고, 황우석 소년의 가장 친한 친구였다. 아니, 소는 목숨 같은 존재였다.

그의 어머니는 부지런히 일하고, 고행자처럼 온갖시련이 있어도 화내는 모습도 없고, 소리내어 웃는 모습도 없어, 훗날 황교수는 "애처로운 어머니"라고 울먹였다 한다.

그는 소를 데리고, 산이나 뚝방으로 다니면서 쇠풀을 뜯기고, 소나 흙과 풀등 자연과 친하면서 진실되고 우직한 어린세월을 보냈다.

그는 부여은산초등학교를 우수한 성적으로 졸업했다.

그는 대전중과 대전서중 입시에 모두 합격했으나, 가난하여 3년간 장학금을 주기로 한 대전서중에 다녔다.

그런데 중학생 황우석은 생활비가 막막했다.

그때 나선 것이 당숙이었다.

당숙은 "애 하나는 가르쳐야 한다" 고 황우석의 중학교 3년생활을 책임져 주었다.

당숙은 6·25사변때 인민위원장을 했는바, 전쟁이 끝나고 쫓기던 2년 동안을 황우석의 어머니가 숨겨준데 대한 보은이었다.

여기서 중학생 황우석은 당숙어른에게서 "인간에 대한 한없는 신뢰"를 배웠다고 말했다. 그리고 여기에서 황우석교수는 "내품에 한번 들어온 것은 미물도 끝까지 책임진다"는 신조를 갖게 되었다. 마음의 평안을 얻고자 황우석은 중학교때 성당을 다녔고, 영세도 받았다.

그는 머리깎을 돈이 없어 훈육주임에게 머리를 잡아 뜯기고, 고향에 가고 싶어도 차비가 없었다. 그런 가난에 대한 울분과 외로움을 달래려 엄숙한 분위기의 성당이 편안하고 좋게 느껴졌다.

그런데 산 넘어 산이었다.

그게 일요일강론이 끝나면, 보좌신부가 헌금의 중요성을 강조하고, 헌금통 앞으로 사람들이 줄지어 나갈 때, 황우석은 고개를 푹 숙인채 자리에 앉아 있었다. 그러면 그 보좌신부는 황우석을 가리키며 왜 안 일어나느냐고 묻는 것이었다.

그야말로 지옥이었다.

황우석은 고민 끝에 헌금도 못낼바에야 성당에 나가지 않기로 결심했다.

대전서중을 마친 황우석은 명문 대전고에 진학했다.

황우석의 고등학교 생활은 활발했던 것 같다.

역시 가난했던 황우석은 도서관 사서보조로 아르바이트 하면서 구김살 없이 능동적으로 살았다.

친구들과 어울려 공치기도 잘하고, 청소년 적십자봉사활동으로 농촌

일손돕기에 솔선수범 했으며, 「축산」생각으로 3년간 원예반활동을 하면서 그의 꿈인「생명」에 대한 화두를 잠시도 놓지 않았다. 그의 친구들은 그를 '찍소' 같은 놈이라고 불렀다고 한다.

어떤 상황이 되더라도 제 일감에서 눈을 떼지 않는 소처럼 일관되게 밀어붙이는 성격이라는 뜻이다. 그는 근면성실하고 최선을 다하는 학생이었다.

그런데 의외로 고1 중간고사에서 전체 480명중 400등을 하자, 황우석은 이래선 안되겠다고 분발하여 친구들과 "등안대기 클럽"을 만들었다.

방바닥이나 벽에 등을 안대고 사는 클럽이었는데 실제로 졸업할 때까지 방바닥에 등을 대지 않았다고 한다.

그 결과로 2학년 때는 200등안에 든 노력형이었다.

당시 그의 생활 신조는 "안되면, 될 때까지 해라"였다.

간혹 적은 노력으로 좋은 성적을 거둔 친구들을 보면 부럽기도 했지만 그는 노력해야만이 결과를 얻는 자신의 머리에 비관해 본 적은 없다. 단지 스스로 할 수 있는 일에 최선을 다하고자 고군분투했을 따름이다. 될 때까지 하겠다는 각오면 이루지 못할 일이 없다는 것이 평소 그의 지론이다. 이 또한 고향 산천이 그에게 일러준 자연의 순리이다.

12년 동안 피땀 흘려 공부한 결과가 어느 정도 윤곽을 드러낸 시험인 예비고사, 좋은 성적은 아마도 성실하고 우직한 황우석의 성격만큼이나 당연한 것이었는지도 모른다.

대학입시를 앞두고, 황우석은 학교성적이 우수해도 소에 대한 결심으로 서울대수의대를 지망했다.

1, 2, 3 지망 모두 수의 학과였다.

고3 담임선생님은 장래보장이 많이 되는 서울대의대를 강력히 권고했다. 황우석의 황소고집이 이를 거부하자 선생님은 황우석의 뺨을 갈겼다. 확신범이라는 별명이 생겼다. 소와 평생 함께 하겠다는 그의 꿈은 누구도 막을 수 없다는 의미였다.

서울대 수의대에 진학한 황우석은 축구를 좋아하고, 활발하게 협동심을 키우며, 학생회 간부를 지내기도 했다.

그러나 소에 대한 결심이 강한 황우석 대학생은 아픈 소를 찾아 진단하기 위해 전국을 누비는 인간 네비게이터 생활을 했다.

소는 오직 인간을 위해 자기의 모든 것을 고스란히 희생한다. 살은 고기로 먹히고, 뼈는 곰탕이 되고, 가죽은 가방이나 신발이 되고, 똥은 거름이 된다. 어느 것 하나 그냥 버려지는 것이 없다. 평생 우리들과 가장 가까이에서 봉사하고 크게 도움을 주며 죽어서까지도 인간 생활에 도움을 주는 것이다.

결국 황우석은 1977년에 수의학 학사 1979년에 수의학 석사, 1982년에 수의학 박사를 서울대학교로부터 받았다.

그는 1979년 5월 3일 결혼하고, 두 아들을 두고, 「성실」을 가훈으로, 「하늘을 감동 시키자」를 생활신조로 하여 인생을 열심히 살았다.

그런데 그는 너무 소의 연구에 미치다 싶이 하여 건강에 이상이 왔고 훗날 두 차례의 큰 수술을 통해 임사체험도 했으며, 그 와중에 부인이 한계를 느껴 미국으로 떠나 이혼당하는 아픔을 겪기도 했다.

황우석은 인생을 살아오면서 몇 차례 큰 위기를 겪었다.

그 첫 번째가 1982년 박사학위 받고 내정되었던 전임교수에서의 탈락이다.

황박사의 지도교수 오수각의 돌연사망으로 파벌대립에 걸려 그는 탈락하고, 연구실도 잃어버리고 약 3년동안 시련기를 보냈다.

시간강사로 세월을 보내면서, 살던 16평 아파트를 팔아 경기도 광주에 실험농장용 황무지를 사기도 했다. 소를 사들여 실험 농장을 만든 것이다.

그러다가 1985년 서울대 수의대 정창국학장 추천으로 일본 호카이도 대에 1년 남짓 복제동물 생산기초분야와 인공임신분야에 대하여 외국석학으로부터 배웠다.

가훈이 "성실"이듯이, 죽기아니면 살기식으로 탐구하며, 동물복제로 우량종을 생산 하여 국민을 배부르게 하겠다는 신념을 확립하였다.

전화위복으로 1986년 5월 서울대수의대교수로 임명된 황교수는, 1999년 복제소 영롱이와 복제소 진이를 생산했고, 2003년 세계 최초로 광우병 내성소와 장기이식용 무균돼지를 생산하여 세계적 생명공학자로 떠올랐다.

두 번째 큰 위기는 1987년 위암으로 8시간 넘는 전신마취, 큰 수술을 하여 근사체험(near death experience)을 했고, 부부관계를 누가 알랴만, 일에 쭉 미쳤던 황교수는 이혼을 당했다.

다행히 투병에 성공한 황교수는 그 후 본격적으로 생명공학 연구에 전념하게 된다.

절망에 빠진 황교수는 친구와 함께 정처없이 가다가 우연히 강화도 전등사에 이르러 부처님께 절하고 마음의 평안을 얻어 귀의하였다.

그는 1988년부터 한달에 한번은 꼭 전등사에 들러 예불하면서 마음을 비우고 평안을 얻는다. 국제적인 문제로 외국에 나가 있을 때도 자기와의 이 약속은 18년째 반드시 지켜왔다.

그는 생명중시가 불교정신이라 생각하여 줄기세포 등을 연구하여 난치병 환자를 치료하는 것이 환자에게는 물론 국민을 먹여살리는 것으로 부처님의 자비실천이란 믿음을 가졌다.

세 번째 위기는 2004년 2월 체세포 유래 배아줄기세포 획득사실을 발표하자 난자이용 연구가 생명윤리 침해라하여 연구를 중단하게 되었다.

복제 인간 배아줄기세포 추출이 똑같은 인간을 만들어 그 사람의 세포나 장기를 떼어내는 연구로 알고 있었던 것이다. 황교수는 실로 아연실색하지 않을 수 없었다. 곧 아픈 사람을 치료하기 위해 복제인간을 만들어내고, 그 복제된 인간으로부터 필요한 장기를 꺼내 치료하는 원리로 잘못 알고 있다는 사실을 황교수는 비로소 알았던 것이다. 축하와 격려 그리고 비난의 여론이 한꺼번에 쏟아졌다. 단언하건데 황교수에 의한 줄기세포 연구는 인간복제가 아닌 세포복제일 뿐이다.

연구가 중단된 동안 황교수는 UN 과학회의 등에서 배아줄기세포 연구가 인류사에 얼마나 중요한 일인가를 밝혔다. 곧 줄기세포 연구의 성공은 각종 난치병 환자의 치료로 직결된다. 만일 줄기세포를 이용한 치료가 실용화된다면 심장병, 관절염, 근위축증, 뇌성마비, 알츠하이머병, 당뇨, 심근경색 등 지금까지 우리에게 알려진 주요 난치병 등을 대부분 치료할 수 있을 것이라고 의학자들은 기대한다.

네 번째 위기는 2004년 10월 20일

UN의 인간복제금지 협약체결 움직임이었다.

UN안에서 미국과 코스타리카 등은 전면 금지쪽으로, 한국을 비롯한 일본, 중국, 영국, 벨지움 등은 인간복제에는 반대하나, 치료목적 배아복제는 허용하자는 쪽으로 갈렸다.

황교수는 곧바로 미국으로 건너가 치료목적의 배아줄기세포 연구의 중요성을 알렸다.

"배아줄기세포 배양과 동물복제 연구는 파킨슨, 알츠하이머 등 인간의 퇴행성 질환을 치료하는 유일한 길입니다. 만약 금지안이 채택되면 과학과 의학계에는 엄청난 후퇴 현상이 일어날 것입니다."

황교수를 비롯한 우리 정부 대표부는 배아복제의 실체를 제대로 알리는 홍보용 책자를 제작하여 적극적인 활동에 나섰다.

황교수의 이러한 노력은 유엔의 토론시간까지 계속되었다.

결국 한국은 UN대표부와 황교수등의 노력으로 코피아난 UN사무총장으로부터 "과학은 과학으로 풀어야 한다"는 언질을 끌어냈으며, 결국 법적 효력이 없는 인간복제반대정치선언문으로 끝났다.

다섯 번째 위기가 2005년 사이언스에 게재된 환자맞춤형 줄기세포주 확립에 관한 논문의 일부 과장 및 줄기세포 바꿔치기등 문제이다.

황우석교수는 "세상어디에도 왕도는 없다. 단 하나의 길이 있다면 성실이다." 라고 하면서 하늘을 감동시키려는 성실과 실패를 두려워 않는 정신으로 위기를 호기로 바꾸는 재주가 있었으나, 이번엔 인간적 한계의 실수가 있었고, 거대한 세력의 조직적 음모인 큰 덫에 걸려 신음하면서 추락하고 있다.

부처나 그리스도라도 빠져나오기 힘든 그런 덫이다.

"잘 나갈 때 일수록 조심해야 한다. 자만은 연구자의 적"이라고 M신문에 칼럼을 썼고, "안되면 될 때까지 해라"고 말했으며, 한번 겸손할 것을 여섯 번 겸손한 그 였지만 큰 덫에 걸렸다. 황우석교수는 이사건이 터지자 "세상이 이렇게 무서운줄 몰랐다"고 술회했다. 술도 안마시고, 담배도 안피우며 혈액형이 A인 황우석 교수의 대체적인 하루일과를 보면 다음과 같다.

대체로 아침 4시 30분경에 일어나서 목욕하고, 국선도 수련을 하며, 상당한 수준의 영어공부를 한다.

아침 6시에는 연구실에서 팀회의를 주재한다.

아침 8시부터 밤 11시까지는 불광불급(不狂不及), 일에 미치지 않으면, 이르지 못한다는 신조하에 홍성 돼지사육장과 서울수의대 실험실, 서울의대 특수생명자연연구실 등을 쉴틈없이 다니면서 시술을 하고, 면담등의 기타업무를 60여명의 연구원과 함께 야전군사령관 처럼 수행하고, 밤11시경에야 귀가 한다.

1년 365일 내내, 월화수목금금금으로 반복되는 초인적 생활을 쉴틈없이 하다가 덫에 걸린 것이다.

그는 세계어디에 있든 어머니에게 매일 꼭 안부전화를 하며, 작은 인연에도 감사해하는 효자이다.

그는 완전한 건강을 위하여 매일 단전호흡을 하고, 매주 한번 지압을 받으며, 매월 한번 불공을 드린다.

그는 열린 민족주의자로 "과학에는 국경이 없지만, 과학자에게는 조국이 있다"고 말한바, 이는 2004년 여름 미국 California주의 한 연구기관이 정부관계자를 통해 1조원 이상의 연구비 제공 스카웃 제의를 해왔으나, 이를 거절하면서 한 말이다. 그는 가장 어려운 시기인 2006년 3월 20일 경에도 스웨덴 한람원 대표의 방한 스카웃 제의를 받았으나 거절하기도 했다.

흙을 밟으며 자란 사람은 순수하며 농부처럼 성실하게 일하는 과정에서 도의 경지가 높아지게 된다. 하늘의 뜻에 따라 사는 의지, 도심, 불심인 것이다.

그래도 어쩔 수 없는 선의의 거짓말을 할 때가 있다. 그 것을 방편이라 한다.

황교수도 두 번 그런 일이 있었다. 첫 번째는 연합뉴스가 2005년 5월 12일에 황우석교수가 세계를 놀랠만한 연구결과를 사이언스통해 발표 할것이라고 보도하자, 이 보도를 확인하는 기자들에게 사실과 다르다고 하면서, 심사는 받고 있으나, 사이언스는 아니라고 말했다.

이는 국내 언론 J사가 2004년 사이언스게재논문과 관련하여 엠바고를 안지켜 국제망신을 당한바 있는데, 다시 사이언스로부터 엠바고 준수를 강력히 요구받고 있어서 국익을 위해 불가피한 조치였다.

엠바고란 뉴스의 생산자가 특정한 사정을 이유로 언론이 일정시점까지 보도를 내보내지 않는 것을 전제로, 보도자료를 제공하는 것을 말한다. 이런 엠바고 원칙은 잘못된 연구 내용이 과학계에서 검증되지 않은 채, 일반인이게 알려지는 경우를 막기 위해서이다. 또한 세계적인 과학

저널지인 〈사이언스〉지는 어떤 연구 성과이든 다른 언론에서 보도되지
않은 내용을 제일 먼저 싣는 것을 원칙으로 삼고 있다.

두 번째는 2005년 사이언스 게재논문과 관련한 연구원의 난자기증
문제등을 프라이버시를 보호하기 위하여 부정했다가 긍정한 것이었다.

황우석교수의 경력, 가족관계, 활동사항은 다음과 같다.

■경력

기간	기관경력
1985.05 ~ 1987.09	서울대 수의과대 수의학과 전임강사
1985. ~ 1986.	일본 북해도(홋카이도)대학 객원연구원 (인공임신학)
1987.10 ~ 1992.09	서울대 수의과대 수의학과 조교수
1990.08 ~ 1994.09	한국수정란이식학회 총무이사
1992.03 ~ 1995.10	국립종축원 평가위원
1992.04 ~ 1995.10	대한수의학회,한국임상수의학회 학술위원장
1992.10 ~ 1996.09	서울대 수의과대 수의학과 부교수
1993.10 ~ 2002.10	건설안전기술원 전문위원
1994.03 ~ 1996.02	서울대 평의원
1995.07 ~ 1999.09	농촌진흥청 겸임연구관
1996.10 ~ .	서울대 수의과대 수의학과 교수
1997.06 ~ 1999.06	한국발생생물학회 부회장
1997.07 ~ .	농림부 기술정책 심의위원
1998.04 ~ .	특허청 특허심의 자문위원(유전공학분야)
1999.01 ~ 2002.01	환경부 중앙환경분쟁조정위원회 재정위원
1999.03 ~ 2001.02	서울대 수의과대 부학장

1999.05 ~ 2001.06	국가과학기술위원회 정책전문위원
1999.10 ~ 2001.09	한국임상수의학회 부회장
2001.06 ~ 2004.06	제6기 국가과학기술자문회의 위원
2002.03 ~ .	국무총리실 기초기술이사회 이사
2002.07 ~ .	보건복지부 장관 자문위원
2002.10 ~ .	대한불임학회 부회장
2002.11 ~ .	한국수정란이식학회 부회장
2003.03 ~ .	한국동물생명공학협의회 회장
2003.05 ~ 2005.08	국가과학기술위원회 위원
2004.06 ~ .	대전시 과학사랑 홍보대사
2004.06 ~ .	보건복지부 보건의료기술심의위원회 위원장
2004.09 ~ 2006.01	서울대 수의과대 수의학과 석좌교수
2005.08 ~ .	국가과학기술위원회(국과위) 민간위원(연임)
2005.09 ~ .	건국대 이사회 이사
2005.10 ~ 2005.11	세계줄기세포허브 (World Stem Cell Hub,WSCH) 소장
2006.01 ~ .	[現]서울대 수의과대 수의학과 교수

기간	연구실적
1995. ~ .	소 수정란복제 성공
1999. ~ .	체세포 핵이식 송아지 생산(영롱이,진이)
. ~ .	인간 배아(胚芽) 줄기세포 복제 성공
2002. ~ .	유전공학 형질전환 돼지 생산
2003. ~ .	채세포 복제 무균돼지 생산
2004. ~ .	인간 체세포 유래 줄기세포 확립 성공
2004.10 ~ .	세계최초 원숭이 배아복제 성공
2005. ~ .	환자 체세포 유래 맞춤형 줄기세포 확립 성공
2005.08 ~ .	세계최초 개 복제 성공

기간	기타
2005.07 ~ .	미국 비즈니스위크 "2005년 이사아의 스타 25인" 선정
2005.11 ~ .	미국 "사이언티픽 아메리칸"지 선정 "올해의 연구 지도자"

■가족/지인

관계	이름	생년월일	직장 및 직위
모	조용연(趙容蓮)	1918.05.01	
배우자	현재현(玄才玹)	1954.06.23	
장남	황경익(黃鯨益)	1979.03.30	
차남	황상익(黃象益)	1981.06.30	
교우	정가진(鄭佳鎭)	1954.08.09	서울대 자연과학대 생명과학부 교수
교우	신영철(申暎澈)	954.01.15	서울중앙지방법원 형사수석부장판사
교우	조석준(趙錫俊)	1954.06.23	한국방송공사 기상캐스터
교우	이경재(李慶在)	1953.10.08	서울북부지방검찰청 형사2부 부장검사

■저서

증정수의산과학,영재교육원,1990

수의산과학(제4판),영재교육원,1993

동물유전공학,선진문화사,1995

소수정란이식,거목문화사,1995

어떻게 양을 복제할까(역),사이언스북스,2000

나의 생명 이야기(공저),효형출판,2004 참조.

■활동

상훈	
대한수의학회 미원수의과학상,	1995
과학기술단체총연합회 우수과학기술논문상,	1997
과학기술부 이달의 과학기술자상	
(국내 생명공학수준 향상 공로),	1999.5.21
제8회 대산농촌문화상(첨단농업기술진흥부문),	1999.10.2
한국과학기자클럽 99 올해의 과학자상,	1999.12.3
과학의 날 홍조근정훈장(과학기술진흥유공),	2000.4.21
제20회 세종문화상(과학기술분야),	2001.9.9
제4회 서울대 동창회 관악대상(영광부문),	2002.3.15
제51회 서울시문화상(생명과학부문),	2002.11.12
대한민국 최고과학기술인상,	2004.4.21
대한불교조계종 제1회 불자대상,	2004.5.26
과학기술훈장 창조장,	2004.6.18
제22회 정진기 언론문화상 대상(과학기술부문),	2004.6.27
제7회 일맥문화대상,	2004
한국언론인연합회 제4회 자랑스런 한국인대상,	2004
제16회 상허대상(학술.교육부문),	2005.3.17
미국 유전공학정책연구소(GPI) 제1회 글로벌 공헌상	
(Global Achievement Award),2005.6.11	
한국이미지커뮤니케이션연구원 한국이미지 알리기 디딤돌상,	2005.8.20
제19회 인촌상(자연과학부문),2005.9.12	
대전MBC 제1회 한빛대상(과학기술부문),	2005.9.30
제40회 잡지의 날 "올해의 인물"상,	2005.11.1
미국 비즈니스위크 아시아스타상,	2005.11
2005 세계기술네트워크(WTN) 생명공학상,	2005.11.15

In Vitro Development of Porcine Nuclear Transfer Embryos Reconstructed by Microinjection of Somatic Cell Nuclei into Oocytes Using Piezo-Driven Micromanipulator,Theriogenology 55(1),2001

Electrical Activation with or without Chemical Activation as an Efficient Method for Parthenogenetic Activation of Pig Oocytes,Theriogenology 55(1),2001

Effect of Gas Composition During in Vitro Maturation and Culture on in Vitro Development of Porcine Follicular Oocytes,Theriogenology 55(1),2001

A Separate Procedure of Fusion and Activation in an Ear Fibroblast Nuclear Transfer Program Improves Reimplantation Development of Bovine Reconstituted Oocytes,Theriogenology 55,2001

In Vitro Development of Porcine Parthenogenetic and Cloned Embryos:Comparison of Oocyte-Activating Techniques.Various Culture Systems and Nuclear Transfer Methods,Reproduction.Fertility and Development 14(2),2002

Development of Bovine Oocytes Reconstructed with Different Donor Somatic Cells with or without Serum Starvation,Theriogenology 57(7),2002

Optimization of Culture Medium for Cloned Bovin Embryos and Its Influence on Pregnancy and Delivery Outcome,Theriogenology 58(6),2002

Improved Monospermic Fertilization and Subsequent Blastocyst Formation of Bovine Oocytes Fertilized in Vitro in a Medium Containing MaCl of Decreased Concentration,J.Vet.Med.Sci.64(8),2002

Improved Development of ICR Mouse 2-Cell Embryos by the

Addition of Amino Acids toa Serum-.Phosphate- and Glucose-Free Medium,J.Vet.Med.Sci.64(9),2002

Recruit of Porcine Oocytes Excluded from Nuclear Transfer Program for the Production of Embryos Following Parthenogenetic Activation,J.Vet.Med.Sci.65(1),2003

Effect of Maturation Media and Oocytes Derived from Sows or Gilts on the Development of Cloned Pig Embryod,Theriogenology 59(7),2003

Improvement of a Porcine Somatic Cell Nuclear Transfer Technique by Optimizing Donor Cell and Recipient Oocyte Preparations,Theriogenology 59(9),2003

Blastocyst Development after Intergeneric Nuclear Transfer of Mountain Bongo Antelope Somatic Cells into Bovine Oocytes,Cloning & Stem Cells 5(1),2003

Effect of Exogenous Hexoses on Bovine in Vitro Fertilized and Cloned Embryo Development:Improved Blastocyst Formation after Glucose Replacement with Fructose in a Serum-Free Culture Medium,Molecular Reproduction and Development 65,2003

Production of Nuclear Transfer-Derived Piglets Using Porcine Fetal Fibroblasts Transfected with the Enhanced Green Fluorescent Protein,Biology of Reproduction,2003

2. 황우석교수 연구팀

황우석교수 직할 연구팀은 3명의 교수와 60여명의 석박사연구원으로 구성되어 있는데, 이 가운데 외국인이 5명이다.

3명의 교수인 서울대 수의학과 강성근교수는 줄기세포분야연구를 이끌고, 수의학과 이병천교수와 농생명공학부 이창규교수는 주로 질병 저항동물생산과 이종간 장기이식분야연구를 이끈다.

강성근 교수는 2002년 황교수가 영입했고, 이병천 교수는 1989년에 황교수팀에 합류하여 헌신적인 노력을 했으며, 체세포 이용 복제송아지 영롱이를 탄생시키는데 큰 공을 세웠다.

황우석 석좌교수팀의 조직은 다음과 같다.

복제소 영롱이

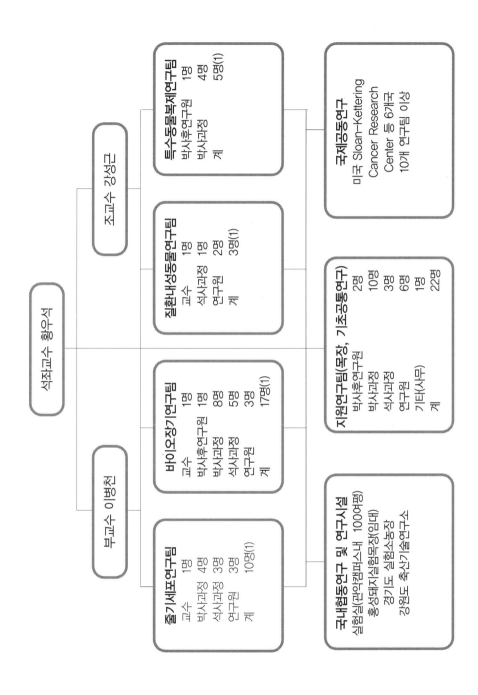

석좌교수 황우석

조교수 강성근 · 부교수 이병천

특수동물복제연구팀
박사후연구원 1명
박사과정 4명
계 5명(1)

질환내성동물연구팀
교수 1명
석사과정 1명
연구원 2명
계 3명(1)

바이오장기연구팀
교수 1명
박사후연구원 1명
박사과정 8명
석사과정 5명
연구원 3명
계 17명(1)

줄기세포연구팀
교수 1명
박사과정 4명
석사과정 3명
연구원 3명
계 10명(1)

지원연구팀(목장, 기초공통연구)
박사후연구원 2명
박사과정 10명
석사과정 3명
연구원 6명
기타(사무) 1명
계 22명

국제공동연구
미국 Sloan-Kettering Cancer Research Center 등 6개국 10개 연구팀 이상

국내협동연구 및 연구시설
실험실(관악캠퍼스내 1000여평)
홍성돼지실험목장(임대)
경기도 실험소농장
강원도 축산기술연구소

3. 존재의 법칙과 덫에 걸린 황우석

존재는 편의상 절대적 존재(우주전체)와 상대적 존재로 나눌 수 있는데, 결국은 하나이다.

절대자는 말로 표현할 수 없는 것인데, 구태어 표현한 것이 절대자, 초월자, 신, 하느님, 부처님, 얼나(알라), 참나, 진아, 진여, 태극, 하나, 불이(不二)등이다.

그것은 텅빈하늘(空)인데, 없는 것이 아니라 텅빈충만이라고도 할 수 있다.

그것을 현대 과학적으로 표현한 것이 순수의식이다.

지성(知性)이나 가능성(可能性)으로도 표현 될 수 있다.

상대세계는 음양오행론 또는 상생상극의 원리나 상보론(相補論)으로 전개된다.

상대세계의 전개원리를 과학적으로 표현한 것이 인연과보(因緣果報) 즉 연기론(緣起論)이다.

여기서 인(因)은 주체적, 직접적 원인이요.

연(緣)은 객체적, 간접적 원인이나 조건이며, 과(果)는 인과 연이 관계하여 영향을 주고 받은 결과이다.

보(報)는 과의 하나로, 이숙과(里熟果, 다른 것으로 익은 결과)라고도 부른다.

보는 충격을 받거나, 생주이멸의 단위를 너머서 생긴다.

연기론을 칼마(kharma)라고도 한다.

예를 들면, 하나의 보리알을 땅에 심어서 가꾸고 길러 새 보리이삭이 된 경우에, 보리알은 인이요, 보리알이 싹이 트고 자랄 때 관계한 모든 것 즉 흙, 물, 공기, 태양, 사람, 병충해 등이 연이다.

과는 새 보리이삭이고, 보는 보리가 아닌 다른 종으로 바뀐 것이다.

여기서 인연은 선인연과 악인연으로 나뉜다. 인간지사 새옹지마라고, 선인연이 악인연이 되기도 하고, 악인연이 선인연이 되기도 한다. 황우석교수와 문신용, 노성일, 섀튼 등의 인연이 그 대표적인 사례라고 할 수 있다.

보통사람은 우주의 관계망(network, 인다라망) 속에서 욕심으로 인과에 떨어지나 대각을 한 도인은 인과에 어둡지 않다고 (인과불매(因果不昧))한다.

우리에게 보이고 표현된 상대 세계는 또 흠이 있게 마련이다.

특히, 상용화를 목적으로 하는 큰 과학기술은 정치 · 자본 · 언론 · 종교 · 학문집단들의 네트워크로 과학기술 복합동맹을 맺으며, 이 동맹은 과학을 합리적으로 규제하지 못하게 되는 복합사회현상으로 붕괴되기도 한다.

황우석교수는 세계적 생명공학자요, 영혼의 맑은 수준이 높았으나, 인과불매에는 이르지 못했기 때문에, 또 2005년 사이언스 논문의 공동저자가 하이에나 같은 사람들도 낀 25명 구성의 연합팀이었고, 그 사업이 천문학적 수익의 프로젝트였기 때문에 거대세력이 조직적으로 놓은 음모의 덫에 걸리게 된 것이다.

황교수가 직접 덫에 걸리게 된 중요한 인연을 세 가지만 살펴보겠다.

한가지는 황우석, 문신용, 노성일의 「여의도 결의」(삼국지의 유비·관우·장비의 도원 결의에 비교하기도 함)이고, 두 번째는 미국의 도척 제랄드 섀튼을 만난 것이고, 세 번째는 황교수의 사랑을 받고, 줄기세포주 확립에 공이 큰 김선종이 제 2저자로 예정되었었으나(황교수생각) 결국 그것이 안된 사연이다.

지난 2001년 어느날, 서울 여의도 전경련회관 지하다방에는 3명의 의사가 모였다. 두 명은 산부인과 의사였고 한 명은 수의학과 수 의사였다. 황우석 서울대 수의대 교수, 문신용 서울대의대 산부인과 교수, 미즈메디병원 노성일 이사장이 머리를 맞댔다. 이들은 이날 전국경제인연합회 과학기술분과위원회가 주최한 "BT(생명공학기술)의 미래"를 주제로 한 강연회를 마친 후 곧바로 전경련 지하 다방으로 내려갔다.

황 교수는 오래전부터 서울대 의대 실세로 알려진 서정선 교수 소개로 문 교수를 형으로 모셨고 노 이사장과도 잘 알고 지내던 사이였다. 문 교수는 한국의 시험관 아기 시술 분야의 대부로 전형적인 외유내강형 학자였다.

노이사장 역시 불임 분야의 대표적 병원인 미즈메디병원 두 곳을 운영하면서 기초 의료분야에 대한 연구 활동도 활발하게 진행하고 있는 사람이었다.

특히 노 이사장은 줄기세포를 배양하는 분야에서는 국내에서 선두그룹을 형성하고 있었다.

당시에는 부시 미 대통령이 더 이상 잉여배아에서 줄기 세포를 만들 수 없도록 하는 선언문을 채택한 지 얼마 되지 않은 상황이었다. 미국은 줄기세포를 얻기 위해 냉동 배아를 해체하는 일을 허용해서는 안 된다는 입장이었다. 이에 따라 이미 만들어진 줄기세포만을 사용하도록 했다. 따라서 미국 NIH(국립보건연구원)에 등록한 연구소만 배아 줄기세포 연구를 할 수 있게 되었다. 노성일 이사장이 이끌고 있는 미즈메디병원은 줄기세포주를 보유해 미국 NIH에 등록된 6곳의 연구기관 중 하나였다.

황 교수가 노 이사장을 찾은 것도 이 때문이었다. 황 교수는 난치병 치료를 위해서는 복제를 통한 배아줄기세포 생산이 불가피하다고 판단했다. 황 교수는 당시 동물복제 기술을 확보하고 있었다. 체세포 핵이식을 통해 국내 최초로 복제소 '영롱이'를 만드는데 성공했다. 하지만 황 교수는 줄기세포를 추출하거나 분화하는 기술은 가지고 있지 않았다. 특히 인간의 배아줄기세포 기술 측면에서는 경험이 거의 없었다. 그래서 황 교수는 문신용 교수에게 상의를 했고 문 교수는 노 이사장을 적임자로 추천했다.

때마침 전경련 회관에서 열린 강연회에 세 사람이 모두 참석하게 되었다. 그래서 이들은 강연회가 끝난 후 곧바로 전경련 지하 다방으로 내려간 것이다. 잉여배아 줄기세포나 성체줄기세포의 실용적 잠재성이 매우 높으나, 체세포 복제 줄기세포 역시 불가피한 연구영역이라는 데 의견이 모아졌다. 의견이 모아지는 데는 1시간이 채 걸리지 않았다.

이들은 그 자리에서 상호간의 역할을 정했다. 이미 불임 관련 실험으로 이름을 떨치고 있던 문 교수 팀이 총괄조정과 복제배아의 배양 등 기초부분을 담당하기로 했다. 노성일 원장은 윤현수 박사와 함께 배양과 줄기세포 수립을 책임지기로 했다. 황 교수팀은 10여 년간 소와 돼지 등 동물복제에서 축적한 복제기술을 인간배아복제에 적용하기로 했다.이 순간이 바로 세계 최초로 체세포를 이용한 인간배아 복제줄기세포 배양이라는 성과를 낸 공동 프로젝트가 출범하는 순간이었다.

과학기술은 각 분야가 융합해서 새로운 기술 BINEC(BT, IT, NT, ET, CT= 생명기술, 정보기술, 나노기술, 환경기술, 문화기술)로 발전되는 추세다.

황 교수를 비롯한 3명의 교수가 만난 2001년 전경련 지하다방에서의 회동은 그래서 더욱 빛이 나고 있다.

이날 3명의 여의도결의 이전에 이미 류영준, 이유진씨 같은 의사, 간호사 부부가 합류하여 줄기세포 분야에서 무언가 작품을 만들어 보자는 열의가 불타고 있었다. 한양대 황윤영 학장과 황정혜 교수 등도 진료과정에서 정상적으로 얻게 된 귀중한 재료나 경험을 제공하기로 했다. 순천대 교수이던 박기영 청와대 정보과학기술보좌관도 수년 전부터 황 교수연구팀의 한 축이 되어 초반부터 막중한 역할을 맡았다. 게다가 서울의대 안규리 교수는 전공 분야인 면역학 분야에서 큰 역할을 맡고 있었다.

전경련 지하다방에서 체세포 복제를 이용한 인간배아줄기세포 연구를 결의한 후 황 교수 연구팀은 본격적인 연구활동에 들어갔다. 하지만 그 길은 예상했던 것보다 훨씬 힘든 길이었다. 반복되는 실험은 2년 가량 계속되었다. 시간이 지속되면서 마음은 점점 초조해져만 갔다. 제랄드 섀튼 교수 등 세계 주요 연구자들도 이에 대한 연구를 중단하고 손을 드는 경우가 늘어갔다. 그래서 원숭이나 사람과 같은 영장류의 복제 배아에서 줄기세포를 추출할 수 없다는 것이 정설처럼 굳어져갔다.

인간복제배아는 분할 과정에서 어느 단계 이상 발달하는 것이 불가 능하다는 것이 정설로 받아들여진 것이다. 사람의 난자에서 핵을 제거 하고 몸에서 떼어낸 체세포의 핵을 집어넣어 복제 배아를 만들었지만 줄기세포를 추출할 수 있는 단계로까지 발전하지 못했다. 복제된 원숭 이 배아로 실험을 한 미국팀이 연구에 나서 8세포기 분할에는 성공했 지만 그 이상 진전시키지 못했다.

시간이 지나면서 연구팀 내에서조차 흔들리는 기색이 역력했다. 실 험에 지친 연구원들이 하나 둘씩 팀을 떠났다. 이 실험이 인간으로서 는 불가능한 일일지도 모른다는 불안감이 황 교수를 덮쳐왔다. 그럴 수록 이를 악물고 실험에 실험을 거듭했다. 정말 죽기 살기로 실험에 임했다.

지성이면 감천이라고 했듯이 실험을 반복하며 혼신의 힘을 기울인 결과 실낱같은 희망의 빛이 보였다. 체세포를 이용해 복제한 배아가 분 할하면서 벽을 넘을 수 있는 가능성이 엿보였다.

그러나 갑작스런 사고가 마치 운명의 장난처럼 기다리고 있었다. 성 공여부를 기대하며 마음을 졸이던 어느 날 저녁 실험실내에 갑자기 정 전사고가 발생한 것이다. 예고 없이 닥친 사고는 연구원들의 간장을 녹 였다. 전기가 공급되지 않으면 배양 중이던 세포가 죽어버릴 수 있기 때문이다. 정전이 서너 시간이나 이어지면서 연구원들의 얼굴은 잿빛 으로 변했다.

배양접시에 놓인 세포들은 하나 둘씩 죽어갔다. 결국 세포 대부분이 죽어버렸고 세포집락(콜로니)2개만 남게 되었다. 그나마 밤이 지나면 다 죽어버릴지도 모르는 절박한 상황이었다.

기적적으로 다음날 아침 이들 세포들은 배양접시에서 살아났다. 세계 최초로 체세포를 이용한 인간복제배아에서 줄기 세포를 추출하는 순간이었다. 한국 쇠 젓가락 기술의 승리였다.

그러나 그 뒤에 일어날 일을 누가 상상이나 할 수 있었을까?

두 번째는 황교수와 섀튼의 만남이다.

미국 피츠버그대 제랄드 섀튼교수는 유태계 링크 프리메이슨 계통인 록펠러-키신저 그룹 생명과학계의 수장이며(프리메이슨 33급중 31급), 생명과학계의 최고중진이었다.

황우석 교수는 2001년부터 2003년까지 약 2년간 국제생명공학계의 회의참석하는 경우, 논문의 국제적 인정과 국제 특허를 받는데 필요하여(PAX Americana시대 약소국 과학자의 설움) 섀튼에게 인사를 건넸으나 거들떠 보지도 않았다고 한다.

그러다가 섀튼이 2003년 4월 11일자 사이언스에 체세포핵치환 과정에서 염색체 분열이 방추체(mitotic spindle)가 되지 않아서 제대로 된 염색체를 못갖어 "영장류 복제는 불가능하다"고 발표한다.

그러나 이것은 진정성이 없고, 섀튼은 다른 경쟁자를 방심하게하여 물리치기 위한 술수로 2중적 성격으로 속이는 책략이었다.

그것은 이 내용이 발표되기 이틀전인 2003년 4월 9일 영장류복제 특허를 가출원하고, 그것도 방추체 결함교정 방법에 관한 특허를 낸 것이다.

그러다가 황우석 교수는 2004년 인간 체세포 유래 줄기세포 확립에 성공하자, 제랄드 섀튼에게 이를 e-mail로 알렸다.

그러자 섀튼은 네이쳐지를 통해 난자문제가 있는 줄 알면서도 2003년 11월말 황우석 교수를 만나러 방한했다.

그로부터 황. 섀튼의 소위 "형제"라는 밀월 관계가 시작된다.

그러다가 특허권 50%요구(로렌스 송 특허변호사 대동 방한). 세계 줄기세포 허브이사장 등을 요구하다가 안되자, 박을순, 박종혁, 김선종 연구원을 빼어가 기술을 합법적으로 훔치고(2004년 1월말 황교수에게 미 파견요청) 2005년 MBC PD수첩이 난자 문제로 황 교수를 치자, 돌연 황 교수를 배신하고, 11월 12일 결별을 선언했다.

MBC는 섀튼이 울고 싶은데, 뺨때려준 격이었다.

그러나 섀튼은 2005년 science 논문 교신 저자로 실제로 영문 논문을 작성 했으며 중복사진을 보내 조작한 바, 황 교수는 논문제출을 줄기세포가 일부 죽어서 줄기세포 성장속도에 맞춰 서서히 하자고 했는데, 섀튼이 빨리 하자고 재촉하여 수용한 것이 결국 황교수가 결정적 덫에 걸리게 된 것이다. 그 모든 것이 연간 300조원 이상의 국부창출을 도둑질하기 위한 수순임을 그 누가 알았으랴?

똑똑하고, 국제정치 감각이 있는 황우석 교수도 그의 열정과 땀과 눈물의 과실이 미국 프리메이슨 기업과 그에 예속적인 한국기업의 배를 채워주는 수단으로 전락할 위기가 올 줄은 몰랐을 것이다.

그래서 그는 사건이 터지자 말했다. "세상이 이렇게 무서울 줄 몰랐다"고.

그러나 황 박사는 그런 가능성을 예견한 흔적을 동명정보대학교 "생명공학과 국가발전"이라는 강연에서 보여 주기도 했다.

작년(2003)에 섀튼 박사가 저에게 전화를 주셨습니다.

"당신 방에서 세계에서 가장 많은 복제 동물이 태어났는데 우리팀은 아무리 해도 이게 잘 효율이 안 오른다. 그러니 당신 방에 있는 박사 한 명만 파견해 주라."

그래서 희망자를 해봤더니 제주도 출신의 아주 순뎅이(박을순) 한 녀석이 가겠다고 그래요. 그래서 갸를 보냈어요.

그방에 가장 이 실험을 잘 한다는 칼 교수가 한시간반씩 걸려서 한 일을 오자마자 애를 시켜봤더니만 얘는 난자 핵치환술을 10분만에 깨끗이 다 해치운단 말이에요.

이 양반이 워낙 눈치가 빠른 분이라서 그 친구에게 물어보았답니다.

애 너희 선생님 아직 세계적으로 알려지지 않은 뭔가 큰 일을 하나 해놓고나서 지금 준비하고 있는 것 아니냐.

이 양반이 물었을때 이노므 자식이 "아니에요" 그랬으면 되는데 "선생님 우리 집단은 원래 입은 있으되 말은 자기 뜻대로 못하도록 훈련받은 사람들입니다. 그러니 직접 한국에 전화를 한 번 해보세요." 그랬대요.

이 양반이 전화를 허셨어요.

"조사를 해보니 아침 5시 반에 한국 도착하는 칼기가 있드라. 내가 그걸 타고(한국에) 들어가서 오후에 나올테니 한나절만 너희 시험 실좀 보여도" 그러는 거예요.

근데 저 양반은 말입니다. 여러분 이걸 아셔야 됩니다. 여기 생명공학하시는 분들도 많으시겠지만 세계생명공학은 이게 다 링크가 되어가지고 약 85%는 그 위에 분들이 유태인으로 구성되어 있어요.

그런데 이 유태인의 링크라는 것은요 마피아조직 비슷하게 되어 있어요.(바로 프리메이슨 세력과 연결됨)

이건 나쁘게 표현하는 것이 아니고 좋은 의미로 마피아조직 비슷하게 되어 있고, 거기에 총 보스가 바로(새튼)그분이에요. (왜 월프 교수가 새튼에게 기술을 빼앗기면서도 죽어지내야 했는지 짐작케 하는 부분임)

저 양반 눈에 한번 잘 못들면 그 과학계에서는 쉽게 말해서 골로 가는 상황이었지요.

그래서 지난 10년동안 그분한테 한번 잘 보이려고, 그래서 논문하나 제대로 한 번 내보려고 말이지요, 가장 갖은 애교를 학회가서 만날 때마다 꼬리를 치면서 했는데도 결국 안 받아주더라구요, 옆에 곁을 안 주시더라구요.

그런 분이 자기 돈으로 온다고 하시는 거예요, 우리가 초청해도 오지 않으실 분인데, 그래서 인천공항으로 내가 모시러 가겠다고 했어요...

그래 이 분이 오신다고 하길래 고민을 했습니다.

자, 우리 결과를 보여줄 것인가 말것인가!

만약 이 양반이, 우리나라 아주 극히 일부 과학자가 그러하듯이 배고픈 것은 잘 참아도 배아픈 것은 참지 못하는 사람이라면, 자기의 연구결과와 영 딴판인 우리 연구결과를 한칼로 날릴 수 있지 않겠느냐. 이거 가짜다.(황우석 교수는 국내에서 자신의 기술을 배아파하는 사람이 있다는 것도 암시하고 있다. 그런 세력의 움직임을 미국의 프리메이슨 세력은 손금 보듯 알고 있었을 것이다. 이런 국내의 갈등을 미국이 이용하려들었을 것이라는 추정도 가능해 보임.)

그러나 이 분이 정말 세계적으로 위대한 과학자라면 자기의 과학적 미스(부족)를 아주 흔쾌히 받아들이고, 저의 손을 잡아서 '우리 세계를 향해서 같이 나가자' 이렇게 하실 수 있지 않겠냐, 만약 이렇게만 된다면 우리 대한민국 역사상 최초로 우리 과학수준을 세계에 업그레이드시키는데 큰 견인차 역할을 저 분이 해주시지 않겠냐고 해서 저는 동전을 두 번째(후자, 섀튼을 믿는쪽)로 과감하게 던졌습니다.

그분이 오시는 날, 우리는 마침 12개의 인간의 난자를 가지고 실험을 하는 스케줄이 잡혀있어 가지고 그것을 숨기지 않고 프로세스 다 보여주었습니다. 그리고 우리 결과를 그대로 설명을 해드렸지요.

결국 그날 돌아가신다던 그분은 비행기 스케줄 캔슬(취소)하고 밤

이슥하도록 저와 쌔쌔쌔(정다운 대화)를 했습니다(청중웃음). 그리고 (그 때) 그분이 저한테 해주셨던 말씀이 제 뇌리에 한 자도 잊지 않고 각인되어 있습니다.

"너는 바로 이순간부터 마돈나(스타)가 되었다. 그리고 이제 이날로서 '섀튼'의 시대는 지나갔고 '우석'의 시대가 도래 되었다"는 평이었지요.

황우석 교수가 희망과 경계속에서 연구하는 동안,「일요서울」(2005.12.25)은 국가 정보기관에 있는 A씨가 황교수팀 사건은 천문학적인 자금과 지분문제 등 당사들의 이해가 얽힌 사태가 발생했다고 보도했다.

그것은 부시 대통령이 줄기세포연구를 제안하자 인간복제 지지 정치세력과 언론들이 과열 경쟁 분위기를 만들었고, 미국이 줄기세포 첨단연구에서 한국보다 뒤처지게 되었으나, 미국의 적절한 줄기세포 연구지원만이 감시와 보호를 보장할 수 있다고 하는 디스카버리 재단의 W.J.스미스 선임연구원 등의 칼럼을 인용보도 했다. 조지 부시 미국대통령은 세계의 보안관 소리도 듣지만, UNICEF대사이기도 한 가수 벨라폰테의 말처럼, 세계 최대 테러리스트란 소리도 듣는다.

또한 재미교포는 이와 관련하여 앞으로 BT산업이나 줄기세포 관련산업에 있어서 한국은 특히 황우석 교수가 있어서 미국, 영국, 일본, 중국, 인도보다 앞설 것이라는 포터 고스 미 CIA 국장의 보고를 조지 부시 대통령이 받고 NSC(국가 안전보장 회의) 간부들과 논의했으며, 미 CIA한국지사장 J.스미스가 황우석 죽이기에 앞장선 스티브 노를 포섭했다고 정치사이트 PPAN(2006. 1. 2)에 ID 역도산으로 글을 올린 바 있다.

「그림자 정부」의 보이지 않는 손의 하나로 유태계 미국인 키신저 록펠러 그룹 과학계 수장이며 거물이요 유태계 생명공학 마피아의 얼굴 마담이 바로 유태계 미국인 섀튼박사라고 알려졌다. 그가 한 짓을 보면 팍스 아메리카나 속 약소국의 설움이 솟는다.

정화대라고 밝힌 미국유학생은 다음 카페에 약수라는 ID로 글을 올려 노성일 · 홍석현 · 문신용이 미국인맥이며, KCIA의 역할이 크다고 밝히기도 했다. 황교수는 2004년 섀튼의 여러가지 지나친 요구를 거절한 대신, 연구원들을 파견하는 최대 예의를 갖췄는데, 이것이 합법적으로 기술을 뺏기는 약소국의 설움이 된 것이다.

2005년 11월 15일 섀튼이 황 교수와 결별을 선언하자, 세계줄기세포 허브에 참여한 미국 7개 기구(PFC 등)는 일사분란하게 일시에 계획을 철회하였다.

미국국가 차원에서 이루어지는 치밀한 일임을 알 수 있다.

세 번째는 황 교수와 김선종 연구원의 만남이다.

김선종은 본래 흙과 친한 착한 성품으로 대단히 성실한 한양대 의대 출신으로, 미즈메디 병원 연구원이었다.

황교수가 체세포유래 배아줄기세포를 만들어 내는데 가장 큰 장벽은 난자를 얻기도 어렵지만, 다루기도 어렵다는 것이다.

이 장벽을 깨뜨리고 문제를 해결한 것이 바로 김선종 연구원이다.

김 연구원의 독창적인 아이디어는 피펫으로 난자를 고정시키고 송곳으로 난자에 핵이 빠져나올 수 있는 아주 작은 크기의 구멍을 뚫은 뒤, 난자를 살짝 눌러주어 핵이 빠져나오도록 하는 것이었다. 난자를 터뜨리지 않고 핵을 뽑아 낼 수 있었던 것이다.

황우석 교수는 이를 "기존효율보다 100배가 높아졌고, 실용가치 창출의 단계에 이르게 했다"고 높이 평가했다.

그래서 황우석 교수는 2005년 사이언스 논문 공동저자 가운데, 김 연구원을 제 2저자로 하기로 김선종 연구원과 일단 약속했다.

그런데 문제가 생긴 것이다.

제 2저자에 김선종, 교신저자에 노성일 이사장을 생각하고 있는 가운데, 섀튼이 교신저자를 달라고 했다. 황 교수 입장에서 안 받아들일 수 없었다.

그러자 노성일이 제 2저자를 요구해 왔다.

그러자 황 교수는 노 이사장에게 "그럴려면, 내정된 김선종 연구원의 동의를 받아달라"고 했다.

"그러마"고 했던 노 이사장은 그 뒤 아무말이 없었다.

시간에 쫓긴 황 교수는 미국 피츠버그대로 김 연구원에게 전화를 걸어 "노이사장이 제 2저자를 달라고 한다."고 말하자 김 연구원은 "…그러면, 할 수 없지요." 라고 말하며 매우 씁쓸해 했다고 한다. 그는 결국 제 7저자가 되었다.

그는 젊은 열정을 바쳐 이룬 평생의 명예와 부가 사라진 것이다.

여기에 비극의 싹이 트고 있었던 것으로 생각된다.

황우석교수가 제 1저자로 2005년 사이언스에 게재한 환자 맞춤형 줄기세포 관련논문의 공동저자 25명은 몇 개팀의 연합구조로 되어 있다.

이를 분류해 보면, 제 1논문저자 황우석교수 직계팀, 교신저자인 제랄드 섀튼 미국 피츠버그대교수팀, 제 2저자인 미즈메디 병원 노성일 이사장팀, 24번저자인 서울의대 병원 산부인과과장 문신용 교수팀과 안규리 교수, 한양대병원 윤현수교수팀 등으로 나타낼 수 있다.

그리고 우리는 2등인 각 팀장이 1등인 황교수를 구심으로 하여 단합한 것이 아니고, 행동세력으로 배신을 하면서 황교수에게 치밀하게 덫을 놓았으므로, 연결되어 조직적 음모를 한 그 배후세력이 무엇인지도 살펴볼 필요가 있다.

먼저 2005년 사이언스 논문 원고 작성과정과 경위, 25명 공저자의 역할은 다음과 같다.(서울대 조사위 조사결과 참조)

논문 원고 작성 과정 및 경위

2005. 1. 4   황우석교수가 논문에 포함될 데이터 요약을 섀튼교수에게 전송
(섀튼교수 진술서)

2005. 1. 15   강성근 교수가 인도 영장류 시설 관람 참석하였을 때
섀튼(Schatten)교수를 만나 논문의 작성에 필요한 내용에
관해서 논의하고 이후 논문에 필요한 데 이터를 전송하였다(
강성근 교수 진술).

2005. 1. 21   섀튼 교수가 초고(MS001)를 작성하여 강성근 교수에게 보냈다.
초고에는 2, 3, 4, 5의 4개 세포주만 확립된 것으로 되어 있고
표1에는 추가적으로 4개를 확립중에 있는 것으로 기술되어 있다.

2005. 3. 5   강성근 교수가 논문작성에 필요한 보충 데이터를 섀튼 교수에게
전송하였다. 총 10개 세포주를 배양(2, 3, 4, 5, 6, 7, 8, 9, 10, 11)
하였으며 면역염색, DNA 지문분석, 배아체, 면역적합성 검사가
완료된 것으로 기술되어 있고 테 라토마는 6개 세포주
(2, 3, 4, 5, 6, 7)완료로 기술되어 있다.

2005. 3. 6   섀튼 교수의 데이터에 대한 질의 및 의견을 강성근 교수에게 보내왔다.
이 때 총 11개의 세포주가 확립된 것으로 정리(12번 세포주
추가)되어 있다.

2005. 3. 7   논문 제출서한(cover letter) 초안이 작성되었으며 모든 저자는
이 논문을 읽었으며 제출에 동의한다고 기술되어 있다.

2005. 3. 12: 섀튼 교수가 두 번째 원고를 작성하였다.
〈1월 12일부터 3월 12일 까지의 기록은 강성근교수 컴퓨터의
파일 저장 일자를 기준으로 하였음〉

2005. 3. 15   섀튼 교수가 최종 원고를 작성 및 투고하였다. 면역염색,
DNA 지문분석, 면역적합성 검사는 11개
(2, 3, 4, 5, 6, 7, 8, 9, 10, 11, 12)세포주 모두 완료,
배아체와 핵형검사는 10개 세포주완료,
테라토마는 6개 세포주 완료라고 기술되어 있다.

논문의 투고 이후 진행상황은 다음과 같다.

- -2005. 3. 15. 논문투고
- -2005. 3. 18 심사자 선정 및 심사자로의 논문 전송
- -2005. 4. 4 심사자(3인)로부터 심사평 도착
- -2005. 5. 10 사진 고해상도 본(version) 제출
- -2005. 5. 12 공식적으로 논문 게재 승인
- -2005. 5. 19 논문 온라인 게재
- -2005. 6. 17 논문 인쇄(vol. 308 pp 1777-1783)

〈결론〉

1. 논문 작성은 강성근 교수가 논문작성에 필요한 데이터를 수집하여 섀튼교수에 전송하였다.
2. 논문은 섀튼 교수가 주도적으로 작성하여 직접 사이언스지에 제출하였으며 심사평에 대한 응답도 섀튼 교수가 하였다.
3. 황우석, 강성근, 섀튼 교수 이외의 저자들은 논문 작성에서 발행에 이르기 까지 작성내용과 제출, 심사, 출판 등의 경위를 모르고 있다고 진술하였다.

공저자의 역할

총 25명의 저자가 참여하고 있으며 황우석 교수와 피츠버그대학의 섀튼 교수가 공동교신저자로 구성되어 있다.

- 황우석(서울대 교수, 제 1저자 및 공동 교신저자) : 연구총괄책임자
- 노성일(미즈메디병원 이사장, 제 2저자) : 난자 제공
- 이병천(서울대 교수, 제 3저자) : 연구자문
- 강성근(서울대 교수, 제 4저자) : 연구자문, 논문 데이터 수집하여 섀튼 교수와 교신
- 권대기(서울대 박사과정, 제 5저자) :
  연구수행(난자 운반, 줄기세포 보관, 반출입 등 관리 담당), 데이터 정리
- 김수(서울대 박사과정, 제 6저자) : 연구수행(핵이식 담당)
- 김선종(미즈메디병원 연구원, 제 7저자) : 연구수행(줄기세포 배양, 줄기세포 및
  테라토마 사진 촬영, DNA 지문분석 시료 검사기관에 의뢰 등) 사진조작
- 박선우(서울대, 연구원, 제 8저자) : 연구수행(세포배양)
- 권희선(서울대, 연구원, 제 9저자) : 연구수행(세포배양)
- 이창규(서울대 교수, 제 10저자) : 연구자문
- 이정복(미즈메디 연구원, 제 11저자) : 테라토마실험 수행
- 김진미(미즈메디 연구원, 제 12저자) : 테라토마실험 수행
- 안규리(서울대 교수, 제 13저자) : 면역적합성(HLA)검사
- 백선하(서울대 교수, 제 14저자) : 환자 체세포제공
- 장성식(하나병원장, 제 15저자) : 난자제공
- 구정진(하나병원 의사, 제 16저자) : 난자제공
- 윤현수(한양대 교수, 제 17저자) : 테라토마 제조를 위한 세포주 주입 수행
- 황정혜(한양대 교수, 제 18저자) : 난자 채취, 한양대 IRB통과에 기여
- 황윤영(한양대 교수, 제 19저자) : 한양대 IRB통과에 기여
- 박예수(한양대 교수, 제 20저자) : 기여없음
- 오선경(서울대 연구원, 제 21저자) : 기여없음
- 김희선(서울대 연구원, 제 22저자) : 기여없음
- 박종혁(피츠버그대 박사후연구원, 제 23저자) : 기여없음
- 문신용(서울대 교수, 제 24저자) : 기여없음
- 제럴드 섀튼(Gerald Schatten, 피츠버그대 교수, 공동교신저자) :
  주도적으로 논문작성, 논문제출, 논문심사평에 대한 응답서 작성

제 2장
황우석교수연합팀의 구조와 연결세력

1. 섀튼과 미제국의 이중적 입장

덫에 걸린 황우석사건의 핵심에 유태계 미국인 제랄드 섀튼 피츠버그대 교수가 자리잡고 있으며, 그 배후엔 세계제일 강국인 미국(PAX Americana의 중심 : 미국이 지배하는 평화)이 있는 것으로 보여진다.

여기서 우리가 주목할 것은 사실상 세계를 지배하고 지구상의 큰 사건에 거의 개입하는 〈그림자 정부(이면의 역사가 이리유카바 최가 지은 같은 이름의 저서 참조)〉이다.

그러나 그 실체를 정확히 다 아는 사람은 세계에 아무도 없을 것이며, 사회과학자이나 한 개인인 저자가 미국, 영국, 이스라엘, 한국 등의 정보기관 등의 활동을 알 수 없어 불행하게도 확증을 가지고 얘기를 할수는 없고 개요를 말할 수 밖에 없음을 양해하여 주기 바란다.

세계사를 공부하는 사람들은 지금 세계 제일의 일반적인 공조직은 국제연합(UN)이지만, 강국 정치(Power politics)로 세계를 지배하는 것은 세계 제일의 강국 미국(대통령 조시 부시)이라는 것을 안다. PAX Americana, 미국이 지배하는 평화라는 뜻이다.

과거 PAX Romana, PAX Britanica, PAX Russiana, PAX Chiana 보다 지배력이 몇 배 더 강력해진 것이다.

그런데 미국을 지배함으로써 세계를 지배하는 것이 「누상성부」라고도 하는 「그림자 정부」라는 것이다.

흔히 프리메이슨(free mason)으로 불리는 유태인의 이 조직은 미국 독립전쟁 등을 통하여 미국을 세웠고, 2천년 전에 망한 유대 땅에 새로운 그들의 나라 이스라엘을 세웠으며, 러시아 공산 혁명도 프리메이슨의 음모이고, 국가적이거나 한국전쟁 등 세계적인 전쟁과 바티칸 조종, 세계 경제 시나리오, 미국 대통령 선거나, 미국 대통령 암살 사건 등에 관여해 왔으며 세상의 모든 큰 비밀과 관계하면서 사실상 지배하고 있다는 것이다.

그 중심지는 미국 뉴욕, 오스트레일리아, 이스라엘 등 3곳에 있으며, 중요한 관련단체는 빌더버거 그룹, 삼변회, 300 위원회 등으로 록펠러, 로스차일드, 핸리커신저, 빌 클린턴, 부시 전 미국대통령, 윈스턴 처칠, JP 모건, 듀퐁, CNN 사주 테드 테너, 블제진스키, 조지 소로스, 한국의 전직 대통령 2명 등 세계의 많은 지도자들이 그 단체에 비밀단원으로 참가했다고 한다.

인간배아줄기세포 연구분야에서 세계적인 권위자인 프랑스 마르크 페스찬스키박사는 황교수를 만난 적이 있고 실험실을 방문한 적이 있

연구원들과 함께 한 황우석 교수

다는 전제 아래 "황박사의 복제 기술은 매우 세련되어 있고, 2004년 발표한 복제기술은 사실 이며, 그때부터 노벨의학상을 받을 것으로 간주했다"고 말했다.

그런데 페스찬스키박사는 "황교수가 연구성과물의 오염을 언급하지 않은 것이 좋을 것이라고 판단한 것이 논란의 여지였고 실수였다"고 황교수 연구에 적극적인 지지를 보냈다.

미국 뉴라이프뉴스는 2006년 1월9일 섀튼은 인간배아 줄기세포에 대한 복제과정에 그의 연구파트너 (황우석교수등)들에 의한 공헌을 배제한 채 특허를 추진하여, 섀튼이 황우석교수의 특허를 훔쳐갔다고 보도했다.

또 독일의 국영라디오 방송은 2006년 1월15일 16시30분에 방송된 "위조된 복제들"에서 섀튼(Schatten : 그림자. 그늘 귀신의 뜻)이 의심스런 그림자 사나이로서 황우석교수의 모든 노하우를 빼갔으며, 그 결과 섀튼은 복제의 왕이 되고, 황우석은 빈털터리가 되었다고 하면서 섀튼이 범인이라고 보도했다.

사실 섀튼은 국제사회에서 과학자라기보다 「특허 낚시꾼」(patent troll)으로 더 유명하다.

섀튼은 그림자정부 (일명 freemason)의 지원을 받는 록펠러-키신저 그룹 생명과학계의 수장(유태계과학자 링크 프리메이슨)인데, 그가 한국언론에 주요인물로 등장한 것은 2003년 4월11일자 사이언스에 실린 논문에서 "영장류는 복제가 불가능하다"는 결론을 발표하면서부터이다.

그는 이에 관련된 특허를 이틀전(4.9) 가출원하는데, 이것이 황우석 교수 특허와 충돌하는 시발이 된다.

이는 원숭이 난자의 핵을 흡입·제거하는 과정에서 염색체 분열이 정상적인 방추체(mitotic spindle 또는 meiotic spindle)로 이루어지지 않아 제대로 된 염색체의 수를 갖지 못해 복제는 불가능하다는 것이다.

그럼에도 2중적인 섀튼은 영장류 복제는 안된다고 발표하고, 그걸 교정하는 방추체결합교정방법의 가특허출원을 낸 것이다.

그러나 그 교정방법은 2004년 10월28일 출원서에도 없다.

섀튼은 또 철저히 2중적이어서, 부시대통령의 생명윤리위원회에 출석해 영장류복제는 불가능하다고 발언하고, 그 한달전 미국립보건원(NIH)에는 5년내 영장류 10마리를 복제하겠다고 640억$의 지원요청을 했고, 이상하게도 NIH는 이를 승인했다.

세계평화의 보안군을 자처하면서, 명분없는 이라크전쟁을 일으킨 미국의 조지 부시 대통령도 이중적인 태도가 엿보였다.

2000년 대선 캠페인때부터 인간배아복제연구에 반대해온 부시대통령은 2001년 8월1일 의회에서 인간배아복제 제한 승인법안이 기각되어 법적으로 불가능하게 되나, 곧 이은 8월 9일 TV중계를 통해 줄기세포연구에 연방정부 재정지원을 발표하고, 8월 12일에는 뉴욕타임스에 줄기세포지원 기고문까지 썼다.

그런 일이 있은 직후,〈타임〉지의 2001년8월20일자〈How Bush Got There〉기사에 의하면, 부시의 이러한 결심은 줄기세포연구의 선구자였던 위스콘신 대학의 제임스 톰슨 교수(그는 1998년 세계 최초로 인간의 배아 줄기세포주를 수립했다)와 긴밀한 관계에 있었던 당시 복지부 장관 톰슨과의 5월 오찬 시점부터 시작된 것이라 한다. (딴지일보 199호 딴지총수참조)

부시의 발표에 결정적 역할을 한 것은 법안이 기각된 바로 다음 날인 8월2일에 있었던 미국립보건원의 과학자들과 만남 때문이었다고 전한다.

〈타임〉지는 이러한 일련의 부시 행동의 가장 큰 목적은 2000년 대통령 선거 당시 그를 지지하지 않았던 수많은 미국인에게 신뢰감을 주기 위한 것이었다고 분석하고 있다.

미 국립보건원의 섀튼 지원 결정도 그 연장선상에서 이해할 수 있다.

부시의 TV 연설 다음 날인 2001년 8월 10일, 톰슨 보건복지부장관은 "미국립보건원이 연방기금 지원조건을 충족시키는 줄기세포주를 등록 받기에 착수했다"고 발표한다. 이 기금은 다음 달인 9월 미국립보건원의 예산안 심의에 포함되어 그 다음해인 2002년부터 집행된다.

이러한 미국의 분위기는 다음 해 다시 반전된다.

2002년 중간선거 전 공화당에서는 연구목적의 배아복제 연구까지 전면금지하는 법안을 추진한다. 그러나 이 법안이 과학자들과 환자권익 옹호단체의 반대에 막혀 폐기되자 2002년 중간선거의 승리후, 상하원을 모두 장악하게 된 공화당은 다음 회기에는 치료목적을 포함한 모든 인간복제의 전면금지를 다시 한번 추진하겠다고 벼른다.

이렇게 의회에서 복제 전면반대파와 연구용 복제연구의 지지파가 팽팽히 맞서자 부시는 2002년 12월 대통령 직속의 생명윤리위원회를 구성, 전문가들로부터의 견해를 취합한다. 이 생명윤리위원회가 바로 섀튼이 출석해 "영장류 복제는 불가능하다"고 증언한 바로 그 위원회다. 이 생명윤리위원회는 향후 4년간 인간복제에 관한 어떤 논의도 유예할 것을 부시 대통령에게 권고하는 것으로 결론을 낸다. 이 유예 권고는 4년을 못 채우고 3년 후인 2005년 뒤집어지게 된다.

한편 섀튼은 그 이전까지 8세포 또는 16세포기에서 계속 실패했다. 황우석을 만나 연구 지원을 받은 후에야 문제를 극복, 2004년 12월 6일 제44차 미국세포생물학회 워싱턴 총회에서 원숭이 배반포의 성공을 발표한다. 그는 그날 스스로도 그것이 한국의 기술 덕분이었다는 것을 밝힌다.

아마도 최초 특허 가출원시에는 제목만 공개되니, 내용이 공개되는 1년6개월 이전에 미국립보건원(NIH)의 자금으로 기술을 확보해 특허를 수정하면 될 것이라 당시에는 판단했을 것으로 추론된다.

섀튼은 2003년 8월부터 미국립보건원의 공식적인 지원을 받으며 5년 이내 영장류 복제를 성공시켜야 하는 상황이었고, 그와 관련해 불완전한 특허를 가출원해 둔 상태였다.

그로부터 3개월 후인, 2003년 11월 말, 섀튼은 황우석을 만나러 한국에 온다.

섀튼은 황우석과 별도로 미즈메디와의 관계를 미국 국립보건원등을 통해서 가져왔다. 미국립보건원과 미즈메디의 관계는 줄기세포 수립을 위한 미국립보건원의 기금이 마련되는 2002년부터 바로 시작된다.

미즈메디병원 줄기세포 연구팀이 향후 2년간 미국 NIH(국립보건원)로부터 51만 달러의 연구비를 지원받게 됐다고 11일 밝혔다. 국내 연구팀이 줄기세포분야에서 NIH 연구비를 지원받는 것은 이번이 처음이다. (2002년 12월 12일 국민일보)

미국립보건원의 회계자료에 의하면 미즈메디는 2002년 첫 해에는 314,826 달러, 2003년에는 194,612 달러의 연구비 지원을 받고, 이 2년 간의 지원이 끝나는 시점에 다시 추가로 3년간 기금을 지원받는다.

최근 NIH측에서는 미즈메디 의과학연구소를 방문해 연구성과와 병원을 둘러보고 제2차 연구비 지원을 확정했다. 이번 지원결정으로 2004년 10월 1일부터 2007년 8월 31일까지, 3년동안 825,152 달러를 받게 됐으며 5년간 지원 받는 연구비 총액이 1,334,459달러로 한화로 약 16억 원에 이른다. 미즈메디병원 의과학연구소는 NIH로부터 연구비를 지원 받는 세계 6개 연구소 중 하나이다. (2004년 10월 1일 메디팜 뉴스)

이 시점 미즈메디와 섀튼 교수의 연구협약 체결을 추진 중이라는 내용도 관련 기사에 잠깐 언급된다.

미즈메디 연구소는 미국 국립보건원에 등록된 인간 배아줄기세포(Miz-hES1)를 대량 증식시켜 전 세계에 연구용으로 분양할 예정이다. 또한 피츠버그대학의 섀튼 교수팀 등 미국의 연구진과 공동연구를 위해 연구협약 체결을 추진중이다. (2004년 9월30일 매일경제)

피츠버그 대학과의 관계를 보여주는 또 하나의 기사는 다음과 같이 보도하고 있다.

미즈메디 병원 의과학연구소는 미국 NIH에 등록된 인간배아줄기세포(Miz-hES1)를 대량증식시켜 전세계에 연구용으로 분양할 예정이며, 연구진행의 효율성을 높이기 위해 자체 개발한 세포주를 미국 피츠버그대 발생연구소에서 생산해 미국내 연구진에 공급하는 한편, 유럽 및 그 이외의 국가에도 직접 공급할 예정이다.

발생연구소가 바로 섀튼이 소장으로 있는 곳이다(Director of Pittsburgh Development). 미즈메디와 세포응용사업단의 관계 역시 관련 기사에 등장한다.

과학 기술부는 21세기 프론티어 연구개발 사업 일환으로 수행중인 세포응용 연구사업단(단장:문신용)의 지원을 받고 있는 미즈메디 병원의 의과학연구소 윤현수 박사팀이 인간 줄기세포 연구를 위해 미국 NIH로부터 5년간 135만 달러 (약 16억원)의 연구비를 지원 받게 됐다고 30일 밝혔다.

또한, 미즈메디병원 줄기세포 연구팀은 과학기술부의 21C 프론티어 연구사업의 일환으로 2002년 10월부터 진행된 세포응용 연구사업(단장 문신용 서울의대 교수)에도 활발하게 참여하고 있다. (2004년 10월 1일 메디팜뉴스)

이 미즈메디와 미국립보건원과의 관계는 2002년 초기부터 문신용 교수의 역할이 있었던 것으로 판단된다.

인간 배아줄기세포를 연구하는 프론티어사업단의 세포응용연구사업단이 오는 6월말께 본격 가동에 들어간다. 과학기술부는 지난 16일 사업단장으로 문신용 서울대 의대 교수(54)를 단장으로 선임하고 줄기세포 연구사업을 공식 출범시켰다. 앞으로 10년간 1000억원을 들여 연구하는 대규모 사업이다.

"발표는 하지 않았지만 3~4개의 줄기세포주를 개발해 보유하고 있다. 또 고급기술인 분화를 멈추도록 하는 기술도 확보했다. 미국 NIH에서 와서 보고 만족스러워했다. 그 중 하나는 NIH에 등록했다." (2005년 5월 21일 파이낸셜 뉴스)

미국립보건원과 미즈메디의 관계가 미즈메디만의 관계뿐 아니라 문신용 교수의 세포응용사업단 예하의 미즈메디가 그 구도하에서 관계를 맺은 것이란 것은 당시 등록한 줄기세포의 등록주가 미즈메디 단독이 아니라 서울대와 공동이란 점에서도 드러나며, 실제 그 관계를 문신용 교수가 대표했다는 것이 미국립보건원의 기록에서도 확인된다.

미국립보건원의 2003년 국제협력 자료를 보면 미즈메디와의 여러 협력 논의가 있었다는 것을 언급하며 그 한국 방문단의 대표가 문신용 교수였음을 기록하고 있다.

한편 미국의 도척(옛 중국의 최고 기술을 가진 도둑명) 섀튼의 결별 선언이 있었던 2005년 11월 12일부터 영주권 신청 전화가 왔던 2005년 12월 7일을 전후한 역전·재역전의 한국 상황을 참고하면 다음과 같다.

-11월 12일 섀튼의 결별 선언
-11월 17일 PD수첩 검증 결과 발표
-11월 17일-18일경 김선종 입원
-11월 21일 노성일 난자매매 기자회견
-11월 22일 PD수첩 1탄 방송
-11월 24일 황교수 난자 사용 시인 기자회견
-11월 26일 PD수첩 광고 중단
-11월 27일 노무현 대통령 홈페이지 기고
-11월 29일 황우석 사이언스 논문 정정(줄기세포수 7개에서 3개로)
-12월 1일 안규리, 윤현수 미국방문
-12월 2일 최승호 CP, 한학수 PD 기자간담회("미즈메디와 관계없다")
-12월 4일 YTN, MBC 취재윤리 문제 제기
-12월 4일 MBC 대국민사과문 발표
-12월 6일 브릭에서 DNA 핑커프린트 조작 의혹 제기
-12월 7일 영주권 신청 문의 전화
-12월 9일 피츠버그대 특별조사단 구성
-12월 9일 윤현수 교수 출국(학회 참석 이유로)
-12월 10일 프레시안 강양구 기자 등 피디수첩 김선종 녹취록 공개
-12월 14일 섀튼 사이언스에 논문 철회 요구

끝으로 도척 섀튼은 한국의 황교수와 달리, 미국 각계의 국가적 보호를 받았고 피츠버그대 연구진실성 위원회로부터도 2005년 12월 12일부터 조사를 받았으나, 과학적 부정행위는 없었다고 밝히고, 징계도 안 받고 현역 연구원이자 종신교수로 남을 것이며 연구를 계속하고 있고, 2005년 Science 논문이 제출되기 8개월 전, 같은 내용의 특허권 신청을 미국 특허청에 내면서 황우석교수를 제외하여 사실상 매년 300조원 이상의 부를 창출하는 그들 본래의 목적을 곧 달성할 것이라 한다. 섀튼은 2005년 사이언스 논문의 교신저자로 총감독 책임이 있는데 그는

어떤 해결 노력도 없이 황교수팀을 떠났다. 새튼은 그 지위와 황우석 교수와의 관계를 이용하여 도미노 이론식으로 야금야금 황교수의 특허 권을 뺏어가려는 흑심을 품은 사나이로 보인다. 그는 2006년 2월 16일 공개된 보완특허출원에서 황우석교수의 연구업적 3가지를 추가하여 국제특허 분쟁을 하려는 의도를 분명히 했다. 한편 2006년 3월 7일 미국 하원 행정 개혁 소위원회는 "서울사태 이후 인간복제와 배아줄기세 포연구" 주제의 청문회에서, 정부지원의 적절성을 따지면서도 정부지 원금(NIH) 110만 달러를 받고도 논문조작을 주도한 새튼을 출석시키 지도 않고, 문책도 하지 않고 무조건 감싸 황교수에 대한 한국의 태도 와 달라 대조를 보였다.

2. 문신용과 서울대 조사위 및 K·S 세력

황우석교수에게 덫을 놓아 사회적으로 죽어가게 하는 의혹의 중심에 선 단체는 황우석, 노성일과 함께 「여의도결의」를 했다가 갈라섰으며, 수의대 교수인 황박사에게 우월적 콤플렉스를 가진 서울의대교수 문신용이 단장으로 있는 세포응용연구사업단(약칭 세연단)이다.

세연단을 중심인맥으로 줄기세포 전문가없이 서울대 조사위원회가 구성되어, 외세와 연결된 상태에서 허위조작 발표를 하여, 서울대학교의 위상을 추락시키고, 진실을 갈구하는 국민에게 배신감을 안겨주면서, 황우석 교수의 연구에 학문적 자유라는 헌법원칙을 위반하면서까지 연구실을 폐쇄하는 등 몰상식한 조치를 취하였다.

네티즌들로부터 조작위라는 조소를 받는 서울대 조사위(위원장 정명희)뿐 아니라, 정운찬 총장도 K.S세력으로 그 K.S세력에 의해 총장으로 옹립되어 과거에 존경받던 정총장도 그 위상이 추락되었다.

처음 황우석 교수와 서울의대 문신용 교수, 노성일 이사장 등이 3인방으로 가까웠으나, 문이 황에게 파워게임에서 밀리자, 노와 문이 함께 다른 길을 가기로 하고, 같은 미국인인 섀튼과 가까워져 큰 사태의 발단이 된 것으로 보인다.

세연단장 서울의대 문신용 교수등 K.S(경기고, 서울대출신) 인맥들의 연결고리, 서울대조사위원회 발표와 반응, 그리고 문신용 교수를 움직이는 몸통 K.S이며 서울의대 교수인 서정선 교수등에 대하여 알아보기로 한다.

세연단은 과학기술부가 참여한 연구기관으로 기간은 2002년부터 2012년까지 10년간이고, 사용예산 총액은 1,520억원(정부 1,240억원, 민간 280억원)이며, 소재지는 서울의대 본관 1층 113호이다.

e-조은뉴스(2006.1.6)는 「황우석교수연합팀 사건」의 국내 몸통은 성체줄기세포를 주로 연구했던 문신용 교수라고 지목 보도했다.

세연단은 대선이 있던 2002년 12월 개소식을 가졌는데, 문단장 이외에 노성일 미즈메디 병원 이사장, 윤현수, 안규리 교수 등이 참여하고 있으며, 과기부 국장, 특허청과 식약청 과장들도 세연단 소속이다. 더구나 문단장은 K.S 인맥의 강한 힘을 갖고 있다. 경기고 근친교배라고 할 정도로 문단장은 경기고 62회 동기동창이 정운찬 서울대 총장이고 홍석현과는 1살차이로 같은 K.S이며, 지난해에는 모교에서 정운찬, 홍석현, 차기대통령후보로 거론되는 고건이 함께 "자랑스런 경기인상"을 받기도 했다.

경기고 출신으로 서울대와 보광창투, 메디포스트, 미즈메디 병원, 세연단 등에서 활동중인 주요 인물은 다음과 같다.

문신용(1948년 생), 정운찬(1948년 생), 홍석현(1949년 생), 노성일(1952년 생), 홍석조(1953년 생. 전 광주고검장. 보광창투, 메디포스트 투자. 홍석현의 아우), 홍석준(삼성SDI부사장, 메디포스트 투자, 브릭과 공동연구 협약), 홍석규(1956년 생. 보광〈주〉대표이사. 홍석현 아우), 이왕재(1955년 생. 서울의대 부학장. "한국과학국치일"운운), 왕규창(1954년 생. 서울의대 교수. 가톨릭계 마리아 병원 박세필과 공동연구), 김환석(1954년 생. 국민대 교수. 국가생명윤리위원회 위원), 정태기(한겨레신문사장), 박한철(서울지검 차장검사), 박인규(프레시안 대표. 경기고 동문) 또 서울의 연합뉴스 이승우 기자는 민주노동당 정책위 자료를 인용하여 세연단이 보건복지부가 승인을 하지 않았는데도 미즈메디병원 노성일 이사장에게 배아 연구비로 3억5천만원을 불법 지급했다고 보도했다.

특히 우리가 유의해 봐야 할 것은 이른바 서울대 조사위원회가 조작위라고 불릴 정도로 불공정하게 황우석 죽이기 방향으로 구성된 점인데, 위원장도 불공정할 수 있는 서울의대 정명희 교수이고, 9명의 위원(오유택, 정진호, 이인원, 김홍희, 정인권, 이용성, 홍승환, 박은정, 류판동) 가운데 세연단 소속 교수가 3명이나 차지하고 있는 등 노 · 문과 관련 있는 인사로 구성되고, 종교적인 고려가 없었다는 점이다.

그들은 세연단 평가위원인 이용성 교수(한양대 의대), 자문위원 홍승환 교수(서울대 자연대), 윤리위원인 박은정 교수(서울대 법대)등이다. 또 조사위원 10명 가운데 홍승환 교수와 수의대 류판동 교수 등이 진실과 역사에 두려움을 느끼고 사퇴한 것으로 알려졌다. 그래서 서울대 조사위는 줄기세포에 대한 비전문가 그룹이 되었다.

강경선(서울대 수의대교수, 카톨릭 기능성 세포 연구 치료제 개발센터. 아이디진 생명과학과 히스토스팀과 함께 100억 투자하여 만들었는데, 미국립 보건원이 지원하고, 황우석 교수 중심의 서울대 세계 줄기세포 허브의 제일 경쟁자인 미국 ACT사가 과제 수행업체로 지정했으며, 서울을 "하나님의 나라 수도"로 만들겠다고 공언한 이명박 시장이 관여하고, 한국민간기업 ACTS도 참여한 바, 미국 ACT와 파산직전 의류회사에서 갑자기 바이오 회사로 변신한 ACTS의 관계도 궁금하며, 핵심대학들은 한양대의대(윤현수 교수), 서울의대, 고려대의대, 카톨릭대의대(오일환 교수), 세종대 등 6곳이다.

제주대 박세필, 이봉희 교수와 함께 미 보건원 내 HUPO의 프로젝트 참여로 마리아 바이오텍에 100억 투자하게 함.10년 연구비는 1000억으로 추산되며, 마리아 바이오텍, 중앙 바이오텍과 연결됨. 강교수는 또 제약업체 유한양행과 세포 치료제 개발 계약을 체결했으며, 상업화를 위한 특허 출원은 RNL바이오가 추진. 12월 14일 강교수와 노성일은 미즈메디와 메디포스트를 합병함.

이왕재(서울의대 부학장. 2001년 미국 ACT가 인간배아 복제 성공시 앞장서 환호하고, 12월 16일 노성일 미즈메디 병원 이사장이 황교수에게 등돌리고 기습공격 기자회견 직후, 황교수가 그럴 줄 알았다면서 한국과학의 국치일로 선포해야 한다고 기자들에게 떠든 온누리 교회 신자(2001년 11/26 국민일보. 생명을 창조하는 하나님의 섭리를 거역해선 안된다. 2005년 12/14 쿠키뉴스. 생명나무 열매를 따먹는 인간들에게 하나님이 어떤 징계를 준비하실지 두렵다고 발언)

그는 또 서울대 조사위원회가 가동되기도 전에 "이미 배아 줄기 세포가 없다는 것을 확인했다."고, 노성일을 지지한 바, 노와 문신용 교수 등과 친하여 미즈메디와 메디포스트의 가교 역할을 함.

문신용(서울대 세포 응용 연구 사업단장. 처음 황우석과 노성일을 연결시켜 도원결의하듯 3인방을 이루었으나, 차츰 황과 거리를 두고, 노성일과 가까워짐.)

처음 3자의 파워게임에서 문이 황에게 밀리면서 문이 노와 함께 다른 길로 가기로 한 것이 섀튼 등 제3세력의 덫에 걸린 이 사태의 발단이 된 것으로 보임.

문교수는 NIH에서 미즈메디에게 투자를 해 주었고 NIH에 등록한 미즈메디 줄기세포도 문신용 보완 줄기세포로 공동으로 등록한 것이고(2004년 4월 15일 조선일보등 보도), 문교수는 최신 논문 제1저자 권영두 박사(배아줄기세포 연구가들)를 제대혈 선두인 메디포스트에 들어가게 함.

MBC PD수첩의 제보자의 한 사람으로 의혹을 받고 있는 문신용교수는 줄기세포 논문자료가 2004년 황우석교수 논문사건과 중복되어 의혹을 사기도 함.

프레시안에서 맹활약한 피츠버그대 이형기 교수가 문교수가 단장으로 있는 서울대 세포응용연구 사업단 윤리 위원인 서울대 신상구 교수에게 미즈메디에 관련하여 특별 감사 서신을 보냄.

장호완 교수(서울대 교수 협의회 회장). 중간 발표만 나오고, 최종발표나 검찰 수사 결과가 나오지 않았는데도 자기 산하에 있는 황교수를 "학문적 조작과 사기"라고 등에 비수를 꽂음.

메디포스트 대표 양윤선. 서울의대 출신으로 황우석 교수팀에 관여하다가 노성일과 연결하여 메디포스트 대표에 취임.

삼성그룹. 메디포스트에 홍석현씨 일가가 대주주인 보광창투가 투자했으며, 메디포스트 최대주주가 됨. 이 사건이 나면서 삼성그룹회장 이건희, 전 주미대사 홍석현씨 사건이 검찰서 무혐의 처리되어 많은 의혹을 삼.

황우석교수의 연구와 라이벌 관계였던 성체줄기세포 연구자들은 세포응용사업단(단장 : 문신용), 메디포스트(대표 : 양윤선), 미즈메디병원(이사장 : 노성일), 마리아 병원(마리아 의료재단 생명공학 연구소장 : 박세필), RNL바이오(대표 : 강경선), 박용호 서울대 수의대 교수, 한양대 병원(윤현수 교수 등) 마크로젠 권오용 사업부장(세연단 국제협력위원), 엠젠 바이오 박광욱 대표이사(세연단 실용화 위원)등인데, 이들은 거의 모두 크리스챤이다. 이 밖에 그리스도교 관련으로 황우석 교수의 반대편에 선 중요한 사람들을 살펴보면 다음과 같다.

MBC PD수첩팀 최승호 책임PD, 한학수PD, 김형태 변호사(MBC 방문진 이사), 카톨릭의대 오일환 교수와 강경선 교수(카톨릭 기능성 세포연구치료제 개발 센터, RNL 바이오 텍, 서울대 수의대 교수), 이명박 서울시장, 이형기, 설대우 교수(피츠버그대), 장호완 교수(서울대 교수협의회 회장, 메디포스트 주주), 평화방송 사장 오지영 신부, 기독교신문사장 이창영 신부, 교황청(엘리오 스크레치아 교황청 주교 겸 생명학술원장, 김수환 추기경, 정진석 추기경 등)

한편 2006년 2월 20일 서프라이즈에 Jayjay(drumbase)라는 닉네임을 가진 분이 "서울의대 줄기세포는 황박사팀줄기세포"라는 글을 올려, MBC PD수첩과 문신용, 노성일의 커넥션을 밝혀줄 사실을 찾아냈다. 아래에 살펴보자.

드디어 풀리지 않는 실마리가 풀리고 말았습니다.

천인공노할 서울대, 문신용, 미즈메디, 노성일, MBC PD 수첩 이들의 콘넥션을 밝혀줄 사실을 찾아내고 말았습니다. 왜 이들이 단합되었고 어떤 근거로 했는지를 명실상부한 증거물 그리고 이에 따른 확실한 결과물이 있었습니다. 본인의 글을 검색해서 읽어 주시기 바랍니다. jayjay로 검색하여 주시기 바랍니다.

MBC PD 수첩에 나온 장면이니 더 이상 숨길 수도 없습니다.

두번째 화면의 화이트 마크 처리한 부분을 보면 줄기 세포 이름이 나옵니다.

2004년 11월27일 SNU2 2005년 1월12일 SNU3 라는 줄기세포 이
름이 나옵니다.

의문점을 이제부터 풀어봅니다.

1. 줄기세포 SNU라는 명칭은 Seoul National Universty (서울대)
의 약칭입니다. 그것은 줄기세포가 서울대 의대의 소속이라는 것입니
다. 황우석박사팀의 줄기세포 명칭은 Hnt로 시작합니다. 미즈메디는

MIZ으로 시작하고요. 결국 PD수첩팀이 취재하고 검증한 것은 황우석 박사의 논문에 나온 줄기세포가 아닌 서울대 의대의 줄기세포입니다. SNU2, SNU3이므로 논문에 나온 것과는 당연히 결과물이 같을 수 없습니다.

2. 서울대 의대 줄기세포 SNU2, 3는 STEM CELL지에

Derivation and Characterization of New Human Embryonic Stem Cell Lines: SNUhES1, SNUhES2, and SNUhES3 라는 논문으로

a Department of Obstetrics and Gynecology and

b Institute of Reproductive Medicine and Population, Medical Research Center, College of Medicine, Seoul National University, Seoul, Korea;

c Laboratory of Electron Microscope, Seoul National University Children's Hospital, Seoul, Korea;

d Department of Physiology, Yonsei University College of Medicine, Seoul, Korea

위의 기관이 연계하여 실험 연구 작성한 것입니다.

논문 관여자는 Sun Kyung Oha,b, Hee Sun Kima,b, Hee Jin Ahnb, Hye Won Seolb, Yoon Young Kimb, Yong Bin Parkb, Chul Jong Yoonc, Dong-Wook Kimd, Seok Hyun Kima,b, Shin Yong Moona,b

그 어느 곳에도 미즈메디 또는 윤현수의 이름은 보이지 않습니다.

어째서 미즈메디 윤현수는 서울대 의대의 줄기세포를 테라토마 검증을 했을까요?

3. 서울대 SNU2, SNU3 는 서울대 줄기세포의 이름입니다. 서울대 수의대의 줄기세포가 아닙니다. 그런데 어째서 검증한 줄기세포가 미즈메디의 줄기세포와 동일하게 나옵니까? 결국 서울대 의대의 줄기세포와 미즈메디의 줄기세포는 같은 라인이라는 것입니다. 거기에다 황우석 박사가 보유한 모든 줄기세포 역시 미즈메디 것으로 나옵니다. 그렇다면 서울대의대와 미즈메디가 어떻게 같은 줄기세포라인을 가지고 있을수 있을까요?

4. 이와 같은 결론을 내는 방법은 간단합니다.

노성일과 문신용은 처음부터 황우석 박사에게 논문에 나온 체세포 공여자의 정보를 속이기만 하면 간단하게 해답이 나옵니다. 마치 뻐꾸기알이 다른 새 둥지에서 길러지듯이 말입니다. 이런 검증이나 의심의 여지가 없었던 황우석 박사는 뻐꾸기 알을 부화 시키듯이 열심히 길러줍니다. 그리고 간단히 김선종연구원은 기르기만 하면 되고요. 김선종 연구원이 말했듯 기른 줄기세포 수의대 연구실에서 가지고 나가는 것은 아주 식은죽 먹기 입니다. 김선종이 말했지요. 잘 키워진 줄기세포 가지고 나오다가 자전거 사고로 다 엎어버렸다고요. 그렇게 쉽게 가지고 나올 수 있었습니다. 결국 잘키워진 줄기세포 너도 갖고 나도 갖습니다. 당연히 황우석 박사의 논문에 나온 유전자 정보는 처음부터 잘못된 것이니 논문에만 나와있지 실제로는 존재하지 않습니다. 진짜 줄기세포가 서울대와 미즈메디의 줄기세포입니다.

5. 왜 그랬을까요? 현재 수정란 줄기세포는 실험이나 연구 가치가 없습니다. 그러나 체세포는 다릅니다. 얼마전 문신용 박사가 단백질 어쩌고 저쩌고 하면서 논문에 낸 치료용 줄기세포가 있습니다.

작년 6월쯤 되는걸로 알고 있어요. 메디 포스트와 공동 논문이었습니다. 수정란 줄기세포 가지고는 이런 실험 할 수 없습니다. 일단 난자나 정자공급자 모두에게 임상 실험할 수 없다는 것입니다. 서로의 면역체계가 틀리기 때문입니다.

결국 그 실험이 가능하다면 난자에게서 유전자 정보를 제거하고 정자의 유전자만 살려둔채 그 줄기세포를 키우고 정자 제공자의 단백질인자만을 그 줄기세포에 심어야지만이 줄기세포가 면역 거부 반응없이 환자 맞춤형 줄기세포로서의 역할을 할 수 있기 때문입니다. 하지만 현실적으로 난자의 핵을 빼내고 정자만으로 수정시키는 방법은 없습니다. 이런 방법이 있다면 불임시술계의 혁명일 겁니다. 결국 그렇다면 그 논문에 쓰여진 치료용 줄기세포는 환자 맞춤형 줄기세포가 아니면 불가능합니다. 노성일과 문신용은 처음부터 이러한 실험을 목적으로 체세포 공여자의 정보를 허위로 전달했던 것입니다. 김선종으로부터 받아온 줄기세포는 이렇게 그들의 논문에 쓰여지고 결국 그들의 이름으로 등록되는 것입니다.

6.어떻게 이런게 가능할까요?

 MBC PD 수첩의 전화 녹취록에 문신용이라고 밝혀진 줄기세포 전문
가의 녹취록이 있는데요 이런 대목이 나옵니다. 수정란 줄기세포와 체
세포 줄기세포는 육안으로 확인 불가 한다는 내용입니다. 현미경으로
자세히 관찰해야지만이 알수 있다고 하는대목도 나오는데, 체세포 줄
기 세포가 없다면 어떻게 비교가 되겠습니까?

 그리고 현재 만들어지지도 않았다는 체세포줄기세포를 어디에서 구
해서 수정란 줄기세포하고 비교해본단 말입니까? 결국 현재로서는 체
세포 줄기세포와 수정란 줄기세포의 비교가 불가능하다고 볼수밖에 없
습니다.

 그러니 노성일이나 문신용이나 자신들이 가지고 있는 줄기 세포를
자기꺼라고 해도 최고의 전자 현미경으로 검사한다고 한들 체세포 줄
기세포가 없는한 아무도 이를 확인하고 비교할수 없으니 떵떵거리는것
입니다.

 7. 과연 검증이 불가능할까요?

 검증 가능합니다. 적어도 서울대 의대에는 그 기록이 있습니다. 미즈
메디가 아무리 자신들의 기록이 사라졌다고 해도 이건 의료법 위반입
니다. 왜냐하면 잉여 난자의 실험경우 이를 제공자에게 언제라도 밝혀
야할 의무가 있기 때문입니다. 그들에게는 난자 제공자와 정자 제공자
의 기록 의무가 있습니다. 반드시 기록을 찾아 그 대상자들에게 그 실
험의 진위를 물어야 합니다. 그 곳에 해답이 있습니다.

8. MBC PD수첩은 또 하나의 위증에 직면해 있습니다. 미즈메디에서 왜 서울대의대의 줄기세포를 테라토마 검증했는지, 그리고 담당PD는 누구로부터 줄기세포를 얻었는지, 서울대 의대의 줄기세포를 왜 황우석 박사의 줄기세포라고 말했는지 등입니다. 이런 부분이 밝혀지지 않는다면 우리는 또 혼란의 혼란에 빠져들 것입니다.

점점더 그 진실이 시간이 가까와 지고 있습니다. 거짓말은 또 거짓말을 낳습니다.문신용 노성일 MBC PD수첩 이들의 거짓말은 자세히 살펴보면 너무나 많습니다. 우리모두 찾아서 그 진실의 문을 우리 힘으로라도 열어봅시다.

대한민국에 정의는 살아있습니다.

서울대조사위원회에 대하여 살펴보면,

12월 16일 노정혜 교수는 "15일자로 9명의 전문가를 조사위원으로 임명하고 1차 회의를 가졌다. 위원장은 의과대학 기초의학분야 정명희 교수고, 위원은 위원장 포함 서울대 교수 7명, 외부 대학 교수 2명"이라고 밝혔다. "학내 교수들은 분자생물학과 세포생물학 분야의 전문가 6명과 인문사회분야 1명"이라며 "외부 전문가는 한국분자세포생물학회에 추천을 의뢰해 DNA분자생물학분야와 배아줄기세포분야 전문가 각 1인을 선정했다." 그리고, "조사의 범위와 관련해서는 우선 2005년 논문에 대해 제기된 의혹 부분을 먼저 다루고, 의혹이 확인되면 논문의 실험을 반복하는 과정을 단계적으로 거칠 예정"이다. 아울러 "조사가 만약 국내에서만 이루어진다면 1-2주 정도가 걸릴 것"이라고 말했다.

노정혜 교수의 말을 정리해 보면,

1) 분자생물학과 세포생물학 분야의 전문가 6명

2) 인문사회분야 1명

3) 외부 전문가는 한국분자세포생물학회에 추천을 의뢰해 DNA분자생물학분야와 배아줄기세포분야 전문가 각 1인을 선정했다는 말인데 과연 그랬는가.

먼저, 분자생물학과 세포생물학 분야의 전문가 6명은 아래와 같다.

① 정명희 : 위원장, 의대 약리학 교수 겸 부총장(2002~), 서울대 졸

② 정진희 : 부위원장, 의대 피부학 부교수 겸 연구부학장(부처장 (2004.8~), 처장이 노정혜)

③ 오우택 : 간사, 약대 약학과 교수, 전공(약물학/생리학), 통증발현 연구 전문가

④ 이인원 : 농생대 교수, 학부장, 전공(식품미생물학, 진균독소학)

⑤ 김홍희 : 치대 조교수, 전공(두개악안면세포 및 발생생물학, 뼈세포생물학 연구실)

⑥ 류판동 : 수의대 교수 & 부학장, 전공(수의약물학) – 중도사퇴 (이유 묵묵부답)

이들 6명의 조사위원이 과연 노정혜가 밝힌 분자생물학 및 세포생물학 전문가들인가. 그런데, 이력 및 전공에 분자생물학이 전공이라는 사람은 유일하게 명단엔 포함되지 않았지만, 노정혜 밖에 없었다.

그래서, 그쪽의 전문가인 홍승환 교수(전공 : 세포생물학)도 유포 명단에 처음에 포함되어 10명인데, 무슨 사유인지 거론조차 되지 않았다.

이는 모두 노정혜 교수 혼자 모든 결정을 할 수 있다는 생각이 들지 않을 수 없다. 즉 자신들 의도대로 하기 위해, 비전문가들로 밖에 구성되지 않는 위험을 감수할 수 밖에 없지 않았겠는가.

⑦ 인문사회분야 1명은 박은정 : 법대 교수, 전공(기초법) 문신용 세포응용연구사업단(이하 세연단)의 윤리위원이면서, 그 세연단에서 돈도 받아 과제(2단계 진행중)도 진행중인데 과제가 "줄기세포 연구에 관련된 생명윤리의 확립 및 정착"이다. 물론 세연단의 돈을 받고 연구과제를 진행하고 있으니 단장인 문신용의 입김이 어느 정도 작용한다고 봐야하지 않겠는가.

박은정 교수의 남편은 서울대 곽모 교수로 밝혀졌으며 K.S인 곽모 교수는 고향이 충남 예산이고 문신용 교수의 고향은 충남 아산이다. 이 두 교수의 친분관계가 밝혀 진바는 없으나 얼마든지 추론이 가능하다. 박은정 교수가 이화여대 법대에서 서울대 법대로 옮기는 과정도 석연치 않다. 박은정 교수는 세연단이 구성 될 때부터 활동해온 사람이다. 박 교수의 남편과 문 교수 등 3명은 고향과 인연이 참으로 많은가 보다.

법대에서 법률학을 가르치는 박 교수가 황 교수의 연구를 조사한다는 것은 어떻게 설명해야 할까. 박 교수가 할 수 있는 일이란 난자 개수 파악하는 것과 생명공학관련 법규해석 정도이다.

우리보다 윤리적으로 선진국인 독일 Freiburg대에서 박사학위를 받았고, 2005.6.9 서울신문과의 인터뷰시에 "특별히 믿는 종교는 없지만, 종교적이라는 소리는 자주 듣는다."고도 말하였으며, 또한 한국생명윤리학회의 정회원으로, 배아를 반대하는 성체옹호자들 집단이니 우선 객관성이 결여되어 있다고 생각한다. 조사위원들 일부가 황교수 옹호 쪽으로 의견만 조금만 나와도 비인간적인 사람들이라고 법대로 몰고 갔을 소지는 다분히 있다.

한국분자세포생물학회의 추천을 받은 외부 전문가 2명은

⑧ 정인권 : 연세대 이대 교수, 전공(생물학), 교무처장(2004.5), 대한노화학회 기획위원장, 한국분자생물학회 회장 후보 선정단 위원장

⑨ 이용성 : 한양대 의대 교수, 전공(생화학), 세연단 심사평가위원장

조사위 구성에 나름대로의 전문성을 가진 유일한 집단은 외부 전문가들이지만, 기자회견장에서 밝혔듯이 한국분자세포생물학회에 추천을 의뢰하여 추천을 받았다고 하였는데, 노정혜 자신과 정명희 및 문신용이 그 학회의 당사자들인데, 누가 누구보고 추천을 한다는 말인지 정말 어처구니 없는 일이 벌어져도 누구하나 나서서 말하는 전문가들이 없었다.

정인권 교수는 문신용 및 박상철(2005년 대한노화학회 회장)과 관련 있는 대한노화학회 회원이며, 정인권 본인이 핵심적으로 활동하고 있는 한국분자생물학회의 회장 후보선정단에서는 문신용(세연단장), 정명희(조사위원장), 이공주(세연단 윤리위원), 서정선(서울의대 교수, 서울의대 실세. 황 교수 경쟁자)등과 같이 활동하고 있다. 또한 이용성 교수도 세연단 심사평가위원장이면서 같은 위원으로 활동중인 문신용으로부터 자유로운 활동은 근본적으로 어려울 것이다.

자진 사퇴한 서울대 수의대 류판동 교수는 제외하고, 그리고 조사활

동에 전문성이라든지 영향력면에서 약학 치의학을 전공한 김홍희 교수와 통증전문가인 오우택 교수, 그리고 식품미생물 전공자인 이인원 교수를 제외하면, 결국 정명희(위원장), 정진호(연구부처장) 및 노정혜(연구처장) 등 3명 정도만 남는다.

조사위원회에 줄기세포 전문가 한 명없이, 새기술을 제3자가 어떻게 조사 검증하겠다는 것인가?

한편 필자는 12월 23일 황우석 교수팀의 2005년도 미국 사이언스 게재 논문 검증 조사 위원회의 소위 중간 조사 결과 발표(노정혜 연구처장)와 그 3시간 후 황우석 교수의 교수직 사퇴 기자회견을 TV를 통해 살펴보았다.

서울대 조사위의 〈논문조작〉발표는 일단 존중할 수 밖에 없으나, 뭔가 이상했고 대한민국이 콩가루집안이 되었구나라고 생각을 했으며, 황 교수님이 일부 부풀린 부분 등 잘못을 인정하는 사과와 함께 "환자 맞춤형 배아 줄기 세포는 확실히 대한민국의 기술이며 국민이 반드시 이를 확인할 것" 이라고 울먹일 때, 그 진실성에 믿음이 갔고, 함께 운 연구원들과 똑 같은 슬픔이 가슴에서 용출했다.

서울대 조사위원회는 실제 논문을 조작한 섀튼 교수나, 8개의 환자 맞춤형 줄기세포 확립과정을 목격했다는 김선종연구원은 조사도 하지 않고 중간조사결과를 서둘러 발표하면서(노정혜 연구처장), 모든 책임을 황 교수에게 덮어씌우고, 「고의적 조작」이라는 극단적 표현으로, 섀튼에 놀아나고 노성일의 주장에 따르는 듯한 모습을 보여줘, 황교수를 사기꾼으로 추락시키는 데 바탕으로 기여했다.

    서울대 조사위원회의 중간 조사 발표 결과 사이언스 논문 일부 과장
이 밝혀지고 황우석 교수가 교수직을 사퇴하겠고 밝힌 가운데, 국민
80%는 "원천기술이 있다면 황 교수에게 다시 기회를 줘야 한다"고 생
각하고 있는 것으로 나타났다.

    여론조사 전문기관 리얼미티(realmeter.net)는 24일 CBS의 시사
프로그램 '오늘과 내일'의 의뢰를 받아 전국 성인 남여 744명을 대상
으로 전화조사를 실시한 결과 이같이 나타났다고 밝혔다.

    논문 조작 부분에 대해서 불이익은 주되, 배아복제 줄기세포 원천기
술이 있다면 기회를 다시 줘야 한다는 의견이 80.1%로, 여전히 황 교수
에 대한 국민들의 지지는 높은 것으로 나타났다. 반면, 완전 퇴출시켜
서 기회를 주지 말아야 한다는 의견은 13.7%였다.

    한편 황우석 교수 관련 음모론이 일각에서 제기 되고 있는 가운데, 전
체 응답자의 41.5%가 의도적으로 황교수팀을 죽이기 위한 음모가 있는
것 같다는 응답을 했고, 37.1%는 단순한 황 교수 개인의 논문조작 사
건으로, 음모론하고는 관계가 없다고 응답하였다.(뉴시스 12/25 참조)

    이른바 서울대 조사위원회에 대하여 구체적으로 생각해본다. 나도
서울대 출신으로 모교가 잘되길 정말 간절히 바란다.

    서울대 조사위원회는 중간 조사 발표 때까지 믿는 마음에서 철저한
보안 조치를 취하여 잡음이 없고, 신속하게 했다는 면에서 평가할 만
했으나, 발표 후 상황과 연결해 보니 여러 가지 의혹이 생겼다.

    그것은 첫째 무엇을 하는 조사 위원회인지 명칭과 범위 등이 분명치
않다는 것이다.

실질적인 목적이 무엇이냐는 것이다.

2005년 Science지 게재 논문을 조사한다는 것인지 황우석 교수 연구 전반을 조사한다는 것인지가 없으며, 2005년 논문조사 결과가 나오지도 않았는데 2004년 논문, 영롱이 스피너등 전부를 조사하고 있다니, 어떤 음모에 이미 말려든 것은 아닌지 의심이 갔다. 황우석 죽이기의 방편으로적당히 이용된 것이 아닌가 생각된다.

25명이 쓴 2005년도 논문을 조사하는 것이라면 제 1저자인 황우석 교수만 집중 조사할 것이 아니라 제 2논문 저자인 노성일과 논문 작성 조작에 가장 중요한 역할을 한 교신 저자인 섀튼 교수와 2005년 논문 게재를 요청한 사이언스 측을 조사하지 않았고, 섀튼 교수에 대하여 조사했느냐는 기자의 질문에 발표자인 노정혜 교수는 "정보가 없다."고만 말하고, 그에 대해서는 관심이 없는 듯한 태도를 보였다.

논문 검증 조사가 문제라면 가장 중요한 것을 빠뜨리고 서둘러 발표한 것이다.

왜 그랬을까? 어떤 시나리오가 있는 것 아닐까?

둘째는 조사위원회 발표를 맡은 노정혜 교수에 대해서이다. 이해가 잘 안되는 부분이다.

그는 조사위에서 어떤 일을 맡은 것인가? 조사위원도 서울대 대변인도 아닌, 그녀는 누구이며, 이 사건에서 어떤 역할을 맡았는가? 정운찬 총장은 후에 조사위는 "노처장"에게 맡겼다고 하여 그녀가 실체임을 나타냈다.

노정혜는 서울대 미생물학과를 나오고 미국 위스콘신 메디슨대에서 분자 생물학으로 박사학위를 받았다고 한다.

그녀는 불교도인 황 교수에 대해 종교적대결의 양상이 보이는 이번 사건에서 김용기 장로 기념 「일가기념사업재단」과 일가 사상연구소의 운영위원이며, 메디포스트 대표 양윤선(문신용계)의 친구로서 기독교 봉사상인 일가상 진행을 맡을 정도로 독실한 크리스챤이며(1994년) 또 위스콘신대는 1998년 배아 줄기세포를 세계 처음으로 추출한 바 있는 데, 그 대표 제임스 톰슨 교수와는 어떤 관계인지, 노성일 미즈메디 병원 이사장과의 관계도 궁금했다.

노정혜는 기초 조사 중에 중간발표를 하면서 가장 중요한 증인이 될 김선종과 논문사진 조작을 저지른 섀튼을 조사하지 않은 채, 미리 결론을 내면서, 오류나 과장 또는 일부조작이라고 해도 좋을 것을 "고의적 조작"이라고 고의적으로 발표하고, 모든 결론이 난 것처럼, 총장인 것처럼, 중한책임을 물어야 한다고 단언했다. 그녀는 또 "난자개수는 조사하고 있다"면서 "훨씬 많은 것으로 파악하고 있다"고 했고, 또 "논문 작성에 황교수가 개입할 수 밖에 없는 것으로 본다"고 하여 증거없이 일정 방향으로 간주한다는 비과학자적 태도를 보였다.

메디포스트사의 양윤선의 친구로 알려진 노정혜는 또 오명 과기부 장관이 전체적 진상파악이 된 뒤에 발표하라고 요청했으나 이를 거절하고, 출입기자를 멋대로 일부러 제한하고 간담회 형식의 이상한 기자 회견으로 황교수의 등에 다시 한번 못질을 해댔다.

셋째는 조사위원회 구성 문제이다. 조사위원회 구성이 베일에 쌓여 있었는바, 종교 편향이 없는지? 서울의대 교수와 수의대 교수는 몇 명이 들어갔는지도 감췄다.

황우석 죽이기에 나선 문신용교수의 세포응용연구 사업단소속이 3명이나 되어 공정성을 잃었으며(일부 중간 사퇴), 수의대 황교수를 죽이려는 음모에 의대교수인 문신용계인 K.S 정명희 교수가 위원장을 맡은 것도 공정한 것인지 의문이다. 정명희 위원장은 중간 조사 발표 후 삼성계통의 중앙일보와의 인터뷰에서 "의혹의 키를 쥐고 있는 미즈메디병원 출신의 김선종 연구원이 귀국하지 않아 나는 초조하다."고하면서도 졸속으로 중간발표를 하게 했다.

왜일까? 황우석 죽이기 압박에 시달린 것인가? 누구 조종에 의한 것인지, 스스로 택했는지 몰라도, 김선종은 환자 맞춤형 줄기세포 8개를 직접 보았고, 3개는 생성중이라고, 황교수와 노성일 사이의 분쟁에서 황교수 손을 들어줬는데, 그 당시 2개 밖에 없다는 노성일 주장을 받아들인 중간 발표를 해놓고 기정사실화한 다음 김선종 연구원을 들어오게 한 것은 아닌지 궁금했다.

넷째, 서울대 조사위는 무슨 권리로 황박사의 줄기세포연구와 재연기회를 거부하여 헌법을 위반하는 것이고, 황박사팀의 원천기술보유를 판정 할 선행조사도 하지 않았으며, 서울대 고위 관계자 등 익명으로 언론플레이를 하여 황교수를 계속 공격하였다.

다섯째, 서울대 조사위원회의 일정에 맞춰(?) 핵심증언을 한 김선종 연구원이 12월 25일 귀국하여 조사를 받은 바, 김연구원은 8개 환자 맞춤형 줄기세포가 확립, 배양과정을 목격했으며, 배아줄기세포를 바꿔치기 하지 않았다고 말한 것으로 언론들이 보도했다. 김선종 연구원이 서울대 조사위원회 일정에 맞춰 귀국한 것인지, 우연인지가 밝혀져야 하고, 친미파가 중심인 서울대 조사위는 진실을 밝히는 것인지, 한국과 미국 정부가 개입된 어떤 시나리오가 있었던 것인지 밝혀야 했다.

이른바 서울대 조사위원회가 어떤 시나리오대로 밀어 붙이다가 드레퓨스 사건처럼 정권이 바뀌거나 세월이 흘러간 뒤 거꾸로 조사나 수사를 받게 되는 건 아닌지?하는 생각이 들었다.

정운찬 서울대 총장의 현명한 지혜와 결단이 요청되었다. 정운찬 총장은 종전에 입각도 거부하고, 대통령에 맞서 대학입학 자율을 주장하여 존경을 받아왔으나, 크리스챤에 친미적인 점, 문신용, 홍석현, 노성일 등과의 인맥 등 여러 가지로 걱정되었다. 뒤에 그 우려가 적중되었다. 서울대 조사위는 의혹만 계대배양한 것 같다.

1월 10일 이른바 서울대 조사위의 최종조사결과 발표를 보았고, 1월 11일 저녁 6시 서울 광화문 동화 면세점 앞에서 열린 황우석교수 지지 촛불집회에 참석하여 강연하고 여러 동지들의 과분한 환영을 받았다.

1월 12일 10시 30분, 서울 프레스센터에서 있었던 황우석 교수의 인터뷰를 SBS TV를 통해 살펴보았다.

우선 황교수를 보았을 때, 일응 건강한 모습과 그 진실성에 반가웠다. 또 황교수는 모든 책임은 2005년 Science논문 제 1저자로서 총체적 책임을 지고 사과했으며, 2005년 논문이 부풀려진 부분과 2004년 논문의 문제 등에도 언급, 논문 조작 지시 안했고, 서울대 조사위 결과는 납득할 수 없다고 했다.

그는 확실히 세계최고의 환자 맞춤형 줄기세포형성기술이 있음을 확

연구원들과 함께한 기자회견모습

인하고, 그 기술은 복제기술(황교수쪽)과, 배양기술(미즈메디 병원 이사장 노성일 쪽)로 이루어지는데 환자 맞춤형 줄기세포가 없는데 속였다든지, 바꿔치기 했을 가능성이 있어, 실체적 진실을 밝히고자 부득이 검찰에 수사의뢰를 했다고 밝혔다. 그는 끝으로 본인은 평생 참회와 회한으로 살겠지만, 자기 연구원의 기술은 세계최고의 기술이니 국가적으로 활용했으면 좋겠다고 부탁했는 바, "모든 화살은 나에게로"라는 말로 표현되는 그의 책임감과 인간미에 존경심이 우러났다.

황교수는 또 환자맞춤형 줄기세포생성 재연에는 6개월 정도 걸리니, 그런 기회가 있었으면 했으며, 인간면역 유전자를 가진 무균미니 돼지 줄기세포 확립 중에 테라토마과정만 남긴 채 외부 검증을 받았고, 특수동물(늑대) 복제중인 것도 국제 학술지 승인을 기대하고 있다고 말하여, 역시 줄기세포에는 세계 제일의 기술자임을 보여줬다.

한편 이른바 서울대학교 조사위원회(위원장 서울의대 정명희교수)가 발표한 2006년 1월 10일 11시 「황우석교수연합팀 사건」에 대한 최종 발표내용은 2005년 Science 논문은 조작되었고, 2004년 논문도 조작되어, 황교수팀이 체세포복제 줄기세포기술은 없는 것으로 보면서, 복제 개 스피너의 기술은 인정했다. 2006년 3월 9일 영국의 네이쳐(Nature)지도 뒤늦게 황우석 교수팀의 복제개 스너피가 체세포 복제개가 확실하다고 밝혔다. 또 환자 맞춤형 줄기세포 기술가운데 체세포 핵치환 기술과 배반포기술까지는 인정하고, 줄기세포 계대배양기술은 인정치 않는다는 것이다. 논문조작에 관여한 사람은 섀튼과, 미즈메디쪽의 김선종 연구원 등이고, 2004년 논문의 난자와 체세포 일치여부를 묻는 샘플은 황교수에게 덫을 놓은 문신용, 노성일쪽에서 제공한 것이며, 논문은 유영준 등이 작성한 것이라고 하고, 황교수연합팀의 배양기술은 미즈메디병원 노성일 이사장이 갖고 있다고 했는바, 줄기세포 배양기술이 미즈메디쪽에 없다면, 그것은 황교수연합팀 가운데 황교수 개인의 책임이 아니고 미즈메디쪽 책임이라고 생각된다. 황교수가 주장하는 "줄기세포 바꿔치기"에 대한 검찰 수사가 이루어져야 알겠지만, 발표문은 어쩐 일인지 뒤에 나온다 하면서 서둘러 발표하고, 정위원장은 질의응답 시간에 질문이 끝나지도 않았는데, 도망치듯 끝내버렸다. 그는 황교수의 배반포기술을 최종 보고서와도 반대로 독창적이 아니라고 하고, 뉴캐슬대는 국내대학이라 하며, 또 포유동물 배 발생에 전혀 무지하여 미즈메디쪽 유영준·이유진 부부의 진술에 따라 처녀생식(마리아가 예수 홀로 생산?) 운운하고, 황교수 나쁜점만 부각하여 최종발표를 고의적으로 조작하였다. 또 정위원장은 대부분을 발표문이나 검찰로 미루면서 근거없이 환자맞춤형 줄기세포는 없다고 단정하고, 다시 만들어 보라는 기회도 안주는 등 황교수를 끌어내리고, 연구진용을 흩어뜨리는 어떤 시나리오에 따르는 느낌을 주었다. 이로써 "황우석 죽이기 음모"가 거의 전모를 드러냈다.

황우석교수연합팀이 환자 맞춤형 줄기세포 원천기술이 있음을 증명하는 것은,

①인간과 생식특성이 같은 영장류 원숭이를 황교수팀 기술로 섀튼이 체세포 복제배아로 만들었고,

②영국 뉴캐슬대학 머독교수가 황교수 논문대로하여 인간 배아 복제에 성공했으며,

③섀튼이 박을순, 박종혁을 파츠버그대 연구소 정식연구원으로 파격적 대우를 한 것은 그들의 최첨단 기술을 인정한 것이고,

④오염사고로 사멸한 줄기세포를 살리려한 것은 미즈메디 수정란이 아닌 것을 의미하고,

⑤황우석 교수의 우수한 줄기세포 기술이 없었다면, 미국이 급히 「글로벌 스템셀 뱅크」를 수천억을 들여 연구실 등을 신축할 필요가 없었을 것이고,

⑥만일 조작했다면, 그 조작시점이 비합리적이고,

⑦한라 산부인과 장상식 원장은 2005년 Science 논문 공동저자로서 배양된 다섯 개의 줄기세포가 그 체세포와 일치한다고 확실히 말했으며,

⑧성체줄기세포의 메디포스트가 미즈메디와 손잡고, 복합줄기세포에 1000억원을 공동투자하기로 한 것 등은 환자 맞춤형 줄기세포 기술이 있다는 것.

⑨무균돼지 줄기세포 수립은 돼지와 사람의 차이만 있지, 황 교수팀음 체세포 복제기술과 배양기술을 모두 가지고 있는 것이며,

⑩Science 2005년 논문에서 노성일과 김선종의 저자순위 다툼은 줄기세포 확립을 반증하며,

⑪황우석 교수가 1월 12일 발표한 제반 실적이고,

⑫미국에 있는 한 생물학 박사가 2004년 사이언스 논문 1번 줄기세포주가 진실하다고 인터넷 카페에 글을 올려 확언했다. 이 과학자의 글을 자세히 살피고, 이어서 한 서울대생과 졸업생이 서울대 조사위 발표를 보고 올린 글을 싣는다.

먼저 저는 미국에 있고, 미국에서 생물학으로 박사학위를 받았고, 미국의 대학에 근무하며, 이런 종류의 것으로 먹고 사는 사람임을 밝혀둡니다.

조사위원회의 보고서 중 다른 것은 읽어볼 시간이 없어서 읽지 않았고 2004년 논문부분을 읽어보았다. 그리고 하도 황당해서 빨리 글을 쓰지 않으면 않되겠다는 생각에 두서없이 자판을 두드린다.

〈표9〉 줄기세포주 1번 및 난자제공자 DNA 분석 결과

STR marker	Amer	D2S1388	D3S1358	D6S818	D7S820	D8S1179	D13S317	D16S539
난자제공자 A	XX	23–24	14–15	11–13	09–11	13–15	10–10	09–12
난자제공자 B	XX	18–19	16–18	10–11	08–11	10–11	08–09	09–12
황교수 보유 NT1	XX	18–19	16–18	10–11	08–11	10–11	08–09	09–12

STR marker	D18S51	D19S433	D21S11	CSF1PO	FGA	THO1	TPOX	vWA
난자제공자 A	12–17	14–14.2	30–32.2	10–10	22–22	09–09	08–09	14–15
난자제공자 B	15–16	13–13.2	28–32.2	12–13	21–23	06–09	08–08	16–17
황교수 보유 NT1	15–16	13–13	32.2–32.2	12–13	21–23	06–09	08–08	17–17

STR marker	PentaD	PentaE	D1S80	D1S1171	D3S1744	D3S2406	D4S2368	D6S1043
난자제공자 A	09–09	16–16						
난자제공자 B	08–12	12–14	18–30	13–15	14–14	29–31	11–12	14–18
황교수 보유 NT1	08–12	12–14	18–30	13–13	14–14	31–31	11–12	14–18

STR marker	D7S821	D9S925	D12S391	D17S5	D19S253	DXS6789	DXS6797	DXS6803
난자제공자 A								
난자제공자 B	16–17	15–16	18–18	04–04	07–07	17–20	17–22	11.3–12.3
황교수 보유 NT1	16–17	15–16	18–18	04–04	07–07	17–20	17–22	12.3–12.3

STR marker	DXS6804	DXS6806	DXS6807	DXS6854	DXS6855	DXS7132	DXS7133	DXS8378
난자제공자 A								
난자제공자 B	11–12	15.3–16.3	08–12	11–11	16–18	13–14	09–10	11–11
황교수 보유 NT1	11–12	15.3–16.3	08–12	11–11	16–18	13–13	09–10	11–11

STR marker	DXS9895	DXS9898	ATA28CO5	GATA6B08	GATA31E08	GATA144DO4	GATA18AA09	GATA165B12
난자제공자 A								
난자제공자 B	10–12	10–10	11–13	11–13	11–13	09–10	11–12	10–11
황교수 보유 NT1	10–12	10–10	11–13	11–13	11–13	09–09	11–12	10–11

STR marker	HPRTB
난자제공자 A	
난자제공자 B	13–14
황교수 보유 NT1	13–14

서울대 발표보고서에 의하면 NT-1 cell이 체세포 공여자인 A씨와는 일치하지 않는다고 하였다. 이 결과 때문에 NT-1이 가짜라는 소문이 돌았던 것 같다.

하지만 체세포 공여자에 혼동이 있을 수 있어서 B씨를 다시 검정해 본 결과 B씨와는 48개의 STR fingerprinting 중에서 40개는 일치하고 8개가 일치하지 않는다는 결과를 얻었다. 그리고 내린 결론이 이 줄기세포는 처녀생식에 의한 것이라 한다.

한 마디로 황당무계한 코메디이다.

조사위원중에는 parthenogenesis (처녀생식 혹은 동정생식)이 무엇인지 아는 사람이 한 사람도 없다는 얘기이고 더 나아가서 이들에게 조언을 해 주었다는 전문가라는 사람들도 parthenogenesis의 개념이 없는 사람들이다.

parthenogenesis는 주지하는 바와 같이 n 의 chromosome을 가진 난자가 어떤 이유로든 2 n 세포가 되어 정상 증식을 하는 것이다. 쉽게 생각하면 2n cell 이지만 정상 2n cell과는 판이하게 다른 세포임을 알아야 한다.

정상적인 사람의 세포로를 통상 2n cell 이라고 하지만 실제로는 nn 이 아니고 nN이다. 하나의 allele은 엄마에게서 또 다른 하나의 allele 은 아버지에게서 온 것이기 때문이다.

따라서 서로 다른 n 과 N allele 간에는 STR polymorphism이 존재할 가능성이 많고 (물론 아닌 경우도 있지만) 이 이유 때문에 DNA fingerprinting을 하면 한 primer set당 2개씩의 peak를 보이게 되는 것이다.

하지만 parthenogenesis에 의한 2n cell 의 경우에는 두 개의 allele 이 모두 같은 난자에서 유래했기 때문에 동일할 수밖에 없다. 따라서 DNA fingerprinting을 하면 set당 한 개의 peak만을 보여준다.

서울대 발표보고서로 돌아가 보자.

NT-1 cell 의 경우 48개의 marker 중 31개에서 2개의 peak를 보여준다. 다시 말하면 allele간 polymorphism이 존재한다는 얘기이다. 또 다시 말하면 이 세포는 nN cell 이라는 얘기이다. 아직도 말귀를 못알아 듣는 분들을 위해 설명을 하자면 이 세포는 parthenogenesis 에 의한 세포가 아니고 nuclear trnasfer에 의해 만들어진 ES cell임에 틀림이 없다는 얘기이다.

이들의 발표에 보면 B씨와 NT-1 cell 간에 일치하지 않는 마커가 8개인데 NT-1 cell 에서는 이 마커 모두에서 single peak를 보이고 있고 B씨에서는 double peak를 보이고 있다.

이것을 가지고 partenogenesis라 결론을 내린 것 같지만 천만의 말씀이다. 위에 설명한 31개가 double peak를 보이는 것으로 유추하자면 이 single peak는 세포배양중 locus mutation이 일어났거나 pcr 반응 과정에서 생긴 error일 가능성이 아주 높다.

참고로 말하자면 B씨의 DNA fingerprinting을 할 때 세포 조각을 쓰지 않고 fibroblast를 만들어 single cell colony를 만든다음 pcr을 해 보면 ES cell과 비슷한 결과를 얻을 가능성도 많이 있다.

2004년 줄기세포의 DNA 일치문제는 서울대 조사위가 48개 중 40개가 일치하여 처녀생식이라고 발표했다. 이것은 지극한 무식의 소치이다.

48개 DNA 중 48개가 일치하면 체세포 복제 배아줄기세포이고 24개만 일치하면 처녀생식일 수 있다. DNA가 40개만 일치해서는 줄기세포주 수립자체가 불가능하다. 24개나 48개가 맞아야 한다. 그런데 문제의 8개는 크기는 작지만, 피크가 모두 만들어져 있어, 결국 48개가 모두 일치하는 것이다. 8개가 부분적으로 달리 보인 것은 체세포 복제 배아줄기세포는 연구가 더 필요한 암세포여서 안정적이지 못하고 변화무쌍한데다 DNA 검사가 세포주 수립 후 3년이 지난 상태에서 검사했기 때문이다.

한 서울대 학생누리꾼은 "제 2의 이완용은 계속된다. 세계의 움직임을 보라, 외국계 언론에 주시하라.... 하지만 두볼엔 하염없는 눈물만 흐른다"는 글을 카페에 올렸다.

또, 서울대 졸업생 56학번 김진웅님은 성토장을 서울대에 보냈다.

총장이하 지도부와 후배학생 모든 서울대 구성원에게 절통끝에 피를 토하듯 성토장을 띄운다

나는 공대 56학번 김진웅(7순나이)이고 분수를 아는 공화국시민.

졸업후 줄곧 우리사회 번영의 기틀다지기에 기여한 산업역군이었음에 자부하는자.

나는 어른(경성제대, 사변초 납북인사), 본인, 아들 3代가 서울대 동문.

솔직히 평생 소위"서울대 프리미엄"을 싫든좋든 누려왔음.

모교의 거듭나기를 참말로 바라는 마음 누구못잖기에

"서울대 개편폐지론" "합리적 개편론" 지지자중 하나.

소박하드라고 내가 할 수 있는 일은 나누며 사는 길이라 여겨 10

년전 내외함께 〈사후시신기증?〉을 하였음 (#589 97년).

경고장

개벽이래 가장 큰 치욕스런 "조작위원회 발표"를 즉각 철회하고 재조사하라!

작금의 너희들 매국역도 짓거리에 총장이하 관여자 모두 나와 대국민사과하고 온백성앞에 너희들 남은 생명 걸고 석고대죄하라.

두말하지 않게 시급히 "처녀생식" 수작부터 되물려 나라전체가 전세계 웃음거리 된 이 지경에서 벗어나자.

미국의 천하도척 "섀튼"에게 빼앗길 우리의 원천기술 어찌하면 확보할지 우선 시급히 온국민의 지혜를 모으자.

너희들이 진정 참회하고 이 나라의 주인(국민들)에게 의견을 구해 봐라.

너희는 이사태에서 *같은 권위교수는 커녕 이미 인간의 기본도 못 갖춘 불한당 일뿐임을 온세상에 자랑했으니 너의 자손들이 참담할테지만 어리석고 배운게 그뿐이니 딱하도다.

을사오적 버금가는 짓거리에 피가 끓는다.

너희들의 못된 탐욕 지키려고 죽여없애려든 불세출의 과학자 지금 살아나고 있음은 너희도 알겠지?

우리 민초들이 지핀 희망의 횃불은 기필코 광야를 불사를 것이다.

〈한점의 반딧불이 요원을 태운다〉: 一點星火 句以遼原

고맙다. 너희가 위대한 시민문화혁명 단초를 열어서.

앞으로 정당한 죄값들 치르고나서 야인되거들랑 애로돌아가 인성공부부터 하거라.

특히 정명희 이놈 동료교수를 참수하며 그리 즐거워 웃어대는 네놈, 확신에 차서 원천기술 없다 거짓부렁 나불대기도 모자라

"우리의 위대한 과학적쾌거"라하며 처녀생식 운운하는...

배달민족 최대의 코메디 한거 대대손손 네자손들 받아먹을거다.

이노옴!!!

내가 당장 하려는 일

이제 너희들이 더럽히고있는 모교로부터 오로지 모교사랑 때문에 내가 해놓은 시신 기증약속 철회한다.

다른 진정한 과학기관에게 드리겠다.

이뜻 공감하고 이런일을 같이할분 속출하리라 본다.

격! 후배 재학생 들에게

지난한 질곡과 굴종의 역사속 죽음을 넘어 시대의 어둠을 넘어

남보다 그대들의 선배들 목숨까지 던져서 지켜온 우리공화국

그중에서도 선택된 소수라 불러지는 학생제군들아

한줌의 역적 카르텔 철밥통 교수집단들의 황우석 죽이기에 왜들 침묵하는가?

정운찬 생각 처럼 처음 인재로 골라뽑혀 서울대생된 그대들

세계 백몇번째 허접한 대학울타리안 생활 만족하기에 조용한 건가?

무릇 진리를 찾아 실천하려 모여든 그대들도 이미 이사회속 한줌의 기득권 집단되어 안주하다보니 이 엄청난 사회모순이 그대들 눈에 한갓 남의일 이련가

생각있는 시민 누구나 아는 상식 그대들만 모르나

행동하지 않는 젊음도 젊음의 찬가 부를 자격 있나

며칠전 죽음의 길로 뛰어들었든 대구의 청년도 이미 산화하신 분도 그대들이 나선다면 조금 웃으실텐데.

삼가 정해준 열사님께 머리숙입니다.

(출처: 서울대 홈페이지)

나도 같은 심정으로 오직 진실의 추구와 매년 300조원 이상의 국익추구선상에서, 거대한 세력의 음모의 덫에 걸려 사기꾼으로 몰린 위대한 과학자인 황우석교수를 살리고자하는 뜻을 확고히 했다.

한편, 서울대 의대 교수들의 학연 및 인맥군단은 다음과 같다.

①정운찬　　대학 총장, 경기고 62회, 서울대 졸, 문신용 고교동기,
　　　　　　"황 박사팀 줄기세포 취하겠다"
②왕규창　　의대 학장, 경기고 69회, 의대 졸, 의학교육 연수원장

③강순범   산부인과 과장, 경기고 61회, 의대 졸
④신희철   산부인과 선배, 경기고 61회, 의대 졸
⑤이왕재   대학 연구부 학장, 경기고 70회, 의학연구원 부원장,
          온누리교회 안수집사, " 생명을 창조하신 하나님의 섭리를
          거역해선 않된다." (2001.11.26) "국치일이다, 이전 황박사가
          구라인걸 벌써 알았다." (2005.12.16) "배아줄기 세포가 없다는
          사실을 이미 알았다." (2005.12.17)
⑥김석현   대학 학생부 학장, 경기고 후배, 산부인과
⑦성상철   현)서울대병원장, 대한병원협회 부회장, 정형외과
⑧박용현   전)서울대 병원장, 경기고 57회, 의대 졸,
          세포응용연구사업단 및 메디포스
⑨장호완   서울대 자연대, 루벵카톨릭대,
          교수협의회 회장 "황우석 교수 구속 (2005.12.27)
⑩노성일   새포응용연구사업단 이사, 문신용이 소장으로 있는
          인구의학연구소 특별연구
⑪신상구   서울대 의대 약리학 교수, 대한임상약리학회 회장,
          세연단 윤리위원.
⑫서정선   서울대 의대 교수(생물학), 마크로젠 회장, 경기고-서울대,
          무균돼지 키움. 황교수 저격수 3총사 중의 한명
⑬강경선   서울대 수의대, 성체줄기연구, 서울시 성체줄기세포은행 총책,
          대표적인 황교수 저격수 3총사 중의 한명
⑭우희종   수의대, 성체주의자
⑮양윤선   서울대졸, 메디포스트, 노성일-문신용-삼성의 징검다리

   그나마, 마리아생명공학연구소의 박세필 원장은 아직 까지는 황 교
수측의 입장과 배반포가 존재하며, 줄기세포 배양은 크게 어렵지 않은
기술력이 있다고 하는 유일한 사람이다.
   "배아줄기세포로 동물 선천질환 치료 가능성"을 첫 확인하는 과제

에-서울대 왕규창 의대학장이 있는데, 왕 교수는 경기고-서울대 출신이지만, 박 교수로부터 그 진실을 들었는지 아직까지는 중립적 입장의 말을 하고 있다.

정진호: 의대 부교수 겸 연구부처장, 전공(피부학), 조사위원

부교수 겸 연구부처장인 정진호 교수는 연구처장인 노정혜 교수로부터 자유롭지 못하고 면역학회 및 노화학회 회원이므로, 문신용 관련자들의 라인에서 결코 자유롭지 않았으리라 짐작된다. 문신용의 세연단에서 같은 피부과의 박경찬 교수가 과제를 진행중임도 알 수 있다.

노정혜: 서울대 자연대 교수, 가나안농군학교(기독교 사회교육기관)를 설립한 김용기(호:일가)장로를 기념 하는 "일가기념사업재단"의 운영위원 및 "일가사상연구소"의 운영자를 맡고 있는 단 한가지만의 사유로도 황우석 교수에 대해 편향적임을 알 수 있다.

단적으로, 당 재단의 이사로 있는 손봉호 동덕여대총장은 2005.11.12.자 크리스천투데이서 "배아 줄기세포 연구는 살인행위"라 하였고, 역시 이사로 있는 정근모 명지대총장(과학기술한림원장)은 2006.1.18.자 문화일보에 "황우석 교수 논문조작사건이 급조한 것은 허물어질 수밖에 없다는 교훈을 줬다고 했다.

지금 세계의 줄기세포 연구자들은, 한국이 자중지란으로 세계 최고의 과학자 황우석 교수의 연구실을 원천기술 입증도 못하게 폐쇄하는 등 발목을 잡고 있는 가운데, 각각 치열한 선두다툼을 벌이고 있다.

황우석교수가 덫에 걸려 연구가 중단된 가운데, 급부상한 경쟁자들은 2005년 5월 배아줄기세포복제에 성공한 영국 뉴캐슬대의 M. 스토이코비치 박사, 미국 위스콘신 - 메디슨대학 위셀연구소의 제임스 톰슨 박사, 중국 농업대학 이령(李寧)교수팀(체세포복제 황소생산)등이다. 그 가운데서도 보이지 않는 손인「그림자 정부」와 유태계 생명공학 마피아의 전위대 역할을 하여 황교수에게 접근, 최첨단 기술을 다 빼가고, 2005년 Science논문의 교신 저자로 중복된 사진을 보내 의도적으로 조작하며, 황 교수에게 강권하여 논문을 서둘러 제출케 하는 등 황교수를 덫에 씌워 꼼짝 못하게 한 것이 미국 유태계 키신저 그룹 과학계 수장인 피츠버그대 제랄드 섀튼교수이다.

섀튼은 한국의 황 교수와 달리, 미국의 국가적 보호를 받아 피츠버그대로부터 실질상 어떤 조사나 징계도 받음이 없이 연구를 계속하고 있고, 2005년 Science 논문이 제출되기 8개월 전, 같은 내용의 특허권 신청을 미국 특허청에 내면서 황우석 교수를 제외하여 사실상 연내에 300조원 이상의 부를 창출하는 그들 본래의 목적을 곧 달성할 것이라 한다. 미즈메디 병원 노성일 이사장도 이미 2003년 12월 30일 세계를 상대로 "자가 체세포 핵 이식란으로부터 유래한 배아줄기세포주 및 이로부터 분화된 신경세포"라는 발명명칭으로 특허를 신청하여 그 명예와 부를 확보하고 있다고 한다.

끝으로 서정선 교수이다.

황우석 교수에게 줄기세포 연구를 부추긴 인물이 문신용 교수요, 황

교수와 별도로 체세포배아복제줄기세포를 성공시키면 당장 임상실험에 들어갈 수 있는 단계에 접어 들어 미국 글로벌 스템셀뱅크회사 스카웃제의를 많이 받는 이도 문신용이며, 사회적으로 황우석 죽이기에 나선 것도 문신용인 바, 이 문신용을 황우석교수에게 추천한 사람인 핵심 몸통이 미국과 연결돼 있는 서울의대 교수 서정선이다.

K · S인 서정선 교수의 미국약력은 미국 뉴욕 록펠러대학 객원 연구원(분자종양학실 객원 연구원), 유태계 프리메이슨의 가장 큰 자금 줄인 록 펠러 재단 후원으로 연구 하였다.

그는 또 미국 보건 연구원(NIH)객원 연구원이었고, 뉴욕 과학원 회원이며, 미국 미생물학회 회원이기도 하다. 오는 피츠버그대 한국동창회장이며, 마크로젠 대표이다.

섀튼과 서정선은 그림자 정부에 의해 이용될 수 있는 경력을 가지고 있다.

서정선은 그가 경영하던 마크로젠이 망해갈 때 NIH에서 같이 활동했고, 유태인이 장악하고, 록펠러재단이 비밀리에 후원하는 뉴욕과학원 같은 정회원인 미국 유태계 셀레라 제노믹스사의 크레이그 벤터사장의 도움으로 기사회생했다. 섀튼과 연결되는 벤터는 NIH산하 3개 연구소를 설립했고, 벤터는 서정선과 게놈연구의 선두주자이다. 서울의대는 마이크로 소프트사 빌게이츠사장 및 여러 제약사와도 연결돼 있다.

그 밖의 미국 프리메이슨들은 카톨릭 대학교 등 황우석 박사와 경쟁관계에 있는 의료업체들에 계속 지원했다.

서울의대 최고 권위이자, 프리메이슨 도움으로 바이오벤쳐사장으로 성공하여 막대한 재력을 가진 서정선은 전 서울의대학장 서병설의 아들이고, 그 형인 서정기도 서울대 소아과 교수로 문신용과 경기고 동창이다.

미국의 투자자들은 서울의대 이왕재 교수 등이 주요 주주로 있는 엠젠 바이오에도 많이 투자하고 있다.

특히 서울의대에 미국 프리메이슨 마이크로 소프트사의 빌 게이츠가 500억이나 투자를 하고, 벤터와 곧 생명공학기술 상업화에 진입한다고 선언했다 한다.

이는 빌 게이츠, 벤터, 섀튼 등 프리메이슨 핵심 삼각구도가 서정선교수를 통하여 서울의대를 500억원이라는 싼 값에 사실상 매수한 것이다.

서정선 교수는 KBS추적 60분(문형렬 PD의 황우석줄기세포 특허권) 방영이 다가오자 발빠르게 변신하여 2004년 사이언스 논문의 발명이 처녀생식이 아니라 체세포복제 줄기세포라고 말했으며, 이어 정명희교수도 같은 말을 했다. 서울대 조사위 정명희 위원장은 3월 28일 KBS 문형렬PD를 만나 "처녀생식이라고 발표한 것은 성급했다"고 자기 잘못을 인정했으나, 책임문제는 말하지 않았다고 한다.

서울대 산학협력재단도 섀튼이 황교수 특허를 침해했고, 2006년 2월 16일자로 공개된 섀튼의 계속 출원에 쥐어짜기 기술, 수정란 융합 방법, 배양 등 황교수의 연구성과물을 새롭게 추가했으며 우리는 구한말과 같은 최후의 영광스런 자주구국투쟁을 요구받고 있는지도 모른다.

첨언할 것은 문신용교수 부인 정영숙의 동생이 청와대 균형 인사비서관 정영애이며, 그녀는 황우석교수 사건직후 사퇴했다. 또, 이해찬 국무총리의 동생 이해준(삼성그룹사장)의 부인 이옥경이 매일경제신문 편집국장이며, 그 동생이 열린 우리당 이미경의원이다.

여러 인맥이 얽히고 설킨 것을 알 수 있는 예이다.

문신용교수는 2004년 논문의 교신저자인데 사건이 터지자 "복제 배아 줄기세포 실체도 모르고 공동연구했다하더라도 철저히 속이면 속을 수 바밖에 없다"고 말하여 주변을 놀라게 했다. 서울대는 문신용이 보관하고 있는 SNU1번이 미즈메디병원 5번 수정란 줄기세포와 동일한 사실을 규명해야 한다.

한편 저자는 3월 27일 이태영교수와 함께 서울대 교무처장 변창구교수를 만나 황우석 특허수호등 국민협의회가 정운찬 서울대 총장에게 보내는 공개서한을 전달하고 정총장이 양심을 회복하여 살길을 찾으라고 권고했다.

[서울대 정운찬총장께 드리는 공개서한]

　지난 1월 10일과 12일에 귀 대학을 대표하는 두 교수가 각각 기자회견을 했습니다.그리고 2개월여가 지난 3월 19일, 귀 대학의 징계위원회에서는 황우석 석좌교수를 파면하기로 의결했습니다. 결국 귀 대학의 조사위는 황우석교수에 대한 구형을 한 셈이고, 징계위는 학문적 사형을 언도한 셈입니다.

　두 기자회견을 보면서 우리와는 별도로 많은 네티즌들이 이런저런 모임을 만들어 '연구재개'와 '특허사수'를 외치면서, 황교수에게 가해진 부당한 모함과 범죄적인 공격의 실체와 그 배후세력을 밝히기 위해 노력해 왔습니다. 이들 네티즌들의 헌신적인 노력의 결과가 집약된 것이 이른바 [서프라이즈 보고서]입니다. 이 보고서에서 구체적인 자료를 통해 지적하고 최근 일부 언론에 보도된 바와 같이, 서울대조사위의 최종조사결과보고서가 몇 가지의 치명적인 결함을 가지고 있음이 드러나고 있습니다.

　조사위에서 실험과정 도중 우연히 만들어진 처녀생식에 의한 것이라던 NT1번 줄기세포는 체세포 복제에 의한 것임이 밝혀졌고, 있을 수 없는 가 설이라던 줄기세포 바꿔치기가 치밀하고 조직적으로 이루어졌음이 드러나고 있으며, NT1번 줄기세포가 조사위의 보고서와 달리 줄기세포주 확립의 결정적 근거가 되는 외배엽까지 형성되었음이 밝혀졌습니다. 또한 문제가 된 2005년 논문에서의 부풀리기를 유발시킨 오염하고 역시 의도적인 범행에 의해 저질러졌을 가능성에 대해서도 강도 높은 검찰조사가 진행 중인 상황입니다.

이처럼 현재까지 드러난 결과만으로도 귀 대학 조사위의 최종 조사결과보고서는 마땅히 폐기되어야 할 결함투성이의 문서라고 할 수 있습니다. 그럼에도 이 결과보고서에 따라 2004년과 2005년 사이언스 논문이 취소되었으며, 황교수는 서울대 징계위에서 '파면'으로 의결되었고, 그에게 내려졌던 최고과학자 지위가 박탈됨은 물론 보건복지부에 의해 연구자격마저 취소되었습니다.

이러한 결과는 서울대 조사위가 상식적으로 도무지 납득할 수 없는 방식으로 구성될 때부터 예견된 것이기도 합니다. 2004년 논문의 교신저자이며 그 공적으로 훈장까지 받은 문신용교수가 단장과 산하 7개 위원회 가운데 3개 위원회의 위원장을 겸직하고 있는 세포응용연구사업단(이하 세연단)과 관련이 있는 인사는 당연히 배제되었어야 함에도, 세연단의 심사평가위원회 위원장인 이용성 한양대교수와 세연단의 윤리위원회 위원장인 박은정 서울대교수 등 2명이 조사위원으로 참여하고 있습니다.

뿐만 아니라 정명희 위원장이 회장을 역임한 한국독성학회와 한국노화학회의 핵심적 임원들 역시 세연단과 거미줄처럼 얽혀있습니다. 정진호부 위원장은 서울대산학협력재단의 단장을 겸하고 있는데, 이 재단은 정총장께서 이사장을 맡고 있으므로 잘 알고 계시다시피 세연단과 불가분의 관계에 있습니다.

이용성교수는 세연단의 심사평가위원장이면서 앞서 언급한 한국독성학회의 주요 멤버이며, 박은정교수는 줄곧 배아줄기세포연구를 반대해온 참여연대의 법센터장을 역임한 바 있으며 2004년 2월에 다소 오해를 살만한 방식으로 이화여대 법대에서 서울법대로 옮겼습니다.

정총장께서는 세연단의 문신용단장과는 고향친구이기도 하고 경기고 62회동기요 서울대 입학동기이며, 세연단 이사로서 서울대와 황교수연구팀의 특허지분을 6대 4의 비율로 나누어 보유하고 있는 노성일이사장의 경기고 선배이면서 노이사장의 여동생과 친분이 있다는 최모씨의 남편이기도 하니, 세연단의 인적구성에 대해서는 어느 정도 알고 계셨으리라고 생각됩니다. 그럼에도 불구하고, 어떻게 이러한 인사들로 구성된 조사위원회 위원들을 임명하고 이들의 조사활동에 신뢰를 보낸다고 하셨는지요.

이들 조사위원은 물론 귀 대학에서 공개를 거부한 자문위원 역시 세연단과 직간접적으로 관련이 있을 뿐 아니라, 황교수팀과 경쟁관계에 있는 분들로 채워져 있었던 것으로 알려져 있습니다. 세연단의 현판식에 특별히 초대되어 정총장 문신용단장과 나란히 사진을 찍었던 김병수포천중문의 대총장은 이른바 '인간전분화능 줄기세표 연구'를 수행하고 있는 정형민교수와 함께 세연단 소속 주요 배아줄기세포연구자이고, 황윤영 세연단 이사장은 문신용단장 및 노성일이사장과 함께 '대한산부인과 초음파학회' 의 주요 멤버이며, 박용현 서울대병원장은 정총장과 문신용단장, 노성일이사장의 경기고 선배가 아니던가요? 학계에는 정총장을 포함하여 이 분들이 대부분 조사위의 8인 자문위원이었다고 알려져 있습니다.

세연단 운영에 깊숙이 개입되어 있는 사람들로 조사위원의 절반을 채우고, 세연단과 직접적으로 관련이 있는 인사들로부터 자문을 받은 조사결 과가 어떻게 객관성과 공정성을 유지할 수 있겠습니까?

우리 '황우석팀 연구재개 촉구 교수모임' 에서는 이러한 인적 구성과 조사방식으로서는 기 제출된 최종조사결과보고서가 나올 수밖에 없었다고 생 각하고 있습니다.

패륜적인 살인을 저질러도 그러한 행위가 있게 된 동기와 정황을 조사한 후, 정당방위와 고의성여부 등을 감안하여 구형하고 판결하는 법입니다.

정총장께서는 학위수여식에서 말한 '경쟁에서의 승패와 결과에만 집착 한 심각한 오류' 가 정총장께서 서울대의 명예와 한국지성의 위상을 실추 시켜가면서까지 비호하고 있는 정총장의 오랜 친구 문신용단장이나 세연 단에 소속된 몇몇 경쟁연구팀에 이루어졌을지 모른다는 생각은 전혀 해 보시지 않으셨는지요?

결과 못지 과정이 중요하다면, '어느 과정에서' '누가' '무슨 의도로' '어 떤 세력과 연계되어' 그런 행위를 저질렀는지를 신중을 거듭해서 규명했 어야 하지 않았나요? 한 사람의 학문적 장래와 한국과학의 입지 및 특허 권 방어 등과 관련된 그 중대한 문제를 무엇이 급해서 그렇게 서둘러 조 사결과를 발표하고, 연구팀 가동을 중지시키고 재연기회를 박탈하면서 파면이라는 극단적인 징계를 의결해야 했습니까?

귀 대학 조사위에서는 황우석교수의 해당논문이 조작되었다고 결론내렸지만, 황우석교수의 실수 내지 부풀리기가 조작이라면, 귀 대학 조사위 의 활동은 엉터리 조사로써 동료교수의 인격권을 짓밟고 천문학적 국부 창출의 특허권을 날려버릴 국가적 재난을 초래한 범죄행위라고 할 만합니다.

그리고 이와 관련된 검찰의 조사가 진행 중인 상태에서 조사위의 엉터리 보고서를 근거로 황교수를 파면하기로 한 귀 대학 징계위원회의 의결은 헌법에 보장된 학문의 자유를 침해한 위헌적 행위에 동조한 행위라는 비 판을 받아 마땅합니다.

정총장께서는 피조사자인 문신용 세연단장과 노성일 미즈메디이사장과 공적, 사적으로 긴밀하게 얽혀있음에도 불구하고 세연단에 깊숙이 관여 되어 있는 인사들로 조사위를 구성하였으며 자문단을 운영하도록 방치 내지 지휘했으므로, 정총장 역시 이러한 위헌적 행위를 조장했다는 책임 을 면할 수 없을 것입니다.

서울대는 자타가 공인하는 한국 최고의 연구기관이며, 황우석교수는 현 재까지의 연구성과만으로도 한국과학의 위상을 드높인

단군 이래 최고 의 과학자입니다.

이에 우리는 서울대와 한국과학의 위상, 그리고 한국과학의 미래를 염려 하는 마음에서 서울대의 최고정책결정권자인 정운찬총장께서 살신성인 의 자세로 이 문제를 해결해주실 것을 간곡히 부탁드립니다.

1. 서울대는 조사위원회의 구성과 조사과정상에 심대한 문제가 있었음을 자인하고, 동 위원회를 즉각 해산한 후 세계적 수준의 규정에 의거하여 조사위원회를 재구성하십시오.

1. 사실과 다른 기자회견으로 서울대와 한국지성의 위상을 실추시키고 황 교수와 그 연구팀의 인격권을 심각하게 침해한 정명희 서울대 조사위원 회 위원장 이하 전 위원에 대해 응분의 책임을 물으시기 바랍니다.

1. 정운찬총장을 포함하여 황교연구팀 지휘라인의 모든 보직자는 즉각 사 퇴하여야 합니다.

1. 서울대는 정부 및 학계와 협의하여 황교수팀의 관련 특허를 지키고 기 술유출을 원천적으로 봉쇄할 수 있도록 만반의 대책을 갖추고, 이를 정 부 및 학계에 강력하게 요청해야 할 것입니다.

2006년 3월 27일
황우석팀 연구재개 촉구 교수모임
황우석 특허 수호 등 국민협의회

3. 노성일과 보광창투 등 삼성그룹

노성일 미즈메디 병원 이사장은 2005년 12월 15일 기자회견을 통하여 "2005년 사이언스 논문의 환자맞춤형 체세포 복제 배아줄기세포가 없다"고 밝히고,「여의도 결의」를 깨고 황우석교수를 비난하는 직격탄을 날림으로서 유명해졌다.

위의 줄기세포는 복제기술(황우석교수)과 배양기술(노성일 이사장)로 나눠지는데, 배양기술을 맡은 사람이 줄기세포가 없다고 말하여 세상을 놀라고 어지럽게 했다.

2005년 사이언스 논문 제2저자로서 논문조작관련도 미즈메디쪽이고(김선종연구원 등), 배양기술도 미즈메디쪽이어서, 황우석교수는 줄기세포가 바꿔치기나 섞어치기 된 것 같다고 말하고, 검찰에 수사를 의뢰했다.

그에 앞서 노성일의사는 1998년 10월 재일교포3세 사업가 한경춘씨(메구미 교육저널 회장)에게 상상력에 기반한 임상실험으로 임신시켜주겠다고 난소와 나팔관을 떼어내고 약속을 지키지 않아 8년 후 한경춘씨로부터 황당한 실험대상이 된데 대하여 항의받고 피소당했으며, 노성일 이사장의 판교 프로젝트도 허황했다고 시사저널이 2006년 2월 14일 보도했다. (시사저널 제 851호 참조)

우리가 줄기세포기술 관련 논문 조작이나 줄기세포 바꿔치기에 있어서 문제가 되는 것은, 복제기술(황교수 보유)쪽이 아니라, 배양기술(노성일 미즈메디병원 배양. 보유 → 논문조작에 섀튼과 미즈메디쪽 김선

복제개 스너피와 함께

종 연구원 관련)쪽이라는 것을 안다.

서울대 조사위 발표는 일부러 외면하는 듯 한데, 서울대 동물병원 김민규 박사는 스너피가 체세포 융합 복제 개가 확실하다고 말했고, 황교수가 해동한 줄기세포 5개는 체세포 환자 DNA와 일치했으며, 김선종 연구원은 환자 맞춤형 줄기세포 배양과 확립과정을 직접 목격했다고 서울대 조사위에서 말한 것으로 전해졌다. 그리고 황박사의 기술은 섀튼의 원숭이 복제를 가능하게 하여 세계적으로 입증된 바 있다.

황우석교수는 배양과정부터 미즈메디 연구원이 서울대 실험실에서 전담했고 줄기세포의 검증등과 DNA검사, 조직적합성항원도 미즈메디 병원 연구원이 했다고 밝혔다. 유지방법, 동결보존과 배대 배양과정도 미즈메디병원 연구원이 관리했고 5개의 줄기세포와 모근, 체세포를 미즈메디 측에서 제공했다고 밝혔다.

또 황교수는 체세포를 제공한 환자의 성별과 바뀐 성별이 완전히 일치하며 대부분의 줄기세포는 미즈메디 병원에서도 DNA특성이 외부로 공개되지 않은 줄기세포로 바뀌었다고 발표했다.

만약 가정이기는 하지만, 미즈메디 병원 측에서 당초 깊숙이 '황교수 죽이기'를 음모했다면, 황교수는 줄기세포 원천기술을 확보하고도 국제 사기꾼으로 몰려 매장될 가능성이 매우 높다. 그 이유는 현재 보관하고 있는 줄기세포가 없다는 이유에서이다. (12월 22일 브레이크뉴스 참조)결과적으로 황우석 죽이기 음모의 덫에 직.간접적으로 관계 되거나, 앞장서고 있는 사람들을 간략하게 보면 다음과 같다.

노성일(미즈메디 병원 이사장. 2005년 Science논문 제2저자, 황우석 죽이기 의혹의 인물. 삼성 등과 메디포스트 창립)

MBC(사장 최문순. 시사교양국장 최진용 PD수첩책임PD 최승호 (독실한 크리스찬) 한학수PD-카톨릭 언론상 받음.) 김형태-MBC최대 주주인 방문진 이사이며 변호사로 평화방송에 출연하여 황교수를 반대하고, 청와대 김병준 정책 실장도 만나고, PD수첩팀과 어울려 다니며 황우석 교수와 중재에 나서는 등 맹활약)

덫에 걸린 황교수와 덫을 놓은 섀튼, 노성일의 삼각 악연을 잘 살펴봐야 한다. 미국시민권자인 노성일은 미국보건원(NIH)의 지원을 받는 미즈메디 병원 이사장, 크리스챤 의사로서, 부친 때부터 긴밀했던 삼성그룹의 보광창투(홍석현 전주미대사 형제들이 대주주)와 함께 줄기세포 전문기관 메디포스트를 세우고, 그 다음날 그가 지원하던 황교수를 매장하는 기습적 기자회견으로 전위대 역할을 하면서 MBC PD수첩팀이 의문을 제기하게 된다.

노는 12월 TV 회견에서 "섀튼이 줄기세포 사멸을 알고 있었다"고 말하여 긴밀한 관계를 나타내었다. 섀튼은 미국패권주의를 배경으로 생명 과학계에 막강한 권위를 가진 유태계 미국인이며, 2003년 6월 황우석 교수가 섀튼이 불가능하다고 말한 바 있는 인간배아줄기세포를 처음 만들고, e-mail을 보내자, 2003년 11월 갑자기 방문하여 황교수에게 줄기세포를 미국으로 가져가자고 했으나 황교수가 거절한 바 있다.

황교수가 걸린 음모의 큰 덫에는 미국의 기술패권주의가 있고, 서울대 의대교수들의 우월적 콤플렉스(이왕재, 문신용, 서정선), 미국의 지원을 받으며 미즈메디 병원과 합쳐 메디포스트(대표 양윤선)를 설립한 삼성 재벌 그룹, 한국 최대종교세력인 그리스도교 일부의 고정관념, 돈에 눈이 먼 물신숭배주의자, 변심한 정부와 정치인, MBC, PBS, 중앙일보, 조선일보, 한겨례신문, 경향신문 등 메스컴이 관련된 것으로 보인다.

삼성이「황교수연합팀사건」에 깊이 관련되어 있다는 정황은 이른바 미즈메디, 메디포스트 모두 삼성과 연계되고, 이들이 공동 연구소를 설립하면서, 줄기세포 없다는 진위 논란 대폭발, 2002년 대선자금 관련 이건희, 홍석현의 무혐의 판결난 날이 완전 일치한다.

노성일도 크게는 삼성그룹으로 양윤선, 홍석현가, 삼성 이건희(부인 홍라희)가와 얽힌 인연이 부친 노경병씨때부터 깊다고 하겠다.

처음에는 황우석 교수에 대하여 삼성그룹에서도 대단한 관심을 보여서, 황교수가 원하는 바분원숭이를 구하기 위해 삼성전자 윤종용 회장은 전세기를 타고 남아공까지 날아가 구해주기도 했다 한다. 그런데 삼성그룹의 중심회사인 삼성전자는 주주과반수가 외국인이어서, 외국기업 또는 사실상 미국기업이라는 말도 듣는다.

일보소설「대벌」(山崎豊子)을 보면「불모지대」에서 국제기업이 일본 내각 조사실(한국국정원에 해당)보다 방대한 조직력과 정보력으로 대처해 나가는 것을 볼 수 있다.

한국 제일 재벌 삼성 그룹과 미즈메디 병원 등이 미국에 연결되어 함께 메디포스트사를 세웠으며, 미국시민권자로 알려지고, 수백억 정도의 재산을 가지고 있는 것으로 알려졌으며, 2005년 사이언스 논문의 제2의 저자인데도 황교수와 함께 책임질 생각을 않고 같이 가다가 갑자기 등을 돌려 황교수에 대한 뒤통수를 치는 기습공격 회견으로 황우석 죽이기에 최전선에 선 사업가이자 크리스찬 의사인 노성일 미즈메디 병원 이사장. 그 세력들에 알게 모르게 연결돼 있는 정부와 정치인. 학자. 사업가. 언론인. 생명공학 관련 시민 단체 간부들과 황교수의 경쟁자. 질시자. 적 등 그 네트워크를 다 말할 수는 없을 것이다.

노성일이사장은 두뇌회전과 장사속이 빠르고 눈물도 잘 흘리는 쇼맨쉽도 있어 변화가 무쌍함으로 날자별 진행상황을 살펴본다.

2005년 11월 8일 노성일 이사장 기자회견을 통해 "난자 매매가 있을 것이라는 것에 대해 짐작은 했었다"고 밝힘.

11월 12일 새튼의 결별선언

11월 21일 노성일 난자매매 기자회견
보상금지급 난자를 황교수팀에 제공했다고 시인.
"난자기증에 150만원 줬다..황교수는 몰랐다"
(유명한 시사발언을 네티즌에게 남김 : '선종아, 내가 니 형이 되어 줄게')

11월 22일 PD수첩 '황우석 신화의 난자 매매 의혹' 방영

2005년 11월 23일 노성일 이사장 PD수첩이 처음부터 왜곡된 의도를 가지고 취재를 했다"면서 "이 같은 취재가 섀튼교수와의 결별에도 많은 역할을 했다"고 주장.

법적대응 의사 밝힘.

황우석-노성일, 특허권 지분 놓고 알력

노 이사장이 '특허료는 3개 연구팀이 13%씩 나누기로 한 것인데 마치 내가 다 가지는 것처럼 나왔다'고 주장하고 있지만 "이런 지분 나누기는 이면계약이며 확인이 어려운 문제"라고 지적했다. 노 이사장은 "40%의 지분을 자신, 황우석 교수팀, 다른 연구팀 등 셋으로 나누기로 했다"고 주장.

"황우석 교수는 10월 31일 인터뷰에서 '당초 노 이사장이 50%의 지분을 요구했지만 그렇게 할 수 없어서 40%로 우리 연구팀을 제외한 나머지에 대해 처리를 해줄 것을 요구했다'고 말했으며, "황 교수의 증언이 정확하다면 노 이사장이 자신의 40% 지분으로 황 교수팀에게까지 혜택을 주는 것처럼 말한 것은 틀린 것"이라고 지적.

황우석 교수는 "노성일 이사장이 기여도에 따른 보상을 받아야 한다고 생각해서 내가 처음에는 50%를 제안했다"며 "그러나 나중에 국립기관인 서울대 산학재단에서 소유 관리를 하게 된다는 걸 알게 됐고, 양자가 50 대 50으로 충돌할 것을 우려해서 노 이사장에게 다시 40%로 줄여달라고 했다"고 설명.

황우석 교수는 미즈메디 병원의 난자채취와 관련해서는 "노성일 이사장이 별 문제가 없는 난자들이니 연구에만 전념하라는 말에 더이상 확인하지 않았다"고 해명.

11월 24일 황우석교수 난자사용 대국민 사과 및 공직 사퇴 발표

11월 29일 해외 교포인 한경춘(51·여)씨와 장모(48)씨는 29일 "미즈메디 노성일 원장이 임신을 시켜 주겠다고 거짓말을 하고 불법으로 난소 절제 수술 및 정자 추출을 했다"며 노 원장을 상대로 5억원의 손해배상 청구소송을 서울중앙지법에 냄.

2005년 12월 1일 PD수첩 '취재일지 공개. 5개의 줄기세포 중 2개가 환자 DNA와 일치하지 않았다는 검사결과를 보도. 황교수팀에 재검증 공식 요구.
황교수팀 "PD수첩 ' DNA검사' 신뢰 못해"
노성일 미즈메디병원 이사장도 "줄기세포가 배양되는 과정에서 유전자 변형이 계속 일어난다는 사실은 이미 내가 학계에 보고했던 것"이라며 "이런 기초적인 내용을 모른 채 검증 운운하는 것은 있을 수 없다"고 잘라 말함.

12월 2일 네이처는 노성일 미즈메디 병원장의 말을 인용, 지금은 미국에 체류중인 이 연구원이 실험 초기단계에 자신의 실수로 일부 난자

를 못쓰게 만들자 실험이 몇달간 지체됐다는 자책감을 느끼던 중 자신의 난자를 기증했다고 전함.

노원장은 "나는 이것이 모두 무척 아름다운 이야기들이라고 생각한다"고 네이처에 말함.

12월 3일 노성일 이사장 "황교수와 만나 이번 사태 협의"

노이사장은 PD수첩이 의혹을 제기한 뒤에 시료채취 등을 통해 확인작업을 벌였느냐는 질문에는 내일 회견에서 모든 걸 밝힐 것이라며 즉답은 피했지만 "과학이 승리한다는 것을 믿는다"며 강한 자신감을 보여 DNA일치 여부에 대한 재확인 작업을 마쳤음을 시사.

12월 6일 BRIC 등의 사이트에서 새로운 의혹 등장.

2005년 사이언스 논문의 DNA지문분석 결과가 실제 실험에서는 발생하기 어려울 정도의 정확도로 DNA핑거프린트가 일치한다고 지적. 인위적인 조작이 있었을거라는 강한 의혹 제기.

12월 7일 노성일 이사장 "우리끼리도 의심했다"

노 이사장은 "줄기세포는 우선 확실히 있고 (4일 예정됐던) 기자회견을 통해 말씀드리려고 했다"며 "아직까지는 대한민국이 유일한 기술보유국이다. 국민이 믿으셔도 된다"고 힘주어 말함.

12월 8일 대담에서 노성일이사장, "줄기세포가 우선 확실하게 있고

요…. 지금이라도 보여드릴 수 있을 거에요. 사실은요. 그런데 그것이 의미가 없다는 것이죠. 세포를 보면요 전문가 아닌 눈으로 보면 다 그놈이 그놈 같아요. 동글동글…. 그러니까 그것을 검증하려면 또 검증에 들어가야 해요"라고 말함.

12월 9일 노성일 미즈메디 병원 이사장은 "PD수첩에 노트를 제공한 사람은 한때 황 교수팀에서 연구활동을 했던 모 병원 의사 A씨인 것으로 알고 있다"며 의혹을 제기.

사이언스, 황교수와 섀튼 박사에게 논란이 되는 연구결과 재검토 요구, 피츠버그대도 줄기세포 논문에 대한 조사 착수.

12월 11일 서울대 재검증 결정.

노성일 "황 교수가 해법 내놔야"

노 이사장은 이날 오전 〈오마이뉴스〉 기자와의 통화에서 "나와 김선종 연구원은 황 교수의 일을 도와주는 입장이었다"며 "논문의 진위여부 문제는 황 교수팀에서 얘기해야 한다"고 말함. 2005년 〈사이언스〉 논문의 공동저자로 올라있는 노 이사장은 "나도 황 교수가 영국 런던에서 기자회견을 한 뒤에야 논문을 봤다. 나는 논문이 나온 과정을 전혀 모르니 황 교수가 해법을 내놔야 한다"고 강조.

"언론에 자꾸 나가게 되는데 나는 이런 문제에 끼고 싶지 않다. 나는 황 교수팀도 아니고 공동연구를 하면서 도와준 것뿐이다"고 말함.

12월 14일 미즈메디와 메디포스트(양윤선) 통합계약

12월 15일 황우석 서울대 교수 연구팀이 만든 환자맞춤형 배아줄기세포 5번이 미즈메디 병원에서 2000년 만든 수정란줄기세포 1번과 동일하다는 의혹이 제기

노성일 이사장이 "황우석 교수팀의 2005년 〈사이언스〉 논문의 '환자 맞춤형 체세포복제 배아줄기세포'가 없다"고 TV회견서 밝힘.

노 이사장은 이날 아침 9시30분께 황 교수가 입원해 있는 서울대병원에 찾아가 만났는데 황 교수가 '처음 듣는 얘기'라고 했다고 말했다.

그러나 황 교수는 이날 오전 "줄기세포 연구 성과는 있으나 보관 과정에서 훼손된 것 같다"며 "현재 확인이 안 된 줄기세포주가 몇 개 있으며 확인 중"이라고 말했다고 황 교수 쪽 사정에 밝은 관계자가 말함.

황우석 교수 "환자맞춤형 줄기세포 11개를 만들었는데, 오염돼 죽은 6개 말고 그 전후에 만든 것들은 누군가가 훔쳐갔다."

노성일 이사장 "황 교수가 만들었다는 환자맞춤형 줄기세포 11개 가운데 9개가 가짜이며 2개도 불확실하다."고 주장.

12월 16일 노성일 미즈메디병원 이사장은 "2005년 사이언스에 발표된 논문의 대부분은 섀튼 교수가 썼다는 사실을 황 교수로부터 직접 확인했다"면서 "황 교수는 섀튼 교수에게 논문의 '초벌구이'도 아니고 드래프트즉, '부분부분'을 보내준 것밖에 없다"고 주장.

노 이사장은 '줄기세포가 있다'고 말했다가 '줄기세포가 없다'는 폭

탄선언을 한 배경에 대해 "병원에 가보니 황 교수가 모든 줄기세포가 미즈메디 세포로 확인됐다는 말을 했다"면서 "사실이 그렇지 않은데 미즈메디 연구팀이 모든 책임을 질수도 있다는 생각에 사실을 밝히게 됐다"고 설명.

황우석 교수 기자회견

"줄기세포 만들었다. 하지만 지금은 없다"

"줄기세포를 만들었으나 오염사고로 대부분이 죽어 다시 수립 논문 냈다"고 밝힘.

보관 중인 줄기세포 중 상당수가 미즈메디 세포로 바뀐 것 확인했다 며 '바꿔치기' 의혹 제시.

노이사장 "PD수첩 과학적으로 완벽" "새튼 교수도 정직하지 않다" "황교수, 책임전가하고 있다" "수사 요구, 학자로서 할 수 없는 모습"이 라고 발언.

노성일 미즈메디 병원 이사장은 16일 기자회견에서 눈물을 흘리고 울먹이며 적반하장으로 황우석 서울대 교수의 도덕성과 인간성을 비난 했다.

황 교수의 기자회견을 지켜본 후 서울 강서미즈메디 병원의 기자회 견석에 앉은 노 이사장은 "황 교수가 본인이 궁지에 몰리니까 책임을 면피하려고 3년간 동고동락했던 사람(김선종 연구원을 지칭)을 미즈메 디 소속이라고 그렇게 매도하는 것을 보고 교수,과학자,지도자로서 자 격 없이 무너져내려 참담한 심경"이라고 말했다.

노 이사장은 "황 교수는 얼마전 까지만 해도 '김선종을 누가 해치느냐,내가 보호해줄테니 걱정하지 말라'며 하늘을 향해 부르짖던 사람"
이라며 그러던 황 교수가 줄기세포가 바뀐 것을 순수한 마음으로 도와
주려고 했던 김선종 연구원의 나쁜 행위로 몰아가고 있다고 주장했다.

12월 17일 줄기세포 바꿔치기 논란
조사위원회 "노성일도 조사 대상"
김선종 연구원이 줄기세포를 바꿔치기했다는 황 교수의 의심에 대해
서는, 서울대 연구원들이 항상 곁에 있었는데 김 연구원이 어떻게 줄기
세포를 바꿔치기하겠냐고 반문했음. 이어 섀튼 교수도 사이언스 논문
이 조작됐다는 사실을 미리 알고 있었다는 의혹을 제기.
노이사장은 "논문이란 것이 원래 출간되기 전에 모든 저자들이 한번
씩은 돌려 읽어보고 자신이 맡은 분야에 오류가 있는지 점검하는 것이
원칙이지만 이 논문은 보안상의 이유로 출간되고 나서야 접할 수 있었
다"고 밝힘. 5월에서야 논문을 보았다고 말함.

12월 18일 서울대 조사위 황교수 직접 조사 시작, 윤현수 교수 "줄기
세포 바꿔치기 불가능" 발언

12월 19일 노성일 이사장 "황교수 줄기세포는 미즈메디 것"이라고
주장.
노성일 "난자 9백개 제공"이는 지난 5월 발표한 사이언스 논문에서
18명으로부터 모두 185개의 난자를 받았다고 밝힌 것에 비해 크게 많

은 것.

그는 "황 교수의 배아줄기세포는 실제로 난자 1천개에 1개 꼴로 성공한 셈"이라며 "사진만 속인 게 아니라 모든 데이터도 가짜"라고 주장.

'메디포스트(주)' 양윤선 대표 '메디포스트'의 연구는 성체줄기세포를 이용한 것이라는 점을 강조하며, 배아줄기세포 연구와의 차별성을 내세움.

이날 미즈메디병원과 공동 설립을 추진중인 줄기세포연구소 및 줄기세포 치료센터를 의식한 발언도 함께 함.

노성일 미즈메디병원 이사장은 "지난해 말부터 황 교수 연구팀의 체세포 복제 줄기세포 연구에 대해 회의를 가졌으며, 메디포스트와의 협력도 연구자와 경영자로서의 차기 연구를 위한 판단을 한 것"이라고 말함.

미즈메디 "판교에 병원단지 추진"

7월 미즈메디병원 노성일 이사장 등 2명이 성남시를 찾아와 판교신도시 IT지구 3만평에 3천억원을 들여 바이오 메디플렉스(Bio-Mediflex)를 건립하겠다고 시(市)에 사업제안을 했음. 경기도의 판교 IT사업 담당실무진이 미즈메디병원의 사업계획에 대해 검토했으나 "경기도의 사업개발 방향과 맞지 않고 특정업체에 지구배정을 할 수 없다"는 결론이 내려짐.

12월 20일 성일 "미즈메디병원이 보관하고 있던 2·3번 줄기세포에 대한 배양이 오는 22일께 완료될 것"이라며 "이를 서울대 조사위원회로 넘겨 공신력있는 검증을 받을 계획"이라고 말함.

노 이사장은 20일 기자간담회에서 곰팡이 오염사고의 은폐·조작
의혹을 강력히 제기.

12월 21일 서울대 조사위 노성일 조사

12월 23일 서울대 조사위 중간 조사 발표.
노 이사장은 조사결과 발표직후 기자들과의 전화통화에서 "서울대
조사를 신뢰하고 있고 담담하다. 이제는 서울대에 힘을 실어 줄 때다.
오늘은 언론과의 접촉을 피하겠다."며 복잡한 심경을 반영.

12월 26일 김선종 바꿔치기 부인

2006년 1월 8일 미국 피츠버그 대학의 제럴드 섀튼 교수가 황우석
교수팀 보다 8개월 먼저 배아줄기세포 관련 기술을 특허 출원한 것으
로 밝혀짐.

1월 10일 서울대조사위 최종결과 발표
노성일"사이언스 요청 따라 진상조사위 구성"…한양대도 진상 조사
곧 발표
노성일 미즈메디병원 이사장은 10일 황우석 교수팀에 대한 서울대
조사위원회의 최종 발표가 끝난 뒤 "사이언스의 요청에 따라 줄기세포
전문 대학교수 2명 등 외부인사 5명으로 이뤄진 미즈메디병원 진상 조

사위원회를 구성하겠다"고 밝힘. 그러나 결과발표 없음.

1월 11일 학계에서는 줄기세포가 없다는 것은 미즈메디의 잘못이 크다고 지적. 노 이사장이 논문 조작에 관여했거나 최소한 조작 사실을 알고 있었을 것이라는 주장도 있음.

하지만 김선종 연구원 뿐 아니라, 미즈메디의 과학연구소장을 지내면서 세포배양과 테라토마 검증의 핵심 역할을 한 윤현수 한양대 교수는 조작 사실을 알고 있었다고 말함.

1월 12일 황우석 교수 "노성일, 2005년 교신저자 요구했다"고 말함.

1월 13일 노성일 이사장 '판교 프로젝트' 구상 무산

노성일 미즈메디 이사장이 황우석 교수를 대동해 경기도를 상대로 '판교 프로젝트' 로비를 벌이려 했으나 황 교수의 거부와 도의 미승인으로 사업자체가 무산된 것으로 드러남.

노성일 이사장 "우리는 과학자로서요. 논문을 조금이라도 조작했다는 자체를, 우리는 그것을 굉장히 부끄럽게 생각해요."

부하 연구원을 제치고 논문의 제2저자를 욕심냈다는 주장에 대해선 목소리가 더 높아짐.

"제1저자로 등재되거나 교신저자로 등재된 사람만 점수를 부여받아요. 나머지 중간에 있는 사람 20명은 모두 0점이에요, 0점"

자신이 추진해온 판교 프로젝트에 대한 비판에도 발끈.

"그건 대응하고 싶지도 않고요. 00님을 내가 본적도 없고 뭐 한적도 없는데 내가 어떻게 그거(땅 요구)를 해요?"

노 이사장은 황 교수의 기자회견 자체에 대해선 마음대로 하라면서 무시하는 태도를 보였음.

노성일 이사장 태도 변화 "나도 잘 모르겠다"

SBS 8시 뉴스보도 : 미즈메디 병원은 아주 잘못이 없다던 태도에서, 보고를 제대로 받지 못해서 잘 모르겠다는 식으로 바뀌고 있음.

1월 14일 노성일(연세대) · 윤현수(한양대) · 문신용(서울대) · 박종혁 (한양대) · 김선종 이메일 · 전화로 '말 맞추기' 의혹

김선종이 노성일에게 해외로 줄기세포 보내는 것 반대한다는 말이 있고, 2.3번 줄기세포가 오산 비행장을 거쳐 미국 U.C.I로 보내졌으며, 그 연구 책임자로 문신용 교수가 초청되었다함.

1월 15일 논문조작 핵심으로 떠오른 '한양대—미즈메디 인맥'

미즈메디 병원과 한양대 연구 인맥이 2004, 2005년 줄기세포 논문 조작 의혹의 핵으로 등장하면서 이들의 역할과 배경에 관심

1월 17일 검찰, '황우석 언론플레이' '노성일 말맞추기' 엄중 경고

2월 6일 "판교에서 무산된 대형병원 재추진"

경기도 판교신도시에 대형병원을 세우려고 했던 노성일 미즈메디병

원 이사장이 인천 송도 신도시 등에 대형병원을 다시 추진하고 있음이 확인.

2월 8일 노성일 이사장 검찰소환 조사

2월 9일 노성일,황우석 몰래 줄기세포 해외 빼돌려

서울중앙지검 특별수사팀은 노성일 미즈메디 병원 이사장이 2005년 논문의 2,3번 줄기세포를 진짜 줄기세포인 것으로 믿고, 지난해 황우석 교수팀 몰래 섀튼이 아닌 미국의 제 3의 기관에 제공한 단서를 포착.

섀튼, EU에도 특허출원… '쥐어짜기' 기술까지 포함…검찰, 경위 파악 나서

2월 13일 황우석-노성일 '형제'의 결별은 특허지분 때문

서울대측 변리사가 노 이사장을 찾아와 "서울대 몫의 지분 60%도 내부 규정에 따라 황 교수팀에게 최대 70%(총지분 중 42%)를 주게 된다" 고 말한 것이다.

이에 따르면 황 교수는 서울대 지분과 함께 노 이사장의 지분 중 13.3%까지 합쳐 총 지분 55% 가량을 가져간다는 결론이 나오게 됨.

황 교수는 당시 "전혀 몰랐던 일"이라며 오히려 "특허 문제로 모욕한 다"고 노 이사장에 "연구용 재료(난자)도 제대로 제공해 주지 않았다" 고 화를 냄.

2월 17일 메디포스트(대표 양윤선), 미즈메디와 끝내 결별

메디포스트는 미즈메디병원과 별개로 독자적인 성체줄기세포연구소를 건립키로 했다고 17일 밝혔다. 이 회사 관계자는 "미즈메디병원과의 컨소시움이 어렵게 됐고, 주가하락으로 유상증자 규모가 줄어 자금사용 계획을 변경한 것"이라고 설명함.

노성일은 또 서울중앙지검으로부터 수사받고 나오다 황교수를 지지하는 유성곤씨로부터 얼굴에 폭행을 당함

현재 한국에는 배아줄기세포가 미공개 상태로 등록된 미즈메디병원 15주를 비롯 서울대병원 11주, 차병원 7주, 삼성제일병원 2주 등 모두 35주가 등록되어 있다.

검찰은 미즈메디 병원측이 2005년 황우석교수팀 몰래 2.3번 줄기세포를 미국의 한 연구기관 Burnham Institute에 보내 독자개발 상업화에 나선 것을 수사하고 있다.

미즈메디 노성일 이사장은 이번 사건이 터져 중요한 시기인 2005년 11월말 12월 초순 사이에 미국을 다녀온 것으로 알려져있으며, SBS는 2006년 2월 9일 오후 8시 뉴스에서 "김선종 연구원이 노성일 이사장에게 줄기세포에 대하여 특히 해외로 보내지는 말라고 하며 적극 막았다"고 해외 반출의 위험성에 관해 보도한 바 있다.

노성일은 또 황우석교수팀의 줄기세포와 같은 것으로 별도로 특허출원을 2003년도에 했다.

발명명칭은 자가체세포 핵이식란으로부터 유래한 배아줄기세포주

및 이로부터 분화된 신경세포이며, 출원자는 노성일, 출원등록 국가명은 세계이고, 출원 번호는 PCT/KR03/02899이며, 출원일은 2003년 12월 30일이다.

또 노성일은 섀튼이 특허권을 가질 때 특허권을 공유하고, 미즈메디가 특허권을 가지는 경우에 NIH는 연구비 지원을 하는 대가로 특허권 일부를 갖는다.

따라서 섀튼의 특허권은 실제로 섀튼과 NIH와 미즈메디가 공유하는 것으로 알려져있다. 미국 NIH로부터 지원받는 한국병원은 미즈메디병원, 차병원, 마리아병원 등이다.

한편 미즈메디와 합작하기로 했다가 바뀐 메디포스트(대표 양윤선) 주요 주주와 임원은 다음과 같다.

- 양윤선 : 대표이사/서울대의대/서울대병원, 서울삼성병원 조교수
- 진창현 : 대표이사/고려대정외과/Ernst&Young
- 오원일 : 서울대중앙병원 전문의/서울삼성병원 조교수
- 김진규 : 서울대의대/서울대병원 과장
- 박용현 : 서울대의대/서울대병원장
- 박표연 : 서울대의대/성균관대 교수/서울삼성병원 과장
- 이석구 : 서울대의대/성균관대 교수/서울삼성병원 과장
- 이종철 : 서울대의대/서울삼성병원장
- 장재현 : 서울대의대/장중환 산부인과 원장
- 장재현 : 서울대의대/성균관대 부교수/고은빛 산부인과 원장
- 하권익 : 전 서울삼성병원장/서울삼성병원 교수
- 한오수 : 서울대의대/서울아산병원 과장

보광창업투자는 삼성그룹 보광그룹 계열사로 홍석현 전주미대사 일가가 메디포스트의 61.81%의 지분을 보유하고 있다는 점에서 관심을 끌어왔다.

이건희 삼성그룹 회장의 처남인 홍석준씨가 30.57%, 홍석교 보광그룹 회장이 16.16%, 이건희 회장의 배우자인 홍라희 여사가 7.54% 등을 보유하고 있다. 등...

황우석교수가 발명한 복제 개 스너피는 2004년 4월 24일 탄생하고 5월 Science 논문으로 발표했으나, 엠바고에 걸려 8월 4일 언론에 발표했다. 스너피 탄생의 최대수혜자는 메디포스트로 돈벼락을 맞았다. 전세계 언론이 스너피 탄생을 축하하는 사이 BT산업 주가가 뛰면서 스너피 발표시점은 메디포스트 상한가 상투시와 일치시킴으로서 대표 양윤선은 298억을 벌었다. (액면 500원 40만주 2억 → 75,000원하는 40만주 300억)

메디포스트 대주주인 보광창투(삼성그룹 홍석현 형제자매가 대주주)는 8월 1달 동안만 127억원의 수익을 올렸다. 보광그룹 최대주주는 홍석현 전 주미대사이다. 40만주를 2,500원에 사서 한때 82,500원까지 갔으니, 약 300억원을 번 셈이다.

재주는 곰이 부리고 돈은 되놈이 번다는 속담이 있다.

스너피의 탄생은 미국 콜로라도 주립대 조지 사이텍 박사나, 캘리포니아 생명공학회사 제네틱 세이빙스 앤드 클론의 로우 호손 회장처럼, 황교수팀의 연구 능력을 뛰어나고 영웅적인 성과라고 칭송했다.

스너피 배아줄기세포 등이 세계언론의 칭송을 받으면서 외신을 통해 그대로 전해진 데는 세계언론계에서 영향력을 행사할 수 있는 삼성계열의 전 주미대사, 중앙일보 회장, 세계신문 협회 회장인 홍석현이란 인물이 있다.

메디포스트는 미즈메디 노성일과 손잡은 다음날 노성일이 기습공격 기자회견으로 황우석 죽이기에 나섰고, 12월 16일 황우석-노성일 진실게임의 대폭발이 터지면서, 같은날 삼성채권과 관련이 있는 이건희와 이광재 열린우리당 의원 등 삼성과 여권 핵심실세가 모두 무혐의 확정판결을 받았다.

새해들어 이광재 의원은 과기부 오명 부총리를 밀어내고 크리스챤인 김우식 청와대 비서실장을 그 자리에 앉혀서 안희정과의 파워게임에서 이겼다는 이야기를 남겼다.

지금 세계의 줄기세포 연구자들은, 한국이 자중지란으로 세계 최고의 과학자 황우석교수의 연구실을 헌법을 위반하면서까지 원천기술 입증도 못하게 폐쇄하는 등 발목을 잡고 있는 가운데, 각각 치열한 선두 다툼을 벌이고 있다.

그런데 이른바 서울대 조사위가 최종 발표후 국내의 정부나 언론들은 대명천지에 두눈뜨고 진실을 외면하면서 황교수가 사회적으로 잘 매장되고, 진실하고 꿈을 심어준 황교수 없이도 생명공학이 잘 발전될 것이라 호도하고 있는데, 외국의 생명공학 경쟁자들은 황교수가 매장되니, 이 기회에 승기를 잡았다고 환호했다.

미국 J일보와 H일보 기자가 황우석을 지원하는 박 매튜 변호사를 찾아가 머리에 총구를 겨누고 협박한 일이 벌어졌고, 황빠들 사이에는 S그룹이 황우석 박사의 진실이 밝혀지는 것을 막기 위하여 수백억원을 각 언론사에 뿌렸고, 그 가운데 80억이 I카페 주인장 Y씨를 통해 수수됐다고 알려졌다. 또 미국 콜로라도주에 있는 황우석지지 카페 모아미디어가 삼성그룹에 매수됐으며, 판과 딴지일보, e조은뉴스, 서프라이즈도 작업에 들어갔다는 설이 퍼지기도 했다.

삼성그룹의 중앙일보(전 회장 홍석현)는 1월 11일 1면에 머리 기사 제목에서 그 마각을 드러내어 "황교수가 아니라도 희망있다"라고 대문짝만하게 썼고, 1월 12일 사설에서는 황교수를 죽여 놓고 "바이오 코리아의 꿈을 잃지 말아야"라고 썼다.

1월 10일 MBC PD수첩은 황교수에 대하여 거의 시체에 난도질하는 형국이었고, 한겨레 신문은 제2창간 운동 본부장으로 운동의 상징으로 모셨던 황우석 교수를 난자하더니, 반성이나 부끄러움 없이 슬그머니 해촉하는 공고를 내기도 했다. 한겨레신문 창간 빌기인이요, 대주주인 나는 정말 애통했다.

중앙일간지들과 공중파 방송들은 거의 비슷한 상황으로, 매스컴이 어찌 이렇게 일방적일 수 있을까?

황우석 영웅 만들기에 앞장섰던 노무현 정부도 진실이 밝혀진 것이 없는데도 어쩐 일인지 황교수가 갖고 있는 최고 과학자 1호를 비롯한 13개 공직을 박탈하고, 연구지원도 중단하며 황우석 우표 판매도 중단하고, 초.중.고 교과서에 실린 세계 제일의 생명공학자 황우석교수에 관한 글을 삭제하겠다고 발표했다. 팍스 아메리카나 시대의 약소국 설움인가? 환자맞춤형 줄기세포 특허권의 60%는 한국 소유인데, 정부가 어떻게 이것을 안지키고 버리려 하는가? 미국이 그렇게 무서운가?

한편 줄기세포 발명에 있어 황우석 교수의 가장 강력한 경쟁자인 미국의 로버트 란자 ACT부사장은 "황교수 몰락사태로 줄기세포 연구에 미국이 승리할 기회를 잡았다"고 말했다. (연합뉴스, 이기창 워싱턴 특파원 보도)

4. 윤현수와 한양대 의대 3인방

황우석교수는 1월 12일 기자회견에서 한양대 윤현수교수(2005년 사이언스 논문 17번 저자, 김선종의 직속상사), 박종혁, 김선종, 유영준, 이유진, 천선혜, 김진미(2005년 사이언스 논문 12번 저자) 연구원 등 미즈메디 병원 소속이거나 소속이었던 공동연구자들을 줄기세포나 논문 조작의 혐의자로 사실상 지목했다. 특히 미즈메디쪽 한양대 3인방 윤현수, 김선종, 박종혁과 이양한이 주목을 많이 받았다

또 한양대 의대교수들은 또 서울의대 교수들에 대하여 깊은 경쟁의식을 가지고 있는 바, 2005년 사이언스 게재 논문의 공동저자인 한양대교수는 윤현수교수를 포함 황정혜, 황윤영, 박예수교수 등 4명이다.

서울대 조사위 관계자에 따르면 논문조작 사건의 '최초 제보자' 의 하나로 알려진 류영준 연구원은 적어도 1번 줄기세포는 진짜라고 철석

같이 믿고 있었다.

류 연구원은 조사 당시 "검사 결과 2004년 논문에 실린 자가 핵치환 줄기세포도 명단상 제공자와 DNA가 일치하지 않는 '가짜'"라는 소식을 듣고 "그럴 리가 없다. 도저히 믿어 지지 않는다"며 충격을 감추지 못했다.

서울대 조사위는 1번 줄기세포가 '정체불명'으로 드러나자 명단을 뒤져 황 교수팀이 난자 제공자 이름을 혼동했던 사실을 밝혀냈으며 이에 대한 추가 검사를 실시, 류영준·이유진 부부 연구원의 당시 상황 진술과 자문을 받아 '처녀생식' 가능성을 지적했다.

류 연구원은 당시 논문 작성 과정에서 2차례에 걸쳐 미즈메디병원 연구진에게 DNA 지문검사를 맡겼으며, 모두 맞는 것으로 나와 전혀 의심할 여지가 없었다고 진술했다는 것이 이른바 서울대 조사위의 전언이다.

류 연구원의 이런 진술은 당시 미즈메디병원 소속이던 윤현수교수, 박종혁 피츠버그대 연구원, 김선종 연구원 등이 조작에 가담했을 가능성을 높여주는 대목이다.

황 교수 역시 12일 회견에서 "배반포 단계 이후 배양은 미즈메디에서 맡았다"며 미즈메디 소속 공동연구자들을 '바꿔치기'나 '섞어치기', '데이터 조작'의 주범으로 사실상 추정했다.

류 연구원은 동일 여성의 난자와 체세포를 이용한 '자가 핵치환 인간 배아줄기세포'를 만들었다는 내용을 담은 2004년 사이언스 논문의 제 2저자로, 고신대 의대를 졸업한 후(구영모제자. 차병원 정형민과 긴밀한 관계) 황 교수 연구팀에서 현장팀장 역할을 하다 2004년 논문 발표 후 연구팀을 떠났다.

류영준 미즈메디 연구원이 2005년 사이언스 논문 조작 주체의 하나 일 가능성은 다음과 같다.

1. 황우석 교수의 2004, 2005년 논문이 취소된 상황에서 류영준의 서울대 석사학위논문이 체세포 복제 배반포형성 최초논문이어서 유효한 점.

2. 류 연구원은 서울대 조사위의 피조사자 신분인데, 오히려 자문위원을 맡고 현실성이 없고 거짓으로 밝혀진 처녀생식을 말했다고 서울대 조사위 오우택 간사가 인정한 점.

3. MBC PD수첩팀에 논문조작 가능성을 두번째로 제보한 사람으로 알려짐 (일요신문 2006. 2. 19 제718호 참조)

4. 2005년 10월 MBC PD수첩팀에 2번 줄기세포 제공자가 미즈메디 병원 류영준의 부인 이유진 간호사임.

5. 황우석 교수는 서울대 치의학연구소 학술실장 김홍희 부교수에게 2번 줄기세포(NT-2)를 분양했는 바, 이유진은 황교수 밑에 있다가 갑자기 김홍희 교수가 있는 서울치대로 갔다가 미즈메디 병원으로 계획적(?)인 행보를 보인점. NT-2 유출 가능성.

6. 류영준과 이유진은 황우석 교수가 2006년 1월 12일 서울대 조사위 최종발표 후 기자회견을 했는데, 우주국제특허법률사무소에 국제특허를 내려고 하였음. (justice 닉네임의 네티즌 제공)

미즈메디병원과 한양대 소속 전현직 연구원들이 낸 논문들에서 전혀 엉뚱한 사진이 중복되는 일이 잇따라 발견된 점도 의혹을 키우는 부분이다.

미즈메디병원 연구팀은 2003년 '줄기세포', 2004년 '분자세포', 2005년 '생식생물학' 등 국제 저널에 수정란 줄기세포 사진을 실은 논문들을 잇따라 발표했다.

그런데 2003년 윤현수 교수가 MBC PD수첩의 질문에 11개 테라토마를 적출했다고 답변했는 바, 그가 적출한 테라토마가 어디론가 사라졌다.

문제는 이 논문들에 실린 사진 중 황교수팀의 2005년, 2004년 사이언스 논문에 '체세포 복제 줄기세포'로 소개됐던 사진들과 중복되거나 겹치는 경우가 있다는 것이다.

당사자들은 이에 대해 '단순 실수'라고 해명한 것으로 알려졌으나, 이는 서로 무관한 논문들에서도 사진이 뒤섞였다는 것을 뜻하는 것이어서 의혹을 털어내지 못하고 있다.

이와 관련, 미즈메디 병원에서 일하며 한양대에서 박사학위를 받은 김선종 연구원의 학위 논문에도 유사한 사례가 발견된 것으로 알려졌다.

특히 미즈메디병원 소속이었던 윤현수 교수가 제1저자 역할을 맡은 '유럽 생화학회 연맹 레터즈'에 실린 논문은 윤 교수 스스로 조작된 사진이 실렸다는 사실을 시인하고 철회를 요청한 것으로 전해졌으며 김선종 연구원을 미국에서 만나 돈을 주기도 해 의혹을 사기도 했다.

또 윤현수 교수는 한양대 후배인 국립과학수사 연구소 서부분소(장성분소) 유전자 검사실장 이양한에게 검사 의뢰를 하여 바꿔치기나 섞어치기에 관한 의심을 증폭시키기도 했다.

윤현수, 김선종, 박종혁의 한양대 출신 3인방과 이양한이 2005년 논문의 자료조작 가능성으로 의심받고 있다.

김 연구원은 2005년도 논문의 줄기세포 배양책임자였고 2004년에도 줄기세포 디옥시리보핵산(DNA) 분석 시료를 채취해 국과수에 넘긴 것으로 드러나는 등 줄기세포의 처음과 끝 모두에 연관돼 주목받고 있다. 서울대 실험실과 미즈메디병원 양쪽에 출입이 가능한 김 연구원이 미즈메디의 수정란 줄기세포 4,8번을 가져와 체세포 복제 줄기세포 2,3번으로 둔갑시켰을 가능성이 높은 것으로 의심받고 있다.

김선종 연구원은 또 2004년 12월 말 줄기세포 3~4개를 자전거에 넣어 가다가 죽였고, 2005년 1월 9일 오염사고로 줄기세포를 죽였는데, 2005년 1월 31일에는 미즈메디측에서 미국의 도척 섀튼에게 황우석 교수의 체세포복제 배아줄기세포 2,3번을 보냈다고 한다.

여하튼 줄기세포의 바꿔치기나 섞어치기 등은 미즈메디병원과 전체적으로 관련되는 것으로 추정된다.

윤현수는 2005년 12월 1일부터 미국서 김선종, 박종혁, 섀튼 등을 만나고, 김선종과 박종혁과 e-mail로 계속 주고 받았으며, 김선종은 노성일과 문신용에게 "방어(defence)"라고 보고 했으며, 문신용과 노성일은 줄기세포 해외유출혐의와 NIH관련 부정행위 혐의를 받고 있는 것으로 알려졌다.

또 문신용 교수가 2004년 미즈메디 5번 수정란 줄기세포를 가져다가 자기가 수립한 것처럼 속여 정부로부터 750억원의 연구비를 타내 미즈메디 노성일 쪽에 나누어준 혐의를 검찰이 잡은 것으로 알려졌다.

이에 따라 생물학 분야 일부 대학원생과 소장 과학자들은 생물학연구정보센터(BRIC)게시판 등을 통해 "미즈메디병원에서 논문사진 조작이 일상적으로 이뤄졌던 것 아니냐"는 의혹을 잇따라 제기하고 있다. (연합통신, 프런티어 타임즈, 2006. 1. 12 참조)

5. 안규리와 정진석추기경 및 로마교황청

서울의대 신경내과 전문의요 국내 면역학의 권위자인 안규리교수는 2005년 사이언스게재 논문 13번 공동저자이고, 황우석교수연합팀의 대변인이며, 황우석교수 주치의로서 중요한 역할을 해왔으나, (사건이 터지고 난후 주치의 사퇴함) 황우석교수팀 사건이 터지자 독실한 가톨릭 신자로서, 서울의대 중진 문신용, 서정선, 이왕재 교수등과의 관계에서, 메디포스트대표 양윤선과 노정혜 서울대 연구처장이 친구인 관계에서 많은 갈등을 겪었다.

특히 마음이 착하고, 여린 노처녀로서 "어둠이 짙게 깔려 있다"고 이번 사태에 대하여 많은 우려를 나타내었다. 그녀는 특히 이종간 장기이식 치료법으로 황우석교수팀에겐 필수적인 사람이었고, 면역적합성 검사와 신부전증 환자치료에도 탁월하였다.

그녀는 "황우석교수와 문신용교수의 관계가 틀어지는 바람에 더 사태가 악화됐다"고 한 월간지와의 인터뷰에서 말했다.

그녀의 이름은 부친인 안동혁 박사 (6대 상공부장관 역임)가 여성최초로 노벨물리학상을 받은 마리 퀴리부인처럼 훌륭한 과학자가 되라는 뜻에서 붙여준 것이다.

그녀는 황우석교수와의 관계에서 "그분이 모차르트라면, 나는 모차르트 음악을 환자들에게 들려주는 일을 맡았다"고 술회했다.

그녀는 지난 1월 12일 검찰로부터 그의 집과 서울대병원 사무실을 압수수색 당하기도 했으나, 소환되지는 않았다.

안교수와 황우석교수는 1999년 처음 만났으며, 황교수는 안교수를 두고 "황우석사단이 벌이는 생명공학 오케스트라의 지휘자 역을 하고 있다"고 칭찬하기도 했다.

한편 안규리교수의 어머니는 오래전부터 파킨슨씨병을 앓고 있어 더욱 줄기세포 연구에 매진하는 계기가 되기도 했다.

종교적으로 황우석교수가 불교신자인데 안규리교수는 가톨릭신자이다. 가톨릭에서는 김수환, 정진석 추기경을 비롯하여 로마교황청까지 성체줄기세포는 인정하지만, 배아복제줄기세포는 반대한다.

그래서 그녀는 자의반 타의반으로 2005년 12월29일 평화방송(PBS) "열린세상 오늘, 장성민입니다"의 제작진에게 보낸 편지에서 "환자를 위하는 일이라는 신념으로 황교수와 손을 잡았으며, 난치병 치료를 위한 차세대 기술이, 면역거부반응이 없는 환자맞춤형 체세포복제 배아 줄기세포가 최선의 선택이 될것으로 확신했다"고 썼다.

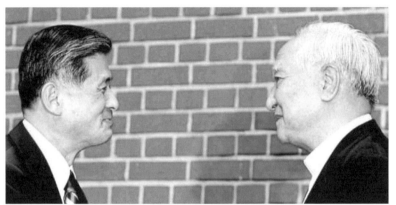
정진석 추기경과 함께 한 황우석 교수

가톨릭 등 기독교에 대해서 개괄적으로 살펴보면, 국제적으로나 국내적으로 제일의 권력종교라고 할 수 있다.

로마는 세계를 세 번 지배했다.

한번은 무력으로, 또 한번은 법제도로, 세 번째는 종교로 세계를 지배하고 있는 바, 그 중심이 로마교황청(교황은 베네딕트 16세)이다.

지금 세계는 미국의 이라크 침공 등 민족문제와 종교문제로 피비린내 나는 전쟁을 계속하고 있다. 특히 중방 유목민족 풍토에서 나온 유태교, 이슬람교, 기독교는 상호 배타적이어서 하나로 통일되거나, 아니면 모두 지상에서 사라지지 않는 한 평화로운 세계를 생각하기 어렵게 되어 있다.

H신문은 2005년 12월 14일자 신문 머리기사에서 "수사결과를 봐야

확실한 것을 알겠지만 이번 사건의 배후에 특정 종교가 있다"는 것이 일반적인 시각으로, 배후의혹을 제기했다.

MBC PD수첩팀이 벌인 일은 문제 제기 방식부터 틀렸고, 이는 국가 미래산업을 파괴하고 행복한 삶을 누릴 국민의 권리를 유린한 반 국가적, 반 인륜적 행위라고 전제하면서, 가톨릭 모신부가 황교수 지원 중단을 요구하고, 배아 줄기세포 연구가 생명 파괴 행위이며, 인간 복제는 신의 영역을 침범하는 행위라는 발언을 했고, 이는 배아줄기세포 연구를 반대해 온 한국 가톨릭 수장이나 기독교 간부들의 평소 주장과 궤를 같이 한다는 것이다.

또 네티즌들도 MBC PD수첩 최승호 책임 PD가 기독교인이라는 점, 한학수 PD가 가톨릭 매스컴상을 받은점, MBC 최대주주인 방송문화진흥위 이사이고 가톨릭 인권위원장을 지낸 김형태 변호사(법무법인 덕수)는 PD수첩팀과 어울려 2005년 11월 2일 문신용, 안규리와 함께 황교수측으로부터 줄기세포 2차 샘플을 넘겨받고 황우석 교수팀 검증과정에 참여했고, 12월 6일 평화방송에 출연해 PD수첩 취재내용을 공개하고, 줄기세포 재검증을 주장해 그 공정성에 깊은 의문을 제기했으며, 김이사는 이와 관련하여 청와대 김병준 정책실장과 황인성 시민사회수석을 만나 로비하는 등 맹활약을 한 것으로 알려졌다. 국민들은 진정한 그리스도인은 좋으나 특히 적그리스도교의 광신자가 있는 것은 아닌지 걱정이 된다고 생각하는 사람이 많다.

한국 최대 종교 세력인 그리스도교들이 황우석 교수팀 줄기세포 연구에 반대하는 것은 대개 세가지로 분석된다. 하나는 배아줄기세포가 인간 복제로 이어져, 신을 보지도 못했으면서도, 신의 영역을 인간이 침범하여 생명을 파괴한다는 것이요, 두 번째는 성체줄기세포가 윤리 문제가 적고, 성체줄기세포 연구치료기관이 그리스도교쪽에 많이 있는 것이고, 셋째는 황우석교수가 불교도이므로 생기는 고정관념이나 배타적 종교심, 이기심 등으로 보여진다.

한국 가톨릭을 대표하는 서울대교구 정진석 추기경은 "인간복제는 신의 영역을 침범하는 것이며, 배아줄기세포는 생명파괴행위이므로, 이를 반대하고, 성체줄기세포연구를 찬성한다."고 황우석교수를 만난 자리에서 말씀하신 것으로 알려졌다.

인간생명의 시작을 어떤 기준으로 삼느냐에는 여러 가지 견해가 있다. 천주교는 정자와 난자가 합친 생식세포부터이고, 이슬람은 아기가 태어나 젖을 먹는 포유단계를 보므로 태아나 인큐베이터 안 아기는 인간생명이 아니며, 일반과학은 수정란 자궁착상으로, 민법은 일부노출설이 통설이고, 황우석 교수는 정자와 난자가 수정된 순간, 새로운 성장이 가능한 단계 생명의 길을 기준으로 보고 있다.

황우석교수의 연구와 라이벌 관계였던 성체줄기세포 연구자들은 세포응용사업단(단장 : 문신용), 메디포스트(대표 : 양윤선), 미즈메디병원(이사장 : 노성일), 마리아 병원(마리아 의료재단 생명공학 연구소장 : 박세필), RNL바이오(대표 : 강경선, 박용호 서울대 수의대 교수, 라정찬 유한양행, 동아제약 등과 손잡음), 한양대병원(윤현수 교수등) 등인데, 이들은 거의 모두 크리스챤이다. 이 밖에 그리스도교 관련으로 황우석 교수의 반대편에 선 중요한 사람들을 살펴보면 다음과 같다.

가톨릭의대 오일환 교수와 강경선 교수(가톨릭 기능성세포연구치료제 개발 센터, RNL 바이오 텍, 아이디진 생명과학과 히스토스팀과 함께 100억 투자하여 만들었는데, 미국 보건국이 지원하고, 황우석 교수 중심의 서울대 세계 줄기세포 허브의 제일 경쟁자인 미국 ACT사가 과제 수행업체로 지정했으며, 서울을 "하나님의 나라 수도"로 만들겠다고 공언한 이명박 시장이 관여하고 한국민간기업 ACTS도 참여함), 이형기, 설대우 교수(피츠버그대), 장호완 교수(서울대 교수협의회 회장, 메디포스트 주주), 평화방송 사장 오지영 신부, 기독교 신문사장 이창영 싱부, 교황청(엘리오 스크레치아 교황청 주교 겸 생명학술원장, 김수환 추기경, 정진석 추기경등), 기독교 신우회, 평화신문, 기독교 신문, 국민일보, 세계일보, 평화방송 기독교 방송 등 오프라인 한국 매스컴 전체

제주대 박세필, 이봉희 교수와 함께 미 보건국내 HUPO의 프로젝트 참여로 마리아 바이오텍에 100억 투자하게 함. 10년 연구비는 1000억으로 추산되며, 마리아 바이오텍, 중앙 바이오텍과 연결됨. 강교수는 또 제약업체 유한양행과 세포 치료제 개발 계약을 체결하였으며, 상업화를 위한 특허 출원은 RNL 바이오가 추진. 12월 14일 강교수와 노성일은 미즈메디와 메디포스트를 합병함.

이왕재(서울의대 부학장. 2001 미국 ACT가 인간배우 복제 성공시 앞장서 환호하고, 12월 16일 노성일 미즈메디 병원 이사장이 황교수에 등돌리고 기습공격 기자회견 직후, 황교수가 그럴줄 알았다면서 한국 과학의 국치일로 선포해야 한다고 기자들에게 떠든 온누리교회 신자

(2001년 11/26 국민일보. 생명을 창조하는 하나님의 섭리를 거역해서는 안된다. 2005년 12/14 무키뉴스. 생명나무 열매를 따먹는 인간들에게 하나님이 어떤 징계를 준비하실지 두렵다 발언)

그는 또 서울대 조사위원회가 가동되기도 전에 "이미 배아 줄기 세포가 없다는 것을 확인했다." 고 노성일을 지지한 바, 노와 문신용 교수 등과 친하여 미즈메디와 메디포스트의 가교역할을 함.

문신용(서울대 세포 응용연구 사업단장)

처음 3자의 파워게임에서 문이 황에게 밀리면서 문이 노성일과 다른 길 가기로 한 것이 섀튼 등 제3세력의 덫에 걸린 이 사태의 발달이 된 것으로 보임.

문교수는 NIH에서 미즈메디에게 투자를 해 주었고(2004년 4월 15일 조선일보 보도), 문교스는 최신논문 제1저자 권영두 박사(배아줄기세포 연구가들)를 제대혈 선두인 메디포스트에 들어가게 함.

프레시안에서 맹활약한 피츠버그대 이형기 교수가 문교수가 단장으로 있는 서울대 세포응용연구사업단 윤리위원인 서울대 신상구 교수에게 미즈메디에 관련하여 특별감사서신을 보냄.

장호완교수(서울대 교수협의회 회장. 중간발표만 나오고, 최종 발표나 검찰수사결과가 나오지 않았는데도, 자기 산하에 있는 황교수를 "학문적 조작과 사기"라고 등에 비수를 꽂음.)

메디포스트 대표 양윤선. 서울의대 출신으로 황우석교수팀에 관련하다가 노성일과 연계하여 메디포스트 대표에 취임.

삼성그룹. 메디포스트에 홍석현씨 일가가 대주주인 보광창투가 투자

했으며, 메디포스트 최대 주주가 되는 이번 사건의 최대 몸통. 이 사건이 나면서 이건희, 전 주미대사 홍석현씨 사건이 검찰서 무혐의 처리되어 많은 의혹을 삼.

메스컴 MBC. 평화방송(사장 오지영 신부). 중앙일보(삼성그룹). 한계레. 프레시안(MBC로부터 황우석교수 자료넘겨 받음). 오마이뉴스. 기독교계 신문들이 구체적으로 보도한 것을 보면 국민일보(기독교계는 인간배아복제가 명백한 범죄행위라고 주장 2001.11.26 보도)

세계일보(2005.12.9 보도 아이러브 황우석은 생명공학의 힘쏠림 너무과도해-마리아 생명공학연구소장 박세필)

기타 NGO 단체 : BRIC 운영자 이강수, 포항공대 남홍길 교수, 생명공학 감시연대 김병수 정책위원, 민노당, 민주화를 위한 교수협의회, 민주언론 운동시민엽합, 참여연대 등 사대식민적, 기독교 편향적 시민단체들 무수히 많음.

미국 피츠버그대: 섀튼교수(2005 Science교신 논문저자. 논문제작에 깊이 관여. 황교수가 줄기세포 성장에 맞춰 서서히 논문을 제출하자고 했는데, 빨리 내자고 했고, 논문제작에 실수를 했다고 말함. MBC PD수첩팀이 난자제공 윤리문제 제기에 맞춰 형제라고 하던 그는 돌연 결별선언. 그 후엔 황을 "Best friend"라고 하는 등 오락가락. 미국세력의 뒷)

이형기. 설대우교수

미국: ACT의 로버트 란자(배아줄기 세포의 선두주자 였으나 황교수에 뒤지자 여러 가지 비난 발언함).

뉴욕타임즈. 워싱턴포스트. 피츠버그대학. Science. 섀튼교수, 미국 보건국. 기타 기관들

기독교계의 중심을 살펴보면, 2005년 6월 5일 한국 황교수팀의 배아줄기세포 연구에 반대한다고 말했던 로마교황 베네딕트 16세는 2006년 2월 22일 한국 서울대교구장 정진석 대주교(75, 세례명 니콜라오)등 15명을 새 추기경에 보임했다고 발표했다.

이는 한국입장에서 김수환 추기경에 이어 두 번째 정진석 추기경이 탄생한 것으로 크게 경축할 일이다.

그러나 정진석 추기경은 줄기세포에 대하여 고정관념을 갖고 있는 것으로 보인다. 그는 배아는 미래의 인간이므로, 배아줄기세포연구는 살인행위로 규정하고(중앙일보 2006. 2. 24 p.3), 생명공학이란 말을 싫어한다고 했다.

그러나 그는 성체줄기세포는 괜찮다고 하면서 산하 대학병원이나 기관을 통하여 연구하고, 상업화에 나서게 하고 있다.

본질적으로 생각해보면, 이 세상에 생명아닌 것이 없고, 세상은 온통 먹이사슬로 되어 있음을 간과해서는 안될 것이다.

또 생명존중을 립 서비스로 하는 것이 아니라면, 하나님이나 그리스도를 내세워 이락을 침공하고 사람을 죽이는 전쟁을 시작한 크리스챤 미국 조지부시 대통령의 행위를 중지시켜야 한다.

신앙의 이름으로 고정관념을 강요하는 것은 다른 사람에게 많은 고통을 주며, 특히 정신적 지도자일 경우에는 자기자신을 속이는 것이 아닌가 깊이 명상에 들어 심사숙고해야 한다.

한국 기독교계의 열린 목자 강원룡 목사님은 성체줄기세포만을 주장하는 제자 목사들에게 "성경이나, 사서삼경 어디에 성체줄기세포는 되고 배아줄기세포는 안된다는 구절이 있느냐"고 하면서 권력종교로서의 고정관념을 버리라고 말했다고 한다.

추기경이 5명인 프랑스는 체세포복제 배아줄기세포연구의 찬성의견이 주류를 이루고 있다.

절대가 아닌 인간의 견해가 진실과 관계없이 여러 가지로 갈릴뿐이다. 세계제일의 종교조직과 권력조직 및 경영조직을 가진 로마교황청도 배아줄기세포에 반대하고, 성체줄기세포만을 고집한다고 엘리오 스크레치아 교황청주교 및 생명학술원장이 말했는 바, 이는 그리스도의 가르침과는 아무 관계가 없고 사도바울적 권력종교 입장의 권익을 표현하여 한국천주교를 지원하는 발언으로 일반 종교학자들은 풀이했다.

제 3장
체세포복제 줄기세포 원천기술

다른 세포로 분화되는 힘을 가진 세포를 줄기세포라고 부른다. 줄기세포가 분열하면 일부는 줄기세포로 남아 있고 다른 일부는 근육세포, 적혈구, 뇌세포 등 특정한 기능을 하는 다른 종류의 세포가 된다.

◆성체·배아줄기세포 : 줄기세포는 계속 분열하면서 사람이 살아 있는 동안 손상된 세포들을 건강한 세포로 대체하는 구실을 한다. 그렇기에 누구나 몸 속에 줄기세포를 갖고 있다.

사람의 몸속에 있는 줄기세포는 이미 40여년 전부터 치료영역에서 응용되고 있다. 혈액세포가 암세포로 변해버린 백혈병 환자를 치료하는 골수이식이 그 같은 경우다.

사람의 골수에는 혈액 세포로 분화되는 조혈모세포가 들어 있다. 건강한 사람에게서 건강한 조혈모세포를 뽑아내 백혈병 환자에게 이식하면 조혈모세포들이 백혈병 환자의 몸속에서 건강한 혈액세포를 생산한다. 그 결과 백혈병 환자 몸에 있는 비정상적인 혈액 세포들이 건강한 세포로 대체돼 병이 치료되는 것이다.

조혈모세포처럼 사람의 몸에 존재하는 줄기세포를 '성체줄기세포'라고 부른다.

이와 반대로 아직 인간이 되기 전인 '배아'에서 줄기세포를 얻을 수 있다. 인간이 되려면 우선 정자와 난자가 만나서 수정란이 되어야 한다. 이때 수정 후 첫 14일동안을 배아라고 부른다. 14일 지나면 척추로 자라는 원시선(primitive streak)이 생기면서 태아의 단계(8주)로 나아간다.

수정란은 계속해서 세포 분할이 일어나 '1→2→4→8→16→…'으로 세포수가 계속 늘어난다. 세포수가 100여 개를 넘는 배반포 단계가 되면 엄마의 자궁에 착상되고 척추 등 각종 장기가 생기면서 인간의 모습을 갖추게 된다.

배반포 단계의 배아 속에는 '내부세포 덩어리'라는게 들어 있다. 20여 개의 세포에 불과한 이 내부세포 덩어리가 세포 분열을 일으켜 인간의 온갖 장기를 만들어낸다. 98년 미국 위스콘신대학교 톰슨 교수팀이 처음으로 내부세포 덩어리에서 줄기세포를 확립해냈다. 인간의 배아에서 얻어진 줄기세포라고 해서 '배아줄기세포'라는 이름이 붙었다. 이후 전 세계 연구진이 난자와 정자가 만나서 생긴 수정란 배아로부터 줄기세포를 확립하는데 잇따라 성공했다.

◆체세포 복제 줄기세포 : 과학자들은 면역(조직)거부반응 문제를 해

결하기 위해 '체세포 복제'라는 개념을 생각해 냈다. 우선 건강한 인간의 난자를 구해서 핵을 제거한다. 그런 다음 환자의 체세포핵을 난자에 이식하고 전기충격을 가한다.

그렇게 하면 난자가 마치 수정란처럼 세포분열을 일으킨다.

이를 배반포 단계의 배아로 키운 다음 내부세포 덩어리를 떼어내 줄기세포를 확립하는 방안을 생각할 수 있다.

사람 유전자의 99%는 세포의 핵에 들어있다. 따라서 체세포의 핵을 제거한 난자에 집어넣어 만든 배아는 체세포 제공자와 99% 유전자가 일치한다. '체세포 복제'라는 말을 쓰는 것도 체세포 제공자의 유전자를 99% 복제했기 때문이다.

체세포 복제 배아줄기세포는 체세포를 제공한 환자와 유전적으로 거의 일치하기 때문에 (1%의 차이)줄기세포를 환자 몸에 다시 집어넣어도 면역거부반응이 일어나지 않는다.

체세포 복제 줄기세포를 수립해도 실용화단계의 장애는 몇가지가 있다. 이는 만능세포나 분화의 비밀을 몰라 어느 방향으로 갈지 모른

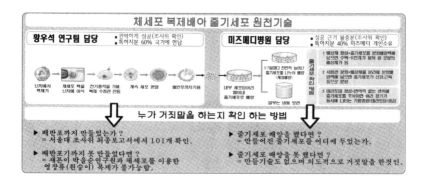

다.(럭비공처럼)

배양해서 숫자 늘릴 때 다른 작용 가능성 있어 완전성 입증을 위해 조작을 해야함으로 동물실험을 해야한다.

이어서 사람대상으로 의약품 안전효능 테스트 절차의 임상실험을 3차례 이상하여 확증을 해야 한다.

황우석 교수는 2004년과 2005년 두 차례 미국의 과학저널 사이언스에 발표한 논문을 통해 체세포 복제 줄기세포를 만들었고 세계를 향하여 발표했다.

황우석교수는 2005년 미국 뉴욕 메모리얼 슬러언 캐터링 암센터에 2,3번 줄기세포(나중에 미즈메디 4,8번 줄기세포로 바꿔치기 됨)를 제공하고, 최고 과학자지원 연구비 30억 가운데 15만달러를 국제공동연구 명목으로 송금하여 신경세포분화연구에 기여하게 하였다.

◆줄기세포 연구 수준 : 미국국립보건원(NIH)의 지원을 받은 차병원, 미즈메디병원, 마리아생명공학연구소 등이 수정란 줄기세포를 확립하고 분화연구를 하고 있다. 뇌졸증 당뇨병 등에 걸리게 한 토끼, 개 등 실험동물을 이용해 치료 효과를 테스트 중이다.

성체줄기세포는 극소수이기는 하지만 일부 벤처기업에서 치료제를 개발해 사람을 대상으로 신약 효과를 테스트하는 임상시험에 들어갔거나 준비 중이다. 성체줄기세포는 몸에서 살아오는 동안 햇빛, 독소, 복제상의 오류에 의해 비정상적인 DNA를 더 많이 가지고 있을 수 있다.

호주 과학자들이 사상최초로 인간배아줄기세포로 인공 전립선을 만드는 데 성공했다고 영국의 메디컬 뉴스 투데이가 2월 26일 보도했다.

호주 모나시 의학연구소(MIMR) 비뇨기연구실장 게일 리스브리저 박사는 과학전문지 '네이처 메소드(Nature Methods)' 최신호에 발표한 연구보고서에서 인간배아줄기세포를 불과 12주 만에 청년의 것에 해당하는 전립선 조직으로 분화시키는데 성공했다고 밝혔다.

리스브리저 박사는 인간배아줄기세포를 전립선 조직으로 분화하도록 조작한 뒤 쥐에 주입한 결과 인간의 전립선과 크기는 같지 않으나 조직, 혈관, 샘, 관 그리고 생물학적 기능이 똑같은 전립선으로 자랐다고 말했다.

이 전립선 조직은 실제 전립선과 마찬가지로 호르몬 그리고 전립선암을 진단하는 데 사용되는 전립선특이항원(PSA)을 분비했다고 리스브리저 박사는 밝혔다.

리스브리저 박사는 배아줄기세포를 전립선으로 분화시키는 기술이 개발됨으로써 앞으로 전립선암을 유발하는 요인과 이러한 병변이 진행되는 과정을 직접 관찰할 수 있게 되었다고 말했다.

이에 따라 이러한 전립선 질환들의 새로운 치료법 개발도 가능하게 될 것이라고 리스브리저 박사는 말했다.

한편 일본 동경대의 마코토 아사시마 교수는 배아줄기세포로 인공감각기관인 동물의 눈을 만드는데 성공하였다.

또한 독일은 3월 29일 2006년 4월에 발간될 네이쳐(Nature)지에 남성고환세포(testicular cell)를 이용한 줄기세포배양에 성공하여 곧 임상 실험에 들어간다고 축제분위기이다. 남성정자를 이용한다 하여 일명「총각생식」이라고도 한다.

　독일 쾨팅겐의 게오르그 아우구스트 대학교의 게르트 하젠푸스 (Gerd Hasenfuss)박사와 볼프강 엥겔박사 등은 고환세포 이용 줄기세포 설립에 성공했으며, 이를 이용하여 근육수축을 하는 심장세포, 도파민 분비의 신경세포, 간, 피부, 혈관세포 등도 만들었다 한다.

　이들 독일 연구팀은 기술유출방지를 위해 철저한 보안유지를 하고 섀튼같은 미국 줄기세포 과학자들을 철저히 배제하고 독자적 연구진행을 밝혀 미국 과학계는 초상집 분위기라고 한다.

제 4장
사이언스 게재 논문

1. Science 게재 논문

A. 2004년 Science 게재 논문

황우석 교수를 비롯한 한미 공동 연구진이 사람의 체세포와 난자만
으로 배아(胚芽) 줄기세포를 만드는 데 성공했다. 그동안 동물의 난자
에 인간의 체세포를 주입해 줄기세포를 만들고 이를 특정 세포로 분화
시킨 적은 있으나 사람의 난자와 체세포를 통해 줄기세포를 만들어 신
경세포로 분화한 것은 역사적으로 처음인데, 이는 18세기 영국의 산업
혁명을 능가하는 21세기 생명공학의 혁명의 시발점이 된 것이다.

서울대 황우석 · 문신용 교수팀은 미국 피츠버그대 연구진과 공동
으로 체세포를 복제한 배아를 이용해 인간배아 줄기세포를 만드는 데
성공, 제반 기술과 복제된 인간배아 줄기세포에 대해 국제특허를 출
원했다.

줄기세포는 인체내에 있는 모든 세포나 조직을 만들어내는 기본세포로, 크게 배아줄기세포와 성체줄기세포로 나뉜다.

연구팀은 공여받은 총 242개의 정상 난자에서 핵을 빼낸 뒤 난자 제공자와 같은 사람의 체세포를 난자에 주입, 핵이식 난자를 만들어 전기자극을 통해 세포융합을 유도했다.

이 과정에서 연구팀은 배반포(100개 정도의 세포를 갖고 있는 초기 단계의 배) 30개를 얻었고, 이 가운데 최종적으로 1개의 인간배아 줄기세포를 만들었다. 1번 줄기세포주 수립한 사람은 박을순 연구원이다.

황우석 교수는 "완성된 복제배아 줄기세포를 분자생물학기법으로 조사한 결과 체세포 공여자와 복제배아 줄기세포의 유전자가 일치함을 입증했다"며 "이는 인간을 포함한 영장류에서 복제배아 줄기세포를 만들 수 없다는 미국의 도척 섀튼교수 등의 통설을 뒤집는 것"이라고 말했다.

이에 따라 앞으로 복제배아 줄기세포를 특정 세포로 분화, 체내에 주입할 경우 파킨슨병, 뇌졸증, 뇌척수손상, 당뇨병 등 전세계 1천여만명의 난치질환 치료에 활용할 수 있다.

이른바 서울대 조사위가 최종발표때 처녀생식이라고 하여, 섀튼이 황우석 교수 특허권을 뺏아가는데 도움을 줬으나, 황우석 교수의 변호인 이건행 변호사는 "유전자 각인검사(imprinting analysis)에서 모계는 물론 부계인자가 나와 처녀생식이 아니고, 탈핵사진 테라토마사진 등이있어 특허권 방어에 큰 문제점은 없다."고 밝혔다.

한편, 황우석 교수팀의 김수 연구원은 2006년 2월 22일 한국 불교

역사문화기념관 강연에서 "1번 줄기세포는 박을순 연구원이 핵치환에 의해 수립한 환자 맞춤형 줄기세포다"라고 말하고 2005년 사이언스 논문작성을 위해 72개의 배반포를 수립하여 미즈메디 병원 연구팀에 제공했고, 미즈메디 연구팀에서 체세포 복제 줄기세포주 확립을 시도 안했는지, 시도했는데도 줄기세포주를 확립하지 못했는지를 확언할 수 없다"고 덧붙였다.

서울대 수의대 강성근교수도 검찰조사에서 200번 이상 실험한 결과 NT-1은 처녀생식이 아니라, 각인 검사결과 체세포복제 줄기세포라고 말했다. 또한 처녀생식의 전문가요, 2004년 사이언스논문의 공동저자인 호세시벨리 박사도 처녀생식이 아니라고 했으며, 김대용교수도 황교수 줄기세포는 외배엽에 테라토마까지 형성됐으며 2004년 논문의 줄기세포는 현존한다고 말했다. 서울대 조사위원인 연세대의 정인권교수도 NT-1이 처녀생식이 아니라고 종전 입장을 바꿨다.

B. 2005년 Science 게재 논문

황우석 교수 연구연합팀의 환자 맞춤형 복제 인간배아줄기세포 추출 성공은 지난해 인간 최초 배아복제 줄기세포 추출에 이어 두 번째로 세계를 깜짝 놀라게 하는 연구 성과로 평가되었다. 황 교수팀은 연령과 성별에 관계없이 환자의 체세포를 건강한 여성의 난자와 결합시켜 배아줄기세포를 추출하는 데 성공함으로써 줄기세포를 활용해 난치병을 치료하는 데 크게 한걸음 더 나아갔다. 그것은 환자맞춤형이라는 것과 줄기세포주 수립률 향상에 의의가 컸다.

◆환자 맞춤형 복제 배아줄기세포 추출 : 무엇보다도 이 연구 성과의 가장 큰 의미는 난치병 환자를 치료할 수 있는 배아줄기세포를 확립했다는 점을 꼽을 수 있고 실용화 할 수 있게 되었다는 것이다.

연구팀은 척수환자 등에게서 추출한 체세포와 난자 공여자의 난자와 결합해 11개의 배아복제 줄기세포주를 생산하는 데 성공했다.

미국 타임지가 황우석 박사의 복제개 스너피를 2005년의 가장 위대한 발명품으로 선정했습니다.(2006. 1. 28일자)

2006년 3월 8일자 네이처지
이례적으로 네이처에서 복제개 스너피를 재검증 세계최초 한국에서 연구복제된 복제개임을 인증 하였습니다

이는 타인 체세포가 아닌 환자 자신의 체세포를 이용함으로써 분화된 세포 조직을 환자 몸에 이식할 때 면역 거부반응이라는 걸림돌을 피할 수 있다는 것을 의미한다. 실제로 이 연구에서는 난치병환자의 체세포를 이용해 줄기세포 배양에 성공했다.

이런 측면에서 사이언스지도 황교수의 연구를 '획기적인 연구성과(Break-through)'라고 높이 평가했다.

과학자들은 파킨슨씨병, 뇌졸증, 치매, 뇌척수 손상, 관절염, 당뇨병 등에 배아줄기세포를 적용할 경우 체내의 손상된 세포를 대체할 수 있을 것으로 내다봤다.

◆**배아복제 줄기세포 추출 결정판** : 줄기세포를 이용해 난치병을 치료하기 위해서는 환자의 체세포를 이용해야 한다. 그런 측면에서 타인의 체세포와 난자를 이용해 복제 배아줄기세포를 생산하는 것은 연구팀의 원래 목표였다.

황우석 교수는 "지난해 연구에서도 타인의 체세포와 건강한 여성의 난자를 이용해 복제배아 줄기세포를 추출하려 했으나 실패했다"며 "이번 연구는 배아복제 줄기세포 추출의 완성편" 이라 말하고, "체세포 복제 배아줄기세포를 쉽게 만들 수 있는 기술을 보여줬다"는 점에서도 높은 평가를 받고 있다고 전했다.

2004년 사이언스 논문에서 황교수 팀은 당시 10여명(?)의 난자공여자로부터 얻은 총242개의 정상난자에서 30개의 배반포배아를 얻은 뒤 최종적으로 1개의 인간배아줄기세포를 확립했다고 논문에 보고했다. 2005년 사이언스 논문에서 황교수 팀은 총 18명의 난자 공여자로부터 얻은 총 185개의 정상 난자에서 101개의 배반포 배아를 얻은 뒤 최종적으로 11개의 환자맞춤형 배아줄기세포를 확립했다고 논문에 보고했다.

서울대 연구팀은 2004년 30/242의 비율로 배반포 배아를 얻어냈고 (12.3%) 2005년 31/185의 비율로 배반포 배아를 얻어냈다.(16.7%)

반면 미즈메디 연구팀은 2004년 1/30의 비율로 줄기세포를 확립했고(3%) 2005년 11/31의 비율로 줄기세포를 확립했다.(35%)

◆**난치병 실용화에 한걸음 근접** : 사이언스지는 이번에 생산한 11개 복제배아 줄기세포주는 줄기세포를 분화시켜 파킨슨병이나 당뇨병 환

자의 장기를 교체해 치료하는 데 한걸음 다가서게 됐다고 평가했다.

황윤영 한양대 산부인과 교수도 "이번 연구의 의미는 지난해 발표한 내용보다 한걸음 더 진보한 것"이라고 평가했다. 또 황우석 교수는 "이번 경우는 환자 몸에서 직접 체세포를 뽑아 복제배아 줄기세포를 만드는 데 성공한 것"이라고 말했다.

그는 이어 체세포복제 줄기세포를 이용한 치료에 보다 가까워진 것을 의미한다고 언급했다.

다만 줄기세포 전문가 자격이 없는 이른바 서울대 조사위 결과 발표로 많은 혼란을 주었다.

2005년 Science 게재 논문은 먼저 Science측에서 논문제공을 요청했고, 직접 논문을 모두 작성한 섀튼이 중복된 사진을 보내는 등 덫을 놓았고, 일부 사진이 다른사람걸로 둔갑했으며, 줄기세포주 11개가 확립되었다고 했으나, 실제는 8개가 형성되고, 3개는 형성중이었는데, 황교수는 논문제출을 11개 확립후로 하자고 했으나, 섀튼이 그냥 하자고 우겨서 그에 따른바, 이것이 결정적인 덫이 된 것이다. 2005년 Science논문에 모든 책임이 있는 섀튼은 피츠버그대 조사위에서는 그냥 "공저자"일뿐이라고 말하여 발뺌하고, 피츠버그대도 그냥 넘어가 서울대 조사위와 대조를 이뤘다.

2. 체세포유래 배아복제 줄기세포 특허권

황우석교수연합팀 사건 즉 덫에 걸린 황우석 사건의 핵심문제는 체세포유래 배아복제 줄기세포관련 특허권이다.

이는 21세기 산업의 중추가 될 BINEC(BT.IT.NT.ET.CT) 산업중에서도 BT(Biotechnology)산업이 21세기 세계경제를 주도하는 사업이 될 뿐만 아니라 연간 약 300조원 이상의 이익을 창출할 수 있기 때문이다.

그래서 기술패권주의 국가 미국의 유태계 미국인 섀튼이 교묘한 방법을 써서 특허권을 강탈하려는 것에 문제의 초점이 있다.

섀튼은 황교수의 개발정보에 의하여 급하게 자신의 특허내용을 수정보완하거나, 기술내용의 요지변경을 하거나, 새 아이디어로 황교수의 핵치환 후에 난자를 분열시키기 위한 DC 전압 펄스와 같은 역할을 하게 하는 것 등 여러 가지 교활한 방법을 쓰고, 황교수의 쥐어짜기 기술(스퀴즈기법)도 자신의 특허 내용에 포함시켰다.

섀튼 보정특허의 체세포핵이식기법은 탈핵난자에 체세포를 넣고, 중심체 성분(Centrosomic Compouent)을 흡입하는 방식이다.

황우석교수의 특허내용, 섀튼의 특허신청내용, 노성일의 특허신청내용 등을 비교하여 살펴보고, 황우석교수 특허권 수호를 위한 유불리와 대책 등을 알아본다.

황우석교수의 배아복제줄기세포 원천기술에 해당하는 2004년 논문관련 국내특허출원은 2003년 12월 30일로서 PCT(Pantent

Cooperation Treaty : 특허협력조약) 국제출원 우선권(Priority)을 가지며, 2004년 12월 30일 국제출원이 이루어졌다. 국제특허권부여는 최초출원일부터 30개월이내에 특허출원국가별로 별도의 국내단계 절차를 밟아야 한다.

황교수 특허의 각국 국내진입 마감일은 서기 2006년 6월 30일이다.

이에 비하여 새튼은 2003년 4월 동물 및 영장류 특허 가출원이 있었고(우선권 주장), 2004년 4월 9일 보정, 2004년 10월 28일 영장류에 인간포함 보정, 2004년 12월 29일 보정과 2006년 1월 18일 유럽특허 출원이 공개되었다.

한편 국내에서는 미즈메디병원 노성일 원장이 2003년 12월 30일 체세포 복제 배아줄기세포주 PCT특허를 등록한 바, 황우석교수 특허내용과 동일하다.

박을순 연구원의 지도교수인 서울대 임정묵 교수 연구과제에도 '체세포 복제 줄기세포주 확립을 통한 생산기술 확립'이 들어있고, 서울대 세연단(단장. 문신용)산하 마크로젠 박광욱 박사가 진행하고 있는 '형질전환 복제 돼지'는 황우석 교수의 '무균미니돼지'와 경쟁관계에 있는 등 국내경쟁관계도 만만치 않다.

황우석교수와 새튼교수의 국제특허 경쟁에서 황교수에게 불리한 점과 유리한 점을 끝으로 살피기로 한다.

황우석교수의 2004년도 국제특허 PCT 주요 내용은 다음과 같다.

1) 인간 체세포 핵을 탈핵된 난자로 이식하여 형성된 핵이식 난자로부터 유래한 배아줄기세포주.

(2) 제1항에 있어서, 세포주는 기탁번호 KCLRF-BP-00092로 기탁된 배아줄기세포주.

(3) 아래 단계를 포함하는 배아줄기 세포주의 제조방법.

(i)핵 공여세포를 제조하기 위하여 인간 체세포를 배양하는 단계;

(ii)수핵난자를 제조하기 위하여 인간난자를 탈핵하는 단계;

(iii)핵 공여 세포의 핵을 수핵난자에 이식하고 핵 공여 세포와 수핵난자를 융합시킴에 의하여 핵 이식 난자를 제조하는 단계;

(iv)핵 이식 난자를 리프로그래밍 시간을 거친 다음 활성화하고 배반포를 형성하도록 체외 배양하는 단계;

(v)배반포로부터 내부세포물질(ICMs)을 분리하고 이를 미분화 상태가 유지되도록 배양하여 배아줄기세포주를 확립하는 단계.

(4) 제3항에 있어서, 배아줄기세포주는 기탁번호 KCLRF-BP-00092로 기탁된 배아줄기세포주인 배아줄기세포주의 제조방법.

(5) 제3항에 있어서, (iv)단계의 리프로그래밍 단계는 20시간 이상 행하여지는 배아줄기세포주의 제조방법.

(6) 제3항에 있어서, (iv)단계의 리프로그래밍 단계는 6시간 이상 행하여지는 배아줄기세포주의 제조방법.

(7) 제3항에 있어서, (iv)단계의 리프로그래밍 단계는 3시간 이상 행하여지는 배아줄기세포주의 제조방법.

(8) 제3항에 있어서, (iv)단계의 리프로그래밍 단계는 약 2시간 정도 행하여지는 배아줄기세포주의 제조방법.

(9) 제3항에 있어서, (iv)단계의 활성화 단계는 핵 이식 난자를 칼슘

이온 운반체로 처리한 다음 6-디메틸아미노퓨린(DMAP)을 처리하는 배아줄기세포주의 제조방법.

(10) 제9항에 있어서, 칼슘이온 운반체의 농도가 5 내지 15 마이크로 몰인 배아줄기세포주의 제조방법.

(11) 제9항에 있어서, 칼슘이온 운반체의 농도가 약 10 마이크로몰인 배아줄기세포주의 제조방법.

(12) 제9항에 있어서, 6-디메틸아미노퓨린(DMAP)의 농도가 1.5 내지 2.5 밀리몰인 배아줄기세포주의 제조방법.

(13) 제9항에 있어서, 6-디메틸아미노퓨린(DMAP)의 농도가 2.0 밀리몰인 배아줄기세포주의 제조방법.

(14) 제3항에 있어서, (iv)단계의 체외 배양은 서로 다른 조성의 적어도 두 배지에서 연속적으로 배양이 이루어지는 배아줄기세포주의 제조방법.

(15) 제3항에 있어서, (iv)단계의 체외 배양은 서로 다른 조성의 두 배지에서 연속적으로 배양이 이루어지는 배아줄기세포주의 제조방법.

(16) 제3항에 있어서, 체외 배양은 G1.2배지와 SNUnt-2배지에서 이루어지는 배아줄기세포주의 제조방법.

(16) 제3항에 있어서, 체외 배양은 G1.2배지와 SNUnt-2배지에서 이루어지는 배아줄기세포주의 제조방법.

(17) 제3항에 있어서, (iv)단계는 20시간 이상의 핵 이식 난자의 리프로그래밍을 거치고, 5 내지 15 마이크로몰 농도의 칼슘이온 운반체로 처리한 다음 1.5 내지 2.5 밀리몰 농도의 6-디메틸아미노퓨린(DMAP)

으로 처리하고, 체외에서 G1.2 배지와 SNUnt-2 배지로 핵 이식 난자를 배양하는 배아줄기세포주의 제조방법.

(18) 제3항에 있어서, (v)단계에서 배반포로부터 내부세포물질을 분리하는 단계는 아래의 단계를 포함하는 배아줄기세포주의 제조방법.

(i)배반포로부터 투명대 또는 그 일부를 제거하는 단계 및

(ii)영양막 세포를 제거하고 내부세포물질을 분리하는 단계

(19) 제3항에 있어서, 단계(v)의 내부세포물질 배양이 제1항 기재의 배아줄기세포주로부터 분화된 세포를 포함하는 배아줄기세포주의 제조방법.

(20) 인간 체세포의 핵을 탈핵된 난자에 이식함으로써 제조되는 핵 이식 난자로부터 유래되는 배아줄기세포주로부터 분화된 신경세포.

(21) 제20항의 신경세포는 기탁번호 KCLRF-BP-00092로 기탁된 배아줄기세포주인 신경세포.

(22) 아래 단계를 포함하는 제20항 기재의 신경세포의 제조방법.

(i)배아줄기세포주를 배양하여 배아체를 형성하는 단계;

(ii)배아체를 신경세포로 분화시키기 위하여 적절한 시약의

존재하에서 배아체를 배양하는 단계;

(iii) 신경세포 마커를 발현하는 세포를 선별하고 신경세포를 얻기 위하여 선별된 세포를 배양하는 단계

(23) 제22항에 있어서, 배아줄기세포주는 기탁번호 KCLRF-BP-00092로 기탁된 배아줄기세포주인 신경세포의 제조방법.

(24) 제22항에 있어서, (ii)단계의 시약은 retinoic acid, ascorbic

acid, nicotinamide, N-2 supplement, B-27 supplement 및 insulin, transferrin, sodium selenite, fibronectin의 혼합물인 신경 세포의 제조방법.

(25) 아래 조성의 제3항의 (iv)단계의 체외 배양을 수행하기 위한 배지.

95 내지 110 밀리몰의 NaCl; 7.0 내지 7.5 밀리몰의 KCl; 20 내지 30밀리몰의 NaHCO3; 1.0 내지 1.5 밀리몰의 NaH2PO4; 3 내지 8 밀리몰의 Na-락테이트; 1.5 내지 2.0 밀리몰의 CaCl2.2H2O; 0.3 내지 0.8 밀리몰의 MgCl2.6H2O; 0.2 내지 0.4 밀리몰의 Na-피루베이트; 1.2 내지 1.7 밀리몰의 프룩토스; 6 내지 10mg/mℓ의 HSA; 0.7 내지 0.8 ㎍/mℓ의 가나마이신; 1.5 내지 3%의 필수 아미노산; 0.5 내지 1.5%의 비필수아미노산; 0.7 내지 1.2 밀리몰의 L-글루타민; 0.3 내지 0.7%의 ITS.

(26) 하기 조성을 함유하는 제25항 기재의 배지.

99.1 내지 106 밀리몰의 NaCl; 7.2 밀리몰의 KCl; 25 밀리몰의 NaHCO3; 1.2 밀리몰의 NaH2PO4; 5 밀리몰의 Na-락테이트; 1.7 밀리몰의 CaCl2.2H2O; 0.5 밀리몰의 MgCl2.6H2O; 0.3 밀리몰의 Na-피루베이트; 1.5 밀리몰의 프룩토스; 8mg/mℓ의 HSA; 0.75㎍/mℓ의 가나마이신; 2%의 필수 아미노산; 1%의 비필수아미노산; 1 밀리몰의 L-글루타민; 0.5%의 ITS.

■섀튼의 2004년도 특허 내용

이 특허의 특허청구범위(claims)는 84개이고 크게 세부분으로 나뉘어 있는데

1. 난자에 핵 등을 집어넣고, 배아로 만든 뒤, 자궁에 착상시켜 복제 동물을 만드는 것 (1~27)

2. 난자에 핵 등을 집어넣고, 배아를 만든 뒤, 할구를 꺼낸 뒤 줄기세포를 만드는 것(28~49)

3. 난자에 핵 등을 집어넣고, 배아를 만든 뒤, 난소관에 넣는 것 (50~84)

여기서 황 교수 특허와 관련이 있는 것은 2.이다.

그림 2.를 보다 상세히 살펴보면,

1) 특정 질병과 관련된 핵을 집어넣는 것 (29~31)

2) 핵치환 과정, 핵치환 후 전핵 제거 과정, 핵치환 후 이중핵치환을 하는 과정 (32~34)

3) meiotic spindle collapse 수행 과정 (35)

4) 난구질 추가 과정 (36~38)

5) 핵과 같이 넣는 물질의 하나인, 정자 중심체에서 흔히 발현되는 중심체 (39)

6) 핵과 같이 넣는 물질의 하나인, mitotic motor 단백질(특히 kinesin)이나 중심체 단백질(특히 NuMa) (40~43)

7) 영장류 배아줄기세포, 유전자 조작 영장류 배아줄기세포 (44~46)

8) 인간 질병 치료를 위해 쓰이는 배아줄기세포 (47~49)

여기서 황 교수 특허와 관련이 있는 것은 2)의 핵치환 과정이다. 이로써 나온 7), 8)도 관련 있지만, 이건 결과물에 대한 특허이니까 넘어가고, 그리고 이 핵치환 과정이 황 교수 특허와 중복되느냐가 문제가 된다.

■새튼의 유럽 특허 내용

유럽에 신청한 특허 내용을 보니 방추체 결함을 극복한 기술이라며 신청했다. 그것 때문에 영장류 복제가 안 된다고 사이언스에 글 쓴 사람이다. 이것을 극복한 것이 황 박사팀의 쥐어짜기 기술이고 이것 때문에 2004년 12월 영장류 복제에 성공해서 논문도 쓰게 된다. 인터뷰에서도 황우석교수에 의해서 극복했다고 말했다. 그런데 유럽에 신청한 특허에 자신의 기술로 이런 방추체 결함을 극복한 것으로 했다.

■ 황우석교수가 특허출원이 불리한 점 ■

① 국내의 문신용, 노성일 등이 비밀사무소를 차려놓고 경쟁하는 점 등 국내기득권 세력의 방해

② 섀튼의 최초출원일이 황교수보다 앞선다. (단, 인간제외문제 있음)

③ 섀튼이 2006년 1월 20일 특허신청에는 배아복제방법 대상에 인간도 포함된다.

④ 서울대 조사위의 2004년도 논문의 배아 줄기세포가 우연성에 의한 처녀생식으로 결론 내림으로서, 특허권 무효화의 원흉이 됨

⑤ 서울대 산학협력재단의 국제특허출원내용이 너무 빈약하고, 약점이 많다.

⑥ 서울대 정운찬 총장이 특허신청 취하를 언급함.

⑦ 미국에서 특허취득에 있어서 가장 중요한 것은 증거와 재현인데, 섀튼은 가능한 상태이고, 황교수의 증거는 처녀생식으로 날아가 버리고, 위헌적으로 학문의 자유를 막아 서울대나 정부는 황교수에게 재연기회를 원천적으로 봉쇄하고 있음.

⑧ 미국에서 특허소송을 할 경우, 천문학적 비용이 들고, 소송에서 이겨도 섀튼이 공동 특허자 자격취득 가능성 있음.

⑨ 섀튼과의 특허분쟁이 미국일 때, 한국의 변호사나 변리사들이 미국특허정보에 어두운 점.

■ 황우석교수가 특허출원이 유리한 점 ■

① 미국특허제도는 선출원주의가 아니고 선발명주의이다.

② 섀튼의 특허명세서는 발명의 목적 구성, 효과를 상세하게 기재해야 하는데, 그 요건을 충족하지 못함.

요점은 체세포가 핵제거 된 체세포 내에 주입되고, 여기에 전기를 가해 난자를 활성화시키면(activate), 이 난자가 분열을 시작하여 4세포기를 넘어 진행되면 그 내부에 세포내괴가 형성되고(여기까지가 배반포 형성 단계까지인 듯함), 이 세포내괴는 줄기세포를 포함하고 있다. 이 줄기세포를 추출하여 성장매체 내에 두면 줄기세포가 지속적으로 성장하여 수백만개의 줄기세포가 확립된다.

③ 검찰수사결과 2004년 배아줄기세포가 처녀생식이 아니라고 서울대 조사위 발표를 뒤집는 것

④ 섀튼이 2003년 4월 11일 사이언스에 영장류 복제 불가능이란 논문을 제출함.

⑤ 황우석 교수팀은 줄기세포에 있어서 원천기술을 갖고 있어, 훌륭한 변호사나 변리사를 통해 원천특허와 방어특허를 할 수 있음.

그 밖에 사태가 바뀌어서 미국이 이성을 되찾고, 섀튼의 수탈행위를 중지하게 하거나, 서울대 조사위가 공식적으로 처녀생식이 아니라고 발표하거나, 하는 것이 황교수에게 도움이 될 수 있다고 생각된다.

황우석팀이 노성일 쪽에 준 배반포 101개는 어디갔으며, 노성일이 2004년 12월 30일 특허출원한 줄기세포는 어디서 난 것이고, 문신용이 가진 줄기세포 36종은 어디서 난 것인가?

한편 황우석 교수의 변호인 이건행 변호사, 김순웅 변리사 등은 2006년 2월 13일 서울대 산학협력재단(이사장 정운찬)에 2004/5년 논문관련 줄기세포 특허출원권을 넘겨달라고 요청했다.

서울대 측이 특허출원을 취하하려면, 황우석교수의 동의를 받아야 한다. 반면 서울대 산학협력재단은 2월 3일 2005년 Science논문관련 줄기세포의 세계특허를 신청했다. 발명출원자는 황우석, 이병천, 강성근, 백선하, 이창규등 17명이다.

참고로 국제특허에 관한 특허협력조약 등을 알아본다.

1. 국제특허협력조약

국제출원이란 발명의 보호를 위하여 정하는 규정에 따라 제출되는 출원을 말한다.

종래에는 외국에서 발명을 보호받기 위해서는 각 국의 법규, 절차 및 언어가 상이함에도 불구하고 그 나라의 제도와 절차에 따라 특허출원 절차를 밟아야 했는데, 이러한 불편함을 해소하고자 국제적인 발명 보호의 간이화를 위한 목적으로 국제조약을 체결하였는 바, 이 조약이 특허협력조약(PCT)이다.

이 조약은 동일한 발명에 대해 다수국에서 특허를 받고자 하는 경우에 출원인의 과중한 부담 및 각국 특허청이 부담하는 중복된 심사상의 노력을 국제적 협력에 의해 경감하려는 것이 주된 목적이며, 부차적으로는 기술정보의 이용을 상호 촉진하며, 개발도상국에의 기술원조 등을 목적으로 하고 있다.

한편, 우리나라 특허청은 1999. 12. 1일자로 국제조사기관 및 국제예비심사기관의 업무를 수행하고 있으며, 국어에 의한 국제출원도 가능하게 되었다

2. PCT 국제출원제도의 의의

-해외에서 특허를 받는 방법 : 직접 해외에 출원하는 방법 또는 PCT 국제출원제도를 이용하는 방법

-PCT(특허협력조약 : Patent Cooperation Treaty) 국제출원제도란 특허협력조약에 가입한 나라간에 특허를 좀 더 쉽게 획득하기 위해 출원인이 자국 특허청에「출원하고자 하는 국가를 지정」하여 PCT국제출원서를 제출하면 바로 그 날을 각 지정국에 출원한 날로 인정받을 수 있는 제도

3. PCT 국제출원제도의 장점

-한번의 PCT 국제출원으로 다수의 가입국에 직접 출원한 효과

-국제조사 · 국제예비심사보고서의 활용으로 발명의 평가、보완 기

회를 갖을 수 있어 특허획득에유리

－국제조사 또는 국제예비심사의 결과가 부정적일 경우 더 이상의 절차를 진행하지 않음으로써 불필요한 비용의 지출 방지

4. 수리관청, 지정관청, 선택관청의 구분

－수리관청 : PCT 국제출원서를 접수받은 "한국특허청"

－지정관청 : 출원인이 특허를 받고자 지정했던 "미국·일본·캐나다·중국·멕시코 특허청"

－선택관청 : 지정관청 중에서 특히 예비심사결과를 활용하고자 선택한 "미국、중국 특허청" (선택관청은 지정관청 중 전부 또는 일부만 선택 가능)

5. PCT 국제출원 언어

1) 한국이 국제조사업무 개시(99년 12월 1일)

－국어(단, Request는 반드시 영어) 또는 영어

－국어출원 후 우선일로부터 16개월까지 반드시 영어로 된 공개용 번역문 제출

2) 외국어에 의한 국제출원

－발명에 대한 명세서 및 청구의 범위가 국어로 작성되지 않은 경우를 외국어에 의한 국제출원이라 하며, 우리나라 특허청에 국제출원을 하고자 하는 경우에는 그 외국어는 영어이어야 한다.

－만일, 외국어에 의한 국제출원을 한 경우로서 그 지정국에 한국을

포함하고 있는 경우에는 국내서 면제출기간 내에 국어로 작성된 번역문을 제출하여야 한다. 이는 우리나라 특허청에서는 번역문을 기준으로 심사를 행하기 때문에 별도로 요구하고 있는 것으로서, 만일 우리나라 특허청에 법정기간 내에 번역문을 제출하지 아니하면, 그 국제출원은 취하된 것으로 간주하기 때문에 번역문 제출에 각별한 주의가 요망된다

3) 국어에 의한 국제출원

우리나라 특허청이 국제조사기관 및 국제예비심사기관으로서의 업무를 수행함과 동시에 국어에 의한 국제출원이 가능해졌으며, 명세서 및 청구의 범위를 국어로 작성함으로써 국어를 사용하고 있는 내국인에 의한 국제출원이 증가할 것으로 보여진다.

이러한, 국어에 의한 국제출원의 경우에 지정국에 한국을 포함하는 경우에는 국내단계로 진입한 후에는 번역문을 제출할 필요가 없는 장점을 가지며, 한국을 제외한 각 지정국이 요구하는 언어로 작성된 외국어 번역문의 제출을 기준일로부터 최소 20개월, 최장 30개월까지 유예시킬 수 있으므로, 국제출원관련 초기비용을 절감시킬 수 있는 효과가 있다.

4) 국제단계와 국내단계

각 지정국에 대한 번역문제출 시점을 전후로 국제단계(일률적으로 진행)와 국내단계(지정국 각각의 국내법에 의해 진행)로 구분

제 5장
MBC PD수첩과 KBS 추적60분

황우석교수를 사회적으로 죽이는 일에 맨 처음 나선곳은 표면적으로는 문화방송(MBC) PD수첩팀이다.

황우석교수연합팀의 2005년 사이언스 논문의 과장을 밝혀내는 긍정평가도 일부 있으나, 부정적인 평가는 얼이 간 얼간이 횡포언론으로 빈대잡기위해 초가삼간을 태워버렸기 때문이다. 그들은 진실을 찾아 자유롭게 방송할 수 있으나, 공정한 방송으로 보도했다기 보다는, 미국이나 국내 기득권세력과 연결되어 황우석 교수만을 타켓으로 삼아 영혼이 맑고 큰 잘못이 없는 황우석교수를 끌어내려 연간 300조원의 국부를 망실하는 단초를 제공했다.그러고도 양심상 가책도 느끼지 않는지, 서울대조사위 최종발표날의 PD수첩은 가히 시체에 난도질 하는 형국으로 횡포언론의 전형이었다.

여기에 국민들이 MBC PD수첩은 폐지되어야하고, MBC는 자폭하라는 시위대의 요구가 나오는 소이가 있다.

인간에게는 늘상 지나친 욕심, 고정관념, 나쁜 습관 등이 문제인 것 같다. MBC는 처음에 난자 윤리문제로 황교수를 죽이려(?) 했지만, 그것이 안되자 2005년 Science지에 실린 논문을 가지고 다시 작업에 들어간 것으로 보인다. MBC의 최초 제보자는 문신용 교수, 그 다음 제보자는 류영준·이유진 부부인 것으로 알려졌다. MBC는 매스컴이어서 진실을 추구하는 것은 자유이나, 여러 가지 문제점을 지닌 것으로 보여진다. MBC는 방송법상 특혜를 많이 받고 있으나 감시가 없고, 노조활동은 당연한 일이지만, 사장도 노조 위원장 출신이고 PD수첩 책임PD도 노조위원장 출신으로 사실상 노조가 경영을 지배하는 문제, 언론이 권력기관화하여 계속 사건을 일으켜 2005년만 해도 일곱차례 사과 방송을 하는 등 관리가 제대로 안되는 문제, 기자로서의 수련을 하지 않은 PD가 종횡무진 취재하여 자의로 편집하는 PD 저널리즘의 문제, MBC의 재산적 이익과 어떤 숨은 의도를 가지고 마녀사냥식, 짜맞추기식 함정 취재를 하고 비전문가가 임의적인 잣대로 재검증 하겠다고 나서는 등의 오만한 문제, 게이트 키핑 능력이 없고, 황교수를 죽이러 왔다는 등의 말을 한 문제, 또 논문의 공동저자이며 동업자였다가 갑자기 황교수를 기급 공격하는 기자회견을 하여 국민을 혼란에 빠뜨리고 줄기세포를 바꿔치기나 섞어치기한 혐의를 받고 있는 미즈메디 병원 이사장인 노성일씨가 "MBC PD 수첩팀이 살려줬다."고 밝힌 바와 같이 이미 서로 연결되어 있었다는 점이다.

또 MBC는 사과방송 후 황교수에게 황우석 후원재단 설립을 제의하기도 한 바, 정말 검증받아야 할 곳은 황교수가 아니라 MBC이다.

PD수첩팀의 숨겨진 의도가 무엇인지는 명예훼손과 협박죄 및 업무 방해죄로 고소되어 있어 수사결과가 밝혀줄 것이다.

황우석 죽이기가 계속되어도 국민의 약 80%는 황교수를 믿는다고 여론조사에 나오는데(리얼미터 여론조사), 국민을 계도해야 할 언론들이 인류 1억명의 생명과 관계있고, 매년 300조원 이상의 부 창출을 타국에 뺏겼으면서도 그 덫에서 헤어나지 못하니 참으로 분통이 터지는 일이다. 소잃고 외양간 고치는 격이 되면 안된다.

한편 KBS 추적60분(담당PD. 문형렬)은 황우석교수의 줄기세포원천기술과 특허권 수호 문제를 비교적 진실하고 공정하게 다뤄 MBC PD수첩과 대조를 보이고자 했다.

MBC PD 수첩의 보도내용을 보면 대략 다음과 같다.

▣ MBC PD수첩

MBC PD수첩에서 촉발된 황우석교수 연구연합팀 의혹 관련 언론 보도는 PD수첩 제659회 (2005.11.22 방송) '황우석 신화의 난자 의혹' 으로 시작되었다. 당시 미국 피츠버그대학 섀튼 교수의 돌연한 결별 선언 (2005.11.17)에 곧바로 뒤이은 언론의 집중보도로서 사회적인 파장은 대단했다.

난자매매에 관련하여 미즈메디 병원이 포함되었다는 뉴스가 전해지면서, 황우석 교수팀의 연구에 사용된 난자의 출처를 밝히라는 요구가 높아진 것이다.

황우석 교수와 공동 연구를 진행해 오던 미국의 과학자 섀튼 박사마저 '난자 취득과정의 윤리적 의혹'을 들어 결별을 선언해, 의혹은 더욱 커졌다.

2004년 세계 최초로 체세포 핵이식을 통한 배아줄기세포 확립. 2005년 '맞춤형 배아줄기세포'라는 이름으로 환자 유래 체세포 핵이식 배아줄기세포를 만들어 내는 데 성공. 황우석 교수는 세계가 주목하는 국민적 영웅으로 떠올랐다.

하지만 한편에서는 황우석 교수팀의 연구에 의혹을 제기하는 목소리도 들렸다. 인간의 난자에 체세포 핵을 이식해 배아줄기세포를 추출하는 것이 핵심인 황우석 교수팀의 연구. 신선한 난자의 확보가 연구의 성패에 중요한 요인일 수밖에 없는데, 그 수많은 난자들을 황우석 교수팀은 어떻게 구했는가 하는 의혹이다.

황우석 교수는 자신의 연구에 매매된 난자는 결코 사용되지 않았다고 주장했다. 과연 사실일까?

PD 수첩팀은 취재 과정에서 황교수 팀이 사용한 난자와 관련한 중요 자료를 입수했다. 취재진은 이 자료를 단초로 추적한 결과 난자 제공자들과 직접 접촉할 수 있었다.

난자 제공 여성들은 모두 "난자 매매 업체의 알선으로 미즈메디 병원에서 난자 채취 수술을 받았다"고 증언했다. 150만원을 받고 난자를 팔았다는 한 여성은 "난자 채취 수술을 받기 전 난자가 불임부부들을 위해 쓰인다고 들었다"고 밝혀 난자 매매 과정에서도 정확한 정보가 여성들에게 전달되지 않았음을 드러냈다.

노성일 이사장은 '미즈메디 병원에서 매매된 난자를 채취해 황우석 교수에게 전달했다'고 시인했다. 난자 기증자들로부터 직접 받은 난자 기증 동의서도 꺼내 보여주었다. 그는 또 난자제공시점이 생명윤리 및 안전에 관한 법률이 시행되기 전이고, 난자 기증 동의서를 정확히 받았기 때문에 불법적인 것은 아니라는 입장이었다. 노이사장은 윤리적 문제에 대해 알고 있었으나 '국익'을 위해서 자신이 난자 제공 문제를 감당했다고 말했다.

MBC PD수첩팀은 황우석 교수를 만날 수 있었다. 황우석 교수는 "매매된 난자가 연구에 사용되었다는 사실을 몰랐다"고 해명했다.

또 하나 의혹으로 거론되는 것이 연구원의 난자 기증 의혹이다. 연구원이 난자 기증을 할 수 없다는 것은 실험윤리의 기본으로 통한다. 연구원이라는 지위가 연구 책임자의 지시를 거스르기 어렵고, 그 연구 성과로 연구원 자신이 이해 당사자가 될 수 있다는 이유에서다.

황우석 교수의 2004년 사이언스 발표 논문과 관련해서는, 논문이 발표될 당시 이미 연구원의 난자가 실험에 사용되었다는 의혹이 강하게 일었다. 논문이 발표된 직후, 저명한 과학지 네이처에서 이 문제를 지적하고 나온 것이다. 네이처는 '황우석 교수 연구팀의 한 여성 연구원과 인터뷰하는 과정에서 2명의 여성 연구원이 난자를 공여한 사실을 확인했으나, 그 연구원은 다음날 전화를 걸어와 영어가 서툴러 실언을 했다고 말을 바꿨'고 보도한 바 있다.

네이처의 시라노스키 기자를 만난 MBC PD수첩팀은 그로부터 자세한 당시의 정황을 들을 수 있었다. 그는 "자신과 전화 인터뷰했던 연구원이 병원의 이름까지도 정확히 얘기했다"고 말했다.

하지만 난자를 공여했다고 지목된 두 여성 연구원은 모두 대답을 회피한 채 "황우석 교수님께 물어보라"는 말만 되풀이했다.

황우석 교수팀 연구의 난자 관련 의혹이 불거지면서, 외국 언론들이 먼저 한국 정부와 황우석 교수팀에 '진상규명'을 요구하고 나섰다.

PD수첩은 황우석 교수 연구의 윤리성 심의를 담당했던 한양대 기관윤리위원회(IRB)의 승인 과정 역시 취재했다.

2005.11.21에는 미즈메디병원 노성일 이사장이 자청한 기자회견이 열렸으며, 그는 기자회견을 통해 보상금을 지급한 난자를 황우석 연구진에 제공했다는 내용을 시인하였다.

방송직후 MBC PD수첩은 인터넷을 중심으로 네티즌에게 엄청난 저항과 질책을 받게 되었으며, 11월 24일 황우석 교수는 연구원 난자기증에 모든 책임을 지고 모든 공직을 사퇴하겠다고 공식 발표했다. 더욱 거세어진 네티즌들의 항의로 인해 PD수첩은 모든 광고방송이 중단되는 초유의 사태가 발생하며, 당시 노무현 대통령의 'PD수첩 광고중단은 도가 지나치다'는 언급으로 상황은 발전하게 되었다.

2005년 12월 1일 PD수첩은 '취재수첩'을 공개하며, MBC 뉴스데스크를 통해 5개의 줄기세포중 2개가 환자의 DNA와 일치하지 않았다는 검사결과를 보도하고 황우석 교수팀에 공식적인 재검증을 요구하기에 이른다.

그러나 당시 12월 1일 황우석 교수팀의 안규리 서울대 의대 교수와 별도의 윤현수 한양대 의대 교수가 YTN 기자와 동행하여 미국으로 출국, 피츠버그대에 있는 김선종 연구원을 인터뷰하였고, 12월 4일 YTN은 김선종, 박동혁 연구원의 인터뷰를 방송하기에 이른다. 해당 방송은 MBC PD수첩의 취재 당시 회유와 협박, 강압적 분위기 속에서 거짓으로 증언을 했으며, 중대 증언은 없었다는 내용으로서 PD수첩의 비윤리적인 취재 행태를 강력히 비판하게 된다. 방송 직후 당일날 MBC는 뉴스데스크를 통해 PD수첩팀의 취재윤리 위반 행위를 시인하고 대국민 사과 발표 뒤 과학계가 나서서 관련의혹에 대한 재검증을 요청하기에 이른다. 이후 12월 9일경 MBC 임원 회의를 통해 PD수첩의 방송 잠정중단을 결정했다.

이후 크리스챤이 많고 문신용 계열이 많은 생물학연구정보센터(BRIC) 연구진들에 의한 줄기세포 사진에 대한 의혹 제기, 2005년 사이언스 논문의 DNA지문분석 결과가 실제 실험에서는 발생하기 어려울 정도의 정확도로 DNA핑거프린트가 일치한다는 지적, 사이언스지는 그간 황 교수 지지 입장에서 선회하여 황 교수와 섀튼 박사에게 논란이 되는 연구 결과를 재검토해 답변해 줄 것을 요구, 피츠버그대의 연구과정 조사를 위한 특별조사단 구성, 일본의 한 사이트에서 2005년 논문 중에서 3쌍의 줄기세포 사진이 중복된 것을 발견하고 이를 네티즌 연구자들이 BRIC에도 퍼와 급속히 확산되는 등의 일련의 사건들이 진행되게 된다.

12월 13일경 탈진으로 입원했었던 황우석교수가 퇴원하여 서울대 재검증을 위한 준비작업에 박차를 가할 즈음, PD수첩의 방송에 대한 지지의 여론도 다시 형성되기 시작하였으며, 12월 15일 PD수첩 661회 '특집, PD수첩은 왜 재검증을 요구했는가?'의 방송이 전파를 타게 된다. 해당방송은 황우석교수의 2004년 사이언스 논문게재시 금품제공 의혹 및 연구원난자 사용 의혹, 2005년 사이언스 논문조작의혹 등을 제보한 3명의 최초 제보자의 인터뷰와 함께 '논문의 주요저자들이 줄기세포를 보지 못했다', '특허출원을 위한 줄기세포 기탁이 없다', '줄기세포 사진을 부풀렸다는 연구원의 증언', '줄기세포 자체가 없다는 노성일 미즈메디병원 이사장의 인터뷰' 등이 방송된다.

이후 ACT사의 로버트 랜저 박사의 스너피에 대한 의혹제기, 노성일 이사장의 난자 1,200개 제공 주장 등의 보도가 끊임없이 터져 나오게 된다.

2006년 1월 3일 여론반전에 성공했다고 판단하는 MBC PD 수첩은 662회 '줄기세포의 신화와 진실' 편을 방송하게 된다.

'황우석 신화의 난자 의혹'과 특집 'PD수첩은 왜 재검증을 요구했는가'. 두 편의 방송을 통해 황우석 교수팀의 줄기세포 진위 여부에 가장 먼저 의혹을 제기했던 PD수첩이지만 방송 직후 여론의 강한 비난과, 취재윤리 위반이라는 돌이킬 수 없는 실수로 PD수첩은 방송을 중단해야 했다.

지난 두 편의 PD수첩 방송 내용이 일부 진실로 드러나는 가운데, PD수첩이 1월 3일 방송을 재개한다.

지난 11월 '황우석 신화의 난자 의혹' 방송 후 PD수첩이 새롭게 확보한 자료를 공개한다. 제작진이 최근 입수한 자료에 따르면, 황우석 교수의 2004년과 2005년 연구에는 86명의 여성으로부터 총 1천 6백여 개의 난자가 제공되어 사용된 것으로 확인됐다. 이들 중 난소 과자극 증후군을 경험했던 사람은 약 20%나 되었으며, 매매를 통해 난자를 제공한 여성 중에는 2회 이상 채취 수술을 받은 이가 10명에 이르렀다.

몇몇 언론에서 제기했던, '연구원 난자 기증에 황교수의 개입이 있었다'는 의혹도 이번 PD수첩 방송에서 보도된다.

2005년 6월 제보 게시판에 올라온 '황우석 교수 관련' 제보 한 장을 단초로, PD수첩 제작진은 '줄기세포의 진실'에 대한 취재를 시작했다. 7개월여 간에 걸친 취재기간동안 제작진은 공동 저자 등 관련자를 인터뷰하고, 줄기세포 분야 전문가들의 도움을 받아, 과학적 검증을 거듭하며 '황우석 교수 연구팀 줄기세포'의 진실을 밝히고자 노력했다.

PD수첩은 한 달간의 방송 중단이라는 초유의 사태를 겪었다. 방송 중단 사태는 진실을 규명하는 작업이 얼마나 지난한 것인지를 깨닫게 해 줌과 동시에 진실 규명 과정에서 윤리상의 실수를 저지를 경우 진실 그 자체가 실종될 수도 있다는 교훈을 주었다.

최승호CP는 이번 방송에서 다시 한 번 시청자들에게 윤리위반 문제를 사과했다.

해당 방송 이후 더욱 강력한 황우석 죽이기 관련 방송은 2006년 1월 10일 MBC PD수첩 663회 '황우석 신화, 어떻게 만들어졌나!' 를 통해 극에 이르게 된다. 해당연구에 대한 의혹뿐만 이아니라 황우석 교수의 전체 연구성과에 대한 의혹제기 및 언론플레이에 대한 지적, 황우석 교수 편에 섰다고 판단하는 상대 방송에 대한 비판등이 주요 초점이 되었다.

복제소 영롱이는 침체된 한국 축산계를 구할 구세주였고 황우석 교수는 국민의 희망으로 떠올랐다. 당시 황우석 교수는 "우리나라는 질 좋은 소고기를 대량 복제해 농가소득을 올리고 축산강국이 될 것"이라고 호언장담했고, 언론은 앞 다퉈 이를 보도했다.

그런데, 영롱이는 복제소인가? 유감스럽게도 영롱이가 복제소라는 증거는 어디에도 없다. 한국 최초의 복제소라는 금자탑에도 불구하고, 영롱이가 복제소라는 것을 입증할 논문은 전무하다. 이는 복제양 돌리의 경우, 돌리가 죽을 때까지 계속 논문이 나왔고, 국내 축산연구소 복제소 '새빛'도 '영롱'이보다 복제 시점이 늦었음에도 불구하고, 아시아 태평양 축산학회에까지 논문을 발표한 것에 비춰보면 이해가 가지 않는 대목이다.

"백두산 호랑이를 복제해 민족혼을 떨치겠다"며 국민을 놀라게 한 황우석 박사의 야심찬 계획은 새 천년을 앞두고 발표되었다. 〈멸종동물이 꿈틀꿈틀〉, 〈백두산 호랑이 내년쯤 어흥?〉이라는 기사가 대중에게 전파된다. 그러나 백두산 호랑이는 아직까지 무소식이다.

국가의 대대적인 지원이 이어진 광우병 내성소의 경우도 마찬가지였다. 〈광우병 안 걸리는 소 3년 내 탄생〉이라는 황우석 교수팀의 발표는 현재 광우병의 원인이 완전히 밝혀지지도 않은 상태에서 하나의 가설을 이용한 실험에 불과한 것이었다.

2만 달러 시대의 상징, 국부를 창출하는 과학자가 된 황우석 교수는 2004년 사이언스 논문과 줄기세포 연구로 난치병을 치료하는 국민적인 신(神)이 되어버린다.

YTN은 영롱이와 줄기세포에 대한 유전자 검사를 마치고도 보도를 하지 않은 것은 물론, 황우석 교수를 위한 '청부 취재'까지 감행했다. 그리고「PD수첩」과 취재원이 주고받은 개인적인 전자우편까지 확보한 YTN은 이 이메일을 황우석 교수팀에 건네주었다.

이후 2006년 1월 10일 서울대 조사위의 최종보고서 발표를 통해 사이언스 논문의 과장, 맞춤형 줄기세포가 없다는 내용 발표 등으로 황우석 교수의 입지는 더욱 좁아지게 되며, MBC PD수첩은 2006년 1월 17일 664회 '생명과학 위기를 넘어' 라는 방송을 통해 황우석 관련 보도를 마무리 하며, 과학계를 향해 뻗었던 비수를 거두어 들이고 아우르기를 시도하는 방송을 내보냈다.

1월 17일(화) 방송될「PD수첩」에서는 황우석 교수연합팀 논문 조작 사건으로 제기된 한국 과학계의 문제점들을 살펴보고 우리 연구문화와 시스템의 발전적 대안을 모색했다.

2005년, 정부는 '최고과학자' 라는 상을 만들어 내어 황우석 박사를 최고과학자로 선정하고 과기부에서 20억원을 지원했다. 이후 과기부는 10억 원이 모자라자 일반회계의 특별연구원 육성지원사업 예산을 돌려 연구비로 집행했다.

최근 문제가 된 국가생명윤리위원회와 IRB(기관윤리위원회)의 비윤리적인 작동 메커니즘을 통해, 과학을 위한 제도가 얼마나 임기응변식이었는지를 본다.

생물학전문연구정보센터(BRIC) 게시판에서 활동하며 논문조작의 결정적 증거를 잡아낸 젊은 과학자들을 보면서 우리는 아직도 한국 생명과학의 미래가 밝음을 지켜봤다.

또 가장 주목받고 있는 젊은 과학자들을 취재진이 직접 만났다. 바로 서울대 생명과학부 김빛내리 교수(35)이다. 세계 최초로 마이크로RNA에 관여하는 효소를 발견한 그녀는 지난2004년, 과학기술부가 선정한 '선도과학자'에도 선정되기도 해서 기대를 모으고 있다.

지난 1월 1일부로 계약만료로 인해 해고 통보를 받은 식약청 산하 연구기관의 200여 명의 비정규직 연구원들의 문제는 단적인 현실을 반영하는 것이다. 취재진은 대학 실험실의 연구원뿐만 아니라 국책 연구소의 연구원들도 직접 만나, 그들이 말하는 실험실 생활의 현실과 문제를 해결할 대안은 무엇인지 모색했다.

생명윤리는 최첨단을 걷는 과학에도 적용된다. 이제 우리는 사회적 토론까지 충분히 거친 후, 진정 무엇을 해야 할지 생각해봐야 할 때다. 또한 생명과학이 한국의 차세대 성장 동력이라는 말에 걸 맞는 제도와 대안을 새롭게 만들 때이다.

한편 한국언론재단과 한국방송학회가 2006. 2. 14 한국프레스센터에서 개최한 "황우석 사태와 언론보도"세미나에서 MBC와 연결된 프레시안 강양구 기자가 "황교수가 사기쳤다."고 근거없이 말하자, 청중들에게 망신을 당했고, MBC PD수첩 한학수PD가 참석하여 전혀 반성하는 빛 없이 "모든 언론인 반성하라"고 외쳐 비웃음을 자아내기도 했다.

한편 e-조은뉴스 이복재 기자는 2월 24일 서울대 제60회 학위수여식이 있는 날 MBC로고가 찍힌 업무용 노트가 발견된 화물트럭 운전자 이후용씨가 2개의 큰 확성기를 통해 "황우석 찢어 죽이자, 황우석 사기꾼, 구속시켜라" 등의 구호를 크게 방송했다고 보도했다.

▣ KBS 추적60분

KBS 추적60분의 "황우석 교수의 맞춤형 줄기세포와 특허권 문제" 프로를 만든 문형렬PD는 2006년 1월 10일 서울대 조사위 최종발표 기자회견장에 PD로서 유일하게 들어가, 정명희 위원장이 서울대 조사위 발표문과 다르게 "황우석 교수팀의 원천기술이 독창성이 없다"고 거짓 발언한데 대하여 쪽집게 질문을 하여 진실을 밝혀냄으로써 유명해졌다. 그래서 정위원장은 계속 거짓말을 해야 했다. "황교수팀의 원천기술은 국내 대학도 여러곳 보유하고 있다. 그 예는 영국의 뉴캐슬대다" 라고. 그런데도 KBS는 진실을 밝히는 이 프로를 오랫동안 이유없이 방송하지 않았다. 그래서 저자는 KBS 정연주 사장에게 다음과 같은 공개장을 보냈다.

KBS 정연주사장에게 보내는 공개장 - 고준환

정연주 KBS사장님, 안녕하십니까?

나는 고준환교수입니다.

정사장이 잘 알다싶이, 나는 지금 황우석교수 살리기 국민운동본부의 본부장을 맡고 있으며, 제87주년 3.1절에 발표한 한국과학주권선언문 33인의 대표입니다.

정사장은 나의 동아일보 후배기자이며, 군사독재시절부터 동아일보 백지광고사태를 거쳐 태어난 동아자유언론수호투쟁위원회위원을 30여년 함께 해온 동지로서, 또 정연주사장의 취임에 일조를 하고 크게 축하했던 사람입니다. 정사장과 나 사이에 무슨 얘기던 전화로 얘기해도 되겠지만, 특별한 사태가 발생했기에 공적으로 공개장을 보내게 됐음을 양지해주기 바랍니다.

그것은 정의감이 강하고 공정한 판단력을 가진 것으로 알려진 귀사의 문형렬 PD의 추적 60분 프로그램 즉 환자맞춤형 줄기세포와 황우석교수 특허권에 관련된 것입니다.

영혼이 맑고 성실한 세계제일의 생명공학자인 황우석교수를 사랑하고 지지하며 살리려는 국민들에게는 문형렬 PD와 동네수첩의 정의장, 딴지일보 총수 김어준, e-조은뉴스의 이복재 기자, 그리고 불초소생등을 언론인으로서 크게 평가하고 있습니다.

그것은 문형렬 PD가 언론인으로서 공정한 자세로 사기론과 음모론 어디에도 치우치지 않고, 「황우석교수연합팀사건」을 취재해왔기 때문입니다.

　　정사장도 잘 아시리라 생각합니다만, 요즘 KBS본사 정문앞에는 진실을 추구하고 나라를 사랑하는 애국어머니회등 많은 국민들이 날마다 모여 "문형렬 PD의 추적60분을 빨리 방송하라"고 데모를 하고 있습니다. 그것은 미국의 도척 섀튼을 앞세운 기술패권주의 국가 미국과 5개 국내기득권매국노 세력 등의 음모의 덫에 걸리어 황우석 교수가 사회적으로 죽어가고 있으며, 이로 인하여 황우석교수의 특허권을 뺏기면, 매년 약300조원의 천문학적 국부가 날아갈 위험에 있기 때문입니다.

　　KBS도 offline 언론이기에 지금까지는 5개 기득권매국노세력의 하나인 얼간이 횡포언론에 속한 것으로 알려졌습니다.

　　또 우리가 듣기에 문PD는 프로그램을 다 만들었는데, 기득권매국노세력에 속하는 일부 이사들과 청와대 눈치 등을 보느라고 정연주 사장이 막고 있는 것으로 알려졌습니다.

　　정연주 사장과 노무현 대통령은 자주적인 면에서 평가를 받고 있는 것으로 알고 있으므로 황교수 특허권을 사수해야 합니다. 그런데 이른바 서울대조사위의 엉터리 발표에 이은 검찰수사결과 발표가 곧 이어지겠지만, 그에 앞서 문PD의 추적 60분을 긴급히 방송함으로써, KBS가 국민의 진정한 공영방송으로서 민족 반역적인 기득권 매국노세력에서 벗어나는 계기를 삼고, MBC의 시청률을 확확실히 누르고, 정연주 사장도 압력에 굴하지 않는 올바른 저널리스트로 임기를 무사히 마치고 역사적 평가 받기를 간절히 바랍니다.

예전엔 복마전이라고도 불렸던 방대한 조직의 KBS를 개혁하고 관리하는데 내가 모르는 너무나 많은 고통이 있었을 것으로 짐작하지만, 천하대란의 문명사적 전화기에 올바른 처신을 함으로써 역사적 평가를 받는 인물이 되기를 진정바랍니다.

만일 그렇게 하지 않는다면, 민초들이 대지위의 들불처럼 일어나 KBS의 민영화, 수신료거부운동, KBS 자폭, 정연주사장 퇴진운동 (KBS 노조등)등이 일어날까 우려됩니다.

정연주 사장님 !

아무것도 아닌 선배기자의 충정을 받아 들여 허위 구조를 깨고 진실의 구조로 나아가는 역사적 고비에서 더 성숙하는 계기를 삼으시기 바랍니다.

정연주 사장이여! 잠에서 깨어나시오!

하여 황우석 교수 살리고, 나라를 살리소서.

끝으로 정사장님의 건강을 기원합니다.

2006.3.3 고준환

■황우석교수 살리기 국민운동본부 www.livehwang.com

• TEL : 02-390-5123
• 계좌번호 : 국민은행 011201-04-065240
　　　(예금주 : 고준환 / 황우석살리기국민운동)

• 출처 : 황우석교수 살리기 국민운동본부 원문보기　　　• 글쓴이 : 아하분다

hohorie	혹세우민하는 진중권 김영옥 더러븐 노나팔떼기들 개비씨.개연합.개마이.프레시안.깽향.한괴뢰.개한국.데일리서프.묵인과 동조하는 kbs 쓸어버리야 나라가 바로 섭니다 광고폐지운동 열심히 합시다 뿌리를 뽑아야...?	2006/03/03
차기식	추적 60 분을 조속히 방영하시되 , 지금까지 취재한 사실 그대로 하시기 바랍니다. 이미 우리 네티즌 들은 대강의 아웃라인 을 알고 있습니다 정중히 꾸벅?	2006/03/03
크로키	감사합니다~~?	2006/03/03
내일을 향해서...	추적60분 꼭좀 방영해주세요..kbs는 뭐가 무서워서 벌벌거리는지..?	2006/03/03
그림일기	좋은 게시물이네요. 스크랩 해갈게요~^^?	2006/03/03
뜨네기	KBS가 다음 집회장소가 되야하는 정확한 이유군요?	2006/03/03
뿌구리와딩미리	좋은 게시물이네요. 스크랩 해갈게요~^^?	2006/03/03
사랑해요황새알	눈팅대원 여러분 이글을 무제한 퍼날라 주세요 그런 운동하는 여러분들이 있어야 됩니다.집회 현장에 나가지 않는 나가지 못하는 여러분 이런 것이라도 해주셔야 합니다. 퍼나르기 운동 전개?	2006/03/03

송인1	고준환 교수님 진정으로 존경합니다. 교수님의 양심의 소리가 더욱 커야 합니다. 교수님께서 햐야할 사명이 바로 이런 성명서입니다. 그러면 모두가 잠에서 깨어 날것입니다. 교수님 건강하세요.?	2006/03/03
내일은 해	고교수님 건강하십시요^^?	2006/03/03
모메존	멋지시다! 서로 알고도 자신의 잇속대로 나서지 않는 이 사태에 분명하고도 명확한 제시를 언급하시는 고준환교수님... 같은 교수로서 교수랍시고 서울대조사위 엉터리 발표에 분노하여 지금까지 이곳 언저리에서 그리고 시위대에 참여하게 되어 지켜보는 중입니다. 모든 일이 명쾌하게 밝혀진다면 시민의 한사람으로 복귀?	2006/03/03
태양은다시뜬다	고준환 교수님 감사합니다.^^ kbs 정연주 사장은 하루빨리 추적 60분 을 방영하라. 어영부영 넘어갈 생각말고 확실하게 있는그데로 진실만을 방영하여 그동안 언론들의 횡포로 국민의 눈과 귀를 멀게한것을 하루빨리 속죄하는 뜻에서라도 진행 시켜라...?	2006/03/03
원산군	좋은 게시물이네요. 스크랩 해갈게요~^^?	2006/03/03
Cosmopolitan	이글 공지로 부탁합니다.?	2006/03/03
복본	고준환 교수님이 드디어 나서셨네요. 감사합니다. KBS 는 꼭 새겨 들으시길...?	2006/03/03
니들이진실을알...	역시 고준환 교수님은 대단하신 분이십니다~ 존경합니다~!! KBS 정연주 사장님도 꼭 정의로운 저널리스트임을 보여주시길 바랍니다~!!! 국민은 정의를 판단하고 정연주사장님을 존경하게 될 것입니다~!!!?	2006/03/03
albam	고준환 교수님! 적극 지지하고, 동참합니다...그리고, 진심으로 감사드립니다.?	2006/03/03
hangja	고준환 교수님 멋지십니다. 진심으로 감사드려요...?	2006/03/03
민인규	고준한 교수님 감사드립니다,,,?	2006/03/04

나의그대	고준환 교수님은 이나라를 위한 애국을 몸소 실천하고 계신분이시라 사료 됩니다 존경 합니다 ^^?	2006/03/04
虛風	정연주사장님 빨리 추적60분 방영해 주세요...?	2006/03/04
아니따	고준환교수님의 말씀에 동감하며 지지합니다~?	2006/03/04
들꽃화단	부탁드립니다!!!!??	2006/03/05
미카엘라	좋은 게시물이네요. 스크랩 해갈게요~^^??	2006/03/05
불타는하루反m...	원본 게시글에 꼬리말 인사를 남깁니다.??	12:30
물병자리25	헉..교수님..감사합니다..꾸벅.?	2006/03/03
황박사님의부활	교수님 감사드립니다...?	2006/03/03
석사모	아~~~교수님 고맙습니다.정말 고맙습니다.?	2006/03/03
예쁜유빈이	교수님..감사합니다...꾸벅.?	2006/03/03
이윤수	고맙습니다.?	2006/03/03
blackholl	좋은 게시물이네요. 스크랩 해갈게요~^^?	2006/03/03
수의대	대단하십니다.^^ 우리의 뜻과 마음이 합쳐져서 꼭 좋은 응답을 하실것입니다.^^ 정말 수고하셨습니다.?	2006/03/03
아멜리에&	교수님 감사드립니다.광화문에서 교수님 뒷 모습보고 어찌나 든든했는지요^^ 감사드립니다.?	2006/03/03
진실따라	감사드립니다?	2006/03/03
햇살미소	교수님!!! 교수님!! 감사합니다. 그리고 존경합니다!!!!?	2006/03/03
daram	으악! 교수님이닷. 감사합니다?	2006/03/03
borigongju	추적 60분 방영을 촉구해야 합니다....?	2006/03/03

들꽃미소	국민들은 진실한 보도 공정한 보도를 바라고 있습니다. 시청료내는거 아까워요. 제발 아깝다는 생각안들게 해주세요. 교수님 감사합니다.?	2006/03/03
마우리	고준환 교수님, 늘 감사드립니다. 건강 꼭 챙기십시요.?	2006/03/03
취한별똥별	아~ 교수님 !! 박사님 살리기에 전면적으로 나서시는군요. 고맙고 감사할 따름입니다.? 진정한 언론사로서 거듭나기를 함께 기원합니다. 교수님의 충정, 사람의 맛을 알게 하는군요. 머리숙여 〈고맙습니다〉?	2006/03/03
평촌생	화이팅,,,,,,,,,,,?	2006/03/03
참여합시다	감사합니다...고맙습니다..달리표현할길이 없습니다... 거듭 감사합니다...?	2006/03/03
묘각지	감사드립니다.?	2006/03/03
공정	감사합니다.?	2006/03/03
dsab	잘하셨습니다..?	2006/03/03
[3.1]올리...	고준환 교수님 감사합니다.?	2006/03/03
달과별	교수님같은분이 계시기에 얼마나 든든하고 다행인지 모릅니다.?	2006/03/03
시골 사랑	진실과 정의로 이나라를 사랑하시는 교수님 ~~ㅉㅉㅉ ㅉㅉㅉㅉㅉ?	2006/03/03
AgathaChristie	고준환교수님 감사드립니다..건강하세요!?	2006/03/03
감자구름	좋은 게시물이네요. 스크랩 해갈게요~^^?	2006/03/03
오태경	고준환교수님 감사합니다.?	2006/03/03
경진아	감사합니다.....교수님.?	2006/03/03

세실동네	급합니다. 추적60분 속히 방송돼야 합니다.검찰 수사 끝나고 나면 누구 하나 관심도 갖어주지 않을 것입니다. 지금이 아니면 추적60분은 방송될 기회가 사라지는 것입니다.조속한 시일 내에 방영되도록 압박을 가해야 합니다.?	2006/03/03
사랑해요황새알	읽어보시고 댓글도 좋지만요 무제한 퍼나르기가 더욱 좋은 것입니다?	2006/03/03
황박사님힘내세...	교수님 정말 감사합니다...너무나 든든합니다!! 추운날씨에 건강 조심하세요...?	2006/03/03
햇빛한줌	KBS 사장님...이 글 읽으시고..제발 마음을 결연히 하셔서...자랑스런 대한민국이 되도록....시청료가 아깝지 않도록 해주십시오...용기내어주신 교수님에게도 감사의 인사 올립니다...?	2006/03/03
mucho	역시 고준환 교수님이십니다. 정말 멋지십니다.?	2006/03/03
흐르는 옹달샘	교수님, 감사합니다. 저도 시청료 내기 아까울 때가 여러 번 있었답니다. 또 성.. 운운하지만 어떤 땐 방송이 더 앞장서서 부추긴다믄 느낌도 들고요. 드라마, 진행자들 옷차림 등.?	2006/03/03
내일을 향해서...	마져요......사장님 지발 맘좀 열고 넓게 보세요.....안그럼 시청료 안냅니다?	2006/03/03
질경이	kbs 사장님!!! 용기 있는 결단을 촉구합니다.?	2006/03/03
正人社會	한마디... 감사하며 정연주 사장님은 이글 보시고 반드시 방송을 하시기 바랍니다..고준환님 화이팅?	2006/03/03
오리데이	결단력을 보여주세요 KBS 한번 크게 움직여 보세요..?	2006/03/03
히말라야에 올...	원본 게시글에 꼬리말 인사를 남깁니다.?	2006/03/03
아량	감사합니다.?	2006/03/03

★쪽빛바다★	역시 고준환 교수님이십니다! 존경합니다! 정연주사장님! 후배를 사랑하는 선배교수님 말씀대로 추적60분 방송 결정어서 하세요!!!!!?	2006/03/03
pppo261	교수님 존경합니다^^ 당신에게 서 용기를 배웁니다!!!?	2006/03/03
反MBC 비비안	화이팅!?	2006/03/03
★blue★	감사합니다......^^?	2006/03/03
NiCE	원본 게시글에 꼬리말 인사를 남깁니다.?	2006/03/03
깊은샘3	kbs는 국민들의 세금으로 운영되니 만큼 조금의 사심도 없이 진실을 방송해야하는 의무가 있음을 명심하시길..?	2006/03/03
제임스본드	시원합니다~~ 이제 진정 반전이 시작되나 봅니다.?	2006/03/03
상은	감사합니다.?	2006/03/03
작동	감사합니다 ^^*?	2006/03/03
동하아빠	좋은 게시물이네요. 스크랩 해갈게요~^^?	2006/03/03
동하아빠	감사합니다....우리 모두 화팅...국영방송이 모하는 겨....?? 검찰도 권력앞에........ㅜㅜ?	2006/03/03
swyt	광화문 먼 발치에서 교수님의 모습을 몇차례뵈었습니다.. 진의를 가리기위해 노력하시는 교수님께 감동을 느끼며 감사드립니다..추적60분 언넝방송해주세요 제발 우리가 공영방송kbs를 믿고 사랑할수있도록 결단을 내려주세요 우린 다 대한민국 국민아닙니 ㄱ?	2006/03/03
아로마공주	좋은 게시물이네요. 스크랩 해갈게요~^^?	2006/03/04

186

한편 KBS 문형렬PD는 황우석 줄기세포 특허권 편 추적60분 프로가 다 제작됐으나, 윗선(이원균 제작부장, 정연주 사장)에서 외부 압력 등으로 방영을 무기한 연기하고 있다며, 빨리 방송해 달라고 요청했음을 이데일리 기자와의 인터뷰에서 말했다.

이 프로는 서울대 조사위원회의 발표와 달리 1번(NT-1)은 처녀 생식에 의한 것이 아니라, 체세포 복제 줄기세포라고 밝히고, 이의 근거로 유전자 각인검사와 전문가 인터뷰를 들었다.

또 서울의대 실력자요, 서울대 조사위 자문위원이었던 서정선 교수가 1번 줄기세포는 처녀생식이 아니라, 체세포 복제 줄기세포이며, 서울대 조사위 결론은 잘못이라고 강조했다.

섀튼의 특허권 **빼돌리기**도 밝힐 추적60분의 KBS 본사 앞에는 매일같이 황교수의 진실을 밝히는 추적60분 방영을 촉구하는 시위가 벌어지고 있다.

얼간이 MBC PD수첩과 이른바 서울대 조사위등이 조작한 형세를 반전시키는 계기가 된것이다.

KBS 〈추적 60분〉 방송촉구 집회현장

한편 4월 1일 오후부터 KBS 본관 앞에서 있은 추적 60분 조속방영을 위한 촛불집회문화제가 경찰과 대치된 가운데 4월 2일까지 이어졌다. 경찰은 평화집회

를 보장한다고 했으나 2일 오전 9시 갑자기 태도를 바꿔 이태영교수, 신상철교수등 72명을 연행하여, 서울시내 13개 서에서 조사하고 수사 중이다.

문형렬 PD는 4월 4일 KBS 이원군 제작본부장이 정당한 이유없이 〈추적 60분〉 방송불가 결정을 내리자 〈추적 60분〉을 인터넷 방송을 통하여 공개하였다.

제 6장
변심한 황금박쥐정권과 정치인들

박쥐는 새인지 쥐인지도 그 정체가 불명하다. 밤낮을 바꿔 사는데, 그 중에 제일 뛰어나 황금같은 박쥐가 황금박쥐이다. 황금박쥐는 천기와 지기등 풍토가 제일 뛰어난 한반도에만 서식한다.

그런데 황우석 교수가 국민적 영웅으로 떠오를 때 치켜세우고 아우성치던 노무현대통령을 비롯한 황우석 후원 국회의원모임등 정치인, 학자, 언론인, 경제인들은 황교수가 음모의 덫에 걸려 추락하는 때, 지금 어디서 무엇을 하고 있는가?

손바닥으로 하늘을 가리는데, 거의 모두가 하늘이 안보인다고 하는 격이다.

노무현 참여정부는 세계제일의 생명공학자 황우석 교수를 노무현 대통령이 직접 실험실로 방문하고, 국익을 위해 범정부적으로 자금지원하며 황우석 영웅만들기에 앞장서 왔다.

노무현정부에서 황우석 영웅만들기에 앞장서 온 대통령 참모 등의 모임을 통칭 황금박쥐라고 불렀다.

그것은 황우석의 황, 김병준 청와대 정책실장의 금(金,김), 박기영 청와대 과학기술 보좌관의 박, 진대제 정보통신부장관의 쥐(제의 비슷한 음을취임)를 따서 통칭한 것이다.

그런데 황우석교수와 끈끈한 관계를 가져오던 노무현 대통령과 그 세 참모가 어쩐일인지 몰라도 변심한 것이다.

청와대와 박기영 보좌관이 황 교수와 일정한 선긋기에 들어간 상황에서 삼성그룹 출신의 진대제 장관도 "최근 서로 일정이 바빠 언제 만났는지 기억도 안난다"며 "IT측면에서 바이오 활용에 대한 관심 때문에 맺어진 사이이지, 바이오산업 자체는 잘모른다"는 말로 슬그머니 빠지면서 거리를 뒀다. 「금박쥐」가 황을 떠난 것이다.

음모론자들은 황교수가 정부로부터 버림받은 것은 '북한 여성의 난자로 함께 실험을 하라'는 정부의 요구를 거절하면서부터 발생했다고 주장한다. 윤리문제 등을 들어 이를 거절한 황교수에게 '괘씸죄'가 적용됐을 것이란 얘기다. 때문에 정부도 황 교수와 사이가 나빠져 결국 일이 이지경에 이르렀다는 것이다.(12/25. 프런티어 타임스 참조)

어쨌든 노무현 정부가 왜 갑자기 변심했는지는 분명하지 않으나, 삼성그룹 압력설, 미국의 압력설, 그리스도교계 압력설, 심대평지사가 황박사 목축장에서 다음 대통령은 과학자가 돼야한다고 한 말이 괘씸죄가 됐다는 설, 국민 지지가 너무 낮아 미국지원 받아 정권을 재창출하겠다는 정권 재창출설, 그리고 앞에서 본바, 정부가 북한여성 난자 제공을 제의했으나, 황소고집의 황교수가 윤리문제를 들어 거절했다는 것 등이다.

줄기세포 연구와 함께 북한 여성 난자를 제공받고, 북한에 자금 지원하는 문제를 MBC출신의 정동영 통일부 장관이 노벨상 프로젝트로 북측대표와 상의한 바가 있는데, 이것이 무산됐다는 것이다. 지금 황교수가 죽어가는데 친구라고 하던 이해찬 국무총리나 정동영 장관과 노무현 대통령은 무엇을 하고 있는지 그 속을 모르겠다.

또한 제 1야당 당수인 한나라당 박근혜 양이 사학법 강경 원외투쟁을 강행하면서도 「덫에 걸린 황우석」사건을 전적으로 외면하는 것은 미국 등의 눈치를 보며 묵계에 의한 노무현정권에의 협조라는 시각도 있다.

「일요서울」(2005.12.25)은 국가 정보기관에 있는 A씨가 황교수팀 사건은 천문학적인 자금과 지분문제 등 당사자들의 이해가 얽힌 것이라고 말했다고 보도했다.

메트로 신문(2006.1.4)은 또 황교수팀 사건은 조지부시 미국대통령 때문이라고 보도했다.

그것은 부시 대통령이 줄기세포연구를 제한하자 인간복제 지지 정치세력과 언론들이 과열 경쟁 분위기를 만들었고, 미국이 줄기세포 첨단연구에서 한국보다 뒤처지게 됐으나, 미국의 적절한 줄기세포 연구지원만이 감시와 보호를 보장할 수 있다고 하는 디스카버리 재단의 W.J. 스미스 선임연구원등의 칼럼도 인용보도 했다. 조지 부시 미국대통령은 세계의 보안관 소리도 듣지만, UNICEF대사이기도 한 가수 벨라폰테의 말처럼, 특히 이슬람권으로부터 세계 최대 테러리스트란 소리도 듣는다.

또한 재미교포는 이와 관련하여 앞에서 본것처럼 BT산업이나 줄기세포 관련 산업에 있어서 한국은 황우석 교수가 있어서 미국, 영국, 일본, 중국, 인도보다 앞설 것이라는 포터 고스 미국CIA국장의 보고를 부시 대통령이 받고 논의했으며, 미 CIA 한국지사장 J.스미스가 황우석 죽이기에 앞장선 스티브 노를 포섭했다고 정치사이트 PPAN(2006.1.2)에 ID 역도산이 글을 올린바 있다.

「그림자 정부」의 보이지 않는 손의 하나로 유태계 미국인이며 키신저 록펠러 그룹 과학계 수장 거물이요 유태계 생명공학 마피아의 얼굴마담이 바로 제랄드 섀튼박사라고 알려졌다. 팍스 아메리카나 속 약소국의 설움이 솟는다.

정화대라고 밝힌 미국 유학생은 다음 카페에 약수라는 ID로 글을 올려 노성일·홍석현·문신용이 미국인맥이며, KCIA의 역할이 크다고 밝히기도 했다.

「덫에 걸린 황우석교수」사건의 정경유착적 관계에 대하여는 열린우리당 유승희 의원이 폴리뉴스와의 대담에서 "2005년 Science 논문조작사건에 삼성그룹 등 대기업이 개입하고, 단기차익을 노린 주가조작 가능성을 제기하면서, 정권차원의 조직적 개입이 있었다는 분석이 가능하다"고 말했다.

한나라당 원내총무 이재오 의원도 노무현정권이 황우석교수를 정치적으로 이용하면서(2004년 총선거에서 국회의원 전국구 1번 강권), 황교수팀의 논문진위논란에서도 노정권의 실세와 측근들이 황교수 죽이기 음모에 절묘하게 개입하여, 한편으로 정치적 입지를 강화하고, 다른 한편 권력형 큰 비리들을 대중의 관심에서 벗어나게 한 기획의 정황적 증거가 한둘이 아니라고 했다.

이 의원은 또 황교수 신화 만들기 과정에서 삼성, 메디포스트, RNL 바이오 등 특정세력과 정치권의 큰 손들이 이른바 황우석 테마주 등을 통하여 수백억원에 이르는 시세차익을 거둬 들였다고 말했다.

이에 특검과 국정조사를 해야 한다고 주장하면서, 황교수는 거대한 권력형 음모의 희생양일 가능성이 높다고 얘기 했다.

한편 일부 정치인들이 황우석 지지 발언을 하기는 했으나, 여 · 야 정치인 모두 떳떳하게 나서지 못하는 것은 이들이 기득권층으로 작은 이익에 빠져 있는 졸장부들이 많기 때문이다.

진정한 정치인이 한국기성정치인 가운데는 한명도 없다고 할 수 있다. 초기에 용기를 갖고 황우석 교수를 지지해 왔던 손학규 경기지사나 김근태 의원마저 이러한 정치흐름에 묻혀 자기 목소리를 내지 못하고 있다. 아울러 한나라당 이재오 원내대표도 열린우리당 김한길 신임원내대표와의 산악회동 후, 황우석 교수 사태 의혹제기의 문제가 사라지고, 사학법 재 개정논의가 진행됨은 정치의 치졸한 담합이 아닌가 생각된다.

한나라당, 민주당, 민주노동당, 국민중심당 등 야4당은 2월 16일 황우석교수연합팀 사건에 대하여 국정조사요구서를 제출키로 합의했으나 그 뒷 소식이 감감하다.

정동채 문화관광부 장관이 그 동안의 스크린쿼터 축소 반대 방침을 갑자기 철회하고, 적절하지 않은 시기에 적절하지 않은 대안으로 발표

함은 스타들의 1일 시위나 여론의 방향 흩트리기 시도가 아닌가 하는 의구심이 든다. 삼성그룹 이건희 회장은 8,000억원 사회 환원과 그 동안 제기 되어왔던 삼성그룹 내 대한민국 법조계 핵심인력의 축소 방향을 발표한 바, 이것이 과연 그동안 제기된 편법 증여나 X-File 문제로 인한 조치인지, '시점'에 대한 강한 의구심을 버릴수 없다.

노무현 정부는 덫에 걸린 황우석 교수 사태가 벌어지자, 감사원 감사, 최고과학자 1호 취소등 황우석 죽이기에 나섰는데, 가장 큰 잘못은 헌법상 기본권인 학문의 자유를 침해하여 정운찬 서울대 총장과 함께 서울대 현역 황우석교수에게 연구를 못하게 막는 위헌사태를 야기했고, 사고가 생긴 배아복제줄기세포수립의 재연기회를 막아 국제 경쟁을 못하게 함으로써 민족반역자 역을 하고 있다는 것이다.

한편 황우석 교수는 1998년부터 2005년까지 지원금으로 정부부문 515억, 경기도 215억, 황우석 후원회 33억, 민간부문 17억 등 약 780억원을 받은 것으로 알려졌다.

미국이 그렇게 무서운가?

자주적인 노무현 대통령이 역사적인 결단을 내려 조지 부시미국대통령과 만나, 한·미 평등 우호관계의 지속 등과 황우석교수의 특허권 강탈하기 중지를 약속 받아야 한다.

부시 미국대통령이 이를 거절한다면, 섀튼의 소환이나, 버시바우 주한대사의 귀환이나, 주한미군철수문제를 검토해야 할 것이다.

한편 3월 중순경부터 정부의 황우석 교수에 대한 제명 등 제재조치가 집중적으로 내려졌다.

보건복지부(장관 유시민)는 3월 16일 황우석 교수의 체세포복제배아 연구 승인을 취소했다.

생명윤리법상 '3년 이상 연구, 1회 이상 연구논문게재' 요건 가운데 2004년 사이언스 논문이 취소됐다는 것이다.

황교수가 논문 재수록이나 재제출을 전제로 처분 유보를 요청했으나, 거절한 것이다.

서울대 징계위원회(위원장 이효인 응용화학부 교수)는 3월 20일 황우석 교수에게 가장 가혹한 파면을 의결했다. 정운찬 총장이 이를 3월 30일 받아들였다.

이에 대하여 수사를 지휘하는 이인규 서울중앙지검 3차장은 "서울대 징계는 검찰 수사와는 무관하며, 봄이오면 꽃피듯이, 세상의 진리는 드러나게 마련이다"라고 말했다.

또 과학기술부(장관 김우식)와 한국과학재단은 3월 22일 최고 과학자 위원회(위원장 임관 삼성 종합기술원장)를 열어 황우석 교수에게 수여했던 제1호 최고 과학자 선정을 철회했다.

반면 국정원이나 검찰내부에도 황우석 박사를 사랑하여 황빠들에게 서프라이즈 등을 통하여 정보를 제공해주기도 했다.

그 대표적인 사람이 검찰청의 '범부(카페 닉네임)' 이다.

한편 저자는 진실이 밝혀지는 사태반전을 기대하여 다음과 같이 노무현 대통령님께 공개장을 보냈다.

노무현 대통령님께 보내는 공개장 - 고준환

노무현 대통령님 안녕하십니까? 붕정만리 아프리카 순방에 허리도 편치 않으신데 노고가 많으신 줄 압니다.

저는 경기대 고준환 교수이고, 지금 황우석교수 살리기 국민운동본부장이며, 제 87주년 3.1절에 발표한 한국과학주권 선언문 33인의 대표이고, 제 3대 국사찾기협회 회장입니다.

지금 우리나라는 역사적으로 반만년 대륙의 영광사 끝에서 남북분단을 극복하고 민족 대통일기로 접어드는 중대시기에 아노미 현상으로 많은 국민들이 불신 속에 사분오열되고 민생고 속에 불안한 삶을 살아가고 있습니다.

노대통령께서 잘 아시는지 모르겠으나, 저는 동아자유언론수호 투쟁위원회 위원이고, 2002년 대선 때 노후보를 적극 지지했던 사람입니다.

그것은 7명의 대표로서 기자회견을 통하여 정몽준 후보에게 노무현 후보와의 단일화 협상 테이블에 나가게 했고, 그 결과 노무현 후보로 단일화 되었으며, 상대당 이회창 후보도 대체적으로 훌륭한 분이었으나, 2명의 아들을 모두 군대에 보내지 않아서 국군통수권자로는 내키지 않았던 것입니다.

그러나 노후보를 찍은 것은 무엇보다도 민족자주의식이 강하고, 민주화 운동에 앞장서 온 점과 인터넷 시대에 맞는 정치 감각이 뛰어난 것에 나는 많은 점수를 주었던 것입니다.

　　그런데 솔직히 저는 지금 노대통령님께 실망하고 있음을 말씀 드리고자 합니다. 그것은 「황우석교수 연합팀 사건」때문입니다.

　　물론 노대통령께서는 주변 열강4국이 한반도에서 각축하는 가운데, 약 5천만명의 생명과 재산을 지키시는 막중한 임무로 내치나 외교에 너무 힘드실 것이라고 생각하며, 평범한 한 국민이 그 어려움을 어찌 다 이해하겠습니까?

　　다만 노대통령께서 너무 잘 아시는 바와 같이, 황우석 교수는 영혼이 맑고, 근면성실하며, 해마다 약 300조원의 국부를 창출할 수 있고, 18세기 영국의 산업혁명을 능가하는 21세기 생명공학 혁명의 선도자입니다.

　　우리나라가 황우석 교수를 살려내어 특허권을 취득하고 해마다 300조원의 국부를 창출하면, 모든 국민이 연금을 안내고도 배부르고 등따스며, 민족통일 비용이 마련되어 민족 대통일을 앞당기고, 우리나라가 세계문화중심국가가 될 것입니다.

　　그런데 황우석 교수는 2005년 사이언스 논문을 조작하는 등 특허권을 **뺏**아가고 있는 도척 새튼이 앞장선 기술패권주의 국가 미국 등과 반민족적 5개 기득권 세력 등 과학기술복합동맹 칼텔의 음모의 덫에 걸렸습니다.

또 국립 서울대 조사위의 엉터리 발표와 학문의 자유를 규정한 헌법을 위반하여 국립 서울대가 황교수의 연구를 막고 맞춤형 줄기세포 재연기회도 박탈했으며, 최고 과학자상도 박탈당했고, 3월14일엔 황우석 연구팀을 해체하여 황교수는 사회적으로 죽어가고 있습니다.

황우석 교수 영웅 만들기 하다가 정확히 무슨 이유인지는 몰라도, 황금박쥐같이 변심한 현 정권도 5개 기득권 세력의 하나로 국민들은 보고 있는 것 같습니다.

노대통령께서도 잘 아시다시피, 요즈음 「덫에 걸린 황우석 사건」을 수사하는 서울중앙지검 앞과 KBS 본사 앞에는 진실을 추구하고, 황우석과 나라를 살리려는 국민들이 날마다 시위를 하고 있습니다. 꽃보다 아름다운 사람, 순수한 민족적 민초들입니다.

그것은 수사검찰이 논문조작의 주범이요, 특허권을 뺏아가는 새튼을 소환하지 않는 등 철저한 실체적 진실 발견의 수사를 하지 않고 적당히 도마뱀의 꼬리 자르기 식으로 넘어가려는 우려가 있다는 것이요, 또 하나는 수사를 사실상 마무리 하고도, 3주일이면 끝난다고 장담한 검찰이 3개월이 지나도 중간조사 발표를 하지 않고 황우석 교수를 매일 불러 생명공학강의 등을 들으며, 이「뜨거운 감자」가

식기만 기다리고 있다고 합니다.

또 하나는 정의감이 강한 KBS 문형렬PD가 "황우석교수의 줄기세포와 특허권"을 주제로 한 추적60분 프로를 만들었음에도, 사내외 반민족적 기득권 세력들의 압력 때문에, 동영상심의위원회를 통과했어도 청와대 등 눈치를 보는 정연주 사장 선에서 막히어 방송이 안되고 있는 사태 때문입니다.

노무현 대통령님!

노대통령님께서 민족자주적 입장에서 반성하시고 허위구조를 진실의 구조로 바꾸는 큰 결단을 내려 모든 압력을 물리치며, 한점 의혹 없는 공정수사 결과를 조속히 발표하게 하여, 대한민국의 원천기술을 확보하고, 문형렬PD의 추적60분 프로도 조속히 방송되도록 해 주시면 감사하겠습니다. 역사만이 희망이기에 조속한 대통령님의 역사적 결단을 고대합니다. 어려운 때일수록 원칙으로 들어가야 합니다.

정직이 최선의 정책입니다.

그리하여 노대통령님이 바른 결단으로 천하대란을 잠재우고, 민족을 중흥시킨 훌륭한 대통령으로 역사에 남고 무사히 임기를 마치시기를 바랍니다.

노무현 대통령이여! 잠에서 깨어나시오!
하여 황우석 교수 살리고, 나라를 살리소서!

대한민국이여! 꿈에서 깨어나라!

끝으로 노무현 대통령 내외분의 건강과 대한민국의 민족적 민주
통일을 기원합니다.

2006. 3. 15
고준환

제 7장
골리앗과 다윗의 싸움

1. 얼간이 황까 언론과 누리꾼 황빠 언론

　다윗(David)은 예루살렘을 중심으로 이스라엘을 통일한 고대 이스라엘 제2대 왕(이스라엘 국기 다윗의 별, ✡)인데, 어린목동시절 비교가 되지 않던 거인 골리앗(Golyath)과 지혜로 싸워 죽이고, 초대 사울왕의 신임을 얻어 왕위에 오른 역사적 사실이 있다.(재위 BC 1010~971)

　황우석 교수를 죽이려는 세력은 섀튼을 앞잡이로 한 세계제일 강국 미국과 국내 5개 기득권 매국노 세력의 연합군으로 거인 골리앗에 비유되고, 황우석 교수를 살리려는 사람들은 사회적 힘은 약하나, 순수하고 민족과 나라를 사랑하는 민초들뿐이어서 소년 다윗에 비유될 수 있다.

　손자는 지피지기(知彼知己)면, 백전불태(百戰不殆)라고 했으나, 이번 싸움에서는 거대의 적이 잘 보이지 않으니, 이번 사건에서 다윗은 골리앗을 물리칠 수 있을까?

과학기술복합동맹의 붕괴를 가져온 이번사건을 보는 눈은 크게 「사기론」(황우석교수가 세계를 향하여 사기쳤다)과 「음모론」(황우석교수가 거대한 세력 음모의 덫에 걸려 죽어가고 있다)로 갈리고 있다.

먼저 사기론을 살펴보면, 황우석교수는 전혀 사기를 칠 사람이 아니다. 그는 맑은 영혼과 눈을 가지고 십수년간 학자로서 늘 새벽에 일어나 성실히 연구하여 (너무 열심히 연구한 것이 이혼당한 원인이 됨) 세계 최초로 「환자맞춤형 줄기세포」를 생성하여 환자등 1억여명의 인류에게 희망을 주었고, 매년 약 300조원의 국부를 창출할 기초를 마련했다. 그는 또 하늘을 감동시킨다는 신조를 갖고 조국을 사랑하는 마음으로 미국측의 1조원 스카웃 제의를 거절했을 뿐 아니라, 줄기세포 특허권 지분을 40%는 배양기술이 있는 노성일 미즈메디 병원이사장 측에, 나머지 60%는 국가(서울대) 지분으로 하고, 자기는 재벌도 될 수 있는 지분을 전혀 갖지 않았다.

이렇게 물욕이 없고, 두 번 수술에 임사체험을 했을 뿐 아니라, 사기를 칠 어떤 동기도 없고, 「연합연구팀 구조」세계 줄기세포 허브 이사장으로, 전혀 사기를 칠 수도 없었다. 황교수가 제1논문저자로 일부 실수를 하는 인간적 한계는 있었으나, 황우석 교수연합팀 가운데, 섀튼이나 배양기술 보유쪽 등에서 사기를 쳤다면 몰라도, 황교수는 전혀 아닌 것으로 생각된다. 황교수연구연합팀 가운데, 황교수쪽은 복제기술, 노성일쪽은 배양기술을 갖고 있는 것인데, 논문조작이나 바꿔치기 속임수 등은 모두 섀튼과 배양기술에 관련된 쪽으로 추정된다.

이른바 서울대 조사위가 많은 조작?왜곡을 하여 발표한 뒤 검찰이 줄기세포 바꿔치기 등에 관하여 수사를 하고 있으니, 일단은 지켜보아야 하겠다.

우리들이 보기에는 황우석교수를 끌어내리고, 황교수연구팀을 분산시키며, 매년 약300조원의 부창출을 앗아갈 거대한 세력 음모의 덫에 황교수가 걸린 것이다.

만약 황교수가 사기를 친 것이라면, TV 기자회견 때 여러번 말을 바꾼 노성일씨처럼 눈동자가 수없이 깜빡이고 두리번거리며 극도로 불안정한 모습을 자기도 모르게 일순간 가졌을 것이다. 그러나 그는 노성일씨로부터 기습공격을 당하여 하늘이 무너지듯 처참하고 참담한 상황에서 가진 기자회견인데도 맑은 눈동자는 안정되고, 진실돼 보였으며 말에는 조리가 있었고, 말을 바꾼 적도 실수한 적도 없었다. (복잡한 난자 문제 제외) 또 만일 사기꾼이라면, 자기를 죽이려는 PD수첩팀에게 줄기세포를 내주지도 않고, 검찰수사도 요청하지 않았을 것이다. 외눈박이 세상에선 두눈박이는 병신취급을 받는다.

그런데, 황우석 교수는 지금 2005년 사이언스 논문과장과 줄기세포 확립문제 등으로 세계줄기세포 허브이사장직을 물러나고, 연구중단과 줄기세포 실험재연을 금지당했을 뿐 아니라, 처벌될 위기에 처해 있다.

황교수는 생명공학의 세계적 선두주자임에도 기술패권주의 국가 등 거대세력의 덫에 걸리어 논문도 취소되고, 특허권도 빼앗길 위험에 처해 사회적으로 죽어가고 있고, 황교수와 선두 다툼을 벌이던 황교수연합팀 가운데 2등을 하던 사람들을 비롯하여 세계의 줄기세포 연구경쟁자들은 회심의 미소 속에 앞질러 가고 있다.

한편, 매스컴 등이 편파보도를 통하여 황교수를 죽여가고 있는데도, 국민들의 83.3%는 황우석을 영웅으로 생각하고 있고(동아일보 설문조사 결과, 사기꾼으로 보는 자는 16.7%), 국내의 기득권 음모세력들은 자중지란을 일으켜 나라의 기둥뿌리까지 흔들리는 이상한 사태가 벌어지고 있는 것이다.

왜 이런 이상한 일이 벌어지고 있는 것일까?

이 사건은 황우석 교수를 죽이려는 측에서는 「황우석교수 논문조작 사건」이라고 표현하여 황교수가 직접 논문을 조작한 것 같은 인상을 주려고 애쓰고 있으나, 황우석 교수 연구를 지지하던 반대하던, 개념적으로 지금은 「황우석교수 연합팀 사건」으로 부르는 것이 객관적이라고 우리는 본다.

그것은 문제의 2005년 사이언스에 게재된 줄기세포 관련 논문은 25명 공동저자의 작품이기 때문이다.

이 공동연구진은 대체로 제1저자 황교수 직할팀, 감독격인 교신저자요 유태계 미국인 제랄드 섀튼 피츠버그대 교수팀, 제2저자 미즈메디병원 이사장 노성일팀, 제24번저자요 서울의대 교수요 K · S세력의 중심인 문신용팀, 한양대 윤현수 교수팀 3인방(한양대 출신 윤현수, 김선종, 이양한 : 미즈메디 쪽) 등으로 분류할 수 있다.

또, 문제가 된 줄기세포 확립기술은 복제기술(배반포까지)과 배양기술(테라토마 형성)로 나뉘어져, 복제기술은 황교수팀이, 배양기술은 노성일팀이 가져 학제간 연구로 진행되어 왔다.

그래서 체세포 복제 줄기세포 특허권 지분의 60%는 서울대학교에

(황교수가 스스로 지분을 전혀 갖지 않고 국가에 봉헌함), 40%는 노성일 미즈메디 측에 준 것은 천하가 다 아는 사실이다.

그런데 문제의 줄기세포 바꿔치기 문제는 배양기술을 맡은 미즈메디 측에 책임이 있는 것이다. 논문과장문제는 황교수에게 논문제출을 서두르라고 반강요하고, 사이언스에 중복된 사진을 보내 덫을 놓은 섀튼과 미즈메디 측 등에 책임이 있는 것으로 우리는 추정된다.

그런데 저자는 2005년 12월 15일 노성일씨가 황교수를 배반하여 기자회견에서 직격탄을 날리는 것을 보고, 그냥 지나칠 수가 없었다.

그것은 허위구조가 너무 팽배하여 진실이 몰락하게 되면, 우리 조국이 망할 수도 있겠다는 생각에서였다.

그래서 나는 저널리스트로서 내가 아는 D일보 사장, C일보 편집국장, M일보 주필이나, 각 신문사 담당기자들을 만나, 진실을 알리고자 접촉했으나, 오프라인 언론은 유사이래 처음으로 꽉 막혀있어서 크게 놀랐다.

심지어 적대국들의 신문같았던 한겨레신문과 조선일보도 황우석 죽이기에는 기이하게도 같은 길을 걸었다.

오프라인 매스컴은 모두 「황까언론」이었던 것이다. 이런 일은 한국 군사독재시대에도, 세계사에도 없던 일이다.

하여 많은 국민들이 얼이 간 황까매스컴과 그에 맞추는 프레시안 오마이뉴스 등 인터넷 신문을 통하여 원천적으로 속아 넘어가게 되었다.

그러나 하늘이 무너져도 솟아날 구멍이 있고, 구름이 있는 곳엔 어디나 햇살이 있듯이, 우리 조국 대한민국에는 미래를 걱정하고 준비하는 국민과 잠들지 않고 늘 깨어 있는 누리꾼(네티즌)들이 있어 인간의 저 깊은 곳에 있는 정의로 동지의식이 기쁘게 샘솟는 민초들의 모임이 생겨났다. 참으로 기쁘고 다행한 일이다. 우리조국 대한민국이 희망이 있음을 여실히 보여주는 대목이다.

「아이러브 황우석(ilovehws)」, 「황지연(damnmbc)」, 「황국본(livehwang.com)」 등 이루 말할 수 없이 많은 인터넷 까페와 e-조은뉴스, 동네수첩, 딴지일보 등 많은 온라인은 거의 「황빠언론」이 주류를 이루었다. 매스컴의 황까언론대 황빠언론은 골리앗과 다윗에 비교할 수 있다.

그런데 황빠언론의 어려운 점은 힘의 열세외에도 덫에 걸린 황우석 박사를 살려내려면 시간과의 투쟁이 더 시급하다는 점이다.

그 후에도 황까언론은 자주정신을 잃어 허위보도에 대한 반성은 하지 않고, 자기들의 거짓보도를 감추기 위해 계속 거짓보도를 조작, 왜곡보도를 하게 된다.

횡포언론 피해의 버라이어티쇼였다.

유일하게 주간지 일요서울 제609호(2006.1.5)가 딱 한번 "황우석은 거대한 음모의 덫에 걸렸다"는 제목의 저자 인터뷰 기사를 5면에 전면으로 실은 예외가 있을 뿐이었다.

저자는 오프라인 매스컴이 완전히 막히자 온라인으로 눈을 돌려 2005년 12월 19일 아이러브 황우석(daum.net/ilovehws)에 처음으로 "덫에 걸린 황우석 교수님에게"라는 제목의 글을 실명으로(고준환. 경기대교수. 중앙도서관장. 제3대국사찾기협의회장) 올려 네티즌들의 전

폭적인 신뢰와 열렬한 환영을 받았다. 하루에 5천여명이 조회하고, 글을 통하여 우리는 서로 감격하여 운 경우가 많았다.

덫에 걸린 황우석 교수님에게

인류 문화에 가장 큰 영향을 준 과학과 종교의 강물은 진리의 바다로 흘러갑니다.

황우석 교수님 건강하십니까? 우선 건강에 유의 하십시오. 건강이 제일입니다. 저는 황교수님을 직접 뵌 일은 없으나, 깊은 관심을 갖고 있는 국민의 한 사람입니다.

저의 황교수님에 대한 관심은, 교수님의 생명과학 연구가 환자나 장애인 등 국민들에게 큰 희망을 주고, 국가의 명예와 부를 크게 높여줄 것이라는 기대 때문만은 아닙니다.

최근의 사태로 국민들이 많은 혼란을 겪고 우울증에 빠져 있어, 진실을 아는데 도움을 주고 마음을 평안하게 해주며, 덫에 걸린 황교수님을 위로하고 격려하고자 합니다.

저는 " 생명공학적 특허 법제에 관한 연구" 라는 논문을 쓴 법학교수이며, 약 10년간 D일보 기자와 D방송 PD로 재직했으며, 구도자의 한 사람입니다. 제가 황교수님에 대하여 매스컴 보도를 제외하고 개인사를 들은 것은 약 6개월 전 강화도 전등사 주지 계성 스님으로부터 였습니다.

황교수님은 수 년 전 질병으로 사형선고를 받은 거나 마찬가지였고, 친구와 같이 무작정 간 곳이 전등사였으며, 거기서 한없이 부처님께 절하고 귀의하여 병이 나았으며, 그 뒤로 매월 정일 한번은 꼭 전등사를 찾겠다는 스스로의 약속은 꼭 지킨다고 했습니다.

그리고 한 번 죽었다 깨어난 사람은 지나친 욕심이 없으며, 진실하게 마련임을 임사 체험자인 저는 잘 압니다. 그래서 황교수님의 학문적 발전과 성도를 동시에 기원했습니다.

처음 눈 덮인 들판을 밟는 황교수님의 연구사업은 국민들의 성원과 국가적 지원, 황교수님의 노력과 리더쉽으로 세계줄기세포허브가 탄생하고, 대한민국의 꿈, 세계의 희망으로 성장해 갔습니다.

그러나, 인간세상은 잘 아시다시피 복잡계에 속합니다. 인욕토인 사바세계라고도 하죠. 그러다가 PD수첩팀의 현저한 비윤리적 행위 아니, 범죄적 행위에 대하여 국민 앞에 사과하고 후속 보도를 유보하기로 한 MBC측의 취재에 황교수님 응하게 되었고, 황교수님은 잘 몰랐겠지만 어떤 덫에 걸리게 된 것 같습니다.

인간에게는 늘상 지나친 욕심, 고정관념, 나쁜 습관 등이 문제인 것 같습니다.

MBC는 처음에 난자 윤리문제로 황교수님을 죽이려(?) 했지만, 그 것이 안되자 2005년 SCIENCE 지에 실린 논문을 가지고 다시 작업에 들어간 것으로 보입니다.

MBC는 매스컴이어서 진실을 추구하는 것은 자유이나, 여러 가지 문제점을 지닌 것으로 보여집니다. MBC는 방송법상 특혜를 많이 받고 있으나 감시가 없고, 노조활동은 당연한 일이지만, 사장도 노조 위원장 출신이고 PD 수첩 책임PD도 노조위원장 출신으로 사실상 노조가 경영을 지배하는 문제, 언론이 권력기관화하여 계속 사건을 일으켜 올해만 해도 일곱차례 사과 방송을 하는 등 관리가 제대로 안되는 문제, 기자로서의 수련을 하지 않은 PD가 종횡무진 취재하여 자의로 편집하는 PD 저널리즘의 문제, MBC의 재산적 이익과 어떤 숨은 의도를 가지고 마녀사냥식, 짜맞추기식 함정 취재를 하고 비전문가가 임의적인 잣대로 재검증 하겠다고 나서는 등의 오만한 문제, 게이트 키핑 능력이 없고, 황교수를 죽이러 왔다는 등의 말을 한 문제, 또 논문의 공동 저자이며 동업자였다가 갑자기 황교수님을 기습 공격하는 기자회견을 하여 국민을 혼란에 빠뜨리고 줄기세포를 바꿔치기한 혐의를 받고 있는 미즈메디 병원장인 노성일씨가 "MBC PD 수첩팀이 살려줬다"고 밝힌 바와 같이 이미 서로 연결되어 있다는 점입니다.

또 MBC는 사과 방송 후 황교수에게 황우석 후원 재단 설립을 제의하기도 한 바, 정말 검증 받아야 할 곳은 황교수가 아니라 MBC 입니다.

PD수첩팀의 숨겨진 의도가 무엇인지는 명예훼손과 협박죄 및 업무 방해죄로 고소돼 있어 수사결과가 밝혀줄 것으로 믿습니다.

제가 인류 역사상에서 가장 존경하는 인물은 석가모니, 예수 그리스도, 노자 등입니다.

그런데 세계 유수의 종교들은 인류 역사에 공도 많이 남겼지만, 과오도 많았습니다.

H신문은 12월 14일자 신문 머리기사에서 "수사결과를 봐야 확실한 것을 알겠지만 이번 사건의 배후에 특정 종교가 있다"는 것이 일반적인 시각으로, 배후의혹을 제기 했습니다.

MBC PD수첩팀이 벌인 일은 문제 제기 방식부터 틀렸고, 이는 국가미래산업을 파괴하고 행복한 삶을 누릴 국민의 권리를 유린한 반국가적, 반 인륜적 행위라고 전제 하면서

카톨릭 모신부가 황교수 지원 중단을 요구하고, 배아 줄기세포 연구가 생명 파괴 행위이며,

인간 복제는 신의 영역을 침범하는 행위라는 발언을 했고, 이는 배아줄기세포 연구를 반대해 온 한국 카톨릭 수장이나 기독교 간부들의 평소 주장과 궤를 같이 한다는 것입니다.

또 네티즌들도 MBC PD수첩 최 승호 책임 PD가 기독교인이라는 점, 한학수 PD가 카톨릭 매스컴상을 받은점, MBC 최대주주인 방송문화진흥위 이사이고 카톨릭 인권위원장을 지낸 김형태 변호사는 PD수첩팀과 어울려 황우석 교수팀 검증과정에 참여했고, 12월 6일

평화 방송에 출연해 PD수첩 취재내용을 공개하고, 줄기세포 재검증을 주장해 그 공정성에 깊은 의문을 제기하고 있으며, 김이사는 이와 관련하여 청와대 김병준 정책실장을 만나 협의하는 등 맹활약을 한 것으로 알려졌습니다. 특히 적그리스도교의 광신자가 있는 것은 아닌지 걱정이 됩니다.

확실한 것은 수사결과를 지켜봐야 알겠지만, 이번 사태에는 거대한 배후세력의 음모가 덫을 놓은게 아닌가 생각됩니다.그래서 덫에 걸리지 않기 위하여 유의할 점은, 생명과학의 강국인 미국.영국등의 기술패권 주의를 경계해야 하고, 물신숭배주의 속에서 주변의 질시적 비판자나 경쟁자들을 눈여겨 보고, 잘 포용해 나가야 할 것입니다. 방어운전을 해야 합니다.

서울의대 이왕재.강경선 교수(가톨릭 기능성 세포 치료제 개발 센터 R&L 바이오사 추진,유한양행과 계약, 제주대 박세필.이봉희 교수와 함께 미국립보건국내 HUPO 뇌 프로젝트 참여로 마리아 바이오텍에 100억 투자하게 함)

피츠버그대 이형기, 설대우 교수, 포항공대 남홍길 교수, 브릭 운영자 이강수씨, 시민단체의 하나인 생명공학 감시연대의 김병수 정책위원, 오락가락 했던 피츠버그대 섀튼교수와 미즈메디 노성일 병원장등이 그런분들 이라고 할 수 있습니다.

(http://blog.empas.com/essu21/11761065 참조)

노성일 원장과 강경선 교수등은 미보건국의 지원을 받고 200억 합작 투자로 배아 줄기 세포 연구 치료 센터인 M사를 별도로 설립했습니다.

황교수님에게 기습적으로 power game을 벌이고 있는 노원장은 기자회견에서 "황교수에게 미련을 버리라"고 했습니다.

존경하는 황우석 교수님!

생명은 신비이고, 인간은 생명의 바다에 있는 물방울과 같습니다.

사람에게 닥쳐오는 고난은 지혜와 자비와 용기로 다 극복할 수 있고, 그런 고난을 극복할 때 인간은 성장을 하게 됩니다. 그래도 안되는 건 세월이 약입니다.

사이언스 편집장 도널드 케네디는 12월 6일 "황우석 교수 연구가 맞는걸 확신하며, MBC 주장은 하나도 맞는 것이 없다."고 했습니다.

논문의 공동 저자였고 동업자였던 노성일 미즈메디 병원장의 기습 기자회견으로 황교수님은 어려움에 처했으나, 피츠버그대에 파견된 김선종 연구원이 KBS등과의 인터뷰에서 "11개의 줄기세포가 있었고, 사진 잘못은 나의 몫이며, cell line이 바뀐 것은 검찰조사가 필요하다"고 말하였으므로, 환자맞춤형 줄기세포 제조기술 확보 등 황교수님 주장의 정당성이 입증되었습니다. 이제는 검찰 수사로 줄기세포를 바꿔치기 한 자가 드러날 것으로 보이고, 서울대학교의 사이언스 논문 조사위원회가 과학적 검증에 나섰으니, 사필귀정이라, 일은 자연적으로 풀려 갈 것이라고 생각됩니다.

황교수님은 한 번 겸손할 것을 여섯번 겸손했다고 하셨는데, 총체적 관리자로서 소홀하신 점도 있었고, 조직이 미비했기에 더욱 겸손하셔야 되고, 또 그렇게 하실 수 있는 분이라고 생각됩니다. 석가모니나 그리스도가 황교수님 위치에 있었더라도 어려움은 비슷했을 것입니다. 진리를 전파하고 실천하는 것은 위험한 일 입니다. 그리스도나 소크라테스나 달마대사의 임종의 경우처럼.

의혹의 핵으로 떠오른 미즈메디 병원 노성일 위원장이 느닷없이 황교수님의 뒤통수를 치는 기자회견을 통해 "11개의 줄기세포가 가짜"라고 했어도, 우리 국민의 83%는 황교수님을 끝까지 믿어보자고 했습니다. 이것은 놀라운 신뢰입니다. 머지 않아 의심의 눈초리가 찬탄의 눈초리로 바뀔 것입니다.

비온 뒤에 땅이 굳듯이 전화위복의 계기를 삼아, 새롭고 멋진 나라를 위하여 전 인류가 수긍할 수 있는 생명공학의 글로발 스탠다드를 만들고, 연구사업에 더욱 정진해 생명공학의 세계적 주류가 되어주시길 온 국민과 함께 바랍니다.

"진실게임" 처럼 되어버린 국민의 혼란된 마음이 빨리 진실을 알아채고 안정되었으면 좋겠습니다.

황교수님의 학문적 발전과 성도를 기원하면서, 내내 건강하십시오.

2005.12.19
고준환(경기대 교수, 중앙도서관장, 국사찾기협의회장)

경기대 교수 "황 교수 음모의 덫에 걸렸다" 파문
[2005-12-19 17:04]

경기대 고준환 법학과 교수가 황우석 교수 사태와 관련 MBC와 PD수첩을 비난하면서 노성일 미즈메디 병원 이사장과 종교계 등의 음모설을 거론하며 황 교수가 덫에 걸렸다고 주장해 파장이 일 것으로 보인다.

고 교수는 '덫에 걸린 황우석 교수님에게' 라는 글을 19일 인터넷에 올렸다.

그는 이 글에서 "MBC는 처음에 난자 윤리문제로 황 교수님을 죽이려(?) 했지만, 그것이 안되자 2005년 사이언스 지에 실린 논문을 가지고 다시 작업에 들어간 것으로 보인다"며 "MBC는 사과 방송 후 황 교수에게 황우석 후원 재단 설립을 제의하기도 한 바, 정말 검증 받아야 할 곳은 황 교수가 아니라 MBC"라고 주장했다.

이어 그는 "확실한 것은 수사결과를 지켜봐야 알겠지만, 이번 사태에는 거대한 배후세력의 음모가 덫을 놓은 게 아닌가 생각된다"며 "그래서 덫에 걸리지 않기 위하여 유의할 점은, 생명과학의 강국인 미국, 영국등의 기술패권 주의를 경계해야 하고, 물신숭배주의 속에서 주변의 질시적 비판자나 경쟁자들을 눈여겨보고, 잘 포용해 나가야 할 것"이라고 말했다.

그는 황 교수 사태에 밑바닥에는 천주교와 기독교 간부들의 반대가 있다고도 언급했다.

또 고 교수는 "노성일 원장 등은 미보건국의 지원을 받고 200억 합작 투자로 배아줄기세포연구 치료 센터인 M사를 별도로 설립했다"며 "의혹의 핵으로 떠오른 미즈메디 병원 노성일 위원장이 느닷없이 황 교수님의 뒤통수를 치는 기자회견을 통해 '11개의 줄기세포가 가짜'라고 했어도, 우리 국민의 83%는 황 교수님을 끝까지 믿어보자고 했다. 이것은 놀라운 신뢰다. 머지않아 의심의 눈초리가 찬탄의 눈초리로 바뀔 것"이라고 말했다.

그는 "비온 뒤에 땅이 굳듯이 전화위복의 계기를 삼아, 새롭고 멋진 나라를 위하여 전 인류가 수긍할 수 있는 생명공학의 글로벌 스탠더드를 만들고, 연구사업에 더욱 정진해 생명공학의 세계적 주류가 되어주시길 온 국민과 함께 바란다"고 하면서 "'진실게임' 처럼 되어버린 국민의 혼란된 마음이 빨리 진실을 알아채고 안정되었으면 좋겠다"고 덧붙였다.

고 교수는 19일 고뉴스와의 전화통화에서도 "나는 황우석 교수의 기본적인 진실성을 의심하지 않는다"고 말하면서 "이번 황우석 교수 사태는 막대한 이권, 영국과 미국의 주도권 다툼, 종교문제 등을 놓고 벌이는 파워 게임"이라고 주장했다.

김성덕 기자 kimsd@gonews.co.kr

김미연	섬세하고도 예리한말씀으로 지적해주신 교수님의 글 너무 감동잇게 읽었습니다... 모쪼록 진실이 밝혀지길 기대합니다..빨리 황교수님께서 그들의 어마어마한 음모에서 자유롭게 되길 기도합니다..	2005/12/18
反mbc황줄기...	감동적으로 읽었습니다. 황우석 교수의 진실은 승리합니다.	2005/12/18
白雲黑雲	진한 감동으로 와 닿았습니다.교수님의 글 쓰심에 무한한 감사를 드리며,황박사님의 진실이 만천하에 밝혀지는 그날이 오기를 기다립니다.	2005/12/18
꽃새	정말 가슴이 뭉클 해옵니다. 정말 하루빨리 교수님의 진실이 밝혀지길 진심으로 바랍니다.	2005/12/18
싱그러운 삶	정말 잘 읽었습니다. 저도 이번 사건이 좋은 결말로 끝맺음 했으면 합니다. 많은 환자들의 바램이 헛되이 되질 않기를 진심으로 서원합니다. 그리고 교수님의 글 제가 속해 있는 홈페이지 2곳에 올리려고 합니다. 이해해 주시기 바랍니다.	2005/12/19
새홍지마	제대로된 지식인이네요..저런발언 쉽지 않을텐데..TT TT	2005/12/19
서로가사랑할 때	파이팅!! 교수님~~	2005/12/19
특허를 지키자…	앙~~~눈물나요..TT TT TT TT TT TT TT TT TT지금 출발합니당~~	2005/12/19
황우석박사님♡	대단합니다..아..진짜 눈물날라 합니다..고맙습니다..이런 어려운때 힘이 됩니다.	2005/12/19
도연낭자	와......정말이예요?정말 이런 분이 힘이 되지요! 고준환 교수님! 감사합니다. 교수님께서는 지식인이십니다~!	2005/12/19
기사	고준환 교수님은 법학자 이시면서도 평소부터 우리역사 찾기에 지대한 공헌을 하신 분이십니다. 황박사님 사건도 제대로 보실 줄 알았습니다.	2005/12/19

순돌아빠	많은 지식인들은 황박사님의 사건 진실을 알고 있습니다...무뇌충 알바들 많아요...	2005/12/19
모도리	고준환 교수님! 이 지식인을 만나러.... 아니, 진실 규명을 외치러 지금 출발합니다.	2005/12/19
계영배	수원경기대 법의학 교수님 고맙습니다...넬 소주 사가지구 올라갈게요.	2005/12/19
시피엘	좋은 게시물이네요. 스크랩 해갈게요~^^	2005/12/19
maurizo	같이 할 수 없음이 너무 안타깝습니다....서울에 계신분들 많이 참석부탁드려요.	2005/12/19
sharon	좋은 게시물이네요. 스크랩 해갈게요~^^	2005/12/19
思浪	정말 감사합니다. 그리고 운영자님, 저 밑에 불쌍한 중생들(알바) 좀 어떻게 해주세요...저러다가 나중에 지옥가면 불쌍하니까 아예 함구 좀....	2005/12/19
분노	좋은 게시물이네요. 스크랩 해갈게요~^^	2005/12/19
sksk	그래도 살아있는 지식인이 아직 있어 희망은 있습니다..........	2005/12/19
아줌마의 힘!!!!	멋쟁이 교수님!!! 감사합니다.	2005/12/19
먹베드	좋은 게시물이네요. 스크랩 해갈게요~^^	2005/12/19
남해짱	원본 게시글에 꼬리말 인사를 남깁니다.	2005/12/19
계영배	운영진님 고 교수님한테 성명서 및 법적인 묻구 서울대 정보공개 요구하는게 좋을듯ㅎ	2005/12/19
아이뜰	교수님~!!! 묻혀져 버린 우리의 국사도 꼭 찾아 주십시요...서울대 조사위...	2005/12/19
신우	교수님 용기에 감사드립니다...	2005/12/19

초록나라	진정한 한국인이신 교수님..감사드립니다.!!	2005/12/19
minju	진정한 지식인이시군요. 감사합니다^^	2005/12/19
암행어사	엄마~~ 교수님 있다봐용^^**	2005/12/19
河然	감솨~	2005/12/19
멀티플레이어	행동하는 양심학자- 고준환 교수! 우리애를 경기대 법대로 보내야겠다.	2005/12/19
cash	고준환 교수님, 살아있는 교수님이시군요, 교수님 같은 분이 이 험난한 세상에..해서 교수님의 세상보는 눈을 여기에 올려주세요. 우리는 더욱더 그 소리..	2005/12/19
울랄랄라	진정한 용기를 보여주신 교수님 눈물이 나도록 감사한 마음입니다.	2005/12/19
탈 날라	교수님 존경합니다.!!	2005/12/19
사랑이여	콰당~머리에 충격 !!!! 고교수님도 거짓 아닐까 하고 서너번 읽어봅니다. 대한민국에 교수님 같은 분이 계시다니요. 아~! 사랑스런 대한민국이여.. 고교수님..끝까지 흔들리지 않으실꺼죠)? 우리가 뒤에 있어요 고준환교수님	2005/12/19
무유공포	서울대가 지돈으로 공부했나 지부모 돈으로 공부해서 다남이 만든새끼들... 놀음하다 나라팔아 먹을놈들	2005/12/19
들꽃꿈	고준환교수님.... 진정한 지식인이자, 진정한 용기를 보여주십니다.	2005/12/19
구르는돌	나의 모교가 이렇게 자랑스러울 때가 없었습니다.	2005/12/19
산넘으니강	감동! 감사! 숙연! TT.TT	2005/12/19
빙고~	좋은 게시물이네요. 스크랩 해갈게요~^^	2005/12/19
스팅	함께 두손 잡고 힘차게 .. 힘이 됩니다	2005/12/19

주형중(빈손)	살아있는 양심....그나마 대한민국의 양심있는 지성이 계시다는걸 보여주시네요.	2005/12/19
쿠키엄마	진전항 지식인이시군요. 감사합니다^^	2005/12/19
La Paradise	눈물나려 합니다... 고교수님 고맙습니다.	2005/12/19
풀꽃사랑	썩어가는 살에 소독수를 뿌리는 말씀...감사드립니다.	2005/12/19
기어	교수님 많은 힘이 될겁니다.	2005/12/19
솔개	멀리있어서... 마음으로나마 성원드립니다.	2005/12/19
진실은 살아있..	좋은 게시물이네요. 스크랩 해갈게요~^^	2005/12/19
스너피사랑	서대 늙은 놈들의 눈에 번쩍할 혼을 내어 주세요. 같이 늙어가는 사람으로... 우리세대 못된 놈은 우리세대에서 해야 하는데 어린학생들에게 ...	2005/12/19
맑음이	교수님 수고해주세요~~ 감사합니다!!~~~~	2005/12/19
저기요	감사합니다	2005/12/19
allin	진흙속에서도 연꽃은 피어납니다~~ 악의 끝은 오는법 ~~진실은 막아도 막아지지 않습니다~!	2005/12/19
구름	교수님 수고해주세요~~ 감사합니다!!~~~~	2005/12/19
진실승리	교수님 정말 감사합니다.	2005/12/19
김덕호	좋은 게시물이네요. 스크랩 해갈게요~^^	2005/12/19
한칼선생	감사합니다!!진짜지식인이시네요.......	2005/12/19
jinsil	고준환 교수님 파이팅!!!	2005/12/19
주부발언	고준환 교수님 감사합니다. 황교수님께 큰 히가 될것입니다..진실이승리하는 그날까지 화이팅!!!	2005/12/19

달과 바다	여러분 모두 힘내세요. 파이팅입니다.	2005/12/19
star2	좀 전 알렙카페에 고준환교수님께서 집회에 나오셔서 연설하시는 모습....난무하는 알바들 글에 금방 묻혀 버렸지만...존경합니다..	2005/12/19
찡쫑	고인이 되신 최태영 박사님 이후 이런 올곧은 분 처음뵙습니다.	2005/12/19
궁금이11	파이팅입니다...^^*	2005/12/19
이상일rr	ㅉㅉㅉㅉㅉㅉㅉㅉ	2005/12/19
하늘구름	감동 먹었습니다	2005/12/19
진흙속에 피는..	눈물이 날 정도로 감사하고 고맙습니다 진정한 지식인은 이럴 때 바른말을 .... 교수님 감사 또 감사합니다	2005/12/19
눈동자	정말 눈물 나옵니다. 두분다 존경합니다.	2005/12/19
하늘구름	사진 좀 올려 주세요..어떤 분인지 알 수 있게요....	2005/12/19
성박	교수님 정말 용기있고 훌륭하십니다..불의와 이익에 탐닉하지 않으시고 참된...	2005/12/19
돼지들의 음모	이렇게 용기있는 지성에 의해서 세상은 바로 잡혀 간다고 봅니다.. 고준환 교수님께 박수를 보내 드리고 싶습니다..정말 존경 합니다	2005/12/19
황지연-정의승..	연설할때보니...마로니공원 집회때부터 나오셔서 광화문까지 행진두 같이...많으시고...카리스마가 느껴지는 모습이엇습니다..연설은 얼마나 우렁차...	2005/12/19
칼리	객관적이고 공정한 안목을 가지신 분이네요..서울대 멍청한 교수 8마리가...어떤식으로 조사했는지 모르지만 의도된 결론을 도출해내려고 짜집기 조...조작위 교수 8마리 보다 훨씬 중심을 갖춘 훌륭하신 시각을 가지신 것 ...존경합니다.	2005/12/19

착한도깨비	행동하지 않는 양심은 양심이 아니라 했습니다. 교수님의 양심에 진심으로 ...	2005/12/19
착한도깨비	원본 게시글에 꼬리만 인사를 남깁니다.	2005/12/19
사필귀정이다	고준환 교수님! 존경합니다. 끝까지 함께해 주십시요.. 큰 힘이 되었습니다.	2005/12/19
pre0	교수님 잊지 않겠습니다 감사합니다	2005/12/19
게빈이	저도요. 저희 바로 뒤에서 걸어오셨던 분인데..교수님인 줄 몰랐습니다. ....두고 칭하는 단어입니다!	2005/12/19
허풍	교수님 정말 존경합니다. 요즘같은시대에 교수님 같은 분이 계신다는 것이 ...	2005/12/19
씽크뱅크	고준환교수님! 감사합니다...	2005/12/19
커버디스	교수님은 진정 이나라를 사랑하시는 분입니다... 감사합니다..	2005/12/19
힘내세요/사랑..	교수님, 우리가 찾고 있었던 분이 십니다. 감사합니다.	2005/12/19
나비효과	교수님 잊지 않겠습니다 감사합니다	2005/12/19
김현진37	교수님...정말 감사합니다. 존경합니다.	2005/12/19
미친다	굿입니다.	2005/12/19
마리페레노	좋은 게시물이네요. 스크랩 해갈게요~^^	2005/12/19
장현주	교수님 감사합니다. 실제로 뵈니 너무 멋지셨어요^^*	2005/12/19
소정이	감사드립니다. 교수님!!!_0_	2005/12/19
푸른劍氣	고준환교수에게 12/24일 청계천에서 내가 얘기해주었습니다! 나는 11월~ 미영이 배후,특정종교세력과 연계를 주장하며 인터넷 여기저기 글을올..주인공입니다.	2005/12/19

하수미	교수님 고맙습니다..아직 우리곁에 존경받을 교수님들이 계시다는게 희망입니다. 고맙습니다.	2005/12/19
데이나	고준환 교수님. 감사합니다!! 존경합니다!!	2005/12/19
choy5540	존경합니다	2005/12/19
젊은애기엄마	어려운때에 옳은 말만 해주신 고교수님 정말 감사합니다.	2005/12/19
희망의나라로	위인은 위인을 알아본다, 고하였습니다. 교수님같은분이 많이나온다면우.... 될텐데,....	2005/12/19
현재의삶을위해	감사합니다. 좋은 말씀 잘들었습니다....	2005/12/19
노성일때려잡자	좋은 게시물이네요. 스크랩 해갈게요~^^	2005/12/19
양心꽉잡어~	진실은 세월마저도 이겨냅니다. 우리모두 믿음 하나로 파이팅입니다!!!	2005/12/19
비상	좋은 게시물이네요. 스크랩 해갈게요~^^	2005/12/19
신나는내일	진실로 선하게 진실을 행하는 자가 사회의 지도자가 되어야 하며, 사회....살수 있는 곳이 되어야 합니다. 작금의 현실은 그렇지 아니함에 가슴이 ....진실이 승리하는 그날까지 화이팅	2005/12/19
황우석박사님의..	박사님 힘내세요!!!! 저희가 옆에 있잖아요!!!!	2005/12/19
황우석매니아7	이시대의 용기있는 지식인입니다. 감사합니다.	2005/12/19
쟈스민9857	멋지십니다. 교수님~~~앞으로도 홧팅!	2005/12/19
queen	진솔한 지식인이십니다..옳음 말씀 감사합니다!!!	2005/12/19
밀피유	저렇게 말씀하시기 쉽지 않을텐데.... 감사합니다	2005/12/19
팔일오	교수님 힘내세요 저는 경기대 5분거리 대기할께요 힘내세요	2005/12/19

두다리	감사합니다.	2005/12/19
행동	교수님 감사합니다	2005/12/19
밭골	고준환 교수님 감사합니다. 황우석 박사님도 힘내세요.	2005/12/19
봄소풍	감사 또 감사합니다. 고준환교수님 앞으로도 화이팅!!!	2005/12/19
차기대통령	줄기세포에 관한 총체적인 입장정리가 시급함. 삼성 이건희,중 앙일보...메디포스트,김선종, 등등 이에 관련한 비리와 황박사님의 진실에 대한 보도....국민들에데 공표하도록 노력합시다. 운영위원회에서 추천해주세요 ~~~	2005/12/19
마린맘	정말..존경합니다~	2005/12/19
★초심	어제의 동지가 오늘은 원수가 되어 칼을 들이 데고 있는 이때 힘든 자리..감사합니다. 그날 교수님을 뵈오면서 전 감동을 받고 큰 힘을 얻었답니다.	2005/12/19
빛나리	좋은 게시물이네요. 스크랩 해갈게요~^^	2005/12/19
문수	000	2005/12/19
굳바	좋은 게시물이네요. 스크랩 해갈게요~^^	2005/12/19
핑큐	^^ 너무 기쁩니다	2005/12/19
세노야	좋은 게시물이네요. 스크랩 해갈게요~^^	2005/12/19
니콜라스 케이..	딱이네여	2005/12/19
musim	_0_0_0_~~~	2005/12/19
마법의 성	좋은 게시물이네요. 스크랩 해갈게요~^^	2005/12/19
행동하는양심	말씀 한마디 한마디 뼈저리세 공감합니다....옳음 말씀만 하고 계신데도 ....지......	2005/12/19

멀리서보니깐	교수님 감사합니다. 모든 지성이 침묵할 때, 행동하는 양심의 목소리를 ...교수님 같은 분이 계시기에 대한 민국의 미래는 밝다고 생각합니다. 사랑합니다.	2005/12/19
NirVana	좋은 게시물이네요. 스크랩 해갈게요~^^	2005/12/19
그네	교수님 좋은글감사 마지막 양심을 보는듯 흐뭇합니다. 이렇게 많은사람들...있습니다. 황우석 박사님 힘내세요 화이팅.....	2005/12/19
sunshine	교수님 감사합니다. 당신은 이 땅의 살아있는 지식인입니다.^^	2005/12/19
영롱	넘넘 감사~~~ 교수님 존경 합니다....^^*	2005/12/19
도호	좋은 게시물이네요. 스크랩 해갈게요~^^	2005/12/19
니로	교수님.... 어려운.. 말씀하셨습니다... 참으로... 용기있는 행동에... 머라...	2005/12/19
원조한수	경기대출신인 것이 자랑스럽습니다	2005/12/19
해솔	좋은 게시물이네요. 스크랩 해갈게요~^^	2005/12/19
날아라자전거	의리보다는 정의라고 생각합니다. 그 많은 의혹과 편파보도 그리고..어려움 속에서 황박사 및 수의대 연구원이 주장하는 억울함의 호소...명확히 결정난건 아니지만... 전 ... 황박사님이 정의롭다고 믿고 있습니다.	2005/12/19
미용이	우리 대한민국에 고교수님 같은 분이 몇분만 더있어도 황교수님이 이렇게...	2005/12/19
◆스케쳐스◆	우와...나도 경기대 가고싶다....TT정말 존경해야 마땅할 분이시네요...	2005/12/19
lci2119	용기있는 행동에 이땅은 아직 희망이 살아 있습니다^.^	2005/12/19
블루마린	좋은 게시물이네요. 스크랩 해갈게요~^^	2005/12/19

224

조동필	으쯔다 이리댄는지 팜으로 안타팝심니데이	2005/12/19
은행나무잎	이나라가 바로 서는 계기가 반드시 되리라봅니다. 이번 황우석 사건은 어....우리나라의 국운이 결정되어진다해도 과언이 아닐겁니다. 국민이 권력....기회를 만들어갑시다	2005/12/19
황우석의연구완..	성군이순신 장군께서도 덫에 걸리신 적이 있었지만 결국 우리 민족의 영웅....연구만 하신 황교수님께서 사리사욕이 있었다면 지금 미국에 계셨겠죠. 민...의 재기를 위하여!!!!!!!!!!!!!!!!!!!!!!!!!!!!	2005/12/19
★초심	권력과 사리사욕이 난무하는 요즘,,교수님은 조국의 장래를 먼저 걱정...희망이신 박사님의 연구재개를 기원합니다. 교수님 존경하고 사랑합니다.	2005/12/19
★초심	어제의 동지가 동지에게 칼을 들이되는 무서운 세상에 정의로우신 교수님....	2005/12/19
★초심	정의만을 고집하는 용기있는 교수님! 님은 존경받기에 충분한 이 시대의 ...	2005/12/19
★초심	좋은 게시물이네요. 스크랩 해갈게요~^^	2005/12/19
가은	좋은 게시물이네요. 스크랩 해갈게요~^^	2005/12/19
건지산 신령	적극 만듭시다....	2005/12/19
마피아	고준환 교수님께서 이렇데 나서주시니 감사할 따름입니다.	2005/12/19
hitler	적극찬성합니다.	2005/12/19
파파파파	동의하고, 따르고 싶습니다.	2005/12/19
예쁜여	우리모두 적극 동참합시다.	2005/12/19
풍경소리	범국민적인 동참이 될 수 있도록 해야합니다. 답답합니다. 지방에서는	2005/12/19

갈내음	범국민적인 운동으로 전화되기를 진심으로 바랍니다.	2005/12/19
관계자	추천	2005/12/19
달개비	옳음 말씀입니다. 만들어 황우석교수를 살립시다.	2005/12/19
고르비	늘 누군가는 나서야 한다고 생각했는데 이제서야..정말 대단한 결심에 존경....	2005/12/19
反MBC그루터기	눈물나게 감동스럽네요... 곧 좋은 결과 있으리라 믿어 의심치 않습니다.	2005/12/19
叡思浪	정말 고맙습니다, 아하 붇다 고준환 교수님. 황박사님 일이 한국판드레퓌스...님 같은 분이 계신 한, 우리는 더 빨리 진실을 알아낼수 있으리라 봅니다.	2005/12/19
개벽1	감사합니다.. 끝까지 동참하겠습니다..	2005/12/19
2700lee	환영합니다.	2005/12/19
행복1212	끝까지..동참합니다..감사합니다...박사님 사랑합니다...	2005/12/19
황새알	원본 게시글에 꼬리말 인사를 남깁니다.	2005/12/19
조아맨	좋은 게시물이네요. 스크랩 해갈게요~^^	2005/12/19
위드알로하	감사합니다.	2005/12/19
깃발	교수님 훌륭하십니다. 존경....	2005/12/19
머큐리	존경합니다...어서 교수님 같은 양심있는 학자들이 많이 나서야 할텐데요.	2005/12/19
끊임없는노력	교수님도 한결 같은 모습이 멋지십니다.	2005/12/19
원천기술,대한...	기다렸습니다. 교수님.	2005/12/19
도무지	적극찬성입니다. 감사합니다.^^	2005/12/19

도무지	원본 게시글에 꼬리말 인사를 남깁니다.	2005/12/19
집짓는 사람	감사합니다.	2005/12/19
해동청구	좋은 게시물이네요. 스크랩 해갈게요~^^	2005/12/19
영광이아빠	좋은 게시물이네요. 스크랩 해갈게요~^^	2005/12/19
wlstlf	좋은 게시물이네요. 스크랩 해갈게요~^^	2005/12/19
마음산책	잘보았습니다 좋은글 올려주심에 감사하며....이래서 더 황박사님과 ...마음이 강해집니다 어떠한 상황이 오더라도 기필코 정의와 진실의 ..선택이 영광이 아닌 고난과 고통일지라도 그런 선택을 했음을 자랑스러워...	2005/12/19
반장	잘보았습니다?감사합니다	2005/12/19
조아맨	좋은 게시물이지만 공지물로는 적절하지 않은듯합니다.	2005/12/19
해피걸	잘보았습니다..	2005/12/19
깃발	이번사건의 요약본이라 할 만합니다.고생하셨습니다.	2005/12/19
wlstlf	좋은 게시물이네요. 스크랩 해갈게요~^^	2005/12/19
별이천사	좋은 게시물이네요. 스크랩 해갈게요~^^	2005/12/19
행운gggg	좋은글 잘 보았습니다..감사합니다	2005/12/19
멀티플레이어	이시대의 선비이신 고준환교수님의 말씀에 절로 고개가 숙여집니다. 저지....되었습니다.	2005/12/19
조경사랑	정말 미치겠네요...그럼 황교수님의 연구를 위해 이나라를 떠나야하나요?	2005/12/19
빛나리	좋은 게시물이네요. 스크랩 해갈게요~^^	2005/12/19
빨강파랑노랑	좋은글 감사합니다.	2005/12/19

뇌경	긴글입니다.종합적인 판단을 할수 있는 글입니다.감사 합니다. 교수님...	2005/12/19
눈보고	정말 좋은 글입니다. 황우석 박사님을 지지하는 인물들 중에 김근태 전 ...	2005/12/19
진실규명하자	정말 명쾌하고 좋은 글 감사합니다.	2005/12/19
마타아시타	정말 10년 묵은 체증이 내려가는 기분이예요.	2005/12/19
갈내음	좋은 게시물이네요. 스크랩 해갈게요~^^	2005/12/19
비엠	좋은 게시물이네요. 스크랩 해갈게요~^^	2005/12/19
가람과뫼	좋은 게시물이네요. 스크랩 해갈게요~^^	2005/12/19
구름	좋은 게시물이네요. 스크랩 해갈게요~^^	2005/12/19
386_Korea	감사합니다.	2005/12/19
허브와풍경	좋은 게시물이네요. 스크랩 해갈게요~^^	2005/12/19
시청률,광고0	전체를 그리고 세부적으로 볼수 있게 되었습니다. 감사 합니다. 교수님..	2005/12/19
건강하세요	고준환교수님 존경합니다. 고맙습니다.	2005/12/19
hanulijae	진심으로 감사합니다. 교수님의 글을 통해서 큰 힘을 받 습니다. 황박사님....국민들이 이처럼 열화와 같이 성원 하는데...	2005/12/19
하늘빛아이리스	음..박근혜의 행보를 말씀하신게 이해가 가네요. 좀 이 해가 안가는 걸 써들 정도로 사학법에 매달린다 했더 니... 무섭습니다. 눈감으면 코베가는 세상이다.	2005/12/19
완성	정의는 반드시 승리 할겁니다. 긴 글이지만 지루하지 않 았습니다. 그나마...살아갈 용기가 생깁니다. 감사드리 구요. 건강하시고 행운이 넘치시길 빕니다.	2005/12/19

일력7	박근혜 행보는 추측이므로 지켜보는 자세가 필요하다고 봅니다. 박근혜...	2005/12/19
aeneas	와~ 역시 교수님 다우십니다. 이래야 교수소리를 들을 만하지..서조위는...불량집단	2005/12/19
파파파파	- 위 내용중 발췌 ?하늘이 무너져도 솟아날 구멍은 있습니다. 구름이 있...니다. 황교수를 바른 사람으로 보고, 그 멍을 제거하자는 목소리도 커지고 있습니다.	2005/12/19
집짓는 사람	너무 잘 보았습니다. 총체적으로 정리해주셨네요. 역시 바른 국사 찾기	2005/12/19
집짓는 사람	좋은 게시물이네요. 스크랩 해갈게요~^^	2005/12/19
princept	검찰의 수사가 물타기 또는 꼬리자르기 선에서 적당히 결론이 난다면 국...니다 대한민국의 정의를 위하여	2005/12/19
착한도깨비	교수님 존경합니다. 이 시대의 진정한 교수님이십니다.	2005/12/19
▶◀韓國취나드	하나,하나 짚어보니...무서운 음모가 진행된드사여~~ 마음이 착찹합니다.	2005/12/19
파파파파	-0----------------이글을 다른 카페에 퍼 날라주세요--------	2005/12/19
빛이되는여자	교수님이라는 호칭은 이런분께 붙여야 마땅하지요...제자들은 참으로 축복받은겁니다.	2005/12/19
푸른안개	교수님 정말 장하십니다. 정의로운 교수님으로부터 수업받는 제자들은 행복할듯합니다.	2005/12/19
nebula	고준환 교수님 같은 학자가 계시니 다행입니다 존경합니다 교수님~~	2005/12/19
아기공룡둘째	교수님 정말 하늘이 무너져도 솟아날 구멍이 있는가요???전 너무 무섭습니다. 하늘아래 이렇게 무서운 일이 벌어지는 사태가 정말 싫습니다. 싫습니다!!!!!!!!!!	2005/12/19

별초롱	좋은 게시물이네요. 스크랩 해갈게요~^^	2005/12/19
축mbc사망	좋은 게시물이네요. 스크랩 해갈게요~^^	2005/12/19
sunny96	국민이 적극나서서 음모를 파혜쳐야합니다. 그리고 황 교수님연구는 즉시	2005/12/19
프라하의봄	불의에 항거하지 않는 학자는 죽은 것이나 다름없다. 그러므로 교수님의 ...날것입니다. 잘 읽었습니다.	2005/12/19
이형진	다시 한번 사건의 본질을 확인할 논거를 찾았습니다. 교수님, 감사합니다.	2005/12/19
이상화	고준환 교수님말씀 가슴에 와 닿습니다. 정의와 진실은 반드시 승리하리하 생각합니다.	2005/12/19
분노의강	고준환교수님 피가끓읍니다. 긴문장이지만 한장의페이지에 이복잡하고 ...발적이고 혼란스러운 각종정보의뒤엉킴이 정리되니 이제 나무가 아닌 한눈에 ...그런데 피가끓어오르는 분노를 어찌해야 할까요?	2005/12/19
푸른劍氣	그런데 나는 여기에 간단한 답글을 2개달았었는데 없어졌네요!!???고준환교수님과 12월24일에 청계천집회시 다리밑에서 우연히 만나 대화를 나누었었단 글인데!..........어쩨 이상하군요!	2005/12/19
사필귀정이다	이 사건에 관련된 교수들이 고준환 교수님의 십분의 일이라도 닮아간다면 ..교수님 같은 분이 계시기에 그래도 희망을 가져봅니다.	2005/12/19
언론의 사형선..	정확한 분석력입니다. 힘냅시다 여러분	2005/12/19
매국노척살—곰..	고준환 교수님! 정말 존경할 수밖에 없는 분입니다. 일목요연하게 상황이 ...모르는 사람들도 전체의 흐름을 비교적 쉽게 파악할 수 있을 것 같습니다.	2005/12/19
갈뫼산인	검찰이 제대로된 수사만 한다면 수사결과는 윗글 내용과 상당수가 일치....	2005/12/19

신선	좋은 게시물이네요. 스크랩 해갈게요~^^	2005/12/19
갈뫼산인	그 어느지시인도 나서려하지않는 상황에서 거리낌없이 진실된 소신을 피..표합니다 황박사는 분명 사기꾼이 아 닙니다 성격그래도 주변을 믿고 ..열심히...정	2005/12/19
일력7	교수님 세세한 자료로 장문의 글을 쓰신 노고에 감사드 립니다.	2005/12/19
y88170	모든 진실이 눈앞에 보이는군요. 정말로 감사합니다.	2005/12/19
가을편지2	두 둔 뜨고 세상을 살고 있지만 일상에 쫓기는 평범한 국민들은 눈 뜬 장님...	2005/12/19
쏘크라테스킴	우리의 국민성을 익히파악한 서구강국들이 이순간도 얼 마나고소하게보고...에 전 잠을설친지 오래된 걍시민이 지만, 분통열통터지네요. 왜 한국에서 ,...어지고 하다가 도 걍 해외로 가는지 아시겠지요?	2005/12/19
쏘크라테스킴	그래도 태어난"대한민국"은 우리가 지켜가야하고 자랑 스럽게 후....수님께서 말씀하신 그런 뜇을 제거하는덴 어느일부세력이 아닌ㄴ 우리국민의...칠수 있지여, 교수 님 수고하셨습니다.	2005/12/19
황지연-마음샘	고교수님같이 현명하신 지성이 계시기에 마음 든든합니 다. 닭의 목을 비틀어도 새벽은 온다. 지당하고도 지당 하신 말씀입니다.	2005/12/19
lpg0	좋은 글.. 잘 읽었습니다.	2005/12/19
피안	교수님 감사합니다.	2005/12/19
♣함께♣	좋은 게시물이네요. 스크랩 해갈게요~^^	2005/12/19
미니천사	교수님 정말 수고 하셨습니다....교수님처럼 정의를 위 해서 싸우시는 분이 ..앞길이 보입니다. 화이팅	2005/12/19
초코머핀	정말 감사드립니다.	2005/12/19

푸른 산	고준환교수님 한국의 지성으로 우뚝 서다!	2005/12/19
푸른 산	매국적,반민족적이며 곡학아세를 일삼는 김용옥 등 엉터리 지식층들도 ...좋겠습니다. 그리고 황박사 지지자에 김근태는 빼셔야 합니다. 국익보다는...것 두번 언론 보도되었습니다.	2005/12/19
덕현맘	눈물만 나옵니다 .. 반드시 승리할거라 믿습니다	2005/12/19
kis7263	이 시대의 기회주의적인 지식인들의 침묵에 분노하며 교수님을 존경합니다.	2005/12/19
현이 맘	교수님! 진정으로 존경합니다. 좋은글 잘읽고 있습니다	2005/12/19
blueauau	Do not judge others, but serve them. 글 잘 읽었습니다.	2005/12/19
maria	고준환교수님! 감사합니다. 저도 대전에서 계속 촛불 집회에 참여했는데 마음 든든했습니다.	2005/12/19
wlstlf	좋은 게시물이네요. 스크랩 해갈게요~^^	2005/12/19

나는 그후 인터넷에 제87주년 3.1절까지 약 20회의 글을 올렸는데, 특히 7번째는 A4용지 10매 분량의 종합레포트를 쓰기도 했다. 그밖에 서울 중앙지검, 서울대본부, MBC본사, KBS본사 앞에서 촛불집회 시위도 했다.

너무 큰 세력들과의 싸움이라 솔직히 위험할 수도 있는 일인데, 예수 그리스도처럼 십자가를 지는 마음으로 황우석 교수를 세계제일의 생명공학자로 소생하고, 황교수가 성불하는데 도움을 주고자하는 심정이었다.

한편 미국, 독일, 일본, 프랑스, 스웨덴 등 해외 동포들이 애국심을 발휘하여 많은 정보를 보내오는 등 황빠들과 동지적으로 뭉쳤으며, 인터넷을 통한 정보교환이 전지구적으로 시시각각으로 이루어 졌다.

닉네임 미쉘씨는 내가 부탁하지도 않았는데, "덫에 걸린 황우석 교수님에게"라는 글을 영어로 번역하여 인터넷을 통하여 세계에 알리기도 했다.

매스컴이 황우석 죽이기가 계속되어도 국민의 약 80%는 황교수를 믿는다고 여론조사에 나오는데(리얼미터 여론조사), 국민을 계도해야 할 언론들이 인류 1억명의 생명과 관계있고, 매년 300조원의 부 창출을 타국에 뺏겼으면서도 그 덫에서 헤어나지 못하니 참으로 분통이 터진다. 소잃고 외양간 고치는 격이 되면 안된다. 우리는 지금 국가단위로 세계적 바보가 되어, 세계를 향해 "우리는 바보"라고 나팔을 불고 있는 형국이다.

역사만이 희망이기에 국민들 모두 반성하여 실상을 자각하고, 황우석 교수를 살리고, 부국강병의 역사창조에 나서야 할 것이다.

절벽에 선 매스컴을 보다 못하여 저자는 이런 글을 보내기도 했다.

황우석 교수를 사회적으로 죽여가는 언론의 회개를 촉구하며

황우석 교수를 사랑하고 지지하는 국민여러분!

새해 복 많이 받으시고 황우석 교수 살리기가 나라 살리기인 한해가 되기를 기원합니다.

여러분이 잘 아시다시피, 「황우석교수 연합팀 사건」은 지금 검찰 수사가 진행 중에 있습니다.

그런데, 2월 1일 조선 · 동아 · 중앙 · 한겨레 · Y뉴스 등의 보도를 보면, "황우석 교수 지시로 권대기 줄기세포 연구팀장이 DNA시료를 조작한 것"이라고 보도했습니다.

이른바, 황까언론은 무슨 이유인지 몰라도 서울대 조사위와 검찰을 이용하여(발언자 실명을 밝히지 않거나 못함) 황우석 교수를 사회적으로 죽이는 방향의 기사를 계속 써가고 있는 것입니다.

그것은 첫째, 사건 명칭이 2005년 Science 논문저자 25명의 「황우석교수 연합팀 사건」인데, 「황우석교수 논문조작 사건」으로 계속 표현함으로써, 마치 황교수가 직접 논문을 조작한 인상을 주는 것이요, 둘째는 위의 보도 사실에 대하여 사건을 수사 중인 책임자 서울중앙지검 홍만표 특수3부장이 "권연구원이 황교수의 지시로 사료를 조작했다는 것은 확인된 바 없으며, 서울대 조사위에서도 그런 진술을 했다는 보고가 없었다."고 명백히 밝혔는데도(H · J신문 등 보도), 기사를 작문하다시피 한 방향으로만 보도한 것입니다.

이들 얼간이 언론들이 도덕적·법적·역사적 책임을 어떻게 지려고 하는지 걱정되지 않을 수 없습니다. 이들 언론의 뼈를 깎는 회개를 촉구하는 바입니다.

더욱 한심하다고 생각하는 신문은 내가 창립 발기인이었고 주주로 있는 한겨레 신문입니다.

먼저, 기자라면 사기론과 음모론을 공정하게 객관적으로 보도해야 하는데도 기자윤리를 벗어나 한쪽 보도를 외면한 것입니다.

한겨레 신문은 무슨 사정이 있는지 몰라도, 2월 1일자 2면에서 다른 신문과 같이 "권대기 연구팀장이 황교수 지시로 DNA시료 조작"이라고 대문짝 만하게 보도했을 뿐 아니라, 28면에서 조연현 기자가 도법스님을 만난 기사를 거의 전면으로 실으면서, 덫에 걸린 황우석 교수를 뒤늦게나마 구하러 나선 불교계를 '존재의 실상'에 무지한 탓으로 매도하고 있는 것입니다.

나는 생명운동을 계속 벌여온 인드라망생명공동체 대표 도법스님을 알고 존경해왔으며, 조연현 종교 전문기자도 아는 사이인데, 그는 치열한 구도열과 공정성을 가지고 있어 존경받는 후배기자였는바, 이 기사를 보고 똥과 된장을 구별 못하듯, 너무 '존재의 실상'에 무지하고 무자비함에 큰 실망을 금할 수 없었습니다.

도법스님의 말씀 중에 공감이 가는 부분은 자기 희생적 생명운동가 지율스님에 대한 깊은 관심 촉구와 함께, 도인답게 지나친 소유욕에 빠져 생긴 불신과 원망을 모두 네 탓으로 돌리는 사회를 질책 하시면서, "나 자신도 책임이 있다"고 하신 말씀입니다. 나도 책임이 있다고 생각합니다. 그래서 나선 것입니다.

그런데 도법스님은 이 사건을 보는데 있어, 크게 사기론(황까)과 음모론(황빠)이 있는바, 외람되지만, 그것을 화두 풀 듯, 깊이 황교수나 그 사건에 대해 탐구하지 않으신 것 같아 보입니다.

황우석교수 연합팀 사건은 복잡다단한 바, 황교수가 2005년 논문 제1저자로서 책임이 있고, 일부 인간적인 실수는 있었으나, 기본적으로는 성실하고 영혼이 맑은 사람임을 외면했습니다.

이 사건은 섀튼을 비롯한 기술패권주의 미국 등 세력, 문신용 교수를 중심으로 한 K · S 세력, 로마 교황청에 관계된 한국 최대 종교 그리스도교 세력, 홍석현 보광그룹 회장과 미즈메디 병원 노성일 이사장 등이 포함된 한국 최대 재벌 삼성그룹, 황우석 영웅 만들기 하다가 황금박쥐처럼 변심해 황우석 죽이기에 나선 노무현 정부, PD수첩으로 유명한 MBC와 KBS, PBS, 삼성그룹의 중앙일보 · 동아일보 · 조선일보 등 오프라인 매스컴 거의 전부의 세력 등이 얽히고 설히어 놓은 덫에 황교수가 걸리어 죽어가고 있는 사실을 어찌 외면하실 수 있단 말입니까?

손바닥으로 하늘을 가린다고 가려지겠습니까?

도법스님은 명백한 근거없이 미망에 빠져 "한국불교계의 반응은 불교적이지도 과학적이지도 않다."고 하고, 사회문제의식없이 "한국

불교계는 세계관과 철학이 없다."하고, 난치병 환자를 위한 생명공학연구를 비난하면서 장애가 발생하게 된 근본원인을 본인은 알고, 또 제거해 나가는 방법도 알고 있는 듯이 말했습니다. 그러면 도법스님이 직접 난치병 환자 치유에 나서야 할 것입니다.

존경하는 도법스님 개인에게는 미안한 일이나, '황우석교수 연합팀 사건'에서만은 스님이 전도 몽상에 빠진 것이 아닌가 생각됩니다.

어쩌면, 스님이나 저나 자기가 보고싶은 것만 보는 것인지도 모르지요.

빈손으로 왔다가 빈손으로 가는 것이 인생이기에, 눈 밝은 이가 있다면 두 사람 다 어리석다 할지 모르겠습니다.

인생은 꿈속의 또 꿈이지만, 우리는 같은 값이면, 좋은 꿈을 꾸고 이루도록 해야 되겠지요.

도법스님과 조연현 기자(사기론과 음모론을 모두 깊이 연구해 보시기 바람.)의 성도를 기원합니다.

황우석 교수를 살리려는 국민여러분!

우리는 위에서 본 바와 같이 매스컴이라는 경계에 물들지 말고, 검찰조사를 두 눈 크게 뜨고 지켜보면서, 진실이 밝혀지고 황우석 교수가 연구재개를 하여 살아날 때까지, 모든 노력을 기울여야 하겠습니다.

2006. 2. 1
고 준 환 (황우석교수 살리기 국민운동본부장, 황지연고문)

2. 전국촛불집회시위와 두명의 열사

황우석 박사를 사랑하고 지지하며 살리려는 네티즌들은 오프라인 매
스컴의 절벽에 부딪히자, 오프라인으로 나올 수 밖에 없었다.

하여, 각 까페운영자들이 모임을 갖기도 하고, 곳곳에서 집회를 갖기
시작했다.

본격적으로 평화적인 촛불집회가 열린 곳은 2005년 12월 24일 크리
스마스 이브에 청계천 광교였다. 많은 사람들이 촛불을 들고, 성탄을
축하하며 동지들을 만나 애환을 나눴다.

저자도 이때부터 촛불집회 등에 계속 참석하고, 민초 동지들과 환담
을 나눴으며, 과분한 찬사를 받기도 했다.

그런데 그날 행사를 주도한 「아이러브황우석」의 빈주(윤태일)는 끝
내 모습을 나타내지 않았다.

아기예수가 탄생하신 X-mas이브에 맑은 청계천에서 나는 생각해본
다. 빈손으로 왔다가 빈손으로 가는게 인생이다. 인생은 구름나그네이
다. 일부 오해를 없애기 위해 한가지 첨언할 것은 종교관련 부분이다.
저자가 가장 존경하는 세계의 성자 석가모니, 그리스도, 노자 세분 가
운데, 석가모니에게서 가장 많이 배웠고, 젊은 시절 약 5년간 그리스도
교회에 다닌 적이 있다. 또 역사적 예수와 그리스도교사에 대한 연구도
하고 있다. 또한 유신시절 등 반독재 투쟁할 때 자유언론과 민주화를
위해 명동성당이나 종로5가 기독교회관에도 동아자유언론 수호투위
위원들과 자주 다녔다. 또 집에서는 때 맞춰 조상에 대한 제사를 잘 지

내고 있다.

아기 예수가 탄생하신 X-마스이브이다.

그리스도는 잘 알다시피, 진리를 펴시다가, 더러운 기득권 세력들의 덫에 걸리면서 유명한 십자가 사건을 통해 생사를 초월하시고 세계사를 기원 전후로 나눈 위대한 분으로, 사랑과 평화와 행복을 인류에게 가르쳤다. 그러나 그리스도교계의 현실을 보면, 존경받는 테레사 수녀님과 한국의 다석 유영모 선생님, 전태일 열사님, 최흥종 목사님 같은 많은 크리스챤들이 훌륭하게 살다 가시거나, 또 그리스도의 가르침대로 잘살고 있는 분도 많다는 걸 잘안다. 그러나 그리스도의 가르침대로 살지 않거나, 반대로 사는 사람(적그리스도 교도라 함)도 일부 있다. 나는 종교를 편 가르기하거나, 폄훼할 생각은 추호도 없다. 말로는 크리스챤이라 하고 실제로는 나쁜짓하는 적그리스도교의 광신도가 만일 황우석 교수 사건에 관련되어 있다면, 그것이 크게 걱정된다는 것이다. 나는 종교적으로 다원적 초월자적 입장이다.

촛불집회가 전국에서 있었지만, 제일 중요한 집회는 2005년 마지막날부터 매주 토요일 가진 광화문 촛불문화행사이다.

나는 1월 7일(저자가 처음 대중 강연함), 14일, 21일(열린시민광장), 28일에 이어 2월 4일 광화문 집회에도 참석하고 황국본 대표로 작성한 시국선언문을 낭독하였다.

시 국 선 언 문

진실을 추구하고 황우석 교수를 사랑하는 국민여러분!

우리는 먼저 황우석 교수를 살리는 길이 나라와 우리 후손들을 살리는 길이라고 생명을 바쳐 가르친 고 정해준님과 이재용님의 숭고한 뜻을 이어받을 것을 선언한다.

우리는 나라로부터 많은 은혜를 입었음에도, 사회적 봉사를 해야 할 책무를 다하지 못했음을 반성하면서, 이제나마 항일독립운동하던 피를 토하는 심정으로, 우리가 알고 있는 이 사건의 진실을 알리고자 한다.

역사의 강물은 유유히 흘러 모든 것을 수용하는 바다로 들어간다.

우리는 세계적 생명공학자 황우석 교수의 연구가 강제적으로 중단됐으므로, 정부는 즉각 연구재개를 보장하여 황우석 교수팀을 살려낼 것을 촉구하는 바이다.

우리나라는 반만년 대륙의 영광사를 이어왔으나, 현대에 들어 남북이 분단된 후 민족대통일로 가는 역사적 도정에 서있다.

그런데, 한반도는 미 ? 일 ? 중 ? 러 등 제국주의 열강들의 각축장이 되었고, 국민들은 전면적 불신으로 사분 오열 된채, 구한말 보다 더한 총체적 위기를 맞이하고 있다.

그러다가 이번에 문명사적 전환을 가져올 「황우석교수 연합팀 사건」이 터진 것이다.

국민여러분과 세계인이 잘 알다시피, 세계사를 바꾼 18세기 영국 산업혁명이상으로 세계사를 바꿀, 면역거부 반응이 없는 환자맞춤형 줄기세포 기술을 황우석 교수는 보유하고 있어, 천문학적인 국부를 창출할 수 있다고 우리는 생각한다.

그러나, 황우석 교수는 지금 2005년 사이언스 논문과장과 줄기세포 확립문제 등으로 세계줄기세포 허브이사장을 물러나고, 연구중단과 줄기세포 실험재연을 금지당했을 뿐 아니라, 처벌될 위기에 처해 있다.

황교수는 생명공학의 세계적 선두주자임에도 기술패권주의 국가 등 거대세력의 덫에 걸리어 논문도 취소되고, 특허권도 **빼앗길** 위험에 처해 사회적으로 죽어가고 있고, 황교수와 선두 다툼을 벌이던 세계의 줄기세포 연구경쟁자들은 회심의 미소 속에 한국을 앞질러 가고 있다.

한편, 매스컴 등이 편파보도를 통하여 황교수를 죽여가고 있는데도, 국민들의 83.3%는 황우석을 영웅으로 생각하고 있고(동아일보 설문조사 결과, 사기꾼으로 보는 자는 16.7%), 국내의 기득권 음모세력들은 자중지란을 일으켜 나라의 기둥뿌리까지 흔들리는 이상한 사태가 벌어지고 있는 것이다.

왜 이런 이상한 일이 벌어지고 있는 것일까?

이 사건은 황우석 교수를 죽이려는 측에서는 「황우석교수 논문조작 사건」이라고 표현하여 황교수가 직접 논문을 조작한 것 같은 인상을 주려고 애쓰고 있으나, 황우석 교수 연구를 지지하던 반대하던, 개념적으로 지금은 「황우석교수 연합팀 사건」으로 부르는 것이 객관적이라고 우리는 본다.

그것은 문제의 2005년 사이언스에 게재된 줄기세포 관련 논문은 25명 공동저자의 작품이기 때문이다.

이 공동연구진은 대체로 제1저자 황교수 직할팀, 감독격인 교신저자요 유태계 미국인 제랄드 섀튼 피츠버그대 교수팀, 제2저자 미즈메디 병원 이사장 노성일팀, 제24번저자요 서울의대 교수요 K？S 세력의 중심인 문신용팀, 한양대 윤현수 교수팀(미즈메디 쪽) 등으로 분류할 수 있다.

그런데, 문제가 된 줄기세포 확립기술은 복제기술(배반포까지)과 배양기술(테라토마 형성)로 나뉘어져, 복제기술은 황교수팀이, 배양기술은 노성일팀이 가져 학제간 연구로 진행되어 왔다.

그래서 체세포 복제 줄기세포 특허권 지분의 60%는 서울대학교에(황교수가 스스로 지분을 전혀 갖지 않고 국가에 봉헌함.), 40%는 노성일 미즈메디 측에 준 것은 천하가 다 아는 사실이다.

그런데 문제의 줄기세포 바꿔치기 문제는 배양기술을 맡은 미즈메디 측에 책임이 있는 것이다. 논문과장문제는 황교수에게 논문제출을 서두르라고 반강요하고, 사이언스에 중복된 사진을 보내 덫을 놓은 섀튼과 미즈메디 측 등에 책임이 있는 것으로 우리는 본다. 그런데도 줄기세포 배양추출 책임이 있는 미즈메디 병원 노성일 이사장은 갑자기 변심하여 미즈메디와 삼성그룹에 속하는 성체줄기세포 연구의 메디포스트와 병합한 다음날인 2005년 12월 15일 "줄기세포가 없다"고 기자회견을 하여 황교수를 구렁텅이에 빠뜨리는 희극을 연출했다.

우리는 이것이 황교수를 끌어내리고, 연구팀을 분산시키려는 목적을 가지고 물욕에 빠진 섀튼팀, 문신용팀, 노성일팀, 윤현수팀 등이 팀장인 황교수에게 음모의 덫을 놓은 것으로 본다. 그리고 그 배후에는 2004년 12월 29일 인간을 포함한 영장류 줄기세포 특허를 낸 섀튼을 중심으로 한 기술패권주의 미국, 미즈메디와 전세계신문발행인협회장 홍석현씨 가족이 관계된 삼성그룹, 로마교황청이 관계된 일부 적그리스도 세력, 황우석 영웅만들기 하다가 변심한 현 정권, 이른바 서울대 조사위를 통하여 밝혀진바 문신용 교수 등 K · S 세력, PD수첩으로 악명이 높은 MBC와 삼성그룹의 중앙일보 등 거의 전 매스컴 세력 등이 있고, 이들 집단의 조직적 음모 시나리오대로 진행시키는 것으로 보이므로, 우리는 일단 검찰이 제랄드 섀튼 교수 수사를 포함한 한 점 의혹 없는 진실한 수사를 해주길 기대하는 바이다.

황우석 교수가 인간적 한계의 실수는 있었으나, 기본적으로는 근면 성실한 성품이며, 영혼과 눈이 맑은 국보적 존재이다. 그는 일년 365일 새벽5시에 일어나 밤11시까지 연구밖에 몰랐으며, 월화수목금금금으로 일한 바, 그가 확립한 체세포 복제 줄기세포 기술은 척수 장애인 등 수많은 세계 난치병 환자의 희망센터가 되고, 천문학적 국부를 창출할 수 있으므로, 정부는 대오 각성하여 황교수에게 줄기세포 확립 재연 기회를 주고 연구재개를 보장하며 적극 지원하는 것이 나라를 살리는 길임을 우리는 천명한다. 우리는 황우석 교수 살리기가 곧 나라 살리기임을 확신한다.

우리는 또 황우석 교수가 환자 맞춤형 줄기세포를 분명 확립한 것으로 본다. 그것은 황우석 교수가 이미 논문에서 발표했고, 황교수 논문과 자문에 의해 줄기세포를 형성한 영국 뉴캐슬대가 황교수의 줄기세포 기술을 인정했으며, 황교수는 또 줄기세포 기술을 미국 뉴욕 한 기관에 분양했고, 세계 줄기세포 허브를 통하여 전세계에 분양하려 했다. 또 YTN뉴스는 2006년 1월 21일 2004년 사이언스 논문 1번 줄기세포주 테라토마가 이미 내배엽, 중배엽은 물론 외배엽까지 형성되어 줄기세포주가 확립됐고 이른바 서울대 조사위가 이를 착오나 고의로 누락시켰다고 보도 했다. 또한 황교수팀 실험노트에 2005년 1월 15일 미즈메디 병원이 보관하고 있던 2개의 줄기세포를 섀튼 교수에게 보낸 기록을 검찰이 밝혔고, 황우석 교수팀에게 삶의 희망을 걸고 있는 한국척수장애인협회 간부들과 여러 교수 및 김선종 연구원 등이 황우석 교수와 함께 줄기세포주를 직접 목격했다고 증언하는 등, 세계가 인정하기 때문이다. 그런데 국내 기득권 매국노 세력들만 이를 인정하지 않고, 일부 언론들은 세계를 향하여 나라 망신을 시키는 보도행위를 계속하는 형국이다.

따라서, 검찰측은 줄기세포 전문가 없이 구성되어 허위 투성이인 이른바 서울대 조사위의 결론에 따른 수사를 하지 말고, 이 사건이 황우석 교수 개인 문제가 아니라 진정성의 국가적 문제임을 깨닫고 실체적 진실 발견의 자주적 수사를 해야 할 것이다.

서울대학교도 조사위 문제 등 큰 잘못을 인정하고, 진실이 밝혀질 때까지 황교수에게 징계조치를 하지 말며, 특허권 신청 취하도 유보하라. 서울대학교는 또 황우석 교수팀이 즉각 연구에 복귀할 수 있도록 모든 조치를 취하라.

황우석 교수 연구팀을 살리려는 국민여러분!

우리는 고 정해준님이 남기신 진실규명 요청과 함께 "진실을 말하는 자 살아남을 것이고, 진실을 거짓으로 조작하는 자 죽음을 면치 못할 것이다."라는 말씀을 뼈 속 깊이 새길 것이다.

이제 우리 모두 일치단결하여 승리가 올 때까지 용감하게 투쟁해 나갑시다.

봄이 오는 역사적 길목에서, 황우석 교수가 연구를 재개하여 부활하고, 나라 살리기가 본격화됨으로써, 우리 국민 모두가 침묵의 슬픈 봄이 아니라 찬란한 기쁨의 봄을 맞이하기를 기대한다.

2006년 2월 4일
황우석교수 연구재개를 촉구하는 국민 일동

나는 이어서 2월 11일(봉은사 정해준열사 추모제 추모사, 부산역앞 촛불집회에 박종수 공동대표와 함께 참석), 2월 18일(광화문), 2월 25일은 청주 상당공원 집회에서 강연하고, 3천여명이 모인 서대전 시민공원 집회에도 참석하였다.

3월 1일에는 2만여명이 모인 광화문 집회서 "한국과학주권선언문"을 작성하고 33인의 대표로 전국에 발표하였다.

이재용 열사와 함께 MBC 본사 앞 시위도 참여하였다.

행사에서 국토대장정 카퍼레이드의 원드밀님, 지하철 전단지 배포단의 빠삐용님, 오지랍님, 서울대본부 앞에서 정운찬과 노정혜를 혼내준 아톰님등 그렇게 열심일 수 없는 분들이 너무나 많았다.

이러한 행사들을 진행함에 있어 행사를 주도한 황우석 연구재개지원 범국민연합(대표:한국척수장애인협회장 정하균. 황지연 쥐장 추설)쪽이 많은 공을 세웠음에도 불구하고 각 지역모임에 대한 배려가 조금은 부족하고, 일부 지역조직 대표들의 자존심등으로 지역분파작용이 늘고, 지역모임대표들이 서울의 범국민연합 지휘부를 잘 인정하지 않는 문제점이 발생하기도 하였다. H단체는 저자와 약속을 어기면서 새시대 정당을 만들고 있는 J씨와 정체를 알 수 없는 여인을 연사로 내세워 연설을 하게하여 참여자들에게 의혹을 던져 주기도 했다. 그 외에도 보이지 않는 거대한 적들이 돈을 뿌려 알바나 프락치를 이용한 와해작전의 흔적이 보이기도 했다.

이러한 과정에서 두명의 열사가 탄생하였다.

한분은 화물연대의장 정해준열사(61)로 2월 4일 서울 광화문 이순신

246

동상앞에서 동학혁명정신으로 황우석 박사를 살려내라고 절규하며 분신자살했고, 또 한분은 황우석 교수의 위대함을 존경하던 밀양대학 원예학과 이재용 열사(30)로, 이재용 군은 MBC PD수첩의 황우석 교수 죽이기 프로를 보고, 대구MBC에 전화로 항의하니, 직접와서 항의하란 말을 듣고, 대구MBC에 갔다가 불성실한 PD의 무책임한 말과 태도를 보고 극약을 마신 것이다.

그는 의식을 완전히 잃고 병원에 후송된 후 6일만에 기적적으로 의식이 돌아와 이제는 황우석 교수 살리기에 앞장서고 있다. 이재용군은 학교성적도 좋고, 고교때 총학생회장을 지낸 똑똑한 학생인데, 마구 사실을 조작왜곡하는 매스컴은 이군이 술에 취했느니, 정신이상이니하고 마구 보도했다. 그는 혼절했다가 깨어난 이 사건을 통하여 생사를 초월하는 임사체험을 하고, 무의식속에서 부처를 만나 불교에 귀의하였다. 그는 앞으로 큰인물로 대성 할 것이다. 정해준 열사님에 관한 사항은 저자가 작성한 2월 11일 봉은사에서 있는 정해준열사 추모제의 추모사로 갈음한다.

고 정해준 열사 추모제

정해준 열사님 추모사

삼가 정해준 열사님께 머리 숙여 경의를 표합니다.

저는 님이 떠나가신 후에야 비로소 님의 피를 토하는 소리를 들었습니다.

님은 황우석 교수님 연구재개와 재검증기회부여 및 특허권 사수로 황우석 교수가 살아야 나라가 산다고 생명을 바쳐 한민족을 가르치시고 저 하늘로 가셨습니다.

님의 소리는 사회 정의의 종을 난타하는 자주 민족의 소리였습니다. 화물연대의장으로서 구조악을 개선하고, 황우석 교수 살리기에 나서 노력했던 님은 분신 자결하기 직전 2월 4일 황우석 교수 연구재개촉구 광화문 촛불행사에 크게 의미를 부여하시고 "가자! 광화문에, 동학혁명정신으로"라는 글을 인터넷에 올리고, 유서처럼 유인물을 뿌리셨습니다.

님은 "황우석 박사 줄기세포연구재개와 도적질 음모세력 처단이 안되면 두 눈을 뜨고서 도저히 보고만 있을 수 없다"고 절규하고, "진실을 말하는 자 살아남을 것이고, 거짓으로 조작하는 자 죽을 것이다."라는 명언을 남기셨습니다.

그런데도 저희들은 님의 숭고한 뜻을 충분히 받들지 못하고 추모제에 임하여 면목이 없습니다.

　이제나마 정의장님 추모제에 의장님 뜻을 따르는 수많은 민초들이 모여 님의 뜻을 기리고 있으니, 님이여, 편히 눈감으소서.

　정의장님은 피를 토하는 심정으로, 타는 목마름으로 뜨거운 뜻을 나타내셨지만, 한 인간으로서 사랑하는 부인이나 자식들을 두고 가실 때에 왜 눈에 밟히지 않았겠습니까?

　살아 남으셔서, 저희들을 지도하여 주시고 더불어 나아가시지 않고, 이렇게 야속하게 먼저 가셨단 말입니까?

　만해 한용운님의 말처럼, 님은 가셨으나 우리는 님을 마음으로는 보내지 아니하였습니다. 아니 보내지 못하고 있습니다.

　지금은 혼돈의 시대입니다.

　구한말 동학농민전쟁이 일어나고, 3.1독립선언서가 낭독되며, 한민족이 모두 항일 독립운동하던 때가 연상됩니다.

　님의 의로운 죽음은 역사적으로 전봉준 녹두장군의 뜻에 버금간다고 생각합니다.

　그런데, 이 나라의 뜻있는 이들의 운명은 왜 이다지도 슬픈지 모르겠습니다.

　황우석 교수님과 정해준 열사님을 사랑하는 국민여러분!

　우리는 모두 힘을 합쳐 정의장님의 뜻을 계승하여 미국의 도척 제랄드 새튼이 훔쳐가고 있는 특허권을 확보하고, 기술패권주의 국가의 침탈을 저지하며, 기득권 매국노 세력들을 타도하여 정의를 실현하고 허위의 역사를 바로 잡아야 하겠습니다.

설마가 나라 망칩니다.

뽕나무 밭이 변해 바다가 되고, 천지개벽이 올지도 모릅니다.

새벽닭의 목을 비틀어도 새벽은 옵니다.

허공에 흩어진 이름이여! 불러도 대답없는 정해준님이시여!

다가오는 기미독립운동기념 3.1절에는 정해준 열사님이 오직 우리들의 희망이게 하소서.

하여, 국내외의 한민족 8천만명이 찬란한 봄을 맞이하게 하소서.

정해준 열사님이시여, 모든 걸 잊고, 자유자재로운 존재가 되소서.

명복을 빕니다.

2006. 2. 11
황우석 연구재개지원을 위한 범 국민연합
황우석교수 살리기 국민운동본부 본부장 고준환

3. 황우석교수 살리기 국민운동

황우석박사를 사랑하고 지지하여 살리려는 사람들은 사회적으로 죽어가는 황우석교수를 살리려는 싸움은 소년 다윗이 거인 골리앗을 물리치는 것보다도 어려울 것이다.

그것은 황교수에게 덫을 놓은 적의 세력이 확연히 보이지도 않을 뿐 아니라, 그 세력이 국내외적으로 막강한 미국, 한국정권, 삼성그룹, 적그리스도 세력, K.S세력 한국의 매스컴세력 등으로 상상을 초월하고 복잡한 복잡계이기 때문이다.

저자는 병술년 새해들어 1월 1일 황우석 교수를 살리려고 파사현정의 길을 가는 사람들에게 단결을 호소하며 「황우석 교수 살리기 국민운동본부」를 범국민적으로 결성하여 실천에 나서줄 것등 4개항을 제안했다.

고준환 교수가 사랑하는 황우석 교수님과 누리꾼들에게 ⑤

-병술년 새해를 맞이하여-

여러분, 새해 안녕하십니까?

새해 병술년에도 복 많이 지으십시오.

저는 지난 12월 18일부터 아이러브 황우석 카페에 "덫에 걸린 황우석 교수님에게"(7038), "아이러브 황우석 네티즌들에게"(8126), "다시 한 번 아이러브 황우석"(11181), "두 미국인 섀튼. 노성일등의 덫에 걸린 황우석 교수님"(11955)이라는 글을 올린 고준환 교수입니다.

새해 병술년을 맞이하여, 사랑하는 황우석 교수님의 부활과 정진, 그리고 누리꾼들의 단결과 행복을 기원합니다.

세계 줄기세포 허브의 국보적 중심인 황교수가 국내외 거대 세력의 덫에 걸려 벌어지는 〈황우석 교수팀 파동〉은 국민들을 정신적 공황으로 몰아 넣었고, 덫을 놓은 세력들은 황교수가 죽어가는 것을 보고 회심의 미소를 짓고 있을 것이며, 똥과 된장을 구분 못하면서 린치 저널리즘과 치어리더 저널리즘에 젖은 매스컴들은 세계를 향하여 "우리나라는 모두 바보다"라고 정신없이 나팔을 불어대고 있습니다.

그들은 약 300조원에 해당하는 황교수팀의 최첨단 기술을, 외국에 빼앗겼으면서도 눈치 채지 못하고 있습니다.

우리는 25명의 저자가 쓴 SCIENCE 2005년 논문의 제1저자인 황 교수는 사기를 칠 분이 아니고, 제2저자인 노성일과 교신저자인 섀튼은 황교수를 배신하고 거대한 덫을 놓은 세력의 전위대였음을 압니다. 세상은 인과응보의 원리에 따라 움직입니다.

이른바 서울대 조사위원회의 최종 결론과 검찰수사나 판결이 나봐야 어느 정도 이 사건의 진상을 알게 될 것으로 생각됩니다.

우리는 줄기세포기술 관련 논문 조작이나 줄기세포 바꿔치기에 있어서 문제가 되는 것은, 복제기술(황교수 보유)쪽이 아니라, 배양기술(노성일의 미즈메디병원 배양. 보유 → 논문조작에 섀튼과 미즈메디쪽 김선종 연구원 관련)쪽이라는 것을 압니다.

서울대 조사위 발표는 일부러 외면하는 듯 한데, 서울대 동물병원 김민규 박사는 스너피가 체세포 융합 복제 개가 확실하다고 말했고, 황교수가 해동한 줄기세포 5개는 체세포 환자 DNA와 일치했으며, 김선종 연구원은 환자 맞춤형 줄기세포 배양과 확립과정을 직접 목격했다고 서울대 조사위에서 말한 것으로 전해졌습니다. 그리고 황박사의 기술은 섀튼의 원숭이 복제를 가능하게 하여 세계적으로 입증된 바 있습니다.

노벨 평화상을 받은 김대중 전대통령은 월간 중앙 신년호 인터뷰에서 "황우석 박사는 단군 이래 가장 뛰어난 인물이며, 진실은 밝혀질 것이다." 라고 말했습니다.

또, 서울대학교 등이 차버린 황우석 교수를 불교이념의 동국대 의대에서 모셔가기로 얘기가 진행되고 있다고 하니(김재일 동산반야회장 말), 앞으로 동국대는 깨달음의 사회화를 실천한 학교로서, 미국의 1조원 스카우트 제의를 거절한 황교수팀을 모셔가는 영광을 누리면서, 그 이념과 함께 생명공학으로 세계적인 대학교로 웅비하게 될 것입니다..

동국대학교가 새해에는 자비광명과 지혜광명으로 가장 많은 복을 받게 되는군요.

새해 병술년 개띠해가 밝았는바, 개처럼 충직하고 의리 있으며, 용감한 사람들이 존중 받는 사회가 되어야 할텐데, 개만도 못한 인간들의 "개판"이 될까 우려됩니다.

과학기술부장관 오명 부총리가, 명칭과 목적이 불분명하여 조사위가 아니라 "조작위"라고 폄하당하는 서울대의 정운찬 총장에게 "전체적 진상파악이 된 후 발표하는 게 바람직하다"라고 요청했으나, 정총장이 무슨 이유인지 모르게 거절하고, 노정혜가 출입기자도 일부러 제한하고 간담회 형식으로 이상한 기자회견을 한 바, 오부총리는 "서울대가 이번 사태에서 자유롭지 못한 것 아니냐"고 말한 것으로 J일보가 보도했습니다.

서울대가 황우석 죽이기에 동참한 것이 아니라면, 줄기세포가 바뀐 경우에 대비. 환자 맞춤형 줄기세포 원천기술 재확인을 위하여, 폐쇄한 황우석 교수 연구실과 실험실을 가동하게 하고 6개월 이상의 기간을 주어야 마땅합니다.

서울대 조사위 등이 이대로 가고, 검찰 수사가 제대로 되지 않을 경우에는 정운찬 총장의 사퇴와 변심한 노정권의 하야로 이어지고, 사건이 미궁에 빠지는 게 아닐까 걱정이 됩니다.

덫에 걸려 빈사 상태의 황우석 교수를 살리고, 파사현정할 사람들은 앞으로 단결하여

1. 황우석 교수 살리기 국민운동본부를 범국민적으로 결성하여 실천에 나서며

2. 이른바 서울대 조사위원회와 노정혜 연구처장의 정체를 밝혀내야하고

3. 검찰수사가 제대로 이뤄지도록 유비쿼터스 노력을 해야 합니다. 또한 나는 전에 동아일보 기자로서 법조출입을 할 때 검찰에서 가해자와 피해자가 뒤바뀌는 사례를 본적이 있는데, 이번 사태는 국제세력과 국제자본 등이 개입되어 있기에 더욱 주목해야 할 것입니다.

4. 우리는 프랑스 몽타니에 박사가 에이즈 바이러스 병원체를 1983년 처음 발견 했으나, 결국에 그 백신 개발은 미국에 빼앗긴 예

를 거울삼아, 이 사건을 국제사법재판. 국제중재재판이나 국제형사재판 등으로 해결하는 문제도 검토해야 합니다.

인생은 꿈속의 또 꿈이지만, 모두 착한 꿈을 꾸어야겠죠.
황우석 교수님의 맑은 영혼과 진실을 믿고 사랑하는 여러분!!

미.일.중.러 등 제국주의 열강들이 각축하는 차가운 한반도에서, 우리들이 살아 남아 천하대란을 잠재우고, 부국강병의 통일국가를 이루려면 정신을 바짝 차리지 않으면 안될 것입니다.
황교수님에 대한 일부 의심의 눈초리가 찬탄의 눈초리로 바뀔 때까지, 황우석 교수님과 누리꾼 여러분, 건강하고 복 많이 받으세요.

2006.1.1
고준환(경기대 교수 .중앙도서관장.제3대 국사찾기 협의회장)

그러나 시간과의 투쟁에서 3주가 지나도 아무도 나서는 사람이 없었다. 이 사회에는 훌륭한 사람도 오블리스 노블리주(고위자의 봉사의무)도, 행동하는 양심도 있을텐데, 아무도 나서지 않았다.
그리하여 나는 어쩔수없이 2006년 1월 20일부터 황우석교수 살리기 국민운동본부 창립에 나섰다.

황우석교수를 사랑하고 지지하는 분들에게! 고준환교수 ⑧

-황우석교수 살리기 국민운동본부 창립에 나서며-

「황우석교수 연합팀 사건」은 이른바 서울대조사위를 거치면서 너무 많은 의혹만 더한채 국민 환시속에 검찰수사로 넘겨졌습니다.

아하 붇다 고준환교수는 새해인사말(5번글)을 통하여 "황우석교수 살리기 국민운동분부" 창립 등을 제의했으나, 여러 가지 사정으로 특별한 진전이 없었습니다.

이에 본인은 그동안 황우석교수 살리기에 공이 많은 한국척수장애인협회, 황우석을 지지하는 네티즌연대, 아이러브황우석카페, 난자기증재단, 난자기증협회, 황우석을 사랑하는 지킴이연대, 황우석연구재개 지원국민연합 등 제 단체와 협의하여 항일독립운동하는 마음으로 범국민적 지도부를 구성하고 국민운동본부 창립에 나서기로 결심했습니다.

황우석교수를 사랑하고 지지하는 국민여러분!

모두 황우석교수 살리기 국민운동분부에 참여하여 황교수를 살리고 나라를 살립시다.

(참여단체 대표자등은 018-212-7931로 연락바람)

한편 검찰은 그동안 노성일?문신용?황우석교수등 40여명의 출국을 금지하고, 압수수색을 했으며, 이번주 들어 미즈메디 병원과 서울대 수의대 실무연구원등 38명을 출석시켜 조사했습니다.

검찰은 1월19일 그동안 논문조작과 줄기세포 바꿔치기나 사기등에 관하여 의혹을 받아오며 배양기술을 보유한 미즈메디 병원(이사장 노성일)의 전체줄기세포 1천2백여개(황우석팀 NT 1~3번 줄기세포 300개+미즈메디가 만든 수정란 줄기세포 1~15 1500개) 봉인조취를 취하고, 2005년 SCIENCE 논문의 NT 1~3번 줄기세포등 황우석 교수팀에서 복제한 배반포단계까지의 배아줄기세포 1~15번자리를 미즈메디쪽에 분양하고, 미즈메디쪽에서 이를 환자맞춤형 줄기세포로 배양해 보관해 온 것인데, 이번에 여기에 문제가 생겼으므로 검찰은 그 가운데 99개의 줄기세포 샘플을 채취해 대검 유전자 분석실에 분석을 의뢰했습니다. 줄기세포 바꿔치기 등 의혹에 접근하고 있는 검찰은 특히 황우석교수팀이 배양하던 2~7번 세포주가 2005년 1월9일 서울대의 2개 실험실에서 사고로 동시에 오염되는 등 서울대 등에서 여러차례 사고가 잇따른 것으로 보아 황우석교수팀을 곤란에 처하기 위한 덫이 아닌가 보고 수사중인 것으로 알려졌습니다.

우리들은 실체적 진실발견과 인권보장을 위한 수사를 담당한 공적 기관인 검찰을 일단 믿을 수 밖에 없으나, 수사과정에 주의를 게을리 하여서는 안 될 것입니다.

검찰은 황우석교수 연합팀 가운데, 누가 정말 사기꾼이고, 누가 황

교수에게 덫을 놓은 것인지 문신용팀, 노성일팀, 섀튼팀 등 모두를 수사하여 밝혀야 하기 때문입니다.

그것은 검찰이 본질상 정치권력의 핵심과 연결되는 것이 일반이고, 변심한 황금박쥐같은 노정권이 정치적부담을 덜기 위하여 수사를 졸속으로 끝나게 할 우려가 있으며, 반드시 수사해야할 유태계 미국인 섀튼을 비롯하여 미국시민권자나 영주권자에 대한 수사를 진행시킬 수 있을지도 의문입니다. 또 국민들의 진실추구기대에 어긋난 이른바 서울대 조사위처럼, 어떤 「보이지 않는 손」에 의한 조작·왜곡등이 검찰에서라고 없으란 법이 없기 때문입니다. 그것은 검찰이 미즈메디 병원 이사장 노성일씨측 연구원들에 대하여 "증거인멸"을 위한 말맞추기를 경고한 것은 이해가 되나, 황우석교수에게 언론 접근을 못하도록 경고했다고 언론이 보도했기 때문입니다.

황교수는 서울대조사위 조사과정 중에는 조사위의 명령이라하여 미즈메디쪽으로부터 마구 공격당하는데도 침묵해야 했으며, 이제는 검찰수사 중 이라하여 황교수가 진실을 밝히는 말을 못하게 계속 침묵하게 하는 것은 「황우석 죽이기」의 연장선상으로 보여지기 때문입니다. 거기에 MBC, 중앙일보 등 OFF LINE 거의 전부의 매스컴들은 「황우석 죽이기」에 앞장 섰던 것을 반성하기는커녕, 별것도 아닌 것을 가지고 침소봉대 조작 왜곡하여 「황교수 흠집내기」에 열중인 것도 어떤 법적 대비가 필요할 것으로 보여집니다.

우리는 또 우리가 바보같은 자중지란으로 주춤하고 있는 중에 기술패권주의 국가인 미국과 영국등은 회심의 미소를 짓고 있습니다.

줄기세포 기술을 앗아간 새튼과 황우석교수의 제일경쟁자였던 미국 위스콘신 메디슨대의 톰슨교수, ACT사 부사장 란자 박사 등은 줄기세포에 있어서 승기를 잡았다고 환호하고, 월스트리트 저널은 17일 줄기세포와 치료복제에 있어서 한국과 영국을 "토끼와 거북"으로 비교하고, 거북이처럼 차분하게 연구성과를 축적해온 영국이 선도국가가 되었으며, 복제양 돌리를 만들었던 뉴캐슬대 이언 윌무트 박사는 운동신경질환 연구에 사용될 인간과 토끼의 이종배아를 만들 계획을 세우고 있다고 보도했습니다. 우리나라는 바보나라입니다.

우리는 여기서 또 반면교사로 삼기 위하여 이번 사건과 비슷한 드레퓌스 사건을 되돌아 볼 필요가 있습니다.

드레퓌스(Dreyfus)사건은 서양사에서 큰 획을 긋는 역사적 대사건인데, 「덫에 걸린 황우석」사건은 그보다 더 크고 복잡다기하며, 한국국가운명과도 연결되는 사건이기 때문입니다.

특히 드레퓌스 사건은 사건 당시에는 대다수의 국민과 언론들이 허위를 진실로 받아들이고, 국론이 양쪽으로 분열되었으며 드레퓌스 대위는 사건이 나고 억울하게 "악마의 섬"에 유배 됐다가 풀려나면서 13년이 지나서야 명예회복이 되었습니다.

1894년 프랑스의 유태계 포병대위 알프레드 드레퓌스는 참모본부에서 기밀문서를 독일에 매각했다는 간첩행위 혐의로 금고형에 처해졌으나, 새로운 증거가 나타나 (진범은 헝가리 태생 에스테라지 소령) 1896년 새 정보부장 피카르 중령이 진실을 밝혔으나, 군지도부는 피카르를 좌천시키고, 에스테라지를 무죄 석방해 버렸습니다.

이에 프랑스의 작가 에밀 졸라가 박해를 각오하고 실명을 거론하며 군부의 음모를 까발리는 글을 1898년 1월13일 일간지 〈로로르〉 1면 머리에 "나는 고발한다. 에밀 졸라가 공화국 대통령에게 보내는 편지"를 실었습니다. 그 후 공화파와 반공화파의 정치적 항쟁으로 이어지다가 1899년 드레퓌스는 대통령 특사로 석방되고, 1906년 무죄 확정과 동시에 군에 복직되었습니다.

그러나 우리나라는 프랑스보다 더 오랜 역사와 문화적 전통이 있으므로, 우리가 단합하여 노력하면「황우석교수 연합팀」사건은 좀 더 바르고, 빠르게 그 실체적 진실이 밝혀지고 황우석교수팀의 연구재개가 될 수 있을 것입니다.

황우석교수를 사랑하고 지지하는 네티즌 여러분!

그동안 많은 관심과 동감을 표시해준 여러분에게 진심으로 다시 한번 감사드립니다. 특히 좋은 댓글을 올려주신분들, 광교 광화문집회에서 만난분들, 특히 영문으로 변역해 올린 미쉘님, 제 글을 다시 올려준 白衣民族님, 제가 답변을 했으나 받지 못한 프라이님, 추설님, 빈주님, 시물라시용님, 성의정심님...........

2006. 1. 20.
아하 붇다 고준환 (경기대교수)

적이 거대세력인 것도 문제지만 더욱 어려운 것은 시간과의 투쟁이다. 대개 처음 만난 황빠끼리 만나서 서로 잘 모르는 가운데 조직을 해야하고, 자금을 모아야하고, 대책을 마련해야하고...

그리하여 2006년 1월 24일 「황우석 교수 살리기 국민운동본부」(약칭 황국본)는 창립되었다. 창립취지문과 조직표 및 임원진 명단은 다음과 같다.

황우석교수 살리기 국민운동본부 창립 취지문

황우석교수를 사랑하고 지지하는 국민여러분! 안녕하십니까?

우리나라는 지금 왕검단군이 조선을 개국한 이래 반만년 대륙의 영광사를 이어왔으나, 이제 누란의 총체적 위기에 빠졌습니다.

우리나라는 현대에 들어 일제에 강점됐다가 선열들의 독립운동 등으로 광복됐으나, 주체성 부족으로 남북이 분단되어 민족상잔을 겪었고, 이제는 한반도가 미?일?중?러등 제국주의 열강들의 각축장이 되었으며, 전면적 불신으로 4분5열된 총체적 위기를 맞이했습니다.

그러다가 이번에 「황우석교수 연합팀 사건」이 터졌습니다.

이번사건을 보는 눈은 크게 「사기론」(황우석교수가 세계를 향하여 사기쳤다)과 「음모론」(황우석교수가 거대한 세력 음모의 덫에 걸려 죽어가고 있다)로 갈리고 있습니다.

먼저 사기론을 살펴보면, 황우석교수는 전혀 사기를 칠 사람이 아닙니다. 그는 맑은 영혼과 눈을 가지고 십수년간 학자로서 늘 새벽에 일어나 성실히 연구하여 (너무 열심히 연구한 것이 이혼당한 원인이 됨) 세계 최초로 「환자맞춤형 줄기세포」를 생성하여 환자등 1억여명의 인류에게 희망을 주었고, 10년에 걸쳐 약 300조원의 국부를 창출할 기초를 마련했습니다. 그는 또 조국을 사랑하는 마음으로 미국측의 1조원 스카웃 제의를 거절했을 뿐 아니라, 줄기세포 특허권 지분을 40%는 배양기술이 있는 노성일 미즈메디 병원이사장 측에, 나머지 60%는 국가 지분으로 하고, 자기는 재벌이 될 수도 있는 지분을 전혀 갖지 않았습니다.

이렇게 물욕이 없고, 두 번 수술에 임사체험을 했을 뿐 아니라, 사기를 칠 어떤 동기도 없고, 「연합연구팀 구조」세계 줄기세포 허브 이사장으로, 전혀 사기를 칠 수도 없었습니다. 황교수가 제1논문저자로 일부 실수를 하는 인간적 한계는 있었으나, 황우석 교수연합팀 가운데, 섀튼이나 배양기술 보유쪽 등에서 사기를 쳤다면 몰라도, 황교수는 전혀 아닌 것으로 생각됩니다. 황교수연구연합팀 가운데, 황교수쪽은 복제기술, 노성일쪽은 배양기술을 갖고 있는 것인데, 논문조작이나 바꿔치기 속임수 등은 모두 섀튼과 배양기술에 관련된 쪽 입니다.

이른바 서울대 조사위가 많은 조작·왜곡을 하여 발표한 뒤 검찰이 줄기세포 바꿔치기 등에 관하여 수사를 하고 있으니, 일단은 지켜보아야 하겠습니다.

우리들이 보기에는 황우석교수를 끌어내리고, 황교수연구팀을 분산시키며, 10년간 약300조원의 부창출을 앗아갈 거대한 세력 음모의 덫에 황교수가 걸렸다고 생각합니다.

진실을 추구하고 황우석교수를 사랑하는 국민여러분!

검찰수사결과를 좀 더 지켜보아야 하겠지만, 우리는 그 세력을 제랄드 섀튼이라는 유태계 미국인교수로 드러난 기술패권주의 국가 미국, 영국, 황우석 영웅 만들기 하다가 변심한 황금박쥐 노무현 정부, 전 주미대사이고 중앙일보회장, 세계신문협회장인 홍석현과 미즈메디 병원 이사장 노성일등이 속한 것으로 보이는 한국 최대의 재벌 삼성그룹 등 이라고 추정합니다. 또, 한국 최대 종교세력이요 로마교황청과 연결된 그리스도교 세력(진정한 크리스챤을 제외한 적그리스도교 세력), 문신용 서울의대교수(세포응용연구 사업단장)를 중심으로 한 KS(경기고·서울대출신) 세력. 삼성계 일간지 중앙일보와 황우석 죽이기의 최전선에 선 PD수첩팀을 가지고 있는 MBC와 KBS, PBS 등 오프라인 매스컴의 대부분 세력 등이 라고 추정하고, 이 세력들이 직·간접으로 얽히고 행시키는 것으로 생각됩니다.

지금 황우석교수 연합팀사건에 대하여 검찰은 줄기세포 바꿔치기 수사에 수사력을 집중하고 있으나 서울대 정운찬 총장은 황교수 중징계 방침을 밝혔으며, 보건복지부는 황교수팀의 체세포 복제배아 연구 승인 취소를 서울대 수의대 학장에게 공식 통보함으로, 황교수의 줄기세포 재연실험을 막고, 대통령령을 새로 제정하여 황교수의 연구자격을 영원히 박탈하려는 의도가 있다고 언론이 보도하고 있습니다.

황교수에게 덫을 놓은 거대 음모세력의 의도대로 착착 진행되는 너무나 통탄할 사태입니다.

우리 국민과 인류의 희망인 황우석교수는 사회적으로 죽기 직전에 처해 있습니다. 황우석교수를 살리는 길이 나라를 살리는 길입니다. 우리가 천하대란 속에 매국노들의 덫에서 황우석교수를 살려내는데, 모든 민초들이 모여 총진군해야 합니다.

어찌 대명천지에 하늘이 보고 땅이 보고 국민과 세계인들이 두눈 크게 부릅뜨고 있는데, 진실을 속일 수 있단 말입니까?

돌이켜 보면, 우리나라는 2002년 한?일월드컵 축구대회에서 세계 4강을 이룬바, 하루에 700만명이 자연스럽게 거리로 나와 응원한 「붉은악마」처럼, 광화문 민주주의를 실현했고, 세계 미래 산업을 이끌 BINEC산업(BT.IT.NT.ET.CT)에서 우리는 선두그룹에 들어 있습니다.

우리나라는 또 천기 · 지기 · 인기(天氣 · 地氣 · 人氣)가 모두 세계에서 뛰어나고, 태양족으로서 홍익인간 광화세계(弘益人間 光化世界)의 신선도 이념으로 "동방의 빛" 찬란한 문명국가로 세계의 주목을 받고 있습니다.

황우석교수님을 사랑하고 진실을 지지하는 국민여러분!

우리는 모두 제정신을 찾아 민족과 인류의 희망인 황우석교수를 살리고, 나라를 살리며, 민족통일 복지국가를 이루고, 우리 문화가 세계 중심문화가 되는 하나의 평화세계를 향하여 총력을 경주해야만 합니다.

이에 우리는 황우석교수 지원에 앞장서온 황지연 등 5개 단체의 황우석교수 연구재개지원 국민연합(대표 김수량, 정하균)을 계속 지원하면서, 더불어 범국민적인 "황우석교수살리기 국민운동본부"를 창립하오니, 진실의 편에 서고자 하는 국민은 모두 과감하게 나서 적극동참해 주시기 바랍니다.

우리의 요구사항

우리는 침묵의 봄이 아닌, 찬란한 봄을 기다리면서, 최후 승리의 그날까지, 파사현정의 마음으로 단결하여 투쟁할 것을 다짐하면서, 다음과 같이 요구한다.

1. 검찰은 「황우석교수 연합팀 사건」의 실체적 진실을 찾아 섀튼을 포함하여 한 점 의혹없이 철저히 수사하라.

2. 서울대학교는 황우석교수의 줄기세포 특허출원신청을 취하하지 말라.

3. 엉터리 조사를 한 서울대학교 정명희?노정혜?정운찬 교수는 대학을 떠나라.

4. 노무현 정부는 황우석교수의 줄기세포 원천기술을 인정하고, 황교수의 연구재개와 재연을 보장하라.

5. 노무현 정권과 기득권 사탄세력들은 제 정신을 차려 황교수 죽이기를 회개하고, 막대한 국익을 버리지 말라.

서기 2006년 1월 24일
황우석교수 살리기 국민운동본부
창립 발기인 일동
대표 발기인 고 준 환 (경기대교수, 황우석을 지지하는 네티즌 연대 고문)

황우석교수 살리기 국민운동본부 · www.livehwang.com
02-390-5123, 016-9243-1425

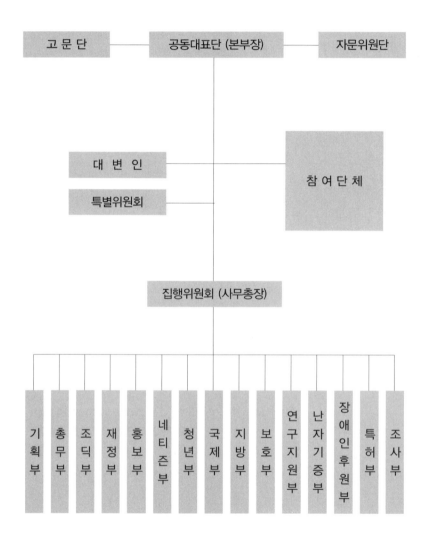

황우석 교수 살리기 국민운동본부

고 문 단 — 공동대표단 (본부장) — 자문위원단

대 변 인 — 참 여 단 체

특별위원회 —

집행위원회 (사무총장)

기획부
총무부
조딕부
재정부
홍보부
네티즌부
청년부
국제부
지방부
보호부
연구지원부
난자기증부
장애인후원부
특허부
조사부

공 지 사 항

〈황우석교수 살리기 국민운동본부 조직표 등〉

황국본의 조직표와 그 조직 내용의 일부를 알립니다.

〈조 직 내 용〉

■고문단
김 선 적 (통일민족 광복 회의 상임의장)

법　　타 (조국평화통일 불교협회회장)

법　　정 (한라산영실 존자암중창주)

■공동대표단
고 준 환 (경기대 교수, 상임, 본부장)

운　　산 (대한불교 태고종 총무원장, 상임)

유 용 근 (백범정신실천 겨레연합 대표, 전 국회의원, 기독교, 상임)

김 관 태 (국제평화대학원대학교 부총장, 상임)

정 정 박 (영주교회 목사, 상임)

이 성 민 (우리역사 바로알기 시민연대 대표, 상임)

박 종 수 (산머루 농장 대표, 상임, 전국특별위원회 공동위원장)

이 하 천 (문학작가, 전국특별위원회 공동위원장)

배 금 자 (변호사, 법률대책특별위원장)

강 경 구 (의사)

계　　성 (유가사 주지스님)

이 외 수 (문학작가)

이 재 룡 (대종교 총전교 봉선)

전 병 관 (경희대 교수, 가톨릭)

■자문위원단

김 용 표 (동국대 교수)

김 문 웅 (전 한진그룹 사장)

최 낙 권 (리얼건시네마 대표)

김 범 수 (인하대 교수)

황 호 순 (서울시 의회의원)

윤 소 년 (민족통일국민운동본부 공동대표)

이 재 희 (신림고교 교사)

이 무 진 (용해사 주지)

유 임 현 (국학운동시민연합 사무총장)

박연지심 (연주암 신도 회장)

궁 인 창 (찬덕연등 이사)

■사무총장

김 일 태 (서울시립대 교수 사임)

※각 부장(대외직명 위원장)은 추후 발표

■참여의사를 밝힌 단체

· 백범정신 실천 겨레 연합 · 우리나라 역사 바로알기 시민연대

· 통일 광복 민족회의 · 조국 평화통일 불교 협회

· 민주통일 복지 국민연합 · 선재 마을 의료회

· 한국 척수 장애인 협회 · 녹내장 환우회

· 의약사 난자 기증모임 · 황우석 지지 네티즌 연대

· 황우석 지킴이 불자모임 · 황우석 지지 카페

2006. 2. 9
황우석살리기 국민운동본부

저자는 황국본 본부장에 추대되어 이 힘든 싸움을 하고 있다. 덫에 걸린 황우석 교수는 반드시 살아나지만, 언제 연구가 재개되고, 줄기세포주 수립이 재연되며, 특허권이 취득되고 모든 명예가 회복되어 완전히 살아날지는 모른다. 더욱 이번사태가 문명사의 전환을 가져올지, 천지개벽이 될지도 알 수 없다. 장.단기 대책이 필요한 까닭이다.

황국본은 황우석 박사를 살리고, 나라를 살리며, 대한민국이 세계의 문화중심 국가가 될 때까지 모든 민초들과 함께 계속 노력할 것이다. 황국본은 2006년 민족자주독립 선언한 3월 1일 광화문 촛불문화행사에서 한국과학주권 선언문을 다음과 같이 발표하였다.

광화문 촛불문화행사

한국 과학주권 선언문

우리는 제 87주년 3?1독립운동 기념일을 맞이하여 우리나라가 과학주권을 가진 자주민족국가임을 선언한다.

우리나라는 지금 남북분단을 극복하고 민족대통일로 가고 있으며, 한반도를 둘러싸고 미 · 일 · 중 · 러등 주변 제국주의 열강들이 각축을 벌이고 있다.

오늘날의 세계는 최고도로 발달한 생명정보과학의 문명시대이며, 특히 전세계 국가들은 생명과학 종주국이 21세기 세계중심국가가 된다는 전제 아래 신과학기술개발에 총력을 쏟고 있다.

이러한 때에 영혼이 맑고 성실한 서울대 황우석 교수는 젓가락 기술 등 자족한 독창력을 발휘하여 환자맞춤형 줄기세포주 수립으로 18세기 영국의 산업혁명을 능가하는 21세기 생명 과학혁명을 선도하는 위치에 섰다.

황우석 교수가 배아줄기세포 특허권을 취득하게 되면, 연간 약 300조원의 국부창출로 전국민은 국민연금을 내지 않고도 배부르고 등따습게 살며, 난치병치료 등 의료혜택을 받고, 노후 안락한 생활보장이 되며, 자주국방, 영토보전은 물론 통일비용이 마련되어 민족통일을 앞당겨 세계의 문화중심국가가 될 수 있었다.

그러나 유태계 미국인 제랄드 섀튼을 비롯한 강권주의 미제국과 국내 5대 기득권 매국노세력의 거대한 덫에 걸리어 황교수가 사회적으로 죽어가고 있다는 현실이 통탄스럽다.

황우석 교수를 사랑하고 지지하며 살리려는 국민 여러분!

우리는 모든 나라가 평등하고, 우리 후손들은 과학주권자로서 주인 된 마땅한 권리를 누릴 것임을 전세계에 광포한다. 이는 한국이 반만년 대륙 영광사의 권위와 남북해외 8천만 한민족의 충정을 모아 하나의 평화세계로 나아가는 열린 민족주의 즉 홍익인간 광화세계의 드러냄이다.

이는 곧 하늘의 명령이며, 온 인류가 더불어 살아갈 정당한 권리발동이므로 누구도 막고 누르지 못할 것임을 천명한다.

거대음모세력에 맞서 자주적 역사의식을 가진 민초들이 들불처럼 일어나 황우석 교수 살리기에 나서 어렵고 처절한 투쟁을 해오고 있는 바, 화물연대의장 정해준님, 밀양 대학생 이재용 님 등 두 열사가 탄생하기도 하였다.

정해준 열사는 2월 4일 새벽 서울 광화문 이순신장군동상 앞에서 같은 날 있을 황우석 교수 연구재개와 특허 사수를 위한 범국민연합 광화문 촛불집회에 동학농민혁명정신으로 실천할 것을 당부하고, 분신자결 하셨다. 민족의 영웅 이순신 장군의 민족적 아픔도, 세계제일의 생명과학자 황우석 교수가 서울대에서 연구도 못하는 등 민족적 아픔도 이익추구만의 기득권층과 민족국가에 무관심한 민족반역자들에 의해 저질러졌다. 우리는 이들 기득권 민족반역자들이 양심을 되찾아 각성하기를 촉구하며, 그렇지 않을 경우 우리 후손들에게 영원히 못난 조상 매국노로 지탄 받을 것임을 경고한다.

인생은 꿈속의 또 꿈이지만, 악몽보다는 좋은 꿈을 꿔야 하고, 그것을 이뤄내야 한다. 좋은 꿈이 이루어지게 해야 한다.

한편 국내 자중지란을 넘어 밖으로 눈을 돌리면, 세계는 지금 팍스아메리카나(PAX AMERICANA)시대, 미국이 지배하는 세계이다.

미국은 세계질서를 위하여 사실상 세계의 보안관 노릇도 하지만, 구시대 유물인 제국주의나 기술패권주의로 나아가 생존권을 뺏긴 나라들로부터 크게 비난을 받기도 한다.

한·미 양국은 한미수호통상조약이래 동맹관계로 고맙게도 잘 지내왔으나, 미국은 국가간의 평등한 관계를 어기고, 정복자의 쾌감을 누리듯 우리의 자존심을 상하게 하며, 용서하기 어려운 야속한 경우도 많았다.

특히 미국이 이번에 호혜평등 관계를 깨고 황우석 교수가 수립한 환자 맞춤형 줄기세포주관련 특허권 수탈행위를 하고 있는바, 이를 중지하지 않는다면, 우리는 조지 부시 미국대통령에게 분노를 느끼고, 그 대응으로 민족자주를 위한 주한미군 철수를 요구할 수 밖에 없음을 천명한다.

이는 사대식민주의를 극복하는 민족자결주의 원칙이며, 인류공동 생존권의 정당한 발동이다. 이는 우리나라가 자주적 삶과 번영을 누리는 동시에 우방미국으로 하여금 이성을 되찾아 망국의 길로 가지 않게 돕는 것이며, 세계평화와 인류복지에 꼭 있어야 할 단계인 것이다.

하여, 허위 구조가 진실의 구조로 바뀌는 역사의 고비에서, 우리가 억울함을 풀어보려면, 생명과학주권을 지키려면, 자자손손 행복을 누리게 하려면, 이들 적대세력을 제압하지 않을수 없다.

황우석 교수를 사랑하고 지지하며 살리려는 국민 여러분!

아하! 새시대가 오고 있도다! 폭력의 시대가 가고, 도의 시대가 펼쳐지는도다!

새봄이 온누리에 찾아들어 만물의 소생을 재촉하는 때에 우리가 모두 떨쳐 일어나 정의와 더불어 나아가야 하지 않겠는가?

우리는 우리의 과학주권을 찾을 때까지, 모든 국민이 싸움에 동참하여 찬란한 봄을 맞이할 것을 다짐하며, 다음과 같이 요구한다.

1.헌법을 위반한 서울대학교는 황우석교수의 연구를 즉각 재개시켜라.

2.검찰은 공정한 수사와 새튼소환으로 황우석 교수 연합팀 사건의 진실을 밝혀내라.

3. 미국은 황교수 특허권 침탈을 중지하거나, 버시바우 대사를 소환하라.

4. 검찰은 MBC PD 수첩팀과 서울대 조사위원회 위원장을 즉각 수사하라.

5. 정부는 황교수의 줄기세포 특허권을 사수하라!

6. 기득권 매국노세력들은 각성하라.

한국과학주권선언

고준환, 강경구, 계 성, 김관태, 김문웅, 김성진, 김인용, 김일태, 박종수, 박형제, 백옥란, 법 정, 선경숙, 신법타, 양규영, 운 산, 유용근, 윤상호, 이무진, 이동재, 이복재, 이성민, 이연준, 이재용, 이하천, 장준성, 장현주, 전병관, 정의장, 정정박, 정진완, 정하균, 최금지 33인외 3300만명.

서기 2006년 3월 1일

한편 3.1절 행사가 끝나고 적진의 교란 작전과 중구난방식 운동 전개에 대비하여 저자는 카페 협력 조정은 별도로 협의하기로 하고, 오프라인의 중심을 잡아 일치단결하여 황우석 살리기에 나서고자 전국적, 직능적 대표들로 「황우석특허 수호등 국민협의회」를 만들고, 3월 22일 KBS본사 앞에서 "문형렬PD가 만든 황교수 특허문제 등을 다룬 추적 60분을 즉각 방송할 것 등을 요구하는 시국강연회를 가졌는데, 국민협의회 공동대표는 다음과 같다.

■황우석특허 수호등 국민협의회 공동대표

정 원 수(소집책)	010-7425-5325	충남대전지역 대표 · 충남대 교수
이 태 영(연락책)	018-235-0012	달마회 회장 · 前중앙승가대 교수
전 병 관	011-395-6651	황국본 공동대표 · 경희대 교수
김 성 진(조사책)	016-583-2081	부산경남지역 대표 · 부산대 교수
윤 상 호	010-7166-0000	대구경북지역 대표 · 사업가
백 옥 란	011-9773-6659	인천지역 대표 · 교사
장 현 주	018-795-3365	광주지역 대표 · 학원운영
김 순 조	011-9204-2828	교사모임 대표 · 고교 교사
이 강 욱	010-3393-1333	경기남부지역 대표 · 사업가
박 종 수	017-329-3764	강원지역 대표 · 산머루 농장주
김 휘 대	010-3968-2244	미군철수운동본부 서울 대표
이 복 재(홍보책)	018-854-8871	e-조은뉴스 기자
박 경 식	011-323-3710	황의모 대표 · 병원장
이 문 희	011-476-4015	충북지역 대표 · 사업가
백 영 철	010-7765-2330	전북지역 대표 · 사업가
김 수 원	010-9768-5560	제주지역 대표0104사업가
신 상 철	018-577-0532	서프 책임자 · 전 마산대 교수
김 동 현	011-9064-1393	경기동부지역 대표
윤 중 혁	010-3025-1928	경기북부지역 대표
고 준 환(사회)	018-212-7931	황국본 본부장 · 경기대 교수

4. 검찰수사 중간발표

황우석교수연합팀 사건은 서울대 조사위 최종발표에 이어 검찰수사로 넘어갔다. 검찰은 서울대 조사위와 다르게 그 역사적 진실을 밝혀줄지 국민과 세계의 주목을 받았다. 얼간이 매스컴을 통하여 보도되는 것을 보면 진실이 조금은 밝혀지기도 하고, 반면 서울대 조사위의 엉터리 발표를 유지하려는 언론 플레이도 보였다. 정치권력의 한 핵심인 검찰이 이 「뜨거운 감자」를 놓고 수사발표를 미루기도 했다. 그래서 저자는 다음 3개의 글을 보냈다.

「황우석교수연합팀 사건」의 검찰수사 방향 등에 관하여 ⑨

황우석 교수를 사랑하고 지지하는 국민 여러분! 안녕하십니까!
저는 고준환 교수입니다.
황우석 교수의 체세포 유래 줄기세포 형성기술에 대해 기술적으로 국내 제일 경쟁자인 마리아 생명 공학 연구소 박세필 소장 등도 "황교수팀이 전 세계적으로 사실상 유일하다."고 높이 평가하고 있는데도, 황교수를 끌어내리고, 그 연구팀을 분산시켜 국부를 망치려는 세

력들의 음모는 그칠 줄 모르는 것 같습니다.

MBC PD 수첩팀의 집요한 공략, 네티즌들이 조작위라고 말하는 이른바 서울대 조사위의 조사정신과 결과를 수사 검찰이 그대로 따르지 않을까 염려되는 조짐이 보이기 때문입니다.

검찰 수사 최종 결과와 판결을 보아야 알겠지만,「황우석 교수 연합팀 사건」을 수사하고 있는 검찰이, 미즈메디 병원에서 보관 중이던 줄기세포 99개의 샘플 유전자(DNA) 검사결과 1~15번 가운데 체세포 핵이식치환 줄기세포 2·3번이 발견되지 않아 황교수의 바꿔치기 주장이 근거가 없고, 처녀생식은 가능성은 있으나 현실성이 없는데도, 1번 줄기세포가 처녀생식이라고 25일 발표했다고 일부 언론이 보도하여, 이른바 서울대 조사위와 같은 결과를 유도하려는 것 같은 인상을 주었습니다.

또 문신용이 교신저자로 들어간 논문에 김동욱이 있는데, 그 사람이 지금 검찰수사에 줄기세포 자문을 해주고 있으니, 전부 짜고치는 고스톱의 의심이 있습니다.

「황우석교수연합팀 사건」을 수사중인 서울지검 수사팀의 박한철 차장 검사는 또 미즈메디 병원에 보관중인 1500여개 줄기세포에 대한 전수조사가 필요하냐는 기자 질문에 "그럴 필요는 못 느낀다"고 답변했다 합니다.

우리가 보기에는 샘플선정에 의혹이 있을 수 있으므로 전수조사가 필요하다고 보며, 그렇지 않을 경우 특검을 설치하여 이 사건에 관련된 일체사태를 자주적으로 재수사해야 하지 않을까 생각합니다.

더 나아가 진실을 밝히기 위하여 국회의 국정감사나, 2005년 Science 논문 조작과 줄기세포 기술을 앗아간 유태계 미국인 제랄드 섀튼 교수 등의 국제문제가 있으므로 2003년 네델란드 헤이그에 설치된 국제형사재판소에 제소하는 문제도 검토해야 할 것으로 생각됩니다.

영혼과 눈이 맑은 황우석 교수를 사랑하고 지지하는 국민여러분!

사태의 다른 한면을 보면, 황교수를 끌어내리려고 덫을 놓은 세력의 하나로 보여지는 삼성그룹에 속하는 월간중앙 2월호는 황우석 교수 몰락을 전제로 앞으로의 줄기세포 연구계승문제 논의에 같은 음모세력에 속하는 것으로 보이는 카톨릭 의대 오일환 세포유전자치료 연구소장(성체줄기세포 연구전문가), 마리아 생명공학 연구소 박세필 소장, 미국국립보건성(NIH)의 지원을 받은 차병원의 정형민 세포유전자 치료 연구소장 등을 내세워 빈축을 사기도 했습니다.

특히 사랑을 가르치는 예수 그리스도의 제자인 오일환 소장은 "서울대 조사위(네티즌등이 조작위라고도 함.) 결론에 최종 의미를 둬야 하고, 검찰 수사는 부수적이며, 분화 기능이 약한 성체줄기세포가 훨씬 나은 현실적 대안이다."라고 하여 냉냉함을 보여주기도 했습니다.

황우석 교수를 살리려는 국민여러분!

우리는 천지개벽의 시대에, 황우석 교수를 살리는 길이 나라를 살리는 길임을 확신합니다.

인생은 꿈속의 또 꿈입니다. 비록 꿈이라도, 우리는 좋은 꿈을 꾸고, 그것을 이루어야 합니다. 순수한 마음의 우리 민초들이 단합하고 「황우석교수 연구재개지원 국민연합」과 더불어, 매국적 국내외 기득권 세력들의 음모를 타파해야 합니다. 3·1 자주독립운동 등 역사에서 국민들의 진리가 승리한 경우처럼, 2002년 한·일 월드컵 축구 때 세계4강을 이루게 한 붉은 악마들의 광화문 민주주의처럼.

병술년 설날 명절을 맞이하여 평안히 지내시고, 심기 일전하여 승리의 그날까지 건투해 주시기 바랍니다.

2006. 1. 26
황우석교수 살리기 국민운동본부장 고준환
(경기대교수, 황지연고문 아하붇다)

홍만표 부장검사에게 보내는 글

황우석 교수의 진실을 사랑하고 지지하는 국민 여러분!

먼저 황우석 교수와 나라를 살리기 위하여 유일한 생명을 바친 화물연대의장 정해준 열사님의 영전에 삼가 명복을 빕니다.

님의 가시는 길에 제대로 모시지 못한듯하여 마음을 금할 수 없습니다.

또 정해준 열사님의 분신 자결 소식을 듣고, 황우석 교수님이 한때 실신상태에 빠졌다하니, 황교수님의 건강이 걱정이 됩니다.

「황우석교수 연합팀 사건」은 이제 황교수님 개인의 문제가 아니라, 나라의 문제이고, 역사의 문제이니, 너무 자책하지 말기를 바랍니다.

최근 검찰 수사 언론보도를 보니, 2004년 Science논문 1번 줄기세포를 확립한 사람이 박을순 연구원이라고 밝혀내, 이른바 서울대 조사위가 이유진 연구원이 처녀생식으로 수립했다고 조작 발표하여, 황교수팀의 특허권 취득을 막고, 섀튼이 특허권을 취득하는 걸 도와주려고하는 음모에 제동을 걸었습니다.

또 검찰은 미즈메디 병원 노성일 이사장 측이 황우석 교수 몰래 2005년 Science논문 2, 3번 배아줄기세포를 미국의 한 기관에 제공했는바, 이는 노성일이 황교수보다 먼저 환자 맞춤형 줄기세포를 독자개발 해 상업화하려는 것으로 보았으며, 또 미즈메디 측은 2005년 4월에도 황교수팀 모르게 상업화를 위해 대전 연구소에서 배아줄기세포 실험을 한 것으로 검찰은 노성일 이사장을 소환 조사하여 밝혀 냈습니다. 반전을 거듭하고 있습니다.

「황우석교수 연합팀 사건」을 수사중인 서울 중앙지검 홍만표 특별 수사부장은 수사에 급피치를 올려 막바지에 이르렀으며 다음 주 말까지 중간 수사결과를 발표할 것인바, 박종혁 연구원과 김선종 연구원이 2004, 2005년 논문의 줄기세포를 조작한 것으로 잠정 결론을 내렸다고 언론이 보도했습니다. 우리들은 일단 검찰 수사를 믿을 수밖에 없으나, 몸통은 놔두고 꼬리자르기로 끝내지 않을까 걱정이 됩니다.

우리는 이른바 서울대 조사위 조사결과를 일부나마 뒤집어 실낱같은 희망을 던져주는 홍만표 검사님에게 우선 감사의 말을 전합니다.

홍만표 부장 검사님!

이번 사건은 천문학적인 국부창출로 우리 국민을 먹여 살릴 특허권을 기술패권주의 강국에 사실상 빼앗긴 것이고, 우리나라의 불신과 허위 구조를 믿음과 진실의 구조로 바꿀 역사적 사건이라고 봅니다. 시급합니다.

홍부장 검사님이 그 자리의 중요성을 깨달아 어떤 외압에도 굴하지 말고 수사하여 진실을 밝혀내면, 청사에 아름다운 이름이 길이 남게 될 것입니다.

1894년 프랑스의 유태계 포병대위 드레퓌스는 간첩혐의로 종신 금고형에 처해지고, 당시의 국민과 언론은 허위의 편을 들었으나, 작가 에밀 졸라의 고발과 좌천을 두려워 않는 용감한 군정보부장 피카르 중령의 결단으로 진범을 잡고, 드레퓌스가 무죄임을 밝혀냈습니다.(드레퓌스 대위 명예회복에 13년 걸림)

나는 여기서 홍만표 부장검사님이 역사의식을 가지고 피카르 중령 이상으로 정의의 편에서 철저한 수사를 하여 크게 성장하고 길이 찬란한 역사에 남기를 바랍니다.

그럴려면, 홍부장 검사는 ① 미즈메디 병원에서 압수한 줄기세포를 전수조사하고 ② 엉터리 조작조사로 매국한 서울대 조사위의 정명희 위원장을 비롯한 조사위원들, 노정혜, 정운찬 총장도 조사나 수사를 해야 합니다. 한편 전국의 수재들이 모여 나라를 짊어졌다고 자부하던 서울대학교 학생들은 지금 무엇을 하는지 모르겠습니다. ③ 또 일부에서 산업스파이라고 부르는 새튼은 미국 출장을 가거나 인터폴을 이용해서라도 체포하여 수사해야 할 것이고, ④ 특히, 대한민국의 배아줄기세포 원천기술 특허권 방어에 중점을 둔 수사를 해야

할 것입니다. 홍검사님, 이 사건과 관련하여 미국대표 ? 한국대표 ? 한국천주교대표 ? 삼성보광그룹대표 ? MBC대표 등도 조사나 수사를 할 수 있겠는지요?

황우석 교수 연구팀이 강제적, 불법적으로 중단된 연구를 재개하고 배아줄기세포 재검증 기회를 주고, 특허권을 방어하는 획기적 수사가 절실한 것입니다.

홍검사님! 모든 국민 아니 세계가 지금 주시하고 있다는 걸 잊지 마시기 바랍니다.

황우석 교수를 살리려는 국민 여러분!

우리는 검찰 수사결과를 예의 주시하고, 앞으로의 판결과 국제 형사 재판소에 섀튼을 제소하여 형사재판을 받게 하는 방법도 생각해야만 합니다.

진실 승리의 그날까지 건투하시기 바랍니다.

다시 정해준 열사님의 추모 영전에 명복을 빌면서......

2006. 2. 10
황우석교수 살리기 국민운동본부 본부장 고준환

천정배 법무부장관에게 보내는 공개장-고준환

천정배 법무부 장관님, 안녕하십니까?

나는 경기대 고준환 교수입니다.

천장관이 잘 아시는지는 모르겠으나, 나는 지금 황우석 교수 살리기 국민운동본부의 본부장이고, 제87주년 3.1절에 발표한 "한국과학주권 선언문" 33인 대표의 한 사람이며, 제3대 국사찾기협의회 회장입니다.,

천장관은 잘 알다시피 서울법대와 동아자유언론수호투쟁 등 민주화 운동에 있어나의 후배이며, 직역이 달라깊은 교류는 없었으나, 천장관의 죽마고우인 경기대 박성현 교수로부터 천장관이 어린 시절부터 올곧은 성품을 함양해왔음을 잘 듣고있습니다.

그래서 나와 천장관 사이에 사적으로 얘기할 수도 있겠으나, 국가적으로 중요한 사태가 발생했기에 공적으로 글을 보내게 됐음을 양지해주시기 바랍니다.

그것은 〈황우석 교수 연합팀 사건〉의 수사가 막바지에 이르러 곧 중간수사결과 발표가 임박했기 때문입니다.

천장관도 잘 아시겠지만, 요즈음 서울중앙지검 앞에는 진실을 추구하고, 황우석교수와 나라를 살리려는 많은 국민들이 날마다 모여〈

덫에 걸린 황우석교수 사건〉에 대하여 실체적 진실 규명수사를 하라고 촉구하는 데모를 날마다 하고 있습니다.

그것은 세계제일의 생명공학자 황우석 교수가 특허권을 뺏아가고 있는 도척 새튼을 앞세운 기술패권주의국가 미국등과 5개 국내 기득권매국노세력등의 음모의 덫에 걸리고, 또 서울대 조사위의 엉터리 발표와 학문의 자유를 규정한 헌법을 위반한 서울대의 조치로 황우석 교수가 연구도 못하고, 줄기세포수립 재연기회도 박탈당하여 사회적으로 죽어가고 있기 때문입니다.

그로 인하여 우리나라는 해마다 약 300조원에 해당하는 천문학적 국부가 날아갈 위험에 놓여 있습니다.

그러므로 국민들은 이른 바 서울대조사위의 조작을 뒤엎는 바른 검찰수사를 목을 늘이고 기다리고 있습니다.

많은 국민들은 황우석 영웅만들기를 하다가 변심한 현정권도 황우석교수에게 덫을 놓은 5대기득권 매국노세력의 하나로 보고 있는 것 같습니다.

또한 이번 수사과정에서 검찰이 이 "뜨거운 감자"를 놓고 서울대와 징계가 먼저냐? 수사발표가 먼저냐? 등 핑퐁게임을 하고, 검찰 간부 사이에도 실체적 진실을 밝히려는 사람과 기득권 매국노세력에 연결되어 이른바 서울대조사위 결과를 그대로 밀고 가려는 사람이 갈등을 일으켜 따로따로 언론플레이 하는 것을 보았습니다.

최근 일본 아사히 신문은 1987년부터 2005년까지 국제학술지에

실린 논문중 553건이 취소되고, 그 가운데 253건이 학문적 정직성
이 적은 미국에서 벌어졌다고 보도했으며, 논문과장행위를 학계가
아닌 검찰이 나서처벌한 전례가 거의 없다고 합니다.

자주정신을 가지고 글로벌 수사1호라고도 하는「황우석 교수연합
팀 사건」의 진실을 관찰한 사람들은, 2005년 Science 게재 논문건
은 한국에서 데이터만 보내고 섀튼이 글도 쓰고중복된 사진도 사용
했으므로, 황교수는 제1저자로서 도의적인 책임은 있을지라도 형사
상 책임은 없는 것으로 보고 있습니다.

불법난자제공이나, MBC PD수첩팀에 제보하여 업무방해를 하거
나, 논문과장이나 줄기세포 바꿔치기나 섞어치기한 혐의자로 추정되
는 사람은 섀튼, 문신용, 노성일, 윤현수, 김선종, 이양한(한양대3인
방), 류영준, 이유진(부부) 등인 것으로 생각하는 국민들이 많습니다.

수사결과 발표가 잘못됐을 경우에 그 후의 폭풍도 어떨지 염려가
됩니다.

천정배 장관님!

천장관이 잘 알다시피 "신의는 지켜라(Fides Servanda)", "하늘
이 무너져도 신의는 지켜라.", "우리는 정의의 종을 난타하는 자유의
기수이다." 라고 우리는 서울법대에서 배웠고, 우리가 원했던 원치
않았던 이 나라로부터 은혜를 많이 받은사람들입니다.

특히 제가 후배인 천장관님을 존경하는 것은, 가장 어려운 시절 노

무현 후보를 위한 일편단심을 가지고, 다른 국회의원들이 갈대처럼 흔들릴 때 미동도 하지 않은 "의리의 사나이" 이기 때문입니다.

지금 여야는 내년에 있을대선을 앞두고 대권주자들이 뛰고 있으나, 모두 천하대란을 잠재울 진정한 지도자는 없고, 잔머리만 굴리는 고만고만한 이들 뿐 이라는 사실입니다.

천장관께서는 크게 결단을 내려 모든 외압을 물리치고, 비교적으로 정직한 홍만표 부장검사가 드레퓌스사건의 피카르 중령처럼, 섀튼을 소환조사하고 적당히 꼬리 자르지 않으며, MBC PD수첩 팀과 서울대 조사위 관계자를 수사하여 철저히 진실을 규명하고, 한 점 의혹 없는 공정한 수사 결과를 가져와 대한민국의 원천기술을 지켜준다면, 역사에 그 이름이 길이 남을 것입니다.

그러면 천하의 갈림길에서 황우석 교수 살리기는 나라 살리기이기에, 천장관이 대권주자로서도 우뚝서서, 도인정치가 아니면 나라를 구할수 없는 시대에 새로운 역사를 열게 될 것입니다.

그것은 황우석 교수를 가장크게 살리는 사람이 천하를 얻는 이가 될 것이기 때문입니다.

천정배 장관이여! 잠에서 깨어나시오!

대한민국이여! 잠에서 깨어나라!

끝으로 천장관님의 건강과 조속한 결단을 기원합니다.

2006.3.6
고 준 환

참여합시다	정말 수고 많으십니다...맘으로 밖에 못하는 이몸을 용서하세요...그대의 용기에 머리숙여 감사드립니다	2006/03/06
베드로사랑	감사 합니다!~ 전적으로 힘을 드립니다!~	2006/03/06
원조짱맘	여론의 보편적인 생각이 황박사님의 연구를 찬성한다는 내용은 아시나요 법장관님께서? 앞에서 여러모로 감사드립니다	2006/03/06
forever민주	천정배 장관님 조속한 결단을 기다립니다 ..고준환 교수님 감사합니다	2006/03/06
hera53	감사합니다!!	2006/03/06
마이스트	좋은 게시물이네요. 스크랩 해갈게요~^^	2006/03/06
comsound	고교수님 감사드립니다	2006/03/06
바람그리고세월	우리의 진짜 용기 있는 지식인 고준환교수님 알럼회원이십니까? 월요일 기분 좋습니다 이번주는 내내 즐거운 일만있을듯^^ 교수님 용기와 정의로움 잊지 않겠습니다 존경 합니다 영원히~~~~~~~~~~~~~~	2006/03/06
맑고바른나라위...	고준환교수님의 글은 읽을때마다 속이 후련합니다. 여러 세력이 뒤얽혀 복잡한 이 사건의 실체를 꼭 필요한 때 필요한곳에 청원을 해주시는 교수님께 무한한 감사를 드립니다.	2006/03/06
부사모	좋은 게시물이네요. 스크랩 해갈게요~^^	2006/03/06
장경현	감사 합니다..	2006/03/06
Geranimo	외로우신 싸움 감사합니다.	2006/03/06
세상끝까지★	천정배장관 홈피 라던가 게시판에 볼수있도록 오렸으면 하는데요 제가 그런걸 할줄을 몰라서 답답해서 혹시 할수이ㅛ는분이 좀 해주셨으면 해서요 감사	2006/03/06

2700lee	교수님 존경합니다...	2006/03/06
푸른들2	역시 멋지십니다. 교수님!! 전 교수님께서 무진장 젊으신 분인줄 알았습니다. 그런데 천장관님의 선배시라니... 정말 열정이 대단하십니다. 영원한 청춘 고준환교수님께 경의를 표합니다.	2006/03/06
homok3.11	공지 부탁 드립니다.	2006/03/06
시스	좋은 게시물이네요. 스크랩 해갈게요~^^	2006/03/06
스너피짱	원본 게시글에 꼬리말 인사를 남깁니다.	2006/03/06
叡思浪 (예사...	늘 애쓰시는 교수님, 감사합니다.	2006/03/06
다혈질	좋은 게시물이네요. 스크랩 해갈게요~^^	2006/03/06
세상만사	고준환 교수님 여러모로 많이 애쓰시네요. 무어라 감사를 드려야 할지. 힘없고 빽없는 민초는 그저 고맙고 감사하다는 말밖엔 더이상 할말이 없습니다..~~.	2006/03/06
덤보	좋은 글 감사합니다.	2006/03/06

CBS사회부 최철 기자는 3월 9일 검찰 수사에 대하여 다음과 같이 보도하였다.

서울중앙지검 특별수사팀(팀장 홍만표 부장검사)은 2005년도 논문의 줄기세포는 김선종 연구원이 주도해 미즈메디 병원의 수정란 줄기세포로 바꿔치기한것으로 잠정 결론을 내렸다.

김선종 연구원은 최근 검찰 조사에서 줄기세포 바꿔치기 혐의를 대부분 시인한 것으로 알려졌다.

반면 황우석 교수는 "데이터 부풀리기가 되었지만 줄기세포가 없다는 사실은 지난해 11월 언론 보도 이후에 알게 됐다"며 기존 주장을 되풀이 하고 있는 것으로 전해졌다.

지금 상황이라면 2005년도 논문 조작 사건은 김선종 연구원의 단독 범행쪽으로 결론 날 가능성이 높다.

이것이 사실이라면, 검찰수사는 기득권 매국노 세력 등과의 관계를 고려하여 김선종 연구원선에서 꼬리자르기로 「뜨거운 감자」를 처리하기로 한 것으로 추정된다.

2005년 사이언스 논문 조작의 주범 제랄드 섀튼을 소환조사 하지도 않고, 그 국내 공범들에 대한 처벌도 하지 않을 것으로 보인다.

한편 e조은뉴스의 이복재 기자는 2006년 3월 10일 섀튼의 인터폴 등을 통한 버시바우 미대사와 천정배 법무부장관에게 질의했으나. 계속 무응답이었다고 밝혔다.

그렇다면 진실을 밝히지 않은 그 후의 폭풍에 대하여 검찰은 물론 현 정권과 미국은 그 역사적 책임을 져야 할 것이다.

제 8 장
황우석의 진실과 부활

어느덧 봄내음이 물씬 풍기는 계절이 왔다. 춘래불사춘이다. 그래도 봄은 어김없이 온다.

자연스럽게 인간의 과학과 종교의 강물은 역사의 바다로 흘러간다.

인간 황우석은 성실 근면하고 영혼과 눈이 맑은 사람이었다. 계룡산 자락 뚝방길에서 소몰던 소년 황우석은 그의 자질과 수행 및 노력으로 세계제일의 생명공학자로, 국민들의 영웅으로 떠올랐다가 거대한 덫에 걸려 추락했다.

황우석은 이퇴계(敬사상)나 이율곡(誠사상)선생의 이상형 인간상인 「내성외왕」(內聖外王, 안은 성인 밖은 왕)의 자질을 갖췄었다.

독실한 불교신도인 황우석 박사는 범부가 성불(成佛)하는 52단계로 보면, 45위(難勝地)에서 46위(現前地)로 가는 과정에 있는 것으로 보인다.

불교 수행의 단계는 10신(信), 10주(住), 10행(行), 10회향(廻向), 10

지(地)의 50위와 51위 등각(等覺), 52위 묘각(妙覺분다)으로 되어있다.

연구에 미쳤던 황교수는 스스로 큰 덫에서 빠져 나와 절대 절명의 고난을 이기고 살아나와 진실의 세계가 펼쳐지는 것을 보게 될 것이다.

이번 사건은 황우석 교수 개인 문제가 아니라, 나라의 문제가 된 만큼, 미래의 성장을 위하여 세계제일의 생명공학자요, 영혼이 맑고 열린 민족주의 애국자인 황우석 박사의 문제점도 살펴볼 필요가 있다. 황우석의 인간적인 한계라고도 말할 수 있겠다.

첫째 천문학적인 부를 창출할 거대 프로젝트를 추진함에 있어서 필연적으로 과학기술 복합 동맹이 생기게 되는데, 이를 규제하고 관리할 관리팀이 절대적으로 필요한바, 그것이 없었다. 연구비의 15%를 떼는 서울대 정운찬 총장이 관리팀을 만들었어야 했다. 황교수 혼자하기엔 불가능한 일을 혼자하려고 한데 무리가 있었다.

황교수는 사건이 터지자 "세상이 이렇게 무서운 줄 몰랐다"고 술회했다.

둘째 나쁘다고는 말할 수 없지만, 착한 자기 마음만 믿고 다른 사람들도 같은 줄만 알고 너무 쉽게 믿어버렸다. 저자 자신도 그런 문제점을 가지고 있음을 첨언한다.

셋째 황우석 교수는 2005년 Science게재논문 제1저자로서 논문과장에 대한 법적책임은 없어도 도의적인 책임은 면할 수 없을 것이다.

그러나 검찰 수사를 받는 상황에서, 사방에서 하이에나들이 노리고 있는 상황에서, 법적 책임과 도의적인 책임이 다르다는 것을 알고, 언행을 하는 것이 필요했을 것이다. 너무 쉽게 낸 사표(다행히 P변호사

권유로 곧 되찾아옴), 2005년 Science논문 관련 시료 조작 등에 책임을 느낀다고 한 것들이 그 예이다.

물론 황우석 교수는 논문의 총괄 책임자로서 도의적 책임을 지겠다는 당당한 금도를 보인 것이나, 적진의 수사관이나 언론들은 그것을 시료 조작에 법적 책임이 있는 것으로 작문한다는 것을 유념했으면 좋았다는 것을 지적하는 것이다.

앞으로 검찰 수사 결과 발표, 판결, 특검, 국정감사, 국제 형사 재판 등 여러 가지 결과와 가능성에 대비해야 하겠지만, 황우석 교수는 사법적으로 무죄로 추정된다. 물론 검찰이 반드시 옭아매려고 하면 옭아맬 수는 있겠지만, 털어서 먼지 안나는 사람은 없고, 그것은 법에 걸리면 누구나 걸릴 수 있는게 현재의 법이다.

피해자요 고발인인 황우석 교수가 수사를 받은 바, 2005년 사이언스 논문과장을 지시하지도 않았고, 줄기세포주도 배반포까지 복제한 101개를 미즈메디 병원에 배양하라고 넘겼고, 난자는 제공된 것을 잘 사용했을 뿐이고, 개인 후원금을 쓰는 것은 개인의 재량에 속하는 것이기 때문에 특별한 사단이 없는 한 문제가 없는것으로 추정된다.

황교수는 곧 연구를 재개하고 줄기세포주 수립 재연에 나서며 특허권을 취득하여 방어하고, 실추된 명예가 완전히 회복되어야 한다.

또 수사에 있어서는 한국 검찰이 제랄드 섀튼을 소환해야하고, 그 공범들을 처단해야 하며, 나아가서 우리는 Science나 Nature를 능가하는 국제적 과학 저널을 만들고, 이 사건을 계기로 한미 자유무역협정 이후 있을 법률시장 개방에도 대비해야 한다. 특히 미국 쪽의 침탈적 수법에 유념해야 한다.

황우석 교수는 그 어려운 상황 속에서도 연구를 게을리 하지 않아 늑대복제에 성공하여, 국제 저널에 투고 중이라고 서울대 동물 병원장 김민규 박사가 3월 10일 KBS라디오를 통하여 밝혔다.

하여, 황우석을 살리는 길이, 나라 살리는 길임을 명심하고, 우리나라가 세계문화의 중심국이 되도록 국민 모두가 노력해야 할 것이다.

진실을 사랑하고, 황우석을 살리려는 운동에 참여한 국민들이여!

순수한 민초들이 신바람나서 영혼이 춤추는 나라, 찬란한 아침의 대한민국으로, 세계의 대한민국으로 깨어나게 하소서.

대한민국이여! 잠에서 깨어나라!

끝으로 하늘 높이 날다가 떨어진 인간 황우석은 큰 고난을 넘고 거듭나서 끝없는 도전을 하고 갈매기 조나단처럼 하늘 높이 훨훨 자유천지로 비상하기를 바란다.

꼭 그렇게 되기를 간절히 희망한다. (끝)

| 부　　록 |

1. 황우석 교수 기자회견문 (전문)

2. 고준환 〈생명공학적 특허 법제에 관한 연구〉

| 황우석 교수 기자회견문 전문 |

용서를 빕니다.

죄송하다는 말씀조차 드리기 어려울 정도로 참담한 심정입니다. 그동안 여러분들이 보내주신 기대와 성원, 사랑을 생각한다면 어찌 이 자리에 서겠습니까? 저는 이 시간 저를 보고 계신 여러분들의 시선을 올려다 볼 자격도 힘도 없습니다.

마지막까지 저를 성원해 주신 총장님과 교수님들, 저를 믿고 함께 밤을 밝히던 연구원들, 난치병 극복이라는 꿈을 위해 기꺼이 난자를 제공해주신 여러분들께 사과를 드립니다.

더 이상 고개조차 들 수 없는 상황이지만 서울대 조사위원회 조사가 모두 끝난 지금 조사의 중심에 서 있던 저로서는 여러분들께 이와 관련해 사과와 설명이 한 번은 있어야 될 것으로 생각하여 이 조차 책임을 회피하는 것으로 들릴 수 있음을 무릅쓰고 이 자리에 섰습니다.

제일 먼저 서울대 조사위원회에서 발표한 조사 결과에 대하여 논문과 관련된 허위 데이터의 사용은 논문의 제1저자인 제가 모두 책임질 부분입니다. 모두 인정하고 다시 한 번 사과드립니다. 또한 서울대 조사위원회에서 박을순 연구원과 관련하여 밝힌 난자 제공 부분도 사실이며 그리고 난자 매입과 관련하여 비록 큰 돈은 아니었지만 그 자금의 일부를 제공하였던 사실이 있었음을 이 자리에서 아울러 고백합니다.

다만 연구원들로 받은 7장의 난자제공 동의서는 당시 난자제공과 관련된 관계 법규가 미비했기 때문에 난자를 제공 받은 후 그 요건을 맞추기 위하여 형식적으로 저희 연구원들로부터 받았던 것일 뿐이었음을 밝혀 드립니다.

지금부터 여러분이 궁금해 하는 줄기세포의 바꿔치기 또는 원래부터 없었던 것인지의 논란과 줄기세포의 원천기술여부에 대하여 말씀드리겠습니다. 바꿔치기라 함은, 이미 수사요청서에서 밝힌 바와 같이 환자의 배반포에서 꺼내 배양중인 내부세포 덩어리를 이미 만들어진 수정란 줄기세포로 대체하여 배양한 경우와, 진정한 복제 줄기세포와 수정란 줄기세포를 서로 맞바꾸었을 경우를 모두 포괄한 개념입니다.

줄기세포 수립을 위해서는 크게 3가지가 필요합니다.

첫째 난자의 공급, 둘째 배반포의 수립 기술, 셋째 동 배반포의 배양 기술입니다. 이미 서울대 조사위원회에서도 밝혔듯이 저희 서울대학교 연구팀은 배반포의 수립에 관해서는 세계 최고의 독창적인 기술을 가지고 있었습니다만 난자의 원활한 공급과 배반포 수립 후의 배양기술은 없는 상태에서 이를 충족시켜 주실 연구 파트너가 필요했습니다.

그래서 저희는 미즈메디 병원측과, 서울대연구팀은 복제 배판포를 수립하되 미즈메디 병원측은 저희에게 난자를 제공하고 서울대 연구팀이 수립한 복제배반포를 이용하여 줄기세포를 수립하는 배양 이후 부분을 책임지기로 하였으며 이에 따라 줄기세포와 관련된 특허권에 대하여 결과적으로 60%는 서울대학교가, 나머지 40%는 미즈메디 병원의 노성일 이사장이 소유하기로 약속했었습니다.

그리하여 2002년부터 양측이 공동으로 이번 논문과 관련된 실험에 임하게 되었고 그 총괄은 서울대학교 팀을 대표한 제가 맡게 되었습니다.

이러한 약속에 따라 미즈메디 병원은 2004년 논문과 관련된 줄기세포 수립에 대하여 미즈메디병원의 박종혁, 김선종 연구원을, 그리고 2005년 환자맞춤형 줄기세포의 수립과 관련해서는 미즈메디병원의 위 김선종 연구원을 줄기세포 배양을 위하여 서울대에 매일 30분 내지 1시간씩 파견하여 주었던 바, 이들은 배반포 이후 줄기세포를 만들어 내는 단계로부터 DNA 검사까지의 역할과 책임을 맡았고 저희측에서는 다만 이들을 보조하는 연구원을 배치시켰습니다.

저는 팀웍과 신뢰를 중시하며 미즈메디 병원측의 역할과 책임만을 믿고 그들이 보고하는 모든 내용을 100% 신뢰하였습니다.

이번에 문제된 2004년과 2005년 각 논문의 진위는 결국 논문에 나타난 줄기세포의 존재 여부인데, 이는 그 논문에 나타난 해당 체세포와 줄기세포의 각 DNA를 비교함으로서만이 확인할 수 있는 것입니다.

그런데 이미 진술한 바와 같이 DNA의 추출과 검사는 미즈메디 병원측에서 파견된 위 연구원들이 수행하였습니다. 즉 2004년에 성립된 1번 줄기세포와 관련하여서는 미즈메디 병원의 박종혁 연구원이, 그리고 2005년 성립된 2번과 3번 줄기세포는 역시 미즈메디 병원의 김선종 연구원이 이를 수행하였는데 그 분들은 모두 우리 서울대학교 연구팀에게 당시 체세포와 줄기세포의 DNA가 일치한다면서 이를 증명하는 지문분석을 제시하였습니다.

그분들은 현재도 그 당시 우리팀에 대한 보고가 사실이며 결국 당시 조사대로 체세포와 줄기세포의 DNA의 결과가 같았다고 금번 서울대 조사위원회에서도 동일하게 진술한 것으로 저는 알고 있습니다. 더군 다나 저는 2005년 12월경 미국에 거주하는 위 박종혁 연구원과 전화로 통화한 사실이 있는데, (정확히는 12월 26일입니다) 그때 박종혁 연구 원은 미즈메디 병원에서 보관하고 있는 2004년 1번 줄기세포주에 대 하여 미즈메디 병원이 가지고 있는 자신들의 수정란 줄기세포의 정기 세포 검사시 우리들의 1번 줄기세포도 2004년 9월 DNA 검사를 실시 한 바가 있다고 하면서, 그 검사를 해보니 논문에 기재된 DNA 핑거 프 린팅과 결과가 같았다고 하였습니다.

그리고 그 프린팅 결과를 자신이 이메일로 미즈메디 병원에 현재 근 무하고 있는 김진미 연구원으로부터 직접 수령한 바 있으니 2004년 논 문은 이상이 없다고 하였습니다. 저는 이 말을 듣고 서울대 조사위원회 의 정명희 위원장남께 이에 대한 사실을 알려드리고 후속 조사에 대해 간곡히 요청 드렸습니다.

그러나 서울대 조사위원회는 위 박종혁의 진술과 달리, DNA 검사를 통해 미즈메디 병원에서 보관하고 있는 2004년 복제 배아줄기세포는 논문의 줄기세포와 다를 뿐만 아니라 단성생식에 의한 것이라고 발표 하였는 바, 그렇다면 2004년 2월과 9월경 미즈메디 병원의 자체 조사 결과는 미즈메디 병원의 누군가가 위 정기검사 당시 그 결과를 조작하 지 않았다면 논리적으로 도저히 설명이 되지 않는 것입니다.

또한 유영준 연구원은 2004년 논문 제출 당시, DNA 검사를 위한 체세포를 박종혁 연구원에게 제공하고, 단성생식에 의한 줄기세포가 아니라는 것을 확인하는 실험(이것을 Imprinted gene 실험이라고 합니다)에서 (이 자리에 동석하고 있는) 전현용 연구원에게 복제 줄기세포를 제공하여, 그 줄기세포가 단성생식이 아닌 복제 줄기세포라는 결과를 얻고 매우 기뻐했었던 사실이 있는데, 그와 같은 유영준 연구원이 서울대 조사위원회에서 어떻게 자신의 부인인 이유진 전 연구원의 진술을 근거로 단성생식의 가능성을 주장할 수 있었는지 전혀 이해가 되지 않습니다. 더구나 이유진 씨는 당시 인간의 난자를 다룰 만큼 숙련된 연구원이 아니었으며, 보고서에 나와 있는 바와 같이 인간 난자로부터 추출된 제 1 극체를 다시 난자 내에 주입한다는 것은 이곳에 나와있는 세계적 전문가의 입장에서도 기술적 측면에서 도저히 납득하기 어려운 일입니다.

이미 잘 알려진 바와 같이 전 세계 어느 연구소에서도 인간의 처녀생식 줄기세포가 수립된 바 없을 정도로 쉽지 않은 기술인데 미성숙 난자를 3일씩이나 체외 배양 후 처녀 생식 줄기세포를 유도했다는 것은 이 분야에 전문성을 지닌 사람 어느 누구나 이해하기 어려운 일일 것입니다.

결국 위 유영준 전 연구원이나 미즈메디에서 파견된 박종혁 연구원, 그리고 김선종 연구원들이 저나 강성근 교수를 완벽하게 속이고 실험 결과를 제출한 것으로 저는 확신합니다. 총괄 책임자인 저로서는 그 자료들에 대하여 다시 한번 검증하는 절차를 거쳤어야 했고 그렇다면 지금과 같은 대혼란이 일어나지 않았을 것입니다. 이러한 잘못은 분명 총괄책임자인 저에게 있고 그에 대한 모든 책임을 지겠습니다. 그러나 이러한 연구원들의 행위는 국내외적으로 엄청나게 큰 파문을 일으킨 사안에 비추어 반드시 규명되어야만 할 사항이기에 저는 어쩔 수 없이 수사 요청에까지 이르게 되었습니다.

줄기세포를 위한 원천기술은 위에 설명드렸듯이 배반포를 수립하는 기술과 그 배반포를 배양하는 기술이 합쳐질 때 이루어 질 수 있습니다. 저희가 가진 배반포 수립기술과 미즈메디 병원측이 가지고 있는 배반포 배양기술이 합쳐지면 위와 같은 원천기술에 전혀 이상이 없는 것이지만, 안타깝게도 배반포는 정상적으로 100여 개 이상 수립되었음에도 불구하고 확인된 복제 줄기세포는 없었으므로 현재 논란이 되고 있습니다.

위와 관련하여 우선 배반포 수립 기술의 전단계인 핵이식 기술은 저희 연구팀이 명실상부하게 세계 최고임을 다시 한번 말씀드리고 싶습니다. 이를 증명할 수 있는 한 사례로 피츠버그대학의 섀튼 박사가 흡입법에 의하여 실패하였던 원숭이 배아복제에 있어서도 저희 연구원인 박을순 연구원이 파견되어 스퀴징 기법에 의하여 성공하게 된 것을 들 수 있습니다.

그리고 체세포 복제에 의한 배반포는 우리 연구팀 외에는 오로지 영국 뉴캐슬대학의 머독 교수가 36개의 난자에서 단지 1개의 배반포를 성공시켜 2.7%의 수율을 얻은 것이 유일한 사례인데, 위 연구를 시작할 당시 위 머독 교수를 영국 정부에 추천을 해 준 것이 바로 저이며,

그 후 머독 교수는 위 연구의 성공률을 높이기 위하여 저희에게 직접 자문까지 받은 바 있었습니다. 외람되지만 현재 우리와 뉴캐슬대학은 배반포 수립 기술에 관하여서만은 절대 비교가 될 수 없습니다.

이제 최근 저희 연구팀이 이루어 놓은 성과에 대하여 말씀드리고자 합니다.

저희는 미즈메디 병원과 무관하게 저희 연구팀 자체의 노력에 의하여 최근 세계 최초로, 인간의 면역유전자가 주입된 무균미니돼지의 체세포 복제를 통한 줄기세포 배양에 성공하였고 최종단계인 테라토마 확인 실험만을 남겨 놓고 있습니다. 이미 여러차례에 걸쳐 외부의 검증까지 마쳐 놓은 상태입니다.

이러함에도 불구하고 작금의 사정으로 인하여 그 성과에 대한 논문 제출조차 포기하였지만, 저희 연구팀은 위 줄기세포 배양의 성공은 아주 큰 의미가 있다고 생각합니다. 왜냐하면 위 인간 유전자가 주입된 무균 미니돼지의 체세포 복제 줄기세포 배양과정은 인간 체세포 배아 줄기세포의 배양과정과 거의 완벽할 정도로 동일하기 때문입니다.

그러므로 현재 저희 연구팀들은 최근에 환자의 복제 배반포를 이 기술을 사용하여 배양중에 있습니다. 저희들이 이렇게 동일한 과정의 돼지 줄기세포주의 배양에 성공하였다고 하여 인간의 배아줄기세포의 원천 기술이 있다고 주장하는 것은 결코 아니지만 그에 대한 평가는 여러분이 내려주실 것입니다.

동시에 100여 개가 넘게 우리가 만들어서 미즈메디 병원측에 배양토록 의뢰했던 복제 배반포를 지금와서 생각해 보니, 우리 연구팀 자체만으로 아니면 국내외에 있는 동일한 기술을 보유한 다른 연구팀과 공동으로 협동 연구가 이루어졌다면 비록 몇 개만이라도 환자맞춤형 줄기세포를 만들 수 있을 지 않을까 후회도 됩니다.

또한 현재 저희 연구팀은 이미 스너피를 뛰어 넘는 특수 동물 복제 성과를 세계 유수의 전문학술지에 논문으로 기고하여 그 승인을 기다리고 있는 중입니다.

다시 한 번 거듭 말씀 드리지만 이번 파문에 대한 모든 책임은 저에게 있습니다. 제가 실체적 진실을 밝히기 위하여 하는 수 없이 수사요청을 하였습니다만 이로써 검찰수사까지 받게 된 동료 교수, 연구원들은 물론 여러분들에게 더 더욱 용서를 빕니다.

企 業 法 硏 究
第16輯(2004.3.31)

생명공학적 특허의 법제에 관한 연구

高 瀒 煥

韓 國 企 業 法 學 會
KOREA BUSINESS LAW ASSOCIATION
BUSINESS LAW REVIEW Vol. 16(2004)

생명공학적 특허의 법제에 관한 연구[*]

┌─────────────【 目　　次 】─────────────┐

Ⅰ. 서 론 　　　　　　　　　Ⅳ. 인간복제의 문제점
Ⅱ. 생명공학적 특허의 개념 　　Ⅴ. 결 론(생물발명특허법제의 입법방향)
Ⅲ. 생명의 철학과 윤리

└─────────────────────────────────────┘

Ⅰ. 서 론

생명은 신비(神秘)였고, 인간은 생명의 바다 속에 있는 하나의 물방울이다. 그러나 1970년대말 시험관아이탄생에 이어 인간 쥐와 복제인간의 출현은 그 신비를 깨트렸고, 생명공학의 발전은 인류세계를 놀라게 했다. 인류는 21세기 생명공학이 중심이 되는 시대를 맞이하여 인간이 인간개체를 복제하는 새로운 지평을 열게된 것이다.

인류의 지혜는 미생물을 발명하여 특허 받고 식물발명과 동물발명을 넘어 인간게놈지도완성과 생명복제 기술을 발달시켜 복제양 돌리·복제소 영롱이는 물론 인간복제 즉 인간 발명(?)이라는 영역까지 과학적으로 진입하게 되었다.

이를 우선 현실적으로 살펴보면, 생명윤리에 대한 논란을 불러일으키는 복제 인간이 2002년 12월 탄생할 것으로 공표되었다. 영국의 과학주간지 New Scientist는 2002년 4월 5일 아랍에미레이트 연합(UAE)일간지 "Gulf News"를 인용 UAE에서 열린 한 생명공학관련회의에서 이태리의 세베리노 안티노리(Antinori)박사가 자신의 인간복제 프로그램에 참여한 한 불임여성이 체세포 복제 방법으로 임신 8주째를 맞았다고 밝힌것을 보도했다.

또 서기 2002년 12월 27일 라엘리언 무브먼트산하 인간복제회사인 클로네이드에서 복제아기 "이브"를 출산시켰다고 발표해 전세계를 경악시켰다[1]. 미국에 있는 클로네이드사는 이어

---

[*] 이 논문은 2002학년도 경기대학교 연구년제 수혜로 연구되었음.
[**] 경기대 법학과 교수, 법학박사
1) 연합뉴스 2002. 12. 27 보도

서 2003년 3월 16일에는 모두 5명을 인간복제하는데 성공했다고, 사장 브리지드 부아셀레 박사가 주장한 바 있는데, 그녀는 "수일내에 이를 입증할 과학적 증거를 제시할 것"이라고 말해 다시 한번 전세계에 충격을 주었다. 그 가운데 한 명은 한국인 20대 여성으로 인간복제 배아를 임신중이라고 클로네이드 한국지부가 2002년 7월 23일 밝혔다[2].

그러나 그 후 2003년 12월 31일까지 이렇다할 객관적 증거를 클로네이드사는 제시하지 못했다. 클로네이드 사장은 "복제아기 이브는 31세 미국여성의 체세포를 핵이식해 복제됐으며, 몸무게 3.2kg의 여자아이로서 12월 26일 제왕절개로 무사히 태어났으며, 출산과정도 순조로왔다"고 기자회견서 밝혔다.

한편 한국에서도 서기 2000년 8월 9일 서울대 수의대 황우석교수팀은 세계최초로 36세의 한국인 남성에게서 채취한 체세포를 이용해 복제 실험한 결과, 수정 후 4~5일이 지나 자궁의 착상이 이뤄져 모체와 영양물질의 교류가 시작되는 배반포(胚盤胞)단계까지 배양하는 데 성공하고, 이 기술을 서기 2000년 6월 30일 미국 등 세계 15개 국가에 국제 특허를 출원했다고 밝혀, 한국과학기술수준이 세계 최첨단임을 보여주었다[3].

또 인간의 인공지능 개발로 살아 움직이는 진짜 생명체 같이 판단하고 느끼는 디지털생명체도 창조되고 있다. 이 디지털 생명체는 외부상황에 맞춰 디지털공간이 진화하는 캐릭터를 갖는다고 한다.

이는 지적재산권법(intellectual property law)상 광공산품 등 무생물 발명특허가 아닌「생물발명 특허」(?)문제 등을 제기하고 있다.

생명공학의 발전은 인류차원의 숙제를 해결해 진보를 가져옴과 동시에 사회 윤리적으로 인간복제는 재앙을 담은 판도라의 상자와 같은 미지의 문제점도 담고 있는 것이라 하겠다.

생명복제기술을 중심으로 한 생명공학(biotechnology)기술은 식량·질병·생태·에너지 등 인류의 영원한 숙제를 해결할 열쇠일 수 있으나, 생명안전 윤리연대모임의 주장같이 인간배아복제를 포함한 모든 인간복제행위를 금지하도록 생명기본윤리법이나 생명공학육성법에 규정할 것을 요구하기도 했다.

이에 따라 본 논문은 생명공학적 발명 특허의 개념을 먼저 알아보고, 도대체 생명이란 무엇인가하는 생명의 철학과 윤리 등을 살피고, 인간복제의 문제들을 알아본 다음 결론으로 생명공학적 특허법제의 입법방향 등을 논급하기로 한다.

Ⅱ. 생명공학적 특허의 개념

---

2) 중앙일보. 2002. 7. 24 1면 보도.
3) 주간동아, 2000. 8. 31, 44쪽 참조.

생명공학은 생명체의 특성을 이용하는 체계적 기술학이라고 할 수 있고, 그 기원은 서기 1839년 독일생물학자 슐라이덴(M. Schleiden)과 슈반(T. Schwann)이 생물학의 열쇠가 되는 이른바 세포설(cell theory)을 발표한 것이다. 이 이론은 어떤 생물체는 세포 하나로 되어 있지만, 다른 대부분의 생물들은 각기 다른 세포의 집합체라는 것이다[4].

생명공학의 기초를 이룬 것은 분자생물학인데, 이는 생명체 구성과 영위의 기본물질이 단백질과 핵산이며, 그것은 왓슨(J. D Watson)과 크릭(F. H Crick)이 발견한 핵산이중나선 모델이었다[5].

특허는 지식을 권리화하는 제도이다. 발명특허권을 포함하는 지적재산권에 대하여 세계지적재산권기구(WIPO)는 문학·예술·과학적 저작물·실연자의 실연, 음반·방송·인간 노력에 의한 모든 분야에서의 발명·과학적 발견, 의장, 상표, 서비스표, 상호 및 기타의 명칭·부정경쟁으로부터의 보호 등에 관련된 권리와 그 밖에 산업, 과학, 문학, 예술분야의 지적 활동에서 발생하는 모든 권리를 포함하는 것이라고 규정한다[6].

한편 대한민국 특허법 제2조는 발명특허의 발명이 자연법칙을 이용한 기술적 사상(技術的 思想)의 창작으로서 고도한 것이라 정의하고, 제4조는 특허를 받을 수 없는 발명으로 사회질서(공공의 질서와 선량한 풍속)위반 등 6가지를 들고 있다. 이는 발명특허를 받으려면 기술적 사상의 창작물로 신규성(新規性), 진보성(進步性), 산업성(産業性), 사회질서성(社會秩序性)을 갖추어야 됨을 의미한다.

특허제도의 세계적 효시는 문예부흥기인 서기 1474년 3월 19일 제정된 이태리의 베니스특허법으로 알려져 있으며, 갈릴레오도 이 법에 따라 양수·관개용기계를 특허받았다. 그 뒤 무생물발명특허는 세계 각국에서 널리 발전되어 물질문명의 발달을 가져 왔으나, 생물(living matter)이 특허대상이 되는 데는 많은 세월이 필요했다.

그것은 처음에 생물은 특허대상이 될 수 없다는 주장이 강했는바, 생물이나 생명체는 절대자나 대자연이나 신의 창조물이지 인간의 창조물은 아니라는 고정관념과 생명체는 개체마다 서로 달라서 반복가능성이 없으므로 발명의 완성이 확인되지 않는다는 것, 새로운 발명요건(미생물 기탁 등)등이었다.

그러나 무한을 향한 인류의 지혜는 생명현상의 영역에까지 넓혀져, 1930년 미국 등지에서 식물특허제도가 창설되고, 1980년 미국은 미생물발명을 특허로써 보호하기 시작했으며[7] 동물발명특허도 헝가리부터 인정하기 시작하여 사람을 다루는 특허를 제외된 상태에서 미국[8], 일본 등 세계적인 현상이 되고 있으나, 일부 국가에서는 아직 부정적이다.

---

4) 에릭 그레이스, 생명공학이란 무엇인가, 그 약속과 실제, 지성사, 2000, 19쪽.
5) 와타나베 이타루(손영수 역), 바이오테크놀로지의 세계, 전파과학사, 1995, 26쪽.
6) 세계지적재산권기구(WIPO)설립조약 제2조 8항.
7) Diamand v. Chakrabaty case.
8) so called Harvard mouse case (1988)

그러나 유전공학의 급격한 발전은 이를 허용하는 방향으로 가고 있다. 미생물 발명특허에 관하여는 부다페스트조약이 체결되어 국제적으로 승인되고 문제가 해결되고 있다.

대한민국은 1946년 특허법부터 식물특허를 인정하고 있으며9), 세계무역기구(WTO), 무역 관련 지적재산권 협정체결을 계기로 특허법에서 1995년 식물신품종보호를 위한 종자산업법 을 제정하였다. 또 미생물 발명은 1963년 대법원판례가 인정한 이래10) 특허법시행령 제2~4 조가 명백히 규정하고 있다.

한국에서의 생명공학 발전은 세계수준이어서 복제소 영롱이와 진이를 만들어내고 인간복 제에 나서기도 했다.

그런데도 동물발명에 대한 명백한 법제가 마련되어 있지 못할 뿐만 아니라 논란이 많아 동물발명특허는 물론 식물과 인간 등 생물발명특허에 대한 종합적인 법제의 마련이 시급한 실정이다.

물론 인간이 권리의 주체가 아닌 객체로서 발명특허의 대상인가는 너무나 어려운 문제이 다. 사람에 관한 최초의 특허는 1995년 3월 14일 미국 국립보건원이 신청한 파푸아뉴기니의 고지에서 하가하이족 남자의 유전물질에 관한 특허를 미국 특허청이 등록시키고 특허번호 5397696번호를 부여하였다. 그러나 그 세포의 실질적 소유자에게는 아무런 보상도 하지 않 았다. 이에 대하여 남태평양의 원주민단체, 정부는 이를 유전자 식민주의 상징인 흡혈귀 프로젝트라고 분노하고, 생명체 특허반대를 위한 태평양기구 설립을 추진하고 있다11). 여기 에 생명공학적 특허의 보호필요성과 함께 생명의 본질에 대한 고찰이 필요한 까닭이 있다.

특허법은 과거에 그 영역을 확장하는 모습을 보여주었다. 그러나 생명공학산업은 특허권 을 보장하는데 다른 어려움을 만나곤 했다. 그것은 발명의 고귀성, 발명단계, 산업적 적용, 비공개성 등에 문제가 있었다고 할 수 있었다12).

생명공학적 특허의 보호필요성은 그 신기술성과 산업적 유용성에 있다 하겠다. 특히 앨빈 토플러를 비롯하여 미래학자들은 생명공학산업이 두뇌집약적, 자원절약적, 저공해의 환경 친 화적인 지식산업으로 정보통신산업과 함께 21세기를 이끌어 가게 될 것으로 예측하고 있 다13).

생명공학이라는 용어는 1973년 미국 스탠포드대학의 코헨 교수와 캘리포니아대학의 보이 어 교수가 외래 유전자를 재조합하여 박테리아에 도입함으로써 유용한 단백질을 대량생산할 수 있는 '탈 리보 핵산(deoxyribo nucleic acid = DNA) 재조합기술'14) 개발이 성공한 때부터

---

9) 특허법 제31조 정의 : 식물 발명은 무성적으로 반복생식할 수 있는 변종식물에 관한 발명
10) 대판 1963. 11. 28. 63후34 참조
　　신균종이 발견된 경우에 반드시 새로운 특허권을 부여할 수 없는 것은 아니다.
11) 에릭 그레이스, 앞의 책 195~201쪽 참조.
12) Catherine Colston principles of intellectual property law, Cavendish pulishing Lt. London 1999, p 107.
13) 정정일, "배아복제의 법적규제방안에 관한 연구", 경기대학교 법학박사학위논문, 2003, 109쪽 참조.
14) 이 놀라운 기술의 개발은 유전체(genome)가 단지 4가지 염기로 특징 지워지는 뉴클레오타이드가 끝없이 이어

사용되기 시작하였다. 즉 생명체를 공학적인 기술(technology)로 다룰 수 있게 되었다는 것이다.

오늘날에는 고도로 발달된 컴퓨터 기술과 새로운 분석 장치의 발명에 힘입어 이제 DNA는 분석하기 가장 쉬운 세포 내 고분자로서 초보적인 학생도 유전체(genome)로부터 특정 유전자를 잘라내고, 이와 꼭 같은 DNA복제품을 무제한으로 생산해내어, 그 염기서열을 하루에도 수 천개씩 읽어낼 수 있게 되었다. 또한 이런 기술을 활용하면 분리된 유전자를 실험실에서 변화시키거나 재설계하여 살아있는 세포내에서의 기능을 알기 위한 방편으로 배양세포 내로 옮길 수 있으며, 최근에는 유용한 단백질을 생산할 수 있도록 재설계된 유전자를 동식물의 게놈에 삽입하여 형질전환체를 만들 수 있게 되었다.

DNA 재조합 기술은 1980년 미국 특허청으로부터 특허를 받음으로써 생명공학분야의 기본 특허가 되었으며 보이어 교수는 이 특허기술을 산업화하기 위하여 벤처자본가인 스완슨과 함께 제넨테크사를 설립하여 1982년에 일리이 릴리사와 함께 최초로 유전자 재조합기술에 의한 인간 인슐린의 제조허가를 받아내는데 성공하였으며 최근까지 300억 달러 이상을 판매한 것으로 알려지고 있다. 현재 전 세계적으로 1억 1천만명의 당뇨병 환자가 있으며, 유럽에만도 300만 명이 있는 것으로 추산되는데 이들에게 매일 필요한 양의 인슐린을 투여하려면 하루에 4.5kg이 필요하다. 이를 종전과 같이 돼지의 췌장으로부터 추출하려면 25만 마리의 돼지가 필요하지만, 유전자 재조합 기술[15]에 의해 대장균으로부터 생산할 경우에는 단지 300m³의 탱크배양으로 얻을 수 있고, 또 바이러스 오염이나 부작용도 줄일 수 있다니 획기적인 기술임에 틀림없다. 따라서 향후 유전체 연구가 진행되면서 생물의약품의 비중은 더욱 커질 것으로 예측되고 있다.

유전체학(Genomics)의 희망과 가속화 여부는 개개환자의 요구에 맞는 진단시약과 치료제인 예측의약(predictive medicine)을 개발할 가능성에 있다[16].

그런데 생명공학 기술에 의한 신약을 개발하는 데는 많은 고급인력과 막대한 투자비가 소요되나, 일단 개발되어 상품화되고 기술이 공개되면 제3자에 의한 모방생산이 비교적 용이하므로 투자비를 회수하고 미래의 잠재이익을 실현시키기 위해서는 특허권의 확보를 통한 시장의 독점과 높은 가격을 유지해야 한다.

최근 미국에서 개발된 빈혈치료제로 쓰이는 에리스로포이에틴(EPO)은 1g의 값이 금값의

진 긴 사슬로 구성되어 있어 한 부위를 다른 부위와 화학적으로 구별짓을 수 없으므로 생화학자들에게 분석하기 가장 힘들었던 DNA를 분리 조작하고 분석할 수 있는 수단을 제공하였으며 이는 생명체 유전정보의 신비를 하나하나 밝혀나가는 계기가 되었다.

15) 스탠포드대학의 Cohen과 캘리포니아대학의 Boyer가 발명하여 1980년 US Patent No. 4, 237, 224로 특허를 받았다. 이 기술은 생명공학의 핵심기술로서 인슐린, 인터페론, 간염백신, 성장호르몬, 소아토스타친 등과 같은 여러 가지 희귀 의약품을 싼값으로 양산할 수 있는 길이 열렸고, 동물 및 식물 유전자를 조작하여 여러 가지 유용한 특성을 가진 생명체들을 만들어 낼 수 있게 하였으며, 또한 유전병의 원인이 되는 결손유전자를 조작하여 환자의 세포에서 발현시킴으로써 유전병을 근본적으로 치료할 수 있게 하는 등 그 유용성이 매우 크다.

16) 언스트&영(공석환 책임감수), 세계생명공학리포트, 김영사, 2002, 57쪽.

수 만 배에 해당하는 67만 달러에 이르고, 항암치료시 백혈구 감소를 막는 콜로니 자극인자 (G-CSF)1g의 값이 5억원을 호가하고 있는 데 시장이 이제 형성되기 시작하고 있고 그 시장도 한정되어 있어 이러한 고가를 유지하고 시장을 지키기 위해서는 특허보호가 필수적이다.

Ⅲ. 생명의 철학과 윤리

도대체 생명이란 무엇인가? 그에 대한 해답을 찾으려면, 생명의 본질은 무엇이고, 어떤 원리에 따라 움직이는지, 그리고 인간은 무엇이고 어떻게 태어나며, 어떤 길을 가야 하는지를 알아보는게 긴요하다.

현대과학은 모든 사물이 안팎을 서로 감싸는 여러 가지 에너지층으로 구성되어 있으며, 그 가운데 절대적으로 안정된 가장 섬세한 부분이 중심을 이루고 있다 한다. 그 중심의 진동으로 상대적 세계가 일어나고 이것이 형상을 나타낼 때, 생각을 비롯한 모든 물질적에너지 형태가 되게하는 물질과 에너지의 근원이 바로 존재(存在 Being)이다. 이는 드러나지 않는 한생명이고 절대실존이다.

이것이 절대자, 초월자, 진아 얼나, 순수의식, 기쁨의식, 무한의식, 꿈꾸는자, 광명본원, 하느님, 부처님, 하나님, 알라, 태 극, 생각의 근원자리, 그물로 되어 있는 모든 생명의 뿌리이다[17].

한생명(대생명)은 절대면으로는 영원히 불변하는 허공, 침묵의 세계이며, 상대면으로는 항상 음양상대가 있어 변하고 움직이는 꿈이고 그림자며, 환영이고, 파도이다.

우리 생명도 숨쉬기와 생각의 활동으로부터 출발한다. 활동은 생각에서 나온다. 활동의 기반은 생각이고, 생각의 기반은 생각의 근원자리인 존재 즉 한생명이다.

우주의 생명은 창조, 유지, 진화, 해체하는 순환과정에 맞추어 흐름을 이어간다. 그래서 절대자는 자기를 대상으로 관찰하기 시작했고, 그것이 대폭발(bigbang)이었다.

한생명으로서의 절대자는 태초에 스스로 창조를 통해서 자신을 상대화해보고 싶어한 생각으로 '자기안'에 '자기바깥'을 창조한 것이다. 그것이 절대자의 성격으로 그는 여러 가지 모양의 생명장으로서의 상대세계를 즐기고 싶어하기 때문이다.

한생명은 순수의식인 채로 주체와 객체를 창조하여 현상계에서 여러 가지 놀이를 시작했다. 우주는 진공으로부터 왔다. 그것은 텅빈 충만이다. 생체에너지장, 생명장, 생명정보장이며, 기장(氣場 : Prana)이다. 그것은 기본적으로 에너지와 정보로 구성되었다.

한생명인 순수의식 즉 한 마음에서 기가 생겼고(心生氣), 기에서 파동이 생기고(氣生波) 입자가 생겨 삼라만상이란 물질이 생기게 되었다. 생명력인 기에서 나온 생명은 자기집착이

---

17) 고준환, 한생명상생법, 우리출판사, 2000, 45쪽.

있는 지력(知力)이다.

물질과 생명에 관하여 깊은 통찰을 한 분이 「노자를 웃긴 남자」를 쓴 도학자 이 경숙씨이기에 여기에서 그 논리를 탐구해보기로 한다.

물질분자를 구성하고 있는 원자를 분석해보면 양성자나 중성자, 전자들은 모두 동일한 힘과 정보들의 소유체이지만, 그 결합방식에 따라 산소원자나 수소원자, 헬륨원자들은 전혀 다른 성질을 가지게 된다.

모든 물질의 기본입자가 가지고 있는 정보는 상대와 결합하는 순간에 입자라는 유형의 물질적 결합만을 이루는 것이 아니라 그것들의 정보가 모아져서 하나의 통합된 정보를 창출해 낸다.

우리는 원자에서부터 비로소 하나의 실재를 말할 수 있고, 원자이전의 입자들은 존재가 아니라, 전물질적(前物質的)인 것으로 존재와 비존재사이의 허깨비(?)와 같다고 할 것이다.

원자는 하나의 통합된 정보를 가진 존재이며, 각기 고유한 성질을 가지고 있다. 따라서 원자들이 만나게 되면, 각자가 가진 정보에 따라 결합하기도 하고, 분리하기도 한다.

원자들이 결합하여 분자를 이루는데 이 분자들은 원자의 성질과 전혀 다른 통합된 고유성을 가진다.

물질이 그 결합되는 단계에 따라서 보다 고도의 조직적인 정보를 만들어 간다는 사실에서 우리는 힘과 정보를 가지고 움직이는 물질이 생명으로 이어지는 어떤 필연성을 감지할 수 있다. 물질에서 비롯되었으나, 분명히 일반 물질과 다른 생명체의 특성 중 하나가 의식(意識, consciousness)의 존재다.

이 의식의 세계를 우리는 물질계와 대별해서 정신계라고 한다. 인간의 의식이란 말은 원래 불교의 유식설에서 나왔는데, 인간의 의식을 전오식(前五識)과 후삼식(后三識)으로 나누고 있다.

전5식은 안·이·비·설·신식(眼·耳·鼻·舌·身識)이며, 후3식은 의식(意識), 마나스식(Manas識, 思量識, 意)알라야식(alaya 識, 藏識)이다.

알라야식은 생명체의 시초로부터의 경험에서 나온 방대한 기억정보의 저장고이며, 육신과 분리가능한 영적요소이다[18].

양자 실험에 의해서 물질의 정보들은 입자들이 분리되어도 시공간을 초월해서 입자들을 연결시키고, 그 관계를 유지시킨다는 사실이 밝혀졌다. 이와 같은 미시 세계의 원리로부터 우리는 물질의 본질 가운데 하나인 정보가 시공간의 법칙을 따르지 않으며, 물리적인 원리와도 무관하게 유지되고 있음을 알 수 있다. 그렇다면 이 정보들은 물질계에서 작용하는 것이긴 하지만 시공간에 존재하는 것이라고는 보기 어렵다. 시공간에 존재하는 모든 것은 시간과 공간을 지배하는 물리법칙을 따른다고 볼 때, 그런 법칙에서 벗어나 있는 이 정보들은

---

18) 이경숙, 마음의 여행, 정신세계사, 2002, 52~60쪽 참조.

시공간적인 존재가 아닌 것이다.

닐스 보어의 광자 실험에서 쪼개진 원자핵에서 튀어나간 두 개의 광자는 몇 광년의 거리를 날아간다 할지라도 물리적인 세계에서 허용되는 최고 속도인 광속을 넘지 않으면서 멀어져간다. 그러나 이 두 광자 중 하나가 정지하는 순간 거리에 관계없이 반대편의 광자도 정지한다면 두 광자 사이에는 분명히 정보가 전달되고 있음을 알 수 있다.

그렇다면 정보는 몇 광년의 거리로 멀어진 두 광자 사이를 어느 정도의 속도로 흐르는 것일까? 두 광자가 동시에 멈추었다는 사실은 정보가 전달되는 데 걸린 시간이 0이었다는 이야기다. 시간이 제로라면 속도는 곧 무한대라고 말할 수 있다. 두 입자는 광속에 제한을 받지만 두 입자 사이의 정보 전달은 무한 속도로 이루어진다는 것이다.

그런데 시공간 내에서 무한 속도인 어떤 존재는 그 시공간 내의 모든 곳에 동시에 존재한다는 것을 의미한다. 한 지점에서 다른 한 지점으로 움직이는 데 걸리는 시간이 0이라면 이 존재는 모든 곳에 동시에 존재할 수밖에 없는 것이다. 따라서 정보는 아무리 작은 입자들 간의 것일지라도 이 우주의 모든 곳에 동시에 있기 때문에 찰나의 시간도 걸리지 않고 절대 동시에 똑같이 양쪽 입자에게 전달된다. 속도가 무한하게 빠르다는 것은 곧 두 지점간의 거리의 값이 0인 것과 마찬가지다.

여기서 우리는 두 광자 사이의 정보 전달이 시공간을 초월한다고 할 때, 정보의 전달 속도가 무한 속도인지 아니면 전달 거리가 무한소인지 둘 중 어느 쪽에 가까운지 의문을 갖게 된다. 후자가 보다 정확한 개념이 아닌가 생각된다. 즉, 한번 정보를 교환하여 결합된 물질은 물질적인 존재로서의 거리는 시공간 내에서 멀어지기도 하고 가까워지기도 하지만 정보적인 존재로서는 거리를 갖지 않는 하나의 통합체가 되는 것이다.

속도가 무한대이건, 거리가 무한소이건 무한이란 것은 물리적으로 따질 수 없는 양이어서 무한의 존재는 물리적으로는 부재한다고 말할 수 있다. 따라서 무한대의 속도를 가지고 특정 지점간의 이동에 걸리는 시간이 0인 물질 또는 무한소의 거리를 가진 두 개의 지점간의 정보는 시공간적인 존재가 아니라고 말할 수 있다. 즉, 물질의 입자들은 시공간 내의 존재들이지만 글 입자들은 존재하는 것은 모두 상대적인 관계에 의해서인데, 이 관계를 성립시키는 아(我)와 타(他) 사이의 정보는 시공간의 존재가 아니다. 존재하긴 하지만 물리적인 존재가 아니라는 의미에서 그렇다.

입자가 분리된 이후에도 정보가 유지되고 있다면 물질의 입자들이 시공간에 남아 있는 한, 모든 물질의 결합 관계는 정보의 세계(정신계)에 그대로 유지되고 있다고 생각된다. 그 입자들은 시공간 내에서 이합집산을 반복하겠지만 결합의 기억들은 별도의 정보계에 그대로 보존되고 있다고 보는 것이다. 물론 그 정보들은 거리가 아닌 즉각적인 관계의 그물이다.

또한 물질의 입자들은 보다 상위의 물질로 결합될 때 낱낱의 입자들이 가진 정보들이 결합하여 새로운 상위 정보를 형성하고, 그 통합적인 정보에 종속되는 새로운 물질로 바뀐다는 사실도 알아보았다. 여러 개의 원자들이 모여 분자를 이룰 때뿐만 아니라 분자들이 모여

하나의 물질을 이루게 되면 모든 분자들은 새롭게 형성된 물질의 속성을 지닌다는 것도 설명했다.

물질이 가지고 있는 정보들이 보다 고도의 복잡하고 정교한 상태로 결합되어 가면서 정보계(생명 현상에 보이는 의식이라는 특수한 정신 활동의 세계인 정신계에 대비하여 그 이전의 비물질 세계를 편의상 정보계라고 이름 붙임)에는 이러한 물질 정보들이 축적되고 보존되어 갔을 것이다. 그리고 이러한 정보계의 정보들은 역시 물질계에 영향을 미치는 힘을 가지게 되었을 것이다. 이렇게 보다 상위의 정보계에 축적된 정보구조들이 물질계의 에너지와 작용하면서 마침내 생명이라는 가장 복잡한 물질적 구조물과 의식이라는 고도의 정보 구조에 도달하게 된 것으로 생각된다.

알라야식이란 본유종자19)는 생명체의 후신으로 정신계에 존재하게 되었다기보다는, 생명이 물질계에 모습을 드러내기 이전의 모든 물질들의 결합된 정보 구조들이 오히려 알라야식의 전신(前身)으로 존재하고 있었다고 보아야 한다. 이 물질들의 정보 구조가 생명이 최초로 발생할 때 그 첫 생명의 알라야식이 되었을 것이다.

생명은 에너지와 정보를 본질로 하는 물질에서 비롯된 것이다. 그리고 영혼은 바로 그 물질의 정보 구조가 존재하던 정보계로부터 넘어온 것이다. 그러므로 생명의 알라야식이 있기 이전에 물질의 정보 구조들이 정보계에 있었으며, 정신계는 비물질계에서 새로이 형성된 한 결 차원 높은 고도의 정보 구조들이 모인 것으로 보면 될 것이다. 이러한 정보들이 어떤 형태로 어떤 법칙에 의해서 어디에 존재하는가는 물리적인 관점에서 따질 수 없다.

생명은 특정한 물질들이 아주 특수한 형태로 뭉쳤을 때, 원래 비생명체였던 물질들의 정보가 서로 결합되어 통합적 정보의 구조를 가지게 되는 어떤 신비한 현상이라고 생각된다. 생명체가 가지는 자기에 대한 애착은 비생명체에서는 찾아보기 힘든 성질인데, 이 자기라는 것은 유식설의 8식 가운데 마나스식에 깃들여 있다고 하는 에고(ego)다. 생명체에서 자기에 대한 집착은 물질과 구별되는 두 가지 특성으로 나타난다. 자기 생명의 유지와 자기와 같은 생명체의 복제, 이 두 가지가 그것이다.

생명의 유지에는 끊임없는 에너지의 공급이 필요하므로 생명체는 외부 환경에서 필요한 에너지를 만들어내는 기능을 가지고 있다. 그렇게 해서 어떤 형태로든지 영양을 섭취하는 것이다.

그러나 생명체는 자신의 정체성을 유지하기 위한 노력을 하며 그것에 필요한 에너지를 외부로부터 끌어온다. 더욱이 자신의 정체성을 더 이상 유지할 수 없을 경우를 대비하여 자신의 복제품을 만들어두는 놀라울 정도의 집착을 보인다. 생명체와 비생명체의 차이점은 여러 가지로 말할 수 있겠지만 그 차이점들을 만들어내는 근원적인 힘은 바로 이 '자기에 대한 집착'이라고 할 수 있다. 자기에 대한 집착이 곧 유식설의 마나스식이라고 할 때, 생명체란

---

19) 기억을 불교에서는 종자(種子)라고 부르는데, 여기에는 본유(本有)종자와 신훈(新熏)종자가 있다. 본유종자는 알라야식에 저장된 자기의 모든 기억과 경험이고, 신훈종자는 현생에서의 체험에서 새로 생긴 기억들이다.

'마나스식이 심어진 물질'이라고 볼 수 있겠다. 그런데 마나스식은 정신계에 존재하는 알라야식으로부터 온 것이다.

이 알라야식은 최초의 생명체가 발생하기 이전에는 식으로 존재하지 못하고 하나의 복합적이고 조직적인 구조의 정보로서 존재했을 것이다. 이 정보는 자연계에서 수백억 년이라는 기간을 걸쳐 수천만 가지의 각기 다른 자연적 환경 속에서 우연에 의해 결합된 무량수의 유기적 결합물들의 관계를 가지고 있었을 것이다. 그 가운데 가장 복잡하고 조직적인 유기 화합물의 정보 구조들이 최초의 생명체에 마나스식을 부여하게 되는 전(前)알라야식이 되었을 것이다. 이것을 부처님은 무명(無名)이라 이름하고 인연의 시발점으로 보신 것이라고 이해할 수 있겠다.

일단 생명이라는 것으로 자연계에 인입(引入)된 마나스식은 최초의 존재이후에는 스스로의 집착력을 갖고 자신의 존재를 확보해나갔는데, 자기 복제라는 번식의 형태가 그것이다. 그러나 최초에 마나스식이 부여한 것은 자연계에서 개체의 존재를 위한 에너지의 섭취였을 뿐 자기 복제를 통한 생명 유지의 능력은 억겁의 세월이 흐르는 동안 서서히 만들어진 것으로 보인다. 마나스식이 깃들인 물질(최초의 생명체)은 우리가 흔히 생각하는 생명체가 아니라 반(半)생명체였을 것이다. 찰나에 생명체와 같은 기능을 수행하고는 다시 비생명적인 상태로 돌아가는 그런 존재였을 것이다.

이와 같은 반생명체의 예로 바이러스(virus)를 들 수 있다. 동식물의 중간형태로는 동충하초나, 끈끈이주걱을 생각해 볼 수 있다. 하여튼 바이러스는 생명체의 세포 밖에서는 무생물로 시간에 관계없이 존재하다가 생명체의 세포 속으로 들어가면 생명체와 같이 신진 대사를 하고 자기 복제를 행한다.

이런 반생명가 생명 현상을 보였다가 물체로 돌아갔다가 하는 억겁의 반복을 되풀이하면서 점차 정보의 구조가 한층 활기를 띠게 되고, 그에 따라 마나스식을 더욱 강화하는 알라야식을 형성해갔을 것이다. 그렇게 해서 마침내 반생명체로서의 모든 경험과 정보의 축적은 마나스식을 강화해서 자신을 유지시키는 더 적합한 방법을 찾아내게 되었을 것이다. 반생명체 상태로 오래 있는 동안 영혼이라고 말할 수 없는 이것들의 본유종자(알라야식)는 위태로운 생명현상을 보다 지속적으로 유지해나갈 수 있는 방법-외부의 환경으로부터 보다 용이하게 에너지를 흡수할 수 있는-을 가지게 되었던 것이다.

그러나 이런 전(前)생명체들은 개체의 수명만으로 끝나게 되었고, 축적된 고도 정보체들은 개체의 존속을 보다 장기간 유지시킬 수 있는 경탄할 만한 길을 발견해내게 되는, 그것이 바로 자기 복제에 의한 위험의 분산이었다. 정신계에 축적되면서 유지되는 알라야식의 영향으로, 마나스식이 전 생명체들에게 그들 자신 극히 취약하며 자신의 유지에 필요한 에너지를 항상 외부로부터 공급받을 수 있는 것이 아니라는 사실을 알게 할 정도로 복잡하게 발달하게 된 것이다.

어떤 방법을 동원해서라도 자신은 살아남아야 한다는 마나스식뜻의 무서운 집착은 우주적인 힘으로 생명체를 존속시켜왔다. 외부의 위험에 대한 가장 위험한 방어책은 수많은 자기를 만들어 놓은 일이라는 사실을 알게 되었고, 그렇게 해서 생명체는 생명현상을 유지하고 있는 동안 자신을 복제해 놓기에 이른 것이다. 물론 자기 복제가 가능한 정보의 결합 방식이 이루어질 때까지는 억겁의 세월이 필요했을 것이다.

과학자 밀러의 실험은 그 실험 환경이 다분히 작위적이고 인공적이긴 했으나 자연계에서 우연에 의한 유기 화합물의 탄생이 가능하다는 것을 입증했다. 그리고 물질은 완전히 비생명적인 것이 아니라 무형의 에너지와 정보로 이루어져 있다는 점에서 생명이라는 가장 복잡하고 고도로 조직적인 구조의 정보가 나타날 수 있는 가능성을 보았다. 양자론의 실험결과들과 유식설의 이론에서 물질의 정보들은 그 결합 관계의 내용들이 물질계가 아닌 또 다른 세계에 저장, 보관되며 다시 물질계로 순환된다는 것을 추론할 수 있게 되었다.

모든 물질은 살아 있는 활력(에너지)과 정보로 이루어진 것이어서 그 자체가 이미 생명적이라는 점이다. 에너지는 물질계에서 존재하는 입자들로 나타나 우주를 구성하는 성분이 되며, 정보는 물질계가 아닌 다른 세계에 보존되어 있다가 물질계와 교류하면서 생명 현상을 일으키고, 또 생명의 사후에도 알라야식으로 남아서 새로운 생명으로 전이되는 영혼이 된다고 하는 것이다[20].

물론 생명체 이전의 비생명체들 간의 정보들을 식이라고 할 수는 없으므로 생명 이전의 정보들은 바로 전 알라야식으로 보아야 한다. 전 알라야식이 최초의 마나스식을 불러일으킨 것이 생명이며, 이 생명이 생명 현상을 중단한 이후 정신계에 존재하게 된 정보가 바로 첫 생명의 알라야식일 것이다.

이렇게 놓고 볼 때 우리는 유식설의 8식이 성립하는 순서를 알 수 있다.

가장 먼저 물질의 본유종자로부터 최초의 마나스식이 생겼고, 이 마나스식이 존재했던 생명으로부터 알라야식이 나왔으며, 생명체를 구성하게된 마나스식과 점차 많이 쌓여간 알라야식은 오랜 세월을 통해 조금씩 외부와의 접촉을 통해 빛과 소리와 냄새와 맛과 감촉을 인식하는 기관의 형체를 갖추는 데 작용했을 것이다. 그리고 이러한 감각 기관의 발달은 각각의 기관에 근을 둔 식을 개발하여 갔을 것이다. 이렇게 전오식이 형성됨에 따라 억겁의 세월 동안 이런 감각기관을 통해 외부 정보를 처리했던 경험은 마침내 다섯가지 감각을 종합적으로 해석하는 하나의 기관, 즉 두뇌를 만들게 되고 뇌가 나타남에 따라 드디어 여섯 번째 식인 의식의 등장을 보게 되었을 것이다.

정리해 본다면 물질의 본유종자(에너지와 정보)로부터 알라야식의 전신이 생겼고, 이것이 보다 복잡한 것으로 축적됨에 따라 마나스식을 일으키고, 알라야식과 마나스식의 작용으로 생명이 있게 된 후에 전오식이 생겼으며, 그 연후에 마지막으로 의식의 불꽃이 타오르게 된 것으로 말할 수 있다.

---

20) 이경숙, 앞의 책, 61~78쪽 참조.

박테리아로부터 고등한 인간에 이르기까지 모든 생명체는 같은 물질이 같은 형태로 모인 똑같은 타입의 생명체다. 그래서 우리는 지구상의 생명체를 모두 동일한 형태의 생명으로 보고 이것을 DNA 형식의 생명체라고 부른다. 다른 형태의 생명체를 발견할 수 없는 것으로 보아 이 세계에서 생명체가 될 수 있는 물질의 결합 방식은 오직 이 한가지뿐인 것으로 생각된다.

우연이건 필연이건 생명의 탄생을 생각해볼 때 창조 또는 발생이란 말은 적합하지 않은 표현이라고 여겨진다. 생명은 창조되거나 탄생한 것이 아니라 오직 발전해왔을 뿐이며 우주의 모든 물질 자체가 본질적으로 생명인 것이다.

종교나 과학 또는 철학의 첫 번째 계단은 바로 생명의 근원이다. 생명의 시작에 대한 이 첫 번째 물음에 대해서는 생명이란 물질 본래의 진면목이었다. 모든 물질은 살아 있는 존재이므로 우리가 특별히 생명이라 말하는 것의 특성과 그 본질에서 다르지 않다고 본다. 살아 있는 활력과 정보는 바로 생명의 본질과 상통하는 것이어서 물질에서 생명이 나타난 것은 조금도 신기한 일이 아니라고 생각한다. 필연적이고 지극히 당연한 일이 발생한 것일 뿐이다. 자기에 대한 집착(마나스식)이 발생한 물질이 바로 생명체인 것이다.

물론 이것 외에도 생명을 설명하는 여러 가지 방법이 있을 것이다. '생명이란 무엇인가?'라는 질문을 생물학자에게 던져본다면 '자기 복제의 능력', '신진대사', '자극에 대한 반응'등 여러 가지로 대답할 것이다.

육신과 관계없이 존재하는 영혼이란 알라야식뿐이라고 말하였다. 그런데 일상적으로 우리는 영혼, 의식, 정신과 마음을 뒤섞어 쓴다. 그러나 그중 어느 것도 '마음'의 실체와는 동떨어져 보인다.

의식이 형성되기 전에는 마음은 아직 없는 것으로 보아야 한다. 눈, 귀, 코, 혀, 신체의 오근이 생겨 전오식이 눈을 뜨고, 이 전오식을 받아들여 해독하는 의식의 근인 뇌가 생기면서 전오식과 마나스식, 알라야식의 상호 작용으로 의식의 불꽃이 타오르기 시작한다. 제6식인 의식이 전오식, 마나스식, 알라야식과 유기적으로 결합되어 작용하는 것이 바로 우리의 '마음'이라 할 것이다. 다시 말해 여덟 가지 식의 총체적인 작용을 마음이라고 할 수 있다.

이 마음은 각 식의 근에 따라 일부는 육신에 그 뿌리를 두고 있으며, 일부는 정신계의 존재들과 뒤섞여 있는 상태다. 알라야식은 뇌세포와 같은 육체 조직 속에 전기적인 신호나 신경 세포의 형성 같은 물리적인 시그널(signal)이 아닌 무형의 영적인 시그널로 생명체와 결합되어 있다. 때문에 마음은 완전히 육체적인 것도 아니고, 완전히 영적인 것도 아닌 두 가지 상태의 혼재물인 것이다.

식물이나 물체의 경우에도 마음의 존재는 무척이나 애매하다. 옛사람들은 성황당의 고목나무에 신비스러운 영이 있다고 믿었고, 실제로 그런 영의 작용인 듯한 사건들도 가끔 있었다. 산행을 하는 산악인들은 모든 산에서 산의 마음을 느낀다고 한다. 물론 산신제나 용왕제를 지내는 무속인들은 산과 바다의 영을 확신하는 사람들이다. 최근에 큰 반향을 불러일으

컸던 '가이아 이론(Gaia는 그리스 신화 중 대지의 여신임)'은 지구 자체가 하나의 의식체로서 활동한다고 주장한다. 그러나 마음은 인간이건, 동물이건, 식물이건, 산이건, 바다건, 지구건 아니면 우주 전체건 간에 자기 자신 외의 다른 대상의 것은 추측할 수 있을 뿐 그 존재를 입증할 수는 없다.

알라야식의 존재 때문에 마음은 그 소재지조차도 분명치 않아 보인다. 마음이 머리 속에 들어 있지 않다는 사실은 선(禪)의 수행을 통해 경험적으로 알 수 있다. 머리 속에 있는 것은 8식 가운데 의식뿐인데, 의식을 비운 무의식 상태에서도 마음이 활동하는 것을 알 수 있다. 잠을 잘 때, 전오식이 닫히는 순간 의식은 같이 잠들지만 마나스식과 알라야식은 잠들지 않는다. 텔레비전을 크게 틀어놓고 잠자던 주부가 아기의 조그만 울음 소리에 잠에서 깨는 것이나, 도둑이 들었거나 불이 났을 때 위험을 감지하고 눈을 뜨게 되는 것은 잠자는 순간에도 마나스식은 눈을 뜨고 있기 때문이다. 마나스식이 의식에 경보를 내려서 의식이 눈을 뜨게 뇌는 것이다.

알라야식에 기반을 두고 있는 성격과 마나스식에 기반을 둔 에고(ego) 모두에 단단히 결합되어 있는 마음의 작용이 바로 감정이다. 분노, 슬픔, 기쁨, 우울 등의 감정은 뇌세포의 활동이 아니라 오히려 뇌세포의 활동을 조절하거나 제어하는 화학 물질의 분비에 좌우된다.

분명히 두뇌는 화학 물질의 인공적인 분비 촉진이나 억제에 따라 그 작용을 달리한다. 의식도 물론 그 영향에서 벗어나지 못하는 것으로 보인다.

그런데 화학 물질의 분비라는 정교한 메커니즘을 통해서 두뇌와 의식에 결정적인 영향을 주는 지배자는 두뇌 속에 있는 것이 아니다. 두뇌와 교감하면서도 시공간상에 존재하지 않는 마나스식과 알라야식이 바로 그 지배자이기 때문이다. 프로이트는 이를 잠재의식이라 명명하고 인간의 사고와 행동을 사실상 지배하는 마음으로 보았는데, 이 점에서는 유식설과 프로이트의 정신분석은 서로 맥을 같이하고 있다.

선 수행에서 첫 번째 과정은 '의식을 파악하는 일'이다. 다시 말해 의식을 좇아서 그것의 존재를 감지하는 일이다. 두 번째는 그렇게 파악한 의식을 '놓아버리는 일'이다. 의식을 놓아버리면 무의식 상태가 되겠지만, 이 무의식 상태가 곧바로 무아의 경지는 아니다.

아(我)란 마나스식이어서 의식을 놓아버린 상태에서도 마음으로 존재하고 있다. 이 마나스식의 작용까지 지울 때 비로소 무아의 상태를 경험할 수 있게 된다. 그러나 자기에 대한 집착을 지운다는 것은 상상을 초월하는 고통스러운 일이고 마나스식을 지운 다음에도 알라야식은 남는다.

수십억 년의 세월 동안 자기를 형성해온 모든 것이 담긴 장식(藏識),이 알라야식 속에 자신의 무명이 들어 있는 것이다. 이것마저도 지워버린 상태가 바로 해탈이요 열반이다.

마나스식, 알라야식의 두 식과 두뇌 사이에는 물리적으로 감지할 수 없는 교신체계가 있는 것으로 짐작된다. 전파나 음파 또는 빛과는 전혀 다른, 우리가 알지 못하는 제3의 형태로 존재하는 신호 체계가 있어 보이는데, 이것이 바로 물질들 사이의 정보를 전달하는 끈과 같은 것이라 추정된다.

두뇌에 근을 두고 있는 의식 때문에 우리는 마음이 두뇌나 육신에 붙어 있는 것으로 느끼지만, 알라야식은 시공간적인 거리로 육신에 이어져 있는 것으로 느끼지만, 알라야식은 시공간적인 거리로 육신에 이어져 있는 것은 아니다. 그것은 1센티도 아니고 몇백 광년의 거리도 아닌 무(無)거리라고 보아야 한다. 알라야식의 소재지를 말할 때, 시공간의 개념으로 생각하는 어떤 거리도 무의미한 것이다. 시공간은 생각의 시작으로부터 생긴 사고의 범주일 뿐, 실재가 아닐 것이다. 그것은 상대세계에만 있는 것이다.

우리가 물질계와 대별해서 정신계라고 말하는 세계는 생명체만의 전유물이 아니며, 이 우주 전체에 존재하는 −생명체와 비생명체를 막론하고− 모든 것들의 본유종자가 모인 곳이다. 이 정신계는 무형의 정보로만 이루어진 세계이며 시공간적인 위치와 넓이를 가지지 않아서 물질계와의 장소적인 구분은 의미가 없다. 물질계와 정신계 사이에는 거리가 존재하지 않는 것이다. 모든 존재가 있는 바로 그 자리가 그 존재의 본유종자가 있는 자리이며, 그 자리는 동시에 우주의 어디에도 있을 수 있는 것이다−무소부재(無所不在).

미립자 알갱이 하나의 본유종자나, 우주를 구성하고 있는 모든 입자들의 본유종자를 합한 것이나 그 크기에는 차이가 없다. 크기라는 개념은 시공간상에서 물질의 존재를 논할 때 필요한 것이지 정신계의 구성체들에게는 위치, 속도, 무게와 마찬가지로 의미가 없는 개념이다.

물질계와 정신계는 한 우주의 시작인 대폭발 이전에 우주알(Cosmos Egg) 속에 모여 있었을 것이다. 우주의 모든 물질이 압축되어 한 점으로 돌아간 특이점은, 모든 존재가 에너지와 정보라는 두 가지 본질로 압축된 상태였을 것이다. 모든 물질의 구성 성분은 어마어마한 에너지의 형태로 바뀌어 압축되어 있고, 모든 물질의 정보가 하나로 뭉쳐진 전 우주적인 통합 정보가 있었을 것이다. 이 두가지는 특이점에서 어떤 형태도 띠지 않는 초세계적인 성격이었을 것으로 짐작된다. 동양에서는 우주의 모체를 무극(無極)이라고 부르는데, 이 무극으로부터 탄생된 기운을 태극(太極)이라 하고, 그 양극을 음양이라 말하고 있다. 이 양극을 물리학적인 관점에서는 물질과 정신으로 볼 수도 있을 것이다.

에너지라는 하나의 극과 정보라는 하나의 극을 양극으로 갖는다는 이야기다. 에너지와 정보는 각각 상반되는 두 가지 성질을 동시에 가짐으로써 음양의 조화를 이루어내는 것이다. 우주의 모든 물질은 개개의 형상을 유지하지 못한 채 엄청난 에너지의 바다에 함몰되어 무형의 거대한 에너지를 형성한다. 그리고 그곳에 물질들이 붕괴되면서 흩어진 모든 정보들이 하나의 거대한 통합정보를 이루어, 에너지와 정보가 하나로 뭉쳐져 있는 상태가 바로 무극이요, 우주의 특이점이다. 물질도 공간도 시간도 존재하지 않으며, 모두 에너지와 정보의 형태로 환원되어버린 상태. 한 점으로 응축된 우주 에너지와 하나로 통합된 우주 정보의 특이점은 최후에 하나로 결합되는 순간을 맞게 되며, 바로 그때 시공간이 열리게 된 것으로 볼 수 있겠다.

그리고 낱낱으로 분리된 에너지와 정보들이 각기 결합하여 형체를 드러낸 물질과 공간은 결국 다시 에너지와 정보로 분리되어 원래의 상태로 환원되면서 시공간의 종말을 맞게 된다. 그러나 종말의 최후에 모든 통합된 에너지와 정보가 결합하게 되면 이 양극의 성질과 법칙은 다시 시공간을 만든다. 이것을 우주물리학에서는 대폭발이라고 부른다.

특이점이 대폭발을 일으키는 순간, 전 우주의 응축된 에너지가 분출되면서 공간과 시간을 열었다. 상상조차 할 수 없는 압축된 에너지들이 분산되면서 함께 쪼개진 우주 정보의 낱낱들과 결합하게 되고, 이와 동시에 물질의 입자들이 에너지가 밀어낸 공간과 시간 속에서 모습을 드러냈던 것이다. 이 입자들은 각자의 정보에 의해서 다른 입자들과 결합하기도 하고 붕괴되기도 하면서 최초의 인연을 만들었다. 그리고 이 인연은 다시 통합적인 정보의 형태로 정신계에 환원되면서 이 세계를 인연의 그물망으로 펼쳐나가게 된 것이다.

에너지가 물질로 변하기 위해서는 반드시 그 물질이 가지고 있어야 하는 정보가 필요하다. 그런데 정신계에 존재하는 이 정보를 가져와서 결합하지 못하는 한 에너지는 절대로 물질로 나타날 수가 없다. 모든 물질은 에너지와 정보의 결합체인데, 실험실의 물리학자들은 두 가지 필요한 재료 중에서 에너지 한 가지만으로 물질을 만들려고 애쓰고 있으므로 물질은 그 모습을 드러내지 않는 것이다. 인간이 에너지로부터 시공간에서 존속할 수 있는 존재로서의 물질을 창조하고자 하면 에너지와 정보를 결합할 수 있는 기술이 있어야만 할 것이다.

그러나 이 결합은 물리 법칙이 아니라 인간이 관여할 수 없는 인연과법(因緣果法)의 세계에 속하는 일이다. 우주에 충만한 에너지란 본유종자인 정보를 가지지 못한 물질들이다. 물질은 정보를 상실하게 되면 언제라도 다시 에너지의 상태로 돌아가 버리게 된다.

물질계의 본질은 '에너지'이며, 정신계의 본질은 '정보'이다. 시공간은 이 물질계의 에너지와 정신계의 정보가 결합하여 창조된 것이며, 시공간 내의 물질은 모두 에너지와 정보의 결합체다. 다시 말해서 물질계와 정신계는 분리되어 존재할 수 있는 것이 아니라 항상 결합된 상태로서 시공간을 드러내고 있다. 때문에 시공간은 그 본질이 형체가 없는 공(空)이라고 말할 수 있다. 시공간은 또한 두 가지 본질이 만나서 결합되는 상대성에 의해서만 존재할 수 있는 세계이므로 무(無)라고 말할 수도 있다. '네가 없이는 내가 존재할 수 없는 세계'의 실상이 바로 '제법무아(諸法無我)', '제행무상(諸行無常)'인 것이다.

의식의 바탕인 한계없는 순수의식으로 가득한 허공 가운데 물방울처럼 문득 떠오른 한 생각이 뭉친 것이 "나"라고 할 수 있다.

한없는 순수의식의 바다위에 "나"라는 생각의 파도가 떠올라 수 많은 다른 파도들을 바라보고 있다. 이 파도들이 개별의식들이며 생명의 네트워크이다. 존재의 현상적 법칙은 인연과보(因緣果報)의 원리이다.

여기서 인은 주된, 직접적인 원인, 연은 간접적이거나 도와주는 조건, 과는 인연이 익은 결과이며, 보는 큰시공을 넘거나 충격을 받아 바뀐 결과로서 돌연변이도 포함된다. 인과 연이 만나서 서로 영향을 주어 과가 되고, 보도된다는 원리이다.

생명의 연속, 나타남의 연속 또는 사건의 연속 인과윤회하고도 한다21). 이것은 불교에서는 인연생기(因緣生起)즉 연기론(緣起論 Pratitiya-Samutpada)이라 부르고, 인연의 계속적 집적으로 세력을 얻은 것을 불교나 그시스도교 에세네파에서는 업(業. Kharma)이라 부른다.

현상적 인간은 습업(習業)적 존재라고 본다. 예수 그리스도는 이것을 "뿌린대로 거두리라"고 표현했다[22].

생명의 탄생에 관하여 불교적 생명관 에서는 뭇 생명들이 4생(四生 : 胎生, 卵生, 濕生, 化生.)으로 태어나는 바, 인간이 죽은 다음의 영적인 존재인 중유(中有, 中陰神, 靈, 알라야식)가 부모의 원정(元精, 정자와 난자)의 화합을 연으로 모태에 들어가는 것이 인간(태아)탄생의 시초이다.

이 때 알라야식이 인이며, 부모는 연이고, 그 과보로서 새 인생이 탄생하는 것이다[23].

유태교나 그리스도교, 이슬람교를 낳은 히브리인들은 사람의 생식에 관하여 복수부성론(複數父性論)을 가지고 있다고 성서학자 윌리암 핍스는 말했다.

즉 아이를 탄생시키는데 있어서, 남녀로 구성된 부부의 생식과정에 부모외에 아버지로서의 신의 역할이 있다는 것이다. 인간을 생성하는데 있어서 여자 없이는 남자도 없고, 남자없이는 여자도 없다 성령이 없으면 둘 다 없다고 하였다. 아버지와 성령이 두 아버지라는 뜻이다.

따라서 하나의 인간을 만드는데 세 명의 협력자가 필요하다. 그는 아버지, 어머니, 그리고 성령이라는 것이다. 유교를 창시한 공자도 같은 말을 했다. 여자는 홀로 출산할 수 없고, 남자 홀로 번성할 수 없다. 그리고 하늘도 혼자서는 사람을 낳을 수 없다. 이 삼자가 협력해야 사람이 태어난다[24]. 이러한 종교학적 생명관이 좁은 의미의 자연과학 범위를 넘지만, 오히려 과학과 종교가 만나 더 상위과학적 생명탄생의 원리를 밝히고 있는 것이다. 영원의 철학자인 켄·웰버의 생명관은 경험과학적 유물론적 생명관을 가진 사람을 제외한 보통 사람들은 생명이 몸과 마음과 기운(또는 영혼)으로 이뤄졌음을 알고 있다고 했다.

그러므로 완전한 인간생명이란 몸과 마음(의식), 영혼이 갖춰진 존재이며, 영혼(영, 성령, 알라야식, 중유)은 부모의 원정이 결합직후 배아로 되는 순간에 깃들이기 때문에, 그 때 원시적 단위 생명체가 탄생하는 것이다.

이렇게 탄생한 인간의 생명윤리란 무엇인가? 그것은 생명으로서 인간이 가야할 길이라고 할 수 있다. 그것은 실제 생활에서의 규범이라 할 것이다.

그러나 상대세계에서의 윤리는 모두가 동의하는 윤리도 있지만, 그렇지 못한 경우도 있다.

서양 로마법언에 피레네 산맥 동쪽에서의 정의가 그 서쪽에서는 부정이 될 수 있다는 말과 같이, 인간과 시공간에 따른 상대적 정의가 존재한다는 것이다.

---

21) 고준환, 앞의책, 52쪽.
22) 고준환, 성경엔 없다, 불지사 2001. 230쪽.
23) 고준환, 앞의 한생명 상생법, 53쪽.
24) 고준환, 앞의 성경엔 없다, 97쪽.

구체적인 생명윤리는 한생명에 기초하여, 양생(養生)하고 상생(相生)하는 방향에서 양식과 사회통념에 따라 정해야 될 것이다.

IV. 인간복제의 문제점

1. 인간복제의 개념

생명체의 복제는 과학 역사 21세기 가운데 최대의 사건이었다.

인간복제(Human Cloning)란 생명복제기술로 유전적으로 동일한 인간을 발명하는 것이다. 인간복제는 멋진 신세계의 새 인간 창출일 수 있지만, 복제기술상으로 동물복제와 크게 다르지는 않으나, 작은 차이는 있으며, 인간의 주체성, 생명계통상 최고성등으로 많은 윤리적, 법적 문제를 야기한다.

동물복제기술은 생식세포복제와 체세포복제로 나뉜다. 생식세포 복제는 양성 수정란의 분할과정에 있는 난세포(Cleavage)를 공여핵세포로 이용하여 향후 태어날 생명체를 복제하는 것으로 일란성 쌍둥이나 일란성 다둥이 생산과 같다(할구분할, 배세포분할).

체세포 복제는 한 생명체에서 떼어낸 체세포를 공여핵세포로 하는 생명복제기술인바, 동물의 난소에서 난자를 채취하여 핵을 제거한 뒤 복제용 세포를 주입하거나 인공난자를 만들어 복제용 세포를 주입하고(핵이식), 세포융합과 인큐베이터에서의 체외배정 과정을 통해 복제난자로 발육시켜 대리모의 자궁에 주입하여 임신과 출산과정을 거쳐 복제생명체가 태어나는 것이다(핵치환 방법, nuclear transfer method)

생식세포 복제는 많은 성공예가 있었으나, 체세포 복제의 첫 개가는 1997년 2월 23일 영국 로슬린(Roslin)연구소가 복제양 돌리의 탄생발표였다. 동물발명의 신기원이었다. 로슬린 연구소의 아이언 월머트(Ian Wilmut) 박사는 암양의 DNA유전자를 다른 양의 정액없이 미수정란의 핵을 제거하고 거기에 체세포의 핵을 이식하여 양의 체세포 핵을 가진 복제양 돌리를 탄생시킨 것이다. 무성생식 발명이었다. 돌리탄생이후 각국에서 생쥐, 돼지, 소등의 복제가 이어졌는 바, 대한민국에서는 서울대 황우석교수팀이 세계에서 5번째로 1999년 복제 젖소 영롱이와 한우 진이를 탄생시키면서 복제기술의 선진국 대열에 들어서고 치열한 선두 다툼을 벌이고 있다.

일반적으로 인간 탄생의 과정을 보면, 수정란은 바로 분열을 시작하여 여러개 세포로 이루어진 덩어리(할구들의 덩어리)가 되고, 수정 4~5일째에 배반포(胚盤胞, blastocyst)가 되어 자궁의 착상이 이루어지며, 수정후 대략 2주째가 되면 내세포 덩어리가 갈라져 원시선(원시신경선, primitive streak)이 생겨 배아가 된다.

원시선이 나타나기전을 전배아시대라고 하고, 그 후 8주째까지 각종의 기관이 형성되는 배아기가 되며, 그 후는 인체모습과 비슷한 기관과 신체부위가 자라는 태아기로 넘어간다.

일부학자들은 용어구분이 잘 안되어 전배아복제를 배아복제로 부르기도 하는데, 전배아복제는 원시선이 나타나기전 수정란을 제조·성장시키는 것으로 배아줄기세포(embryonic stem cell)를 얻거나, 수정란의 발생과정을 연구하는데 쓰인다[25]. 인간배아복제는 인간의 생식세포를 이용하여 수정란 분할방법으로 수정란과 동일한 인간을 만드는 것이고, 인간의 체세포를 이용하여 핵치환방법으로 수정란을 자궁에 착상시켜 체세포제공인간과 똑같은 인간을 만드는 무성생식 인간탄생이다.

생식용인간복제는 생명복제기술을 이용하여 서로 동일한 유전인자를 가진 인간을 2인이상 출산시키는 것이고, 치료용 인간복제는 이식용장기 생성등 치료목적으로 핵이식방법으로 인간을 복제하는 것을 말한다[26].

2. 인간복제의 윤리문제

인간복제는 인간생명을 연장하고 질병을 예방·치료하여 건강한 삶을 지향하는데 있지만 인간복제에는 많은 윤리적 문제가 따를 것으로 본다.

인간복제시도는 개인, 존엄, 가족, 자율, 민주주의 등과 같은 개념 그리고 그에 의존하는 제반 사회제도와 어떻게 양립할 수 있는가가 제기된다[27].

사람에 작용하는 생명 복제기술을 반윤리적이라고 보는 사람들은 우선 복제는 설사 의학적·복지적 유용성이 있더라도 본질적으로 인간의 존엄과 가치에 반하기 때문에 절대로 옳지 않다고 말한다[28]. 이러한 윤리적 입장의 이의 제기는 주로 의무론적 윤리설에 입각하고 있다. 그런만큼 어느 의미에서 절대적 성격을 띠고 있기 때문에 설사 과학자들이 연구 계획을 공개하고 절차를 투명하게 하는 식으로 연구 관행을 바꾼다 하더라도 비판은 쉽게 사라지지 않는다. 생명 복제 연구가 인간 존엄에 반한다고 봄으로 연구의 허용 범위가 문제되는 것이 아니라 연구 자체가 절대적으로 금지되어야 한다고 보기 때문이다. 이러한 윤리적 관점에서 복제 기술을 인간에게 적용하는데 반대하는 견해들은 대체로 다음과 같은 것이다: 1) 인간을 복제하는 것은 비자연적이다. 2) 인간 복제는 유전적으로 유일하게 될 권리 혹은 유전적으로 간섭받지 않을 권리를 침해한다. 3) 인간 복제는 개인의 특성을 상실하게 하는 결과를 초래한다. 4) 인간 복제는 생명가치의 상품화를 가져온다. 5) 인간복제는 프라이버시

---

25) 권복규, 배아복제의 윤리적 문제점, 「인간복제 무엇이 문제인가」 대한의료법학회 2001년도 추계 학술대회 자료집 2쪽, 2001. 11. 17.
26) 김민중, 인간개체복제의 법적문제 「인간복제 무엇이 문제인가」 대한의료법학회 2001년도 추계학술대회자료집 47쪽. 2001. 11. 17.
27) 박은정, 생명공학시대의 법과윤리, 이화여대출판부, 2000, 304쪽 참조.
28) Paul Ramsey, Fabricated Man: The Ethics of Genetic Control, Yale University Press, 1970, 73면.

를 보호받을 권리를 침해한다. 6) 인간복제는 인간의 유전자 풀의 다양성을 감소시켜 인류의 생존 가능성을 감소시킬 수 있다. 7) 인간 복제는 남녀의 인격적 교체와 상호 의존적 관계가 아닌 한 사람의 체세포를 통해 인간을 탄생시킴으로써 사회적 존재로서의 인간의 상호 의존성을 파괴한다. 8) 복제될 인간은 그가 태어날 환경에 적응하지 못할 수 있다. 9) 복제 기술을 인간에게 적용시키는 행위는 초기 단계에 있어 인간 생명의 소중함을 져버리는 행위이다[29].

그 가운데에서도 중요한 문제를 자세히 살펴보면 다음과 같다. ⅰ) 인간은 무한속의 유한자이면서, 그 안에 무한자를 갖고 있는 존재로서 본래자리인 무한에로 돌아가려는 욕망을 갖고 있다. 일부에서 신의 영역이라고하는 인간창조까지 갈 수 있으며, 또 신의 역할까지도 괜찮을 것인지? 신이란 도대체 무엇인가? 신이 인간을 창조했나? 인간이 신을 창조했나?

ⅱ) 인간은 생명계통수의 최고봉이며, 세계의 지배자로서 주체역할을 해오고 있다. 가치는 인간들이 부여하는 것인데, 인간은 절대적으로 존엄한 생명체인가? 아니면 다른 생명체와 같은 생명의 네트워크의 하나일 뿐인가?

거래의 대상으로 객체화하고, 수단화한 적이 있어 사람이 소외(Entfremdung)된 바 있는데, 치료용 인간복제로 배아나 발명된 인간이나 그 부품을 치료와 동시에 살해될 수가 있는데 그래도 괜찮을 것인지? 생명의 연속성은 존중되어야 하는데, 수정란과 배아, 태아, 출생아는 윤리적으로 어떻게 구분할 수 있는 것인가?

ⅲ) 인간복제로 우생학적 실현을 가져와 인간을 「살만한 가치 있는 존재」와 「가치없는 존재」로 서열화하는데, 인격평등의 원리에 위배되는 것은 아닌지?, 인간종의 연속성과 동일성을 파괴하는 것은 아닌지?

ⅳ) 인간복제의 윤리에 대하여 종교적 쟁점도 적지 않다.

종교란 근원적으로 탄생과 죽음이라는 인간의 실존적 한계 상황을 떠나서는 성립할 수 없다. 사실 생명 복제술에 대한 가장 강력한 반대 전선은 자연에 대한 인위적 개입은 신의 창조 질서에 어긋난다고 보는 종교계를 중심으로 형성되어 있다. 인간의 생식 문제에 관한 한 가장 완고한 천주교나 기독교는 사람의 생명은 수태 순간부터 완전한 인격체로서 존중받아야 한다고 본다. 그렇기 때문에 인간 배아를 이용하는 모든 실험을 독신적이며, 인간 존엄성과 혼인의 숭고함을 파괴하는 행위로 본다[30]. 인간은 실험적이 아닌 인간적 방법으로 태어날 권리를 소유한다는 것이다. 우리나라 천주교 주교회의도 이러한 입장을 고수하여 1997년 '돌리'소식 직후 유전 공학의 발전에 대한 우려와 함께 인간 복제 실험금지법을 제정하라는 청원을 한 바 있다[31].

---

29) 임종식, "인간복제, 허용할 것인가," 구영모 엮음, 「생명의료 윤리」, 동녘. 1999. 176면 이하; 진교훈, "생명 복제 기술의 윤리적·사회적 쟁점," 생명복제기술에 관한 합의회의 전문가 워크숍 1999. 4. 16. 유네스코한국위원회 (발표문)참조. 또 같은 저자의 "생명 복제에 대한 철학적 고찰," 「현대와 종교」, 제21집, 현대종교문화연구소, 1998/10, 28면 참조.

30) 이동호, "카톨릭 입장에서 본 인간 복제," 「과학사상」, 1997가을호, 94면 이하.

카톨릭의 입장에서 인간 복제 시도가 정당화될 수 없는 이유는 카톨릭 자연법론자의 주장에서 명료하게 드러난다. 이에 따르면 생명 복제술에 의해 아이를 태어나게 하는 것은 자연법에 반한다. 왜냐하면 첫째, 결혼한 부부로부터 자연스럽게 수태되지 않았고, 둘째, 체세포 복제의 경우 양성에 의한 생명 질서에 반하고, 셋째, 일회성이라는 인간의 개체적 존재의 자연질서에 반하고, 마지막으로 부모에게서 자연스럽게 태어날 자녀의 권리를 박탈하기 때문이다[32].

기독교 사상이 여성의 임신과 출산 문제에 깊이 관여하는 까닭은 말할 것도 없이 그것이 생명에 관한 분야이며, 그로써 신의 창조 영역과 관련되어 있다고 보기 때문이다. 그러므로 결혼 제도와 가정을 자연에 합당한 질서로 보는 기독교 사상은, 남녀 양성에 의한 생명질서를 파괴하고 복제 인간을 얻는 과정에서 여성의 자궁이 기계처럼 사용됨으로써 여성의 존엄을 모독하는 인간 복제에 반대하는 가장 강력한 전선을 만들고 있다.

생명조작에 대한 저항은 오로지 종교적인 가치관을 통해서만 가능할 지도 모른다. "우생학적 유혹은 너무나 거세기 때문에 오직 기독교 세계관만이 이를 제재할 수 있다. 성서만이 우리가 피조물이라는 정체성을 명료하게 드러낸다." 이러한 관점에서 보면 인간만이 아니라 동물도 같은 피조물인 까닭에 그들 고유의 피조 가치에 따른 이익 형량이 필요하다. 그러므로 동물에 대해서도 인간의 복지를 위해 제한적으로만 복제해야 한다는 결론이 나온다.

생명 복제가 결코 정당화될 수 없다면 기독교와 같은 창조주 종교관을 갖지 않은 곳에서도 정당화되지 않을 근거를 찾을 수 있어야 할 것이다. 더구나 인간은 피조물이 아니라, 자체안에 절대자를 갖고 스스로 인연과보원리에 따라 오랜기간 성장해온 생명체이다. 말하자면, 설사 신이 존재하지 않는다 할지라도 생명 복제는 금지되거나 규제되어야 할 당위성을 찾을 수 있어야 하는 것이다. 원자탄을 포함하여 자연 과학영역에서 지금까지 인간이 할 수 있었던 것을 신의 이름으로 금지할 수 있었던 적은 거의 없다. 요컨대 인간이 인간을 복제하게 되었다 하여 인간이 신의 역할을 하는 것은 아닐 것이다. 인간 복제술이 적용되는 세상이 온다고 인간 세계에서 종교가 사라지는 것은 아닐 것이다. 어쩌면 그 때가 되면 종교는 '복제 인간'의 영혼을 구하는 일에 매달릴지도 모르겠다.

우리는 인간이 인간을 포함한 생명을 복제할 수 있게 된 이 기술이 의미하는 바가 무엇이며, 또 이 기술이 인간 사회에 줄 영향이 어떤 것인지를 물어서 금지 여부를 논할 수 밖에 없다. 실제로 기독교 신학자들 가운데서도 신학계가 인간 복제에 대해 반발과 의혹만을 내보이는 식의 반응으로만 일관할 수는 없다는 견해를 펴는 사람도 있다. 소수이기는 하지만 일각에서는 생존을 위한 인간의 자연 개입은 성서에 의해서도 정당화된다고 보는 입장도 없지는 않다[33]. 기독교 윤리에 입각한 '책임 사회' 윤리의 지침을 수립하여 "개인의 욕구와 사

---

31) 교황청은 1998년 12월 18일 경희대 불임 클리닉의 복제된 인간 배아 배양 시도에 대해서도 극히 이례적으로 신속하게 비난하는 내용을 발표했다.
32) 이동호, 앞의 글, 94면 이하.

회의 복리가 조화를 이루는 인격적 공동체를 실현하는데 공헌하는 경우에 한하여" 제한적으로 복제 기술을 허용해야 한다는 주장도 조심스럽게 나오고 있다.

불교적인 생명관에 따르더라도 인간 복제는 결코 긍정적이지만은 않다[34]. 자아가 실재하지 않는다는 의미에서 무아(無我)의 경지를 추구하는 불교는 영혼이나 육체가 모두 영원한 실체가 아닌 것으로서 우리 인식이 빚어낸 허구로 본다. 개체적 생명과 우주적 생명이 연결되어 있고, 궁극적으로 모든 개체적 생명은 우주적 생명으로 돌아간다고 본다.

인간 생명은 그 자체로서 존엄하며 행위 관계 안에서 귀중하기도 하고 그렇지 않을 수도 있다. "인간 복제가 신의 창조에 역행하기 때문에 문제가 된다거나, 인공적 기술에 의해서 복제되기 때문에 문제가 될 것은 없다. 오직 인간이 어떤 업(행위)을 짓는가 중요한 문제가 된다.

그래서 영생을 추구하는 종교적 염원을 가진 인간이 '영생의 대안'으로 복제 인간을 택할지 모르지만, 업보에 의한 이 기술로 인간이 더 번영해지리라는 기대는 환상일지도 모른다.

나는 생명윤리적 측면에서 보았을 때 인간복제에 대한 우려는 경청해야한다고 생각한다. 그러나 존재하지도 않는 기괴한 복제인간을 그리면서 막연히 두려워하거나, 잘못된 신관이나 불합리한 믿음으로 인간복제를 무조건 거부하는 것은 현명하지 못할 것이다.

복제인간이 출현하는 것은 신이 가능케 하는 것이며, 신이 못하게 한다면 출현이 불가능할 것이다.

신과 인간을 둘로보는 이원적 신관의 고정관념에서 우리는 벗어나야 한다.

유한자(나)안에 무한자(신)가 있으며, 무한자(신)안에 내가 있는 것이지, 신은 대상물이 아니다.

사람에게는 진리를 추구하는 학문의 자유와 생식자유권이 있으며, 좋은 목적으로 방법상 진보성을 지닌 복제인간은 출산시기가 벌어진 일란성 쌍둥이로서 태생인간이 아닌 화생(化生)인간으로서, 존귀한 영혼임은 마찬가지일 것이다. 그것은 복제인간도 전체생명(한생명)의 분신생명이며, 인연과보원리에 따라 태어나고, 공(空)으로, 한생명으로 돌아갈 것이기 때문이다. 그러나 칼마(業)가 다른 쌍둥이 사이에 인간의 존엄성을 해치거나, 인류사회에 혼돈원인이 되고 피해를 준다면, 법익을 비교하여 금지하면 될 것이다.

붓다나 그리스도의 복제도 가능할 것인가? · · ·

미국 텍사스대학교 로스쿨 교수인 존, 로버트슨은 연방법에 의한 인간복제금지를 제안한

---

33) 이들에 따르면, 인간을 포함한 자연은 신의 형상과 뜻에 따른 것이기도 하지만, 신의 마음에 들지 않는 악도 자연적 본성으로 함께 있는 것이다. 즉 하느님은 생명 창조만 아니라 생명 파괴의 자유도 허용했다. 그러므로 이들에 따르면 문제가 되는 것은, 자연에 개입할 수 있느냐의 여부가 아니라 어떻게 개입하는가이다. Johannes Reiter, "Klonen von Tieren und Menschen. Bioethik auf Suche nach ethischen Grenzen," Stimmen der Zeit, Bd. 215, 1997, 366면.

34) 권기종, "불교적 관점에서 본 인간 복제, 아산재단 서울 중앙병원 · 울산의대 사회의학연구소. 인간 복제에 관한 심포지엄(1997. 4. 24). 자료집, 8면 이하

미국 국가생명윤리자문의원회(NBAC = national bioethics advisory commission)의 보고서를
공개적으로 비판했다.

그는 인간복제가 아이에게 끼치는 위험보다 인간생식의 자유를 제한하는 위험이 더 크다
고 주장한다[35]. 그는 또 만약 인간복제가 일부 부부들에게 생물학적으로 혈연관계가 있는
아이를 낳아 기를 수 있는 안전하고 효과적이며, 바람직한 방법이라는 것이 밝혀진다면, 한
시적인 복제금지법률은 복제를 원할만한 정당한 이유가 있는 부부들에게 희생을 강요하는
것이라고 말하고, 이는 복제 및 기타 유전자 선택기술의 발전뿐 아니라, 의학적으로 중요한
여타연구의 발전도 방해할 것이다라고 했다.

생식의 자유와 가족의 자유에 대한 미국의 윤리적·법적·사회적 책임을 감안할 때, 복제
를 가족중심으로 이용하는 것은 진정한 생식이 아니라는 주장 또는 복제의 사용은 그것을
금지해야할 만큼 심각한 해악을 가져온 위험이 높다는 주장을 입증해야하는 증명의 부담은
반대자들이 져야한다.

어떤 상황에서는 아이를 갖고자하는 의도를 가진 부부들이 그 목표를 달성하기 위하여 복
제이외에 다른 방법이 없을때에 복제반대자들은 복제를 금지하는 것이 정당할 정도로 타인
에게 큰 해악을 준다는 것을 입증해야한다고 요구했다.

NBAC보고서는 지나치게 광범위하고 단순한 미끄러운 경사길 논증을 너무 자주 사용한
다. 즉 일부 사람들이 복제를 옳지 않다고 생각하기 때문에 또는 복제가 악용될 것이기 때
문에 모든 복제가 금지되어야 한다는 식의 논증을 한다. 이것은 미 헌법 제1조에 명기되어
있는 타인의 근본적 자유를 제한하는 데 있어 적절한 근거는 아니다. 하물며 그것이 결혼한
부부와 개인들이 생물학적으로 혈연 관계에 있는 아이를 낳아 기를 수 있도록 해주는 보조
생식술과 유전자 선택 기술들을 제한하기에 충분할 리도 없다.

중요한 문제는, 그 기술들을 윤리적으로 그리고 타당하게 사용할 때에도 과연 그 기술들
이 일체의 사용을 금지해야 할 정도로 중대한 또는 심각한 해악을 낳는지 또는 그 기술을
이용하는 대부분의 경우에는 그러한 해악이 발생할 가능성이 있는 것인지 아니면 극히 예외
적인 경우에만 그러한 것인지를 분석하는 것이다.

복제의 가능한 용도, 일어날 가능성 있는 해악, 그리고 그러한 해악을 최소화시킬 수 있는
방법들에 대한 주의 깊은 분석이, 일방적인 도덕적 반대에 의해서 혹은 대부분의 경우 발생
할 가능성이 없는 잠재적 해악에 대한 두려움에 의한 평가보다 훨씬 더 좋은 공공정책의 토
대를 제공할 것이다. 바로 이러한 것들이, 우리가 가족을 형성하기 위해 복제 및 다른 형식
의 유전적 선택을 사용하는 문제에 대해 만족스러운 해결책을 찾고자 할 때, 제기되어야만
하는 물음들이다.

인간배아 복제는 어렵다하더라도 치료 등 연구를 목적으로 한 배아복제는 허용해야 하다

---

35) 존. 로버트슨, 인간복제 무엇이 문제인가, 울력, 2002, 148쪽.

는 것이 생명공학자들의 열망이다36). 한편 국제연합교육과학문화기구(UNESCO)는 1997년 제29차 총회에서 "인간 유전체와 인권에 관한 보편선언"을 186개 회원국 만장일치로 채택하고, 유전공학과 복제에 대해 세계윤리규약을 마련할 것을 촉구하였다. 본 선언 제11조는 생식적 복제를 포함하는 인간의 반존엄성 행위는 금지하고 있으며, UNESCO산하 국제생명윤리위원회는 2000년 4월 "의학연구용 배아줄기세포의 허용"이라는 윤리권고안을 채택하였다37).

3. 인간복제의 법적문제

인간복제에는 많은 법률적 문제가 따른다. 기본적으로 인간은 권리능력자인 인격으로 권리주체로 이해되었지, 권리의 객체로는 생각돼오지 않았다.

물론 지금까지도 인간에게서 분리된 인체구성부분인 머리카락 혈액, 치아, 정자, 난자, 태반, 해골, 오줌 등은 권리객체로 인정되어왔다. 그러면 인간은 자기몸에 대한 완전소유권을 갖는 것인가? 아니면 제한된 소유권만 갖는 것인가?도 문제이다.

또 인체생명공학의 발달로 권리 주체와 권리객체의 경계에 놓이는 범주들이 점차 늘고 있다. 자궁안에 있는 배아와 태아, 사람으로부터 분리되기 전의 신체부분, 자궁밖에 있는 배아나 태아, 사체, 무뇌영아, 뇌사한 여성의 자궁에 있는 배아나 태아, 사람으로부터 분리된 신체 일부분, 장기이식문제 등 여러 가지가 많다.

그 가운데서도 현실적으로 중요한 문제점을 살펴보면 다음과 같다.

ⅰ) 인간의 생성과정을 살펴볼 때, 법적으로 인간은 존엄한 가치있는 존재로(대한민국 헌법 제10조), 수정란이 자궁에 착상한 때부터 분만개시전까지의 태아는 상속이나(민법), 낙태죄등으로 보호받고 있으나, 수정후 착상전 배아는 법적으로 보호받고 있지 못하는 문제점이 있다.

그러나 생명복제에 의한 체외수정란이나 핵치환술에 의한 체세포복제 수정란은 자연수정란이 아니므로, 배아가 인간인가? 아닌가? 하는 문제를 종합적으로 검토하여 판단하고 보호나 규제를 결정해야 한다.

ⅱ) 인간개체복제는 생명에 대한 인위적 조작이 수반되어 개인 인격의 존엄성을 훼손하고 생명가치를 경감시키고 침해 할 우려가 있으므로, 함부로 허용해서는 안되며, 불임극복 등 예외적인 경우 즉 최후의 유일한 수단일 경우에만 허용돼야 한다.

ⅲ) 인간개체의 복제를 "아버지 없는 자식(?)"등 부모자식관계, 형제자매관계, 복제아 사이의 관계 등 기존가족관계를 붕괴시키고, 부양권, 상속권 등의 문제도 크게 혼란을 가져올 우

36) 송상용(한림대교수, 과학기술학), 생명공학법 더 이상 미룰 순 없다. 동아일보 2002. 7. 3 A7면 기고문.
37) 윤영철, 인간복제기술의 허용한계와 이에 대한 국제적 대응, 한남대 법대 2003년도 심포지엄-게놈연구의 발전과 법적과제 2003. 9. 4, 21쪽.

려가 있다[38].

ⅳ) 생명복제기술은 인간과 동물의 교배물을 탄생시켜 잡종인간 또는 인비인(人非人)인 키메라나 하이브리드(半獸半人의 生物)를 가능하게 하여 인간의 존엄을 해칠 우려가 크다.

복제권을 헌법상의 기본권의 일종인 출산권의 일부로 인정해야 한다는 주장은 일부 의료진과 윤리학자, 법학자들 사이에서 꾸준히 제기되고 있다[39]. 과학자들, 의료진들은 흥미롭게도 아이의 복지보다는 부모의 출산권을 우선적으로 옹호하는 경향을 보인다. 이제까지 출산권은 헌법상의 인간 존엄가치와 행복추구의 일부를 이룬다고 여겨져 오고 있다. 누구나 아이를 낳을 것인지 말 것인지, 낳는다면 몇 명이나 어떤 방법으로 낳을 것인지를 스스로 결정할 수 있어야 하며, 또 이 결정은 국가에 의해 최대로 존중되어야 한다.

정상적으로 자녀를 출산할 수 없는 한 부부에 대해 출산의 한 수단으로서 그들 가운데 어느 한 사람의 유전적 복제품을 만들어 낼 수 있는 체세포핵 이식 복제술을 이용하지 못하게 한다면, 이는 부모와 태어날 자녀의 통상적인 관계에서 본다면 출산에 대한 자유로운 결정권을 침해한 것이라고 볼 수 있다. 그러나 문제는 그렇게 간단하지 않다.

예컨대 지금 기술적으로도 가능하게 된 복제 방법인 배세포를 이용한 복제술의 성공으로 태어난 아이가, 자신의 탄생 이후 복제된 채 아직 남아 있는 복제 배아에 대해 어떤 관계에 놓이는가를 한 번 살펴보자. 개인은 기본적으로 복제된 자신의 유전자 코드와 어떤 관계에 놓이는가? 통상의 경우 개인은 그의 신체 안에 유전자를 가지고 있고, 그것은 그의 소유임이 분명하다. 그런데 배세포를 이용한 복제에 의할 경우, 이미 태어난 원형의 아기는 자기의 유전자에 대해 고유한 소유 관계에 있지 않게 되는 상황이 발생한다. 또 이 경우는 자연적 쌍둥이의 경우처럼 같은 소유 권한을 누릴 그 어떤 사람도 없는 상태하에 놓이게 된다. 즉 유전자가 개인에게서 제기되었다고는 말할 수 없지만, 이제 더 이상 개인의 배타적 통제하에 놓이지는 않게 되는 상황이 일어난다. 이런 상태에서 그는 부모를 포함하여 다른 사람이 유전적 정보를 사용할 수 있을 뿐 아니라, 심지어는 한 인간을 만들기 위해 이것을 사용할 수도 있는 처지에 직면하게 되는 것이다. 타인의 접근을 배제할 수 없는 상태에 놓이게 되므로 이에 대한 착상전 유전자 검사도 물론 가능하게 된다.

이 유전자 코드에 대해 특허가 인정된다면 기본적으로 재산권 개념에 수반된 징표를 인정하는 셈이 된다. 유전자에 대해서 재산권 이론을 적용하는 것 자체가 인간의 존엄을 해치는 것은 아닐 것이다. 문제는 어떤 목적을 위해 신체 일부분이나 신체 산물에 대해 재산권을 적용하고자 하는가에 달려있다. 양도 가능한 신체의 일부로서의 유전자를 복제하여 이미 생존하는 한 인간의 복제체가 허용된다면, 이는 출산권의 보호 이전에 헌법적 인간상에 대한 심각한 전도를 불러일으키게 된다.

---

38) 김민중, 앞의논문, 59~64쪽 참조.
39) 박은정, 앞의 책, 318쪽.

V. 결론(생물발명특허법제의 입법방향)

우리는 앞에서 생명과 생명공학적 특허의 개념, 생명의 윤리, 인간복제의 기술적·윤리적·법적문제 등을 살펴보았다.

이를 전제로 생명복제에 따른 법제와 생명공학적 특허인 생물발명특허 법제의 입법방향을 제시하는 것으로 결론을 삼고자 한다.

그에 관련된 법은 생물특허법, 생명윤리법, 생명공학육성법의 세 분야가 될 것이다.

생명공학육성법은 이미 제정되어 있다. 생명공학이란 산업적으로 유용한 생산물을 만들거나 생산공정을 개선할 목적으로 생물학적 시스템, 생체, 유전체나 그들로부터 유래되는 물질을 연구활용하는 학문과 기술을 말하는 바, 인도처럼 정부내에 생명공학기술부를 신설하는 것도 검토해야 한다. 또 외계의 지적생명체 탐사에도 적극 나서야 하고, 늙지 않는 세포도 연구해야 한다.

산업적으로 유용한 생산물을 만들어 권익을 취하려면, 그 발명에 대하여 특허권을 취득해야 한다.

현재 세계 각국에서는 배아복제를 통한 배아줄기세포에 관한 연구가 활발히 진행되고 있으며, 체외수정란에서의 배아줄기세포 생산은 미국, 호주, 싱가포르에 이어 서기 2000년 대 한민국에서도 마리아산부인과 기초의학연구소의 박세필박사팀과 미즈메디병원 윤현수 박사팀, 중문의대 차병원의 정형민 박사팀도 배양에 성공했으며, 체세포복제에 의한 포배(배반포)의 배양에는 복제소 영롱이를 탄생기킨 서울대 수의과 대학 황우석교수등의 연구팀에서 각각 성공하여 국제특허(International Patent)가 출원된 상태이다[40].

앞으로 생명공학육성법은 생명공학의 무한한 발전을 위한 육성책에 중점을 두고 인간의 인격적 존엄성을 해하는 위험성을 예방하는데 중점을 두어 개정되어야 한다. 또 앞으로 생명공학의 핵심은 생명력학인 기학(氣學)에 있으므로 기의 종주국인 한국은 통합의학 등 기학의 육성에 적극적으로 나서야 한다.

대한민국에서의 생물발명특허(생명공학적 특허)는 특허법, 종자산업법, 생명공학 육성법 등에 각기 나누어져 규정되고 있으므로 이를 통합정리 할 필요가 있다.

거기에서는 미생물과 동식물은 우량종발명 특허를 인정하는 방향으로 나가야 한다.

인간유전자염기서열에 대한 특허화도 인정해야 한다. 그것은 인간의 생명공학적 기술개입으로 인체로부터 분리된 인간유전자나 세포는 산업적으로 이용할 수 있기 때문이고 인간의 노력에 대한 정당한 보상은 윤리적인 것이기 때문이다.

새로운 생물특허법(가칭)에는 앞에서 살핀 문제 등을 고려하여 미생물, 식물, 동물, 인간복

---

40) 황우석, 생명복제기술의 현황과 전망. 「인간복제 무엇이 문제인가」 대한의료법학회 2001년도 추계학술대회자료집 43쪽. 2001. 11. 17.

제 등에 관한 것을 종합·분별하여 규정, 육성할 것은 육성하고 규제할 것은 규제해야 한다. 인간복제에 대한 신중한 대처를 위해 조건부나 기한부 특허부여문제도 검토해야 한다.

생명공학기술은 인류의 3대 숙제인 식량, 질병, 생태 및 에너지 문제를 해결할 수 있는 열쇠를 가지고 있으므로 이를 잘 발전시키는 방향으로 나아가야 한다.

생명복제기술은 대부분 바이오 의학, 바이오 농업, 바이오 축산업 등에 적용되고 그 외에 환경보전과 바이오에너지 분야 등에도 이용될 수 있을 것이다.

생명공학의 발전으로 동물의 개량, 치료용 단백질의 생산, 특정영양물질의 생산, 장기이식용 동식물의 생산, 질환모델동물의 생산, 줄기세포의 연구, 인간복제에 관한 연구 방향 등이 정립돼야 한다.

이러한 새시대를 여는 생명공학적 기술개발과정과 적용영역에 대한 철저한 준비와 사회적 합의가 이루어지고 법적 장치가 마련돼야 한다.

생명윤리에 관한 법률은 "생명윤리 및 안전에 관한 법률안"으로 서기 2003년 10월 7일 국무회의를 통과하여 국회로 송부되었다.

그 주요내용은 인간복제 및 이종간 착상을 원칙적으로 금지하되, 인간체세포 핵이식과 인간배아 연구를 제한적으로 열어놓았다.

생명과학기술에 있어서 생명윤리 및 안전에 관한 사항을 심의하기 위하여 대통령소속하에 국가생명윤리심의위원회를 설치하기로 했다.

또 이 법은 임신외의 목적으로 배아를 생성하는 행위를 금지하고 매매목적으로 정자 또는 난자를 제공하는 행위들을 금지시키며, 희귀병이나 난치병등의 질병치료를 위한 연구목적외에는 체세포핵이식행위를 금지하고, 그런 연구의 종류·대상 및 범위는 국가생명윤리심의위원회의 심의를 거쳐 대통령령으로 정하도록 했다.

생명과학의 무한한 발전을 위하여 연구의 자유를 최대한 보장하되, 사회윤리상 크게 피해를 줄 위험성이 있는 경우에는 제한해야 하고, 그럼에도 불구하고 꼭 필요한 경우에는 점진적으로 제한된 범위내에서 허용하는 입법태도가 필요할 것이다.

그런 의미에서 생명윤리·안전법(안)의 입법방향은 다소 경직돼 있으나, 대체적으로 타당성을 지닌다 하겠다.

♠ 참고문헌

고준환, 한생명상생법, 우리출판사, 2000.

고준환, 성경엔 없다, 불지사 2001.

구영모 엮음,「생명의료 윤리」, 동녘. 1999.

권기종, "불교적 관점에서 본 인간 복제, 아산재단 서울 중앙병원·울산의대 사회의학연구
　　소. 인간 복제에 관한 심포지엄(1997. 4. 24). 자료집.

권복규, 배아복제의 윤리적 문제점,「인간복제 무엇이 문제인가」대한의료법학회 2001년도
　　추계 학술대회 자료집 2쪽, 2001. 11. 17.

김민중, 인간개체복제의 법적문제「인간복제 무엇이 문제인가」대한의료법학회 2001년도 추
　　계학술대회자료집 47쪽. 2001. 11. 17.

박은정, 생명공학시대의 법과윤리, 이화여대출판부, 2000.

언스트&영(공석환 책임감수), 세계생명공학리포트, 김영사, 2002.

에릭 그레이스, 생명공학이란 무엇인가, 그 약속과 실제, 지성사, 2000.

와타나베 이타루(손영수 역), 바이오테크놀로지의 세계, 전파과학사, 1995.

윤영철, 인간복제기술의 허용한계와 이에 대한 국제적 대응, 한남대 법대 2003년도 학술심포
　　지엄-게놈연구의 발전과 법적과제 2003. 9. 4

이경숙, 마음의 여행, 정신세계사, 2002.

이동호, "카톨릭 입장에서 본 인간 복제,"「과학사상」, 1997가을호.

임종식, "인간복제, 허용할 것인가".

정정일, "배아복제의 법적규제방안에 관한 연구", 경기대학교 법학박사학위논문, 2003.

존. 로버트슨, 인간복제 무엇이 문제인가, 울력, 2002.

진교훈, "생명 복제기술의 윤리적·사회적 쟁점," 생명복제기술에 관한 합의회의 전문가 워
　　크숍 1999. 4. 16, 유네스코한국위원회(발표문).

──, "생명 복제에 대한 철학적 고찰,"「현대와 종교」, 제21집, 현대종교문화연구소,
　　1998. 10.

황우석, 생명복제기술의 현황과 전망.「인간복제 무엇이 문제인가」대한의료법학회 2001년도
　　추계학술대회자료집 2001. 11. 17.

Catherine Colston principles of intellectual property law, Cavendish pulishing Lt. London
　　1999.

Johannes Reiter, "Klonen von Tieren und Menschen. Bioethik auf Suche nach ethischen
　　Grenzen," Stimmen der Zeit, Bd. 215, 1997.

Paul Ramsey, Fabricated Man: The Ethics of Genetic Control, Yale University Press, 1970.
연합뉴스. 2002. 12. 27 보도.
중앙일보. 2002. 7. 24 1쪽 보도.
주간동아, 2000. 8. 31, 44쪽.

⟨Abstract⟩

A study on the legal system of the biotechnological patents

Zoon-Hwan Go

There are many mystics'veil in the cosmic life-network.

Generally speaking, the genetics and biotechnology have broken the mystics'veil of the life.

This thesis purposes a using role of biotechnology.

So we must study about living matter patent, namely, microorganism, plant, animal containing human being.

At present, mankind has a deep concern about human cloning which Cloneid corporation opened the first human cloning "Eve".

However there are many problems about human cloning, for example, technical, ethic, legal problems.

How will we solve these problems?

Therefore this study provides an overview to the human life compared with matter, energy, mind, consciousness, cloning of animal.

At the end this paper also focused on the tendency of law-making about the concrete law of living matter-patent, upbringing of biotechnology, ethics and safety of life.

♤ 주제어(Key-Word)

생명, 생명공학, 특허권, 인간복제, 의식, 에너지, 정보, 줄기세포, 배아, 업
Life, biotechnology, patent, Human Cloning, consciousness, energy, imformation, stem cell, embryo, kharma